모든 것을
먹어 본
남　　자
2

모든 것을
먹어 본
남   자
2

북캐슬

'모든 것을 먹어본 남자'를 소개합니다

〈보그〉지의 음식평론가이며 폭발적인 인기를 누리고 있는 〈아이언 셰프 아메리카Iron hef America〉의 심사위원으로 알려져 있는 이 책의 저자 제프리 스타인가튼은, 1989년 〈보그〉지의 청탁을 받고 전업 음식평론가로 변신하기 전까지 하버드 법대를 졸업하고 대를 이어 법조계에 종사하는 변호사였다(그의 아버지는 요절한 천재 기타리스트 지미 핸드릭스의 변호사이기도 했다). 핏속에 흐르는 변호사 기질이나 실무 경험 때문인지, 음식에 관련된 하나의 주제에 접근하는 자세는 너무나도 철두철미하다. 일단 가능한 모든 자료를 수집해 철저하게 연구해서 편견이나 근거 없는 상식에 치우치지 않는 가장 과학적이고 이성적인 결론을 얻은 뒤, 그것을 자신이 직접 실행에 옮겨 봄으로써 최종적인 결과를 판가름한다.

그래서 1권 1장의 〈태초의 빵〉에서 언급한 것처럼 제대로 된 자연발효빵을 만들어보기 위해 1미터 가까이 높이 쌓을 수 있을 만큼의 자료를 모아 그걸 바탕으로 직접 빵을 만들어보는 한편, 더 나은 결론을 얻기 위해 자신이 만든 발효종을 들고 비행기를 타고 날아가 묻기를 주저하지 않는다. 또한 채식주의가 건강에 미치는 영향을 알아 내기 위해 직접 채식을 하고 관련 연구문헌을 찾아 보는 한편 건강검진을 받아 결과를 스스로의 몸을 통해 찾으며, 채식주의자들을 위한 가짜 고기로 햄버거며 다른 음식을 직접 만들어 그 맛을 따져보기도 한다. 2권에서는 한술 더 떠, 서른 종류도 넘는 케첩을 사 모아서 맥도날드의 갓 튀긴 프렌치프라이에 찍어 먹어 우열을 가려보기도 하고, 정부의 통계 자료를 바탕으로 한 일일 최저 생계 비용인 4.5달러로 세 끼를 먹고 살 수 있는지 확인하고자 맨하튼에서 가장 싼 음식점을 찾아 다니거나, 식단 계획을 따라 음식을 만들어 그대로 얼마나 먹고 살 수 있는지 스스로에게 시험해본다. 과학 역시 이성적인 그의 평론을 위한 자리를 굳건히 지킨다. 1권의 프렌치프라이에 이은, 완벽한 으깬 감자를 위한 탐구에서 그는 감자의 녹말 세포가 어떻게 으깬 감자를 끈적끈적하게 만들어 실패작으로 남기는가에 대한 설명을 다소 장황할 정도까지 늘어놓으며, 술이나 소금에 이어 설탕에 대한 사람들의 편견이 얼마나 근거 없는 것인지도 과학의 힘을 빌어 밝혀낸다.

사실 이러한 접근 방법은 보통의 음식 평론을 기대하는 사람들에게는 낯선 것일지도 모른다. 물론 사람들이 일반적으로 생각하는 음식 평론 역시 이 책에 자리를 함께 하고 있다. 1권에서 그는 일본으로 여행을 떠나 미국에 갓 소개된 '와규(和牛)'를 먹어 보고, 미국 바비큐의 수도라는 멤피스의 경연대회에 심사위원으로 참가해서 최고의 돼지 바비큐를 맛보며, 이탈리아의 시칠리아로 날아가서는 구석구석을 누비며 "모든 아이스크림의 어머니"라는 '그라니타granita'를 맛본다. 또한 음식 평론가에게는 성지와도 같을 프랑스 파리에서 새로운 식도락의 경향으로 떠오른 '오트 비스트로Haute Bistro'의 탄생을 음미한다. 그러한 여정은 2권에서도 이어져 그는 이탈리아의 작은 마을인 '알바토레 델라 토레'로 여행을 떠나 요리 의 명인 체자레의 작은 음식점에서 계란 노른자만으로 만드는 지방의 파스타 '타자린Tajarin'을 배워오고, 북아프리카의 여정에서는 또 다른 요리 전문가의 지방 가정 음식의 조리법을 얻는 과정을 주의 깊게 관찰하기도 한다. 1권에서는 베니스로 가 풍부한 해산물의 세계에 대한 지식을 쌓고 돌아왔다면 2권에서는 시애틀 주가 있는 북서부의 해안에서 그 지방 해산물과, 그 해산물을 중심으로 특유의 식도락 세계가 싹트는 과정을 꼼꼼히 되짚어본다.

그가 그런 식도락 여행의 경험을 바탕으로 글을 쓰면서도 여전히 다른 음식 평론가들과 궤를 분명히 달리하는 이유는, 글을 통해 자신의 배를 불리고 기분을 좋게 만들어준 비싸고 좋은 음식에 대한 1차원적인 간접경험의 기회로만 생각하고 있지 않기 때문이다. 철판구이집에서 와규를 먹으면서 조리사의 손동작이며 조리법을 주의 깊게 눈 여겨 보았다가 와규와 일반 미국 쇠고기를 같은 방법으로 조리해 그 맛의 차이를 설명해주고 멤피스에서는 공정한 심사를 위해 교육 받은 경험을 바탕으로 제대로 된 바비큐가 어떤 것인지를 알려주는 데 지면을 아끼지 않는다. 또한 시칠리아와 파리의 여정에서는 저자 본인이 먹었던 맛있는 음식의 추억과 함께, 음식을 만들어 본 사람이라면 누구라도 따라 할 수 있는 수준의 본고장 조리법을 배워와 소개하며 그 맛의 기억을 공유하고자 시도한다. 위에서 언급한 것처럼, 요리 명인 체자레를 만나서는 그 지방 특유의 파스타 조리법을 익혀와 소개하고, 일본 교토에 가서는 특유의 일본 식사예절에 지면을 할애해 또 다른 문화 세계를 글 속으로 옮겨낸다. 그리고 이 모든 과정에서 그의 담론은 음식과 과학은 물론 역사를 비롯한 문화의 많은 잔가지들을 한데 아우른다. 그렇기 때문에 이 책은, 단순한 '음식 평론 모음집'보다는 한 차원 높은 '음식 문화 비평서'로 대접 받을만한 가치를 지니고 있다.

우리나라와는 여건이 다르긴 하지만, 그가 글을 통해 간접적으로 내보이는 글쓰기, 또는 음식 평론의 방법론만은 그와 무관하게 참고로 삼을 가치가 충분하다는 생각이 든다. 음식과 음식점, 조리법을 소개하는 매체가 이제는 텔레비전이나 인쇄매체는 물론 인터넷이나 블로그를 통한 개인 차원으로 확산될 만큼 음식을 향한 사랑이라면 세계 어느 민족에게도 뒤지지 않는 우리에게 아직도 제대로 된 음식평론 문화가 자리잡지 못한 이유는, 음식 자체는 물론 과학이며 역사, 기타 다른 문화까지를 한 번에 아우를 수 있는 이러한 종류의 담론이 부족하고 또한 그런 담론의 부족으로 음식 평론의 권위를 인정하려 들지 않는 분위기가 남아있기 때문이다. 역자가 지난 몇 년의 미국 체류기간 동안 즐겨 읽었던 그 어떤 음식문화 관련 책들보다 이 책을 가장 먼저 소개해보고 싶다고 마음먹었던 이유는, 무엇보다 바로 그러한 음식평론의 방법론을 소개해보고 싶은 욕구 때문이기도 했다. 이제는 사람들의 음식과 음식문화사랑을 체계적인 담론의 대상으로 승화시켜야 할 필요가 있고, 그러한 시도에 이 책이 작은 도움이 되기를 바란다.

2010년 3월
이용재

CONTENTS

5장 먹어야 제맛

음 식 을
둘 러 싼
진 　 실

단순한 생계를 위한 식단

몇 년 전 어디에선가 땅콩버터, 통밀빵, 탈지분유와 비타민만을 먹는 저렴한 식단에 대한 글을 읽은 적이 있다. 너무나도 따라 해보고 싶어서 한걸음에 슈퍼마켓에 가서 일주일분 식량을 사와서, 계산기와 버터 바르는 칼을 가지고 따라 해보았다. 땅콩버터 두 큰술을 넉넉하게 떠서 식빵 한 쪽에 발라 먹고 물에 탄 탈지분유를 마시면 13.6g의 단백질, 1.5g의 지방, 질 좋은 섬유질과 탄수화물을 포함한 272칼로리를 섭취하게 된다. 하루에 땅콩버터를 반질반질하게 바른 빵 여덟 쪽을 먹고 거품이 이는 차가운 우유 네 잔을 마시면, 2,200칼로리를 섭취함과 동시에 성인에게 필요한 60g보다 더 많은 단백질을 얻을 수 있다. 나머지 모자란 영양분은 비타민이 챙겨줄 것이다.

나의 이 새로운 식생활은 지방이 전체 칼로리의 50%를 차지하지만, 25년 전 영양학자들은 식생활에서 얻을 수 있는 지방과 만성질환 사이의 확실하지 않은 관계보다 더 절박한 문제인 영양 부족과 가난, 비타민과 단백질 결핍, 생계 최소비용, 생존과 건강에 대해 더 걱정했다. 농무부에 전화를 걸어 물어보기도 했지만 요즘은 아무도 생계, 그러니까 먹고 사는 것 그 자체에 대해 걱정하지 않는다.

다행스럽게도 나 역시 생계에 대한 걱정을 안 하고 산 지가 꽤 오래되었다. 설사 굶더라도 나는 몸의 여러 부분에 절약하듯 둘러놓은 음식의 에너지로 살 수 있을 것이다. 재정적으로 어려워 옷이나 가재도구, 운동 등에 돈을 거의 쓸 수 없던 옛날에도 나는 주변의 누구보다 음식에 기꺼이 많은 돈을 지불하는 사람이었다. 나는 노동통계청에 전화를 걸었다. 미국 가정은 한 해 평균 30,487달러를 버는데, 그 가운데 겨우 8.9%를 집에서 먹는 음식에, 5.4%를 외식을 위해 지불한다고 한다. 나는 어른이 된 후 기적적인 피넛버터 샌드위치에 기대었던 요 며칠 동안의 지극히 즐거웠던 나날들을 빼고는 소득의 30%에서 전부를 음식에 써 왔으니, 그 지출의 대조는 뚜렷하다.

최저 생계비용, 4.5달러

어느 날 나는 추수감사절 저녁 식사비용이 한 사람당, 그 전 해의 2.89달러보다도 더 적은 2.59달러였다는 기사를 읽고는 의혹과 실망에 굴 스터핑(Stuffing, 미국에서 추수감사절에 타조를 구울 때 속에 채워 넣는, 빵을 바탕으로 한 속을 'stuffing'이라고 일컫는다. 우리나라로 치면 삼계탕을 끓일 때 찹쌀을 채워 넣는 격인데, 이렇게 칠면조를 먹을 때 곁들이는 음식으로 'dressing'도 스터핑과 거의 같지만, 차이라면 드레싱은 칠면조에 채우지 않고, 따로 조리한다—옮긴이)을 담은 사발을 거의 떨어뜨릴 뻔 했다. 이것은 두 번에 걸친 공화당 집권 아래 가족과 국가가 좇는 가치가 쇠퇴했다는, 부정할 수 없는 증거이다. 조금 더 정확하게 말하자면 나는 그 기사를 정말 미국의 가정이 추수 감사절 저녁에 한 사람을 위해 2.59달러를 썼다는 의미로 읽지 않았다. 그건 미국 칠면조 연합회의 보도자료가 나로 하여금 그렇게 읽었으면 하고 바라는 의미이다. 보도자료는 칠면조가 싸기 때문에 잘 갖춘 추수감사절 저녁상 열 사람 분을 차리는 데에는 정말 한 사람에 2.59달러만 든다고 밝히고 있는 것이다. 칠면조 연합회이니 칠면조에 대해 얼마나 잘 알고 있을까. 나는 농무부에 전화를 걸었다. 칠면조는 언제나, 아니 적어도 1991년 6월을 기준으로 삼았을 때 가장 싼 동물성 단백질이다. 기름기가 적은 익힌 칠면조 고기 85g의 가격은 42센트인데 반해, 같은 무게의 티본 스테이크는 2.35달러이다. 콩 단백질이 훨씬 싸지만 미국 농무부의 1991년 판 "고기 대체품" 목록에서 콩은 빠져있다. 놀랍게도 정부를 위해서 일하는 그 누구도 미국의 가정이 추수감사절 저녁상을 위해 평균 얼마를 썼는지 모르고 있었다. 나는 알고 있는 모두에게 전화를 걸어 물어보았다.

그래도 정부는 미국 가정이 성인 1, 6/10명, 어린이 7/10명, 노인 3/10명 등, 총합 평균 2, 6/10명으로 이루어져 있고, 그들이 식비로 4,271달러를 쓴다는 것은 알고 있었다. 한 사람당 4.5달러, 즉 끼니당 1.5달러인 셈이다. 이러한 수치를 믿을 수 없었던 건 단지 내 게걸스러운 천성 때문만은 아니었다. 프랑스나 일본사람들은 그 두 배의 돈을 맛있는 음식을 먹는 데 기꺼이 지불한다. 미국은 세계에서 가장 부자나라이면서도 그저 허리띠를 졸라매는 것뿐이다. 부자나라들 가운데 오직 영국만이 우리보다 음식에 돈을 적게 쓴다. 이것은 시사하는 바가 크다.

4.5달러로 밖에서 하루 세 끼 해결하기

4.5달러 정도로 적은 돈으로 하루를 먹고 살려면, 선택의 여지없이 거의 모든 끼니를 집에서 먹어야 한다. 이 계획을 시험해보기 위해, 나는 1993년도 『자갓Zagat』 뉴욕판을 들춰 가장 싼 음식점 열 군데를 찾은 다음, 한 군데씩 들러 먹어보았다. 트리니티 교회에서 겨우 두 가구 떨어져 있는, 브로드웨이 160번지의 맥도날드 월 스트리트 지점에서 먹어본 적이 없다면 거나하게 한 끼 먹을 수 있다고 귀띔해주고 싶다. 날아오르는 듯한 이층짜리 건물은 대리석 탁자, 전자 주식현황판, 작은 흑단 피아노와 그 연주자, 현관 안내인, 몸매의 곡선이 드러나는 얇은 자주색 정장을 입은 여종업원까지 갖추고 있다. 1층 뒤쪽 절반은 전통적인 맥도날드의 주문대와 부엌으로, 메뉴판과 가격은 딱 바라던 수준이다. 그러한 가격 수준에도 신중하게 양념된 '마이티 윙'과 훌륭한 감자튀김, 다이어트 코카콜라를 주문하니 세금 포함 5.34불을 기록해, 미국 평균 가정의 하루 식비 예산 4.5불을 가볍게 뛰어넘었다. 아마 여러 겹 껴입은 옷차림으로 미뤄보건대 노숙자로 보이는 사람들처럼, 나도 음식을 아주 적게 시키고 하루 종일 앉아있을 수 있었을지도 모르겠다. 영어와

스페인어의 두 가지 말에 능숙한 여종업원은 한가로운 2층의 따뜻한 자리를 권했다. 그리고 우리 모두는 맥도날드 고유의 금색 아치 아래에서, 피아노 연주자가 "당신은 오직 한 사람 뿐There Will Never Be Another You"를 익살스럽게 연주하는 것을 들었다.

뉴욕 시에서 가장 싼 음식점들 가운데 세 군데는 '오리지날 캘리포니아 타퀘리아Original California Taqueria'인데 세 군데 모두 브루클린 하이츠와 파크 슬로프에 있고 그 가운데 둘은 같은 사람이 주인인 것 같다. 편리한 F 노선의 지하철은 집 문 앞에서 바로 연결되는 느낌을 줄 정도로 가까운 위치에 있어 마누라와 나를 파크 슬로프의 341번지에 금세 데려다 주었는데, 그곳에서는 로스엔젤리스 동쪽 동네의 조리법에 매운 맛을 더해 신선하게 재해석된 요리와, 매력적이며 친절한 분위기, 잘 어울리지 않는 금문교가 포함된, 대담하게 그린 벽화가 우리를 기다리고 있었다. 비용은, 왕복 지하철표 값 3달러를 계산에 넣지 않는다면 한 사람당 4.5불의 예산에서 고작 12센트 밖에 넘기지 않았다. 마누라의 토스타다(tostada, 라틴 아메리카의 음식으로 밀 또는 옥수수 가루로 만든 또르띠야를 튀긴 것, 흔히 그 위에 다른 고기, 또는 야채로 만든 살사를 얹어 먹는다—옮긴이)는 끼니로 때울 수 있을 만큼 양이 많지는 않았지만 쇠고기 타코와 구와카몰레(Guacamole, 라틴 아메리카의 곁들이 음식으로, 으깬 아보카도에 토마토와 소금, 후추 등의 양념을 섞어 만든다. 전통적인 구와카몰레는 작은 절구와 공이를 써 손으로 으깨 만드는데, 곤죽처럼 걸쭉하거나 물을 섞어 조금 더 묽게 만들기도 한다. 주로 또르띠야를 튀겨 만든 칩에 찍어 먹는다—옮긴이), 콩, 쌀을 담은 모둠접시는 양이 많아서 모자란 토스타다를 벌충하고도 남았다. 내가 가

보았던 모든 음식점들 가운데, 오로지 '오리지널 캘리포니아 타퀘리아'에서만 제한된 예산으로 균형 잡힌 식단에 가까운 음식을 먹을 수 있었다. 그렇게 비교적 균형 잡힌 음식을 먹은 것과 낯선 브루클린으로의 여정을 축하하기 위해, 우리는 F 노선 지하철을 타고 반대쪽 끝에 있는 코니아일랜드에 들렀다. 쓸쓸한 루나 공원과 그 유명한 낙하산 점프가 가까이에 있고, 네이선스 핫도그Nathan's Hotdog 첫 번째 가게에서 두 가구 떨어진 코니아일랜드에는 미국에서 역사적으로 가장 중요한 위치를 차지하는 음식점 가운데 하나인 '토토노 나폴리탄 피자Totonno Pizzeria Napolitano'가 아직도 있다(석탄 오븐과 두껍게 칠한 가압성형 양철 벽, 그리고 지붕과 함께 토토노는 미국에서 현존하는 피자집 가운데 두 번째로 오래되었다). 비록 뉴욕 시에서 서른여섯 번째로 가격대 성능비가 뛰어난 음식점이라고 부당하게 그 이름을 『자갓』에 올리고 있기는 해도, 가게 창립자의 처음 조리법을 그대로 지켜 직접 만든 생 모짜렐라 치즈와 수입된 깡통 토마토소스만으로 이루어진 바삭바삭하게 구워진 작은 피자는 훌륭했다. 가격은 두 사람을 위한 그 다음 날 식대 9달러를 아주 약간 웃도는 정도였다.

'그레이스 파파야Gray's Papaya'와 '파파야 킹Papaya King'에서 일등급 쇠고기 프랑크푸르트 소시지 두 개(그레이에서는 한 개에 70센트이고, 파파야 킹에서는 조금 더 비싸다) 또는 닭고기 파히타(Fajita, 구운 고기를 불판에 얹은 채로 내서 또르띠야에 싸 먹는 멕시코 음식—옮긴이, 파파야 킹에서만 판다), 갓 짜낸 파인애플 주스(1.75달러)를 큰 컵으로 주문하면 한 끼에 4.5달러 이하로 끼니를 때울 수 있다. 보다 다양한 식생활을 누려보고자 콜롬비아 대학교 교정에서 9번가의 컵케이크 카페 쪽에 있는 '아미르스 팔라펠'에도 들렀다. 아미르스와 컵케이크 카페, 두 군데 모두에서 음식을 맛보았기 때문에 나는 식비를 4.5달러 이하로 지키는 데 실패했다. 다음번에는 보다 더 열심히 노력할 것이다. 그러나 뉴욕 시에서 가장 싸게 먹을 수 있다는 음식점 열 군데를 들러 보니, 하루 예산 4.5달러를 가지고 밖에서 끼니를 때우는 것이 아주 어렵다는 사실을 확인할 수 있었다. 생계를 위한 식생활을 하려면 집에서 음식을 만들어 먹어야만 하는 것이다.

또 다른 선택, M.F.K 피셔의 '진창'

M.F.K 피셔는 먹을 것이 부족하고 배급에 의지해서 살아야만 했던 시대의 미국사람들을 돕기 위해 1942년, 『늑대 요리법How to Cook a Wolf』을 썼다. "살아남는 법"이라는 장(章)에는 가장 먹고 살기 힘든 사람들을 위해 그녀가 '진창Sludge'이라고 일컫는 음식의 조리법이 담겨있다. 진창은 곡물과 간 쇠고기, 야채를 섞어 만든 것으로, 그녀의 말을 빌자면 "가장 적은 돈으로 가장 좋은 방법을 찾아 살아남아야만 하는 절박한 상황에 대한 가장 적정한 해답"으로써 창조했다고 한다. 나는 언제나 이 조리법을 따라 진창을 만들어 보고 싶었다.

"일단 돈이 아예 하나도 없다면 빌려야 한다"고 그녀는 운을 뗀다. "50센트면 입맛이 얼마나 사치스러운지에 따라 사흘에서 일주일을 버틸 수 있을 만큼의 진창을 만들 수 있다(여기까지 언급하고 그녀는 갑자기 이 조리법을 따라하기 어렵도록 까다로움을 내비치기 시작한다). 믿을만한 푸주한에게 간 쇠고기 15센트어치, 간 통곡식으로 만든 시리얼 10센트어치를 산다. 거의 모든 큰 식품점에서 시리얼을 무더기로 쌓아놓고 달아 판다. 갈색이 돌고 식감은 거칠게 푸석거리며, 견과류와 녹말의 좋은 냄새가 난다. 남은 돈으로는 야채를 사는데…, 당근 한 묶음, 양파 두 개, 샐러리 약간, 작은 양배추 한 통을 산다. (야채를) 전부 갈아서 냄비에 넣는다. 고기도 함께 넣고, 너무 많다 싶게 물을 붓는다."

이것을 불에 올려 한 시간 동안 보글보글 끓이다가 시리얼을 더하고, 천천히 두 시간 더 조리한 다음, 식힌다. 피셔가 쓴 바에 의하면 가장 맛있게 먹는 방법은, 굳힌 덩어리를 썰어서 '스크래플(Scrapple, 저민 고기, 야채, 옥수수 가루를 기름에 튀긴 요리—옮긴이)처럼 튀기는 것이라고 한다.

"유감입니다, 메리 프란시스 케네디 피셔." 그녀의 조리법을 따라 해보고자 재료를 찾아 슈퍼마켓을 누비며 나는 나지막하게 불평을 늘어놓았다. "왜 재료의 양을 무게나 부피로 써 놓지 않았는지요?" 나는 벌써 통상부에 전화를 걸어 보았다. 1942~1992년 사이에 전체 소비자 물가는 8.8배, 음식 물가는 9.5배 올랐다. 1942년의 간 쇠고기, 샐러리, 양파 가격을 찾아볼 수는 있었겠지만 피셔가 조리법에서 언급한 통곡식이 어떤 종류인지는 알아낼 수가 없었다. 그래서 나는 그 방법을 포기하고 그녀 조리법의 숫자에 9.5를 곱해, 간 고기 1.43달러어치(초특가 할인가격으로 510g), '휘테나(Wheatena, 통밀 시리얼의 상품명—옮긴이)' 95센트어치(겨우 반 파운드, 227g), 각각 거의 454g에 가까운 양파, 샐러리, 당근, 양배추를 전부 합쳐 2.37달러어치 샀다. 샐러리가 거의 쇠고기만큼 비싸다는 것을 누가 믿을까?

먼저 고기를 노릇노릇하게 지진 뒤 푸드프로세서에 야채를 갈고, 통조림 간 토마토에 맛을 불어넣기 위해 소금과 후추를 넣고는 "너무 많다 싶게 물을 붓는다"는 피셔의 설명에 완전히 정색하면서 정말 너무 많다 싶게 불을 붓고는 다섯 시간 동안 끓였다. 조리를 마친 진창은 입맛을 돋우는 갈색에 거슬릴 구석이 없는 맛이었고(토마토와 양파를 더 넣었으면 맛이 한결 더 나아질 뻔 했다), 그걸 넓은 제과제빵용 팬에 식혀서 굳혔다. 조리법을 따르면 아주 넉넉한 한 끼니 분으로 1파운드(454g)짜리 열 덩어리(양을 조절해야 될 필요가 있었다)가 나오는데, 점심과 저녁으로 각각 한 덩어리, 아침으로 반 덩어리를 먹을 때 나흘 분이었다. 전부 들어간 비용은 간 토마토와 소금, 후추까지 포함해서 5.25달러였으므로 하루에 1.31달러 꼴이었다. 아침에 먹는 커피 한 잔과 오렌지 주스 약간의 비용 30센트를 더하면 하루 생계비용은 1.61달러가 된다. 비교를 해보자면, 땅콩버터 샌드위치 여덟 쪽과 물을 부은 전지분유 네 잔의 하루 비용은 고급 비타민 알약 비용을 뺄 경우 1.70달러이다.

진창이나 땅콩버터 샌드위치에 물을 부은 탈지분유가 영양학적으로 완벽한지, 나는 증명할 수 없다. 어쨌든 고작 하루를 진창으로 때우고 나는 질려버렸다. 그러나 건강은 절대 나빠지지 않았다. 또한 피셔가 추천하는 것처럼 많은 양의 단 버터로 튀기려고 할 때마다 진창은 완전히 곤죽이 되어 버렸다는 얘기도 해야 되겠다. 그렇게 버터에 튀겨야 진창은 겨우 먹을 만했다.

알뜰한 장보기

뉴욕 소호의 우스터 가 47번지에 있는 '구르메 개라지Gourmet Garage'

오늘날 우리가 사는 법

오늘날의 음식점에서 사 들고 와서 먹는 음식take-out food에 열광하는 사람들과 집에서 음식을 만들지 않는 경향은 두 가지의 연결된 원인, 예전보다 작아진 가정과 일하는 여성 때문이다(남자는 늘 일을 했기 때문에, 음식 만들기를 포기해본 적조차 없다). 이러한 경향은 계속될까? 투명한 플라스틱 자의 도움에 힘입어, 나는 지난 25년 동안의 통계청 자료를 가지고 미래를 예측해보았는데 그 결과는 냉정하다.

- 2050년까지, 미국의 가족 단위는 약 한 명으로 줄어들 것이다. 미국의 모든 사람들은 혼자 살게 될 것이다.
- 열여덟 살을 넘긴 모든 여성은 밖에서 일하게 될 것이다.
- 모든 여성들은 열여덟 살을 넘기게 될 것이다.

부득이하게 결론을 내리자면, 2050년이 되면 모두가 매 끼니에 음식점에서 음식을 사 들고 와서 먹게 될 것이다.

그때가 되면 무엇인가 먹기에는 엄청나게 많은 돈이 들어갈 것이다. 현재의 화폐 가치로 적어도 392,114달러를 1년 동안 벌어야 그럭저럭 먹고 살게 될 것이다. 맨해튼의 한쪽 끝에서 또 다른 쪽으로 옮겨 다니며 식사를 하면서, 나는 적당히 고급으로 아침, 점심, 저녁을 사다 먹으면 식비 40달러에 택시비 7불을 합쳐 3.2명으로 이루어진 가족을 위한 비용으로 54,896달러가 필요하다는 것을 알게 되었다. 농무부의 수치에 의하면 평균의 미국 가정이 소득 가운데 14%를 음식에 쓴다고 하므로, 반드시 392,114달러를 벌어야만 한다.

사다 먹을 수 있는 음식이 만족스럽기란 쉬운 일이 아니다. 그렇게 만족스러운 음식을 찾는 일이 2050년에는 전문직종이 될 텐데, 조리보다 더 심각하고 중요한 직종이 될 것이다. 미국인들은 다시 한 번, 외로운 중석기 시대의 사냥 및 채집꾼처럼 지갑의 날을 세운 채 어두워진 도시의 거리를 찾아 헤매고 다니며, 믿을만한 파스타 프리마베라(Pasta Primavera, 신선한 야채와 버무린 파스타—옮긴이) 한 그릇에 와락 달려들거나, 누군가를 속여 천천히 구운 캉파뉴 파테(Pâté de Campagne, '시골식 파테'로, 간 돼지고기를 바탕으로 돼지나 닭의 간, 양파나 파슬리 등의 야채를 넣어 만든다. 일반적으로 '파테'는 고기를 갈아 틀에 넣어 뭉친 가공품의 한 종류로, 대개 빵에 발라서 먹는다—옮긴이) 한 조각을 손에 넣을 준비가 되어 있을 것이다. 그렇게 음식을 찾아다니느라 막상 음식이 있어도 먹을 시간이 거의 없게 될 것이다.

에서 장을 보면 생계문제를 해결할 수 있지 않을까, 하는 생각이 들었다.

그런 생각에 처음으로 구르메 개라지에 들러보았다. 무엇보다 할인폭이 훌륭했다. 염소발 버섯과 밑동이 노란 살구버섯은 1파운드(454g)에 8.5달러로 50센트 싸게 팔리고 있었으며, 엘리 자바의 2파운드짜리 장원 저택 빵은, 매디슨 가에 자리 잡고 있는 그의 가게 E.A.T에서는 5달러인데 여기에서는 3.95달러에 팔리고 있었다. 그리고 닭장에 넣지 않고 놓아 키운 닭은 파운드에 고작 2.85달러였다.

5kg짜리 바스마티 쌀자루를 죽 늘어놓은 선반에 다가갔을 때, 나의 마음은 몇 달 전 스페인 남부의 무어 풍(風) 정원에서 먹었던 저녁의 기억으로 흘러갔다. 그 때 나는 아름다운 인도 여배우이자 음식 전문 작가인 마드허 자프리와 자리를 함께 했었다. 공기는 밤에 피는 재스민 향이 배어 부드러운 느낌이었다. 나는 그녀 쪽으로 몸을 기울여 속삭였다. "어떤 상표의 바스마티 쌀을 추천해줄 수 있겠소?", "틸다Tilda요." 그녀의 대답이었다. 그리고 지금, 몇 달이 흘러 기적이라도 일어난 것처럼 나는 틸다 바스마티 쌀이 겨우 파운드에 2달러에 팔리고 있는 것을 발견하였다.

그러나 아무리 열심히 계산을 해보아도, 그렇게 많은 염소발 버섯과 살구버섯을 저예산 요리에 포함할 수는 없었다. 그리고 파운드 당 2달러라는 가격에도, 바스마티 쌀은 집 근처의 'A&P'에서 파는 긴 알갱이의 평범한 미국 쌀보다 네 배나 비쌌다. 생계에 대한 흥미를 잃고 나면 나는 매 시간마다 구르메 개라지에 들러 장을 볼 생각이다.

절약 식단 계획

농무부는 '절약 식단 계획Thrifty Food Plan' 이라고 불리는, 거의 생계유지만을 위한 식단을 발행했다. 이는 매달 비용을 계산하고 그 결과에 맞춰 식품 쿠폰을 가난한 가정에 나눠준 뒤, 절약 식단 계획에 맞춰 음식을 만들어 먹도록 하는 제도이다(이런 방식으로 돌아갈 것이라고 예상되는 제도인데, 절약 식단 계획을 따라 음식을 만들어 먹는 사람들에게 음식 쿠폰이 부족할 것이라는 설득력 없는 논지를 뒷받침해준다). 지난 10월, 두 사람으로 이루어진 가족의 생계비용은 일주일에 49.40달러, 네 사람으로 이루어진 가족에게는 82.50달러였다. 두 사람으로 이루어진 가족 기준으로 일인당 하루 비용이 3.53달러인 것이다. 하루에 4.50달러를 식비로 쓰는 보통 미국인은 이 생계를 위한 식단 계획의 예산보다 겨우 25%를 더 쓴다는 점이 놀랍다.

나는 이 절약 식단 계획을 일주일 동안 따라 해보기로 결정하고, 농무부에서 발행한 소책자 「두 사람을 위한 절약 식단 계획–식비 절약하기 *Thrifty Meals for Two-Making Food Dollars Count*」를 슈퍼마켓에 들고 가서는 진열대를 왔다갔다 하면서 읽어보았다. 이 계획을 시험해보는 동안 몇 번이나 어물쩍, 계획을 따르지 않았는지에 대해서는 확인도, 부정도 하지 않겠다. 그러나 식품 쿠폰을 받아서 사는 사람에게는 선택의 여지가 없다는 얘기는 꼭 해야 되겠다.

1일차의 아침은 토스트, 우유, 시리얼, 오렌지 한 개였다. 절약 식단 계획을 따라 하려니 아침 내내 계획을 짜서 음식을 만들어야만 했다. 이 계획의 많은 조리법은 같은 책의 다른 조리법을 써서 만들어졌기 때문에, 정확한 장기 계획을 세우는 것이 굉장히 중요하다. 나는 일단 여섯 컵의 비스킷 믹스(비스퀵[Bisquick, 즉석 비스킷 믹스의 상품명으로 물만 섞어 구워 먹을 수 있다─옮긴이]을 집에서 만든 것으로, 나중에 '드롭 비스킷[Drop Bisquit, 반죽을 숟가락으로 뚝뚝 떠서 제과제빵용 팬에 올려 굽는 비스킷의 일종─옮긴이]' 이나 '땅콩버터 스낵 로프'를 만드는 데에도 쓰게 된다)와 다섯 컵의 푸딩 믹스(설탕, 옥수수녹말, 그리고 탈지분유를 섞어 만든 뒤, 나중에 코코아가루와 물을 섞어 초콜릿 푸딩을 만든다)를 만들었다. 그리고는 물에 칠면조 다리를 넣은 뒤 팬의 뚜껑을 덮고 졸여, 껍질과 뼈를 버리고 칠면조 맛이 우러난 국물로 그레이비(Gravy, 걸쭉한 소스의 한 종류로, 고기를 조리거나 구운 뒤 남은 국물에 녹말을 섞어 걸쭉하게 만드는 것이 조리법의 핵심이다─옮긴이)를 만들었다. 거기에서 85g의 고기를 바로 먹기 위해 두고(비싼 전자저울이 있어, 그걸로 무게를 정확하게 달 수 있다), 나머지를 2일차와 3일차를 위해 남기는 것으로 점심 준비를 시작했다. 그리고는 감자를 굽고, 콜라드 그린(Collard Green, 케일과의 식물 일종, 억세고 질긴 편이므로 날로 먹기 보다는 비교적 오랜 시간 동안 익혀서 먹는다─옮긴이)을 조리하고, 직접 만든 비스킷 믹스로 비스킷을 굽고 푸딩 믹스로는 진정 혐오스러운 초콜릿 푸딩을 만들고는, 그 초콜릿 푸딩을 뺀 모든 것을 먹어 치웠다. 저녁은 베이컨 치즈버거와 맛없는 바나나였다. 그러나 겨우 한 시간 뒤, 간식 시간이 돌아와 피넛버터 토스트를 먹었다. 다음날 아침까지 기다리기가 힘들었다.

2일차 아침은 스크램블로 베이컨 몇 조각, 토스트 두 쪽, 그리고 자몽 주스 반 컵으로 비교적 호사스러웠다. 점심은 어제 조리한 칠면조 고기를 넣은 감자 샐러드를 양상추에 얹은 것과 드롭 비스킷이었다. 저녁은 콩 타말(Tamale, 라틴 아메리카의 음식으로, 주로 옥수수 가루에 고기와 양파 등의 야채를 섞어 옥수수 껍질에 싸서 쪄 먹는다—옮긴이) 파이에 남은 양상추, 크래커, 땅콩버터 스낵로프였다. 땅콩버터와 설탕, 계란 한 개를 미리 만들어 둔 비스킷 믹스에 섞은 뒤 넙적한 팬에 담아 40분간 구워, 사흘 동안 즐거움이라고는 없이 먹는다. 간식은 차가운 시리얼이었다. 나는 콘플레이크에 우유와 설탕을 듬뿍 넣어 먹는 것을 좋아한다.

3일차의 주식은 스페인 식 칠면조 밥(월요일에 만든 칠면조를 수요일이나 되어야 다 써버리게 된다), 콜라드 그린(메뉴판에서 미묘한 인종적 선입견이 느껴지는 듯?(콜라드 그린은 아프리카의 노예들이 미국으로 들여왔다고 여겨지고, 그런 흑인들의 후손이 뿌리내리고 살게 된 미국 남부의 음식이다—옮긴이)), 그리고 어제 만든 땅콩버터 스낵 로프(다 먹으려면 4일차까지 가야 한다)이다. 비스킷 믹스가 다 떨어져가고 있어서, 더 만들 계획을 세웠다.

이런 식으로 계획을 따라 실천해보았다. 아니, 내가 이 절약 식단 계획의 4일차에 예정된, 프랑스의 페리고르 지방에서 열리는 —검정 송로버섯을 맛보기 위한— 저녁 초대에 응하지 않았더라면, 그렇게 실천할 수 있었을 것이다. 4일차의 대부분은 절약 식단 계획에 실려 있는 조리법 몇 가지를 시험하는 데에 썼다. 그 조리법은 구운 돼지고기와 그레이비, 돼지고기와 양배추 수프(두 음식은 같은 돼지고기 덩어리로 만든다), 쇠고기 바비큐 샌드위치, 화로에서 익히는 콩, 빵 푸딩이었다.

5일차에 마침내, 나는 절약 식단 계획 따라 하기를 그만두었다. 이 계획을 따라 하면 음식을 먹는 재미가 없어진다. 게다가 나흘이라면 거의 일주일에 가깝다. 비록 나는 증오하지만 영양학자들이 사랑하는 밋밋한 맛의 가짜 이국 음식이 강조되고 있지만 대부분의 조리법이 지독하게 나쁜 정도는 아니었다. 녹색 피망은 어떤 음식에도 교묘히 들어가고 있었다. 조리법은 현대 영양학적 미신의 집합적인 목록이었는데, 소금, 식용유, 때로 설탕은 우스꽝스러울 정도로 적게 넣어야 하고, 칠면조에서 가장 자랑스러운 부위인 껍질을 내버려야만 하며, 버터는 아예 쓰지 않는다(마가린의 트랜스지방산이 거의 포화지방만큼 건강에 나쁨에도 불구하고). 우유는 언제나 탈지분유를 써야 되므로 회색에다 질척질척한 빵 푸딩밖에 만들 수 없다. 그러나 계획 전체는 많은 양의 재료를 사서 한꺼번에 조리해서 남는 음식을 또 다른 음식을 만드는 데 쓰고, 미리 조리된 또는 즉석음식을 쓰지 않는다는 점에서 창의적이었다. 정말로 이 계획이 필요한 ─가난해서 음식 쿠폰을 받아 살아야만 하는─ 사람이라면 모든 음식을 처음부터 만들 시간 정도는 충분히 있을 것이다.

절약 식단 계획의 문제점과 그 외의 방법들

그러나 끊임없이 밀려오는 장을 쥐어짜는 듯한 배고픔 말고도 절약 식단 계획은 보다 더 심각한 문제를 안고 있다. 나는 농무부에 전화를 걸어 절약 식단 계획을 고안하기 위해 만든 컴퓨터 프로그램이, 현재 미국 가정의 식생활에 깊숙히 자리하고 있으면서 영양학 및 경제학적인 목표를 만족시키는 데에도 그 목적을 두었다는 것을 알아냈다. 그 결과 하루 3.53달러의 예산에도 불구하고 절약 식단 계획은 고기를 지나치게 강조하고, 그보다 훨씬 저렴하면서도 영양 많은 곡식이나 콩류를 덜 강조하게 되었다. 그리고 그렇기 때문에 절약 식단 계획은 아직도 나를 매혹시키는 물음에 대한 답을 내놓지 못하고 있다. 대체 어떤 것이 가장 적은 비용을 들여 꾸려나갈 수 있는, 생계를 위한 식단이며 그 식단을 그나마 먹을 만한 음식을 채우려면 어떻게 해야 할까?

문제는 사실 아이들 장난처럼 보인다. 5천~1만 가지쯤 되는 모든 음식의 목록과, 그 음식의 비용과 영양 정보, 통계프로그램이 설치된 컴퓨터, 그 목록과 비용, 기타 정보를 컴퓨터에 입력할 사람만 있으면 되는 것이다. 수학적인 문제는 대개 선형 프로그래밍이라고 일컬어지고, 그 선형 프로그래밍을 풀기 위해 사용하는 일반적인 방법은 '심플렉스 법 Simplex Method'이라고 아주 오래 전, 그러니까 대학원 재학 시절 누군가가 나에게 가르쳐주려고 애를 쓴 적이 있는 것이다. 그저 컴퓨터에게 집합적으로 필수 영양소를 만족시키면서 절대적으로 가장 적은 비용을 들이는 음식 군(群)을 고르라고 명령하기만 하면 되는 것으로, 고등학교 때 풀었던 동시 방정식과 비슷하나 훨씬 더 복잡하다. 그러나 컴퓨터가 있으면, 문제 전체를 푸는 데 고작 몇 분밖에 걸리지 않는다. 나는 이렇게 얻은 결과로 '심플렉스 최소 생계 식단Simplex Method'이라는 이름의 특허를 낼 계획을 했다.

일단 '건강과 식생활 관리 프로Health and Diet Pro'라는 프로그램을 39.95달러에 사서는 하드 디스크에 설치했다. 사용설명서는 조잡하고 혼란스러웠지만 어쨌든 프로그램의 목표는 섭취하는 다양한 영양소 및 독소를 기록하고, 보다 건강한 음식의 조리법을 제공하며, 운동과 식생활 계획을 짜주는 것이다. 나는 이 모든 것보다 프로그램의 심장부 어딘가에 묻혀 있는 삼천 가지의 음식 목록과 그에 딸린 영양 정보에 관심이 있었다. 이 정보에 가격을 더한 뒤 프로그램을 조작해서 내 생계 식단 문제를 해결할 수 있을까? 생각해보니 안 될 것 같았다. 나는 저녁 내내 실낱같은 성공도 거두지 못했다. 절약 식단 계획을 이틀째 실행에 옮기고 있었고, 콩 타말리 파이가 내 집중력을 박살냈으며 심술 나게 만들었다는 사실을 인정해야 되겠다. 아마 송로버섯을 먹고 난 뒤라면 훨씬 나을 것도 같았다.

답을 얻고자 기술 문헌을 찾아보았더니 1945년에 노벨 경제학상을 받은 경제학자인 고(故) 조지 J. 스티글러가 1939년 8월의 음식 가격을 바탕으로 고안한 수학적으로 정확한 성인 남자를 위한 생계형 식단을 찾을 수 있었다. 그의 식단은 밀가루 168kg, 무가당 연유 37통, 양배추 45kg, 시금치 10kg, 말린 흰 강낭콩 129kg으로 이루어져 있다. 이 재료들을 사는 데 드는 연간 비용은 39.93달러였으니 오늘날의 화폐가치로는 대략 460달러 정도, 즉 하루에 1.26달러이다. 1944년 8월까지 상대적인 음식물의 가격은 바뀌었으며, 그에 맞춰 스티글러의 완벽한 식단 역시 바뀌었다. 무가당 연유와 말린 흰 강낭콩은 사라졌으며, 팬케이크 가루 61kg과 돼지간 10kg이 그 자리를 대신했다. 그러나 일 년 내내 양배추 빵과 돼지간 팬케이크, 시금치 약간만을 먹는 식생활은 내가 찾던 식단이 아니라는 것을 금방 알아차렸다.

1981년에 발표된 연구는 내가 찾던 해답에 보다 더 가깝다. 데이비스에 자리 잡은 캘리포니아 주립대학의 제리 포이틱은, 스티글러의 일반적인 방법론을 따랐으나 다양함과 맛을 확보하기 위해 60가지의 규칙을 더했다. 그의 이상적인 식단은 열여섯 가지의 음식으로 이루어져 있으

며, 4인 가족을 위한 한 달 식비가 238달러로 절약 식단 계획의 고작 2/3
밖에 안 된다.

포이틱의 계획을 나와 아내 두 사람을 위한 하루치로 줄여서 적용하
면, 그의 이상적인 생계형 식단은 지방을 걷어낸 우유 세 잔, 닭고기
112g, 햄버거 또는 다른 고기 84g, 계란 한 개 반, 말린 콩 110g, 큰 잔에
담긴 얼린 오렌지 주스 녹인 것, 과일 230g과 그보다 조금 적은 양의 야
채, 225g의 감자와 같은 양의 쌀과 같은 곡식, 빵 450g, 거의 여섯 큰술
에 가까운 양의 기름이나 버터, 650g의 설탕이나 기타 단 것으로 구성된
다. 물건 가격이 비싼 그리니치빌리지 슈퍼마켓에서 산다고 가정하더라
도 드는 비용은 고작 5달러로 어이없도록 경제적이다.

이제 내가 고안해낸 심플렉스 생계형 식단을 써서 무엇인가 맛있는
것을 만들어내는 건 나와 독자의 몫이다. 이게 이론적으로는 가장 싸게
먹히면서도 사람을 생기 있게 만들어주고 영양학적인 측면에서도 균형
을 유지하게 만드는 식단이라는 것만 기억하면 된다. 설사 설탕 약간이
나 커피 한 잔, 올리브기름 약간을 더해 삶을 조금 더 감칠 맛 나게 만든
다고 해도, 우리는 농무부와 절약 식단 계획을 그들이 짜낸 시합을 통해
이기는 셈이다.

농무부의 절약 식단 계획을 따라 줄여본다고 해도 고기 중심의 미국
식생활로는 맛있는 생계식단을 짜기가 쉽지 않다. 그러나 이태리나 프
랑스의 시골 음식은 심플렉스 생계 식단에 완벽하게 들어맞는 조리법으
로 가득하다. 현대 프랑스 요리를 하는 주방장조차도 생계형 음식의 수
준을 살짝 웃도는 정도로 멋지게 조리하는 법을 직관적으로 알고 있다.

나는 뉴욕 시의 '르 서크Le Cirque' 주방장이었으며 새로 문을 연 '다니엘'의 주인인 다니엘 부울뤼에게 전화를 걸어, 곧 나올 그의 요리책 원고에서 가장 저렴한 음식의 조리법을 알려달라고 부탁했다. 그는 즉시 이 수프를 만들었는데 신기하다고 생각될 정도로 심플렉스 생계 식단의 취지를 반영한 것이었다.

리코타 치즈 토스트를 곁들인 스위스 샤드와 콩 수프

『다니엘 불뤼와 함께 하는 요리』(랜덤 하우스 출판사)

무염 버터 1큰술, 8센트 **0.6cm 두께로 썬 베이컨** 두 조각, 가로로 자른다. 41센트 **중간크기 양파** 한 개, 반 컵 분량, 껍질을 벗기고 곱게 다진다. 46센트 **하얀 버섯** 225g, 한 컵 분량, 머리 부분만 골라 씻고 0.6cm 깍둑썰기 한다. 1.43달러 **마늘** 한 쪽, 껍질을 벗기고 곱게 다진다. 4센트 **육두구** 반 큰술 + 토스트를 위해 약간, 10센트 **닭 육수** 2리터(집에서 만들려면 닭 목과 등뼈 1kg을 불에 노릇노릇하게 구워 6리터짜리 육수 냄비에 다진 양파, 샐러리, 당근과 함께 넣고 물 열 컵을 부은 뒤 뚜껑을 덮고 끓인다. 파슬리, 소금 반작술, 통후추 몇 알을 넣은 뒤 약한 불에 두 세 시간 정도 부글부글 끓인다), 1.60달러 **말린 흰 강낭콩**이나 **칸텔리니 콩** 한 컵, 밤새 물에 담가둔다. 34센트 **스위스 샤드** 454g, 잎사귀만을 골라 씻어 대강 썰어놓는다. 1.49달러 **소금과 금방 간 후추**, 10센트 **리코타 치즈** 110g, 50센트 **얇게 썬 시골빵** 네 조각, 30센트 **간 파르메잔 치즈** 한 큰술, 19센트

버터를 4리터 소스팬에 넣고 중간보다 조금 센 불에 올려 녹인 뒤, 베이컨을 모든 면이 노릇노릇하도록 굽는다. 베이컨 기름 반을 숟가락으로 덜어내고 양파, 버섯, 마늘, 그리고 육두구 1/2큰술을 넣은

뒤 야채가 무를 때까지, 5~8분 동안 은근한 불에 익힌다. 그러는 동안 닭 육수를 다른 팬에서 데우고, 야채가 다 익었으면 닭 육수를 붓고 미리 물에 담가두었던 콩을 넣어 팔팔 끓인 뒤, 불을 줄여 은근하게 35~40분 동안, 콩이 막 물렁거리기 시작할 때까지 끓인다. 스위스 샤드와 소금 1/2작은술(베이컨과 국물이 짜다면 그보다 적게), 후추 약간을 넣고 다시 15분 동안 은근하게 끓인다. 간을 보고, 따뜻한 채로 둔다.

리코타 치즈를 빵에 바르고 간 파르메잔 치즈와 육두구를 그 위에 뿌린다. 브로일러에 금갈색이 돌 때까지 굽는다. 국자로 수프를 떠 넓은 접시에 담고, 리코타 치즈 토스트를 그 위에 얹는다. 구운 시골빵을 더해, 네 명이 한 끼의 저녁으로 먹었을 때 한 사람 당 1.76달러가 든다.

양고기와 렌즈콩을 곁들인, 향을 낸 밥

렌즈콩과 쌀은 함께 먹었을 때, 완전하면서도 아주 경제적인 단백질의 공급원을 이룬다. 나는 조금 질이 낮은 바스마티 쌀을 건강식품 가게(그리고 맨해튼의 '작은 인도' 구역)에서 1파운드에 고작 1.20달러에 파는 것을 발견하였다. 쌀 조리의 챔피언은 페르시아인이라고 생각해서, 나는 며칠 전 저녁 잘 알려진 페르시안 바스마티 쌀과 렌즈콩의 조리법을 나즈미에 배트망글리의 훌륭한 책 『삶의 새 음식』(메이지 출판사)을 참고해 가장 비싼 재료 네 가지 가운데 세 가지인 양고기, 대추, 버터의 양을 반으로 줄이고 나머지 하나인 샤프란을 뺀 뒤, 왕자에게 걸맞을 법한 만찬 여섯 명 분을 한 사람당 1.49달러에 조리하였다.

길쭉하고 흰 바스마티 쌀 3컵(1파운드보다 조금 더 많이), 1.20달러 **소금** 3센트 **중간크기 양파** 두 개(전부 900g), 껍질을 벗기고 얇게 썬다. 89센트 **식용유** 4큰술, 36센트 **뼈가 붙은 양의 어깨고기** 900g, 5~7cm로 썬다. 2.59달러 **금방 간 검정 후추** 2센트 **강황** 1/4 작은술, 3센트 **계피가루** 1/2 작은술, 7센트 **페르시안 올스파이스**(Allspice, 피멘토 나무 열매 향신료—옮긴이) 1, 1/2작은술(넉넉하게 잡은 계피, 카르다몸 가루 1/2작은술씩과 역시 넉넉하게 잡은 쿠민 가루 1/4작은술을 섞어서 비슷하게 만들 수 있다), 24센트 **물** 두 컵 **렌즈콩** 한 컵 반, 58센트 **하얀 건포도** 한 컵, 88센트 **씨를 뺀 대추** 110g(약 한 컵), 다진다. 1.25달러 **버터** 110g, 67센트

쌀을 따뜻한 물에 다섯 번 정도 박박 씻은 뒤, 물 여덟 컵에 소금 두 작은술을 섞어 거기에 적어도 두 시간 동안 담가둔다.

　양파의 반을 팬에 기름 두 숟가락을 두른 뒤 중간에서 조금 센 불에 올려 물러지고 누런색이 돌 때까지, 10분 정도 볶는다. 양고기를 넣고 소금 3/4 작은술, 넉넉한 후추, 강황, 계피, 페르시안 올스파이스 1/2작은술로 간한 뒤 다시 5분 동안 볶는다. 물 두 컵을 더하고

뚜껑을 덮은 뒤 약한 불에 은근하게, 고기가 아주 부드러워질 때까지 두 시간 반에서 세 시간 정도 끓인다. 일단 치워둔다.

소스팬에 렌즈콩과 물 세 컵, 소금 반 큰술을 넣고 팔팔 끓이고 약하게 불을 줄여 10분간 더 끓인 뒤 물을 따라버린다. 프라이팬에 남은 양파를 위에서와 같은 방법으로 볶다가 건포도와 대추를 넣는다. 2분간 더 조리하고 일단 치워둔다.

4리터 냄비(바닥이 코팅 처리된 것)에 물 2리터와 소금 두 큰술을 붓고 미리 물에 담가 둔 쌀을 넣어 3~5분 정도 끓여 반 정도 익힌다. 종종 저으면서, 쌀 알갱이의 깨지기 쉬운 심은 사라졌으나 그래도 딱딱한 정도까지 끓인다. 물을 따라 버리고 따뜻한 물로 헹군다.

같은 냄비에 버터를 녹인 뒤, 그 가운데 절반을 작은 사발에 옮겨 담아 둔다. 익힌 쌀을 두 컵 담아 요거트를 담아 둔 사발에 넣어 섞는다. 렌즈콩 한 켜를 쌀 위에 뿌리고, 그 위에 건포도, 대추, 양파를 한 켜씩 뿌린 뒤, 쌀 한 켜를 더한다. 모든 재료들을 다 쓸 때까지 같은 과정을 반복하고, 남은 페르시안 올스파이스를 켜 사이사이에 뿌린다. 쌀을 더하면서 부풀린다. 위로 갈수록 켜의 지름을 줄여 재료의 끝이 점점 가늘어져 냄비에 담은 피라미드처럼 보이도록 만든다.

뚜껑을 덮고 중간 불에 10분 정도 익혀 냄비의 바닥에 맛있는 누룽지가 생기도록 한다. 뚜껑을 열어 녹인 버터를 쌀 위에 붓고, 깨끗한 행주를 냄비 위에 올려 덮은 뒤 약한 불에 50분 동안 더 익힌다.

불에서 내려도 천은 그대로 둔다. 냄비를 차갑고 젖은 행주 위에 5분 동안 올려놓는다(누룽지를 떼어내는 데 도움이 된다). 천을 치운 다음 밥을 한 컵 정도 분량으로 개인 접시에 담는데, 쌀과 다른 재료를 쌓아 올려 부푼 피라미드 모양을 만든다. 냄비 바닥에 누룽지만 남으면 칼과 주걱으로 떼어내어 다른 접시에 한 조각, 또는 두 조각(운이 좋다면)씩 담는다. 밥과 렌즈콩을 양고기로 두른 뒤 낸다.

완벽한
으깬 감자

오마 샤리프의 으깬 감자

나는 꽤나 오랫동안 내가 만든 으깬 감자에 만족하지 못해왔다. 그리고 그것은 내 책상 위에 놓인 반짝반짝 윤이 나는 잡지에 의하면, 으깬 감자를 언제나 두 그릇씩 먹어치운다고 알려진 오마 샤리프와 나 사이의 두드러지는 차이점일 것이다. 그의 으깬 감자는 사실 파리의 음식점 '자망'의 주인 겸 주방장인 조엘 로뷔숑의 솜씨로, 지난 몇 년 동안 세계에서 가장 상을 많이 받은 으깬 감자 가운데 하나이다. 게다가 로뷔숑의 으깬 감자에는 동물성 지방이 그득히 들어 있어, 먹는 것 자체가 모험이라고 해도 지나치지 않다. 그의 책 『당신을 위한 나의 요리*Ma cuisine pour vous*』(라프론트 출판사, 1996년)에 담긴 조리법으로 판단하건대, 그는 삶은 감자 454g마다 그 절반의 무게인 227g의 버터를 넣는다. 그러므로 오마 샤리프는 주요리 코스에 채 이르기도 전 으깬 감자 접시를 비우는 십 분 동안, 위생국장이 권장하는 일일 섭취량 보다 열 배나 많은 양의 동물지방을 섭취하게 되는 것이다. 그렇기 때문에 으깬 감자를 비롯해서 유행하고 있는, 마음을 편안하게 해 주는 음식comfort food이 우리에게 굉장히 중요해졌다. 그런 음식을 먹으면 참치 카르파치오나 누에콩을 먹지 않고도 세련되고 유행에 뒤쳐지지 않는 것처럼 느끼게 되기 때문이다. 식이성 지방에 관련된 지저분한 캠페인이 위생국장과 그의 패거리의 돈으로 굴러가고 있다는 것을 생각해볼 때, 으깬 감자는 신이 내린 선물이다.

그러나 오마 샤리프가 파리에 대해서 찬사를 늘어놓고 있는 동안에도 내 으깬 감자는 계속해서 끈적끈적했다. 때로 내 으깬 감자는 대재앙에 가까울 정도로 잘못되어서 끈적끈적 들러붙거나, 덩어리지거나 풀죽 같아져서 이나 잇몸, 입천장에 달라붙고 혀와 목구멍을 덮어씌운다.

다들 알고 있는 것처럼, 즉석 으깬 감자 제조업체들은 끈적거리는 감자에 대해 나보다 더 전전긍긍하고 있다. 보통 감자는 드넓은 밭을 떠나 탈수된 입자형태로 가공되어 봉투에 담기고 슈퍼마켓의 진열대에 오를 때까지, 복잡하게 얽히고설킨 고문과정을 거치게 되고 그 결과 끈적거림이 몇 배는 더 증폭된다. 으깬 감자 제조업에 종사하는, 감자가 그렇게 변하는 것을 막는 데에 출세의 성패가 좌우되는 과학자들은 그 가공과정에서 발견한 사실을 갖가지 국내외의 기술 기관지에 발표한다. 그리고 조리 과학에 관한 책을 쓰는 애틀랜타 거주 교사 셜리 코리허Shirley

Corriher는 컴퓨터를 통해 그 발견에 관련된 정보를 찾을 수 있는지 가르쳐주었다. 지난 20년 간 으깬 감자를 다루었던 341점의 연구 논문들 가운데, 업계의 성경과도 같은 〈감자 가공Potate Processing〉을 비롯한 서른 편이 읽을만 해보였다. 농무부는 즉석 으깬 감자를 위한 기반 대부분을 다져놓았고, 그 전문가인 캘리포니아 주의 멀리 위버가 전화로 많은 도움을 주었다.

훌륭한 으깬 감자를 만들기 위한 제안을 소개한다. 여기에 '가정 조리과학의 큰 업적'이라는 딱지를 붙일 것인지는 나 아닌 다른 사람들이 판단할 몫이다.

감자와 친해지기

감자는 세상에서 가장 중요한 야채다. 매년 약 45만 톤의 감자 가운데, 거의 절반이 보드카가 엄청난 인기를 누리는 러시아와 폴란드에서 재배된다. 우유를 넣고 휘저은 으깬 감자는 거의 완벽한 음식이라서 마름병이 창궐해서 작황이 나빠지기 전까지 혼자 힘으로 19세기 아일랜드를 먹여 살렸다. 우유와 같이 먹지 못할 경우, 매일 1.7kg을 소화시킬 수 있다고 가정하면 감자만 먹고 167일을 버틸 수 있다. 보통 미국사람은 하루에 중간 크기 하나씩, 1년이면 거의 50kg의 감자를 먹는데 가공되지 않은 채로도 먹고, 칩이나 다른 간식거리, 얼린 프렌치프라이, 알갱이로 가공된 즉석 으깬 감자를 포함한 가공된 상태로도 먹어 감귤류를 통한 것보다 더 많은 비타민C를 섭취한다(감귤류가 아직 열대로부터의 귀한 과일이었던 시절, 감자는 괴혈병 예방의 주요 수단이었다). 감자의 70~80%는 물이고(거의 우유만큼 수분이 많다), 10~20%는 녹말이며 나머지는 당, 섬유질, 광물, 질 좋은 단백질이다. 감자에는 사실상 지방이 전혀 없으며 열량은 사과나 바나나와 거의 같다.

작물로서의 감자는 '솔라나시에Solanaceae' 과(科)의 여러 해 살이 풀로, 자주색이나 노란색 꽃을 피운다. 그리고 때때로 붙임성 있어 보이는 자그마한 토마토와 같은 열매를 맺지만, 가지과의 열매처럼 먹으면 독이 오르게 된다. 감자에서 우리가 먹는 부분은 뿌리가 아니고 덩이줄기, 그러니까 땅에 묻혀있는 식물 줄기의 부풀어 오른 끝 부분이다. 감자의 눈은 아무렇게나 자리 잡은 것이 아니고 가지와 잎에 의해 줄기의 새겨진 무늬를 되풀이하는 것으로 이파리 열세 장으로 나선을 이루거나, 나선이 다섯 바퀴째 도는 지점에 눈이 있다. 감자의 잎에서 생긴 당은 땅 밑의 덩이줄기로 운반되어 녹말로 변한다.

으깨면 끈적끈적해지는 감자

다른 모든 생물처럼 감자는 몇 백만 개의 세포가 한데 모여 이루어졌다. 감자세포의 내벽은 단단하고 빽빽하게 채워진 녹말의 아주 작은 알갱이로, 세포의 나머지 부분을 채우고 있는 물이 스며들지 않는다. 그러나 감자를 60도 정도로 가열하면 녹말 알갱이들은 주변의 물을 흡수하기 시작하고, 온도가 71도에 이르면 원래 크기의 몇 배로 부풀어 오르게 된다. 그럼 녹말은 물과 섞여 찐득찐득한 복합물인 겔이 되어 세포의 대부분을 채우게 된다. 분리되고 부풀어 오른, 그리고 완벽하게 형태를 지킨 감자 세포가 부드러운 으깬 감자를 만들지만, 71도에 감자 세포는 서로 단단하게 달라붙게 되고 감자를 으깨려 들면 붙어 있는 세포는 분리되기보다는 쪼개져서 녹말의 겔이 스며 나오게 된다. 이것을 '자유 녹말', 혹은 '세포 밖의 녹말'이라고 하는데, 으깬 감자의 적이다. 자유 녹말은 으깬 감자를 끈적끈적하게 만든다.

조리 시간이 길어져 감자의 내부 온도가 섭씨 82도에 이르면 잼과 병조림Preserve을 걸쭉하게 만드는 펙틴과 비슷한, 감자 세포 사이의 접합제가 부서져 세포가 하나하나 떨어지게 된다. 이때가 감자를 으깨기에는 가장 좋다. 더 조리하게 되면 세포는 약해지고 결국 터져, 겔로 바뀐 녹말의 일부가 새어 나오게 된다. 지나치게 조리한 감자가 으깨기는 쉬워도 끈적거리고 달라붙는 건 바로 이런 이유 때문이다. 만약 감자에서 15~20%의 세포가 터진다면 후회하게 될 일이 생긴다.

감자 고르는 법

감자를 분류하는 일반적인 방법 가운데 하나는 녹말 함유량에 따른 것이다. 푸석푸석한, 러셋 버뱅크Russet Burbank와 같은 감자는 뻑뻑하고, 녹말이 많고 물이 적으며, 맛없게 들리는 말 "푸석푸석한mealy"에도 불구하고 으깬 감자를 위해 일반적으로 많이 쓰이는 품종이다. '백장미'와 같이 물렁물렁한 감자는 녹말이 적고, 물이 많으며, 프랑스 음식의 조리법에서 종종 많이 쓰인다(조엘 로뷔송이 쓰는 감자는 BF15로, 프랑스어를 번역해보면 작고 껍질은 노란 색이며, 속살은 그보다 조금 더 진한 노란 색에 물렁물렁한 품종이다). 형용사 "푸석푸석한"이나 "물렁물렁한"은 감자를 조리하고 난 뒤의 식감을 일컫는다. 푸석푸석한 감자는 으깨면 폭신하고 거의 알갱이지다시피 하며, 물렁물렁한 감자는 크림처럼 부드러워진다. 그러나 물렁물렁한 감자는 세포를 분리하기 위해 일반적으로 조리를 더 오래해야 하며, 힘을 보다 세게 주어 으깨야 한다. 어떤 학자들은 그렇게 더 오래 조리하고 힘을 주어 으깨면 자유 녹말이 나오므로 으깬 감자가 끈적끈적해질 위기를 늘린다고 생각한다.

일단 어떤 종류의 감자로 으깬 감자를 만들 것인지 결정한 다음에는, 채소 장수나 슈퍼마켓에서 세탁비누에 가격표를 붙이는 사람에게 물렁물렁하거나 푸석푸석한 감자를 구분해 달라고 물어본다. 이해 못 하겠다는 눈초리를 보답으로 받게 될 것이다. 그렇지만 스스로 감자를 시험해볼 수도 있다. 각 종류별로 감자를 사서, 집에 돌아와서는 물 아홉 컵 반에 소금 한 컵을 녹여 소금물을 만든다. 소금물에 넣었을 때 감자가 가라앉으면 녹말이 많아서 그런 것이고 조리하면 푸석푸석한 느낌이 날 것이다. 감자가 뜬다면, '텅 빈 마음hollow heart'이라는 이름의 감자병에 걸리지 않는 다음에야 물렁물렁한 종류일 것이다. 텅 빈 마음병에 걸린 감자는 어떤 종류든지 물에 뜬다. 내가 사온 감자는 모두 소금물에 넣자 가라앉았다.

오로지 크고 푸석푸석한 아이다호 러셋 감자로만 으깬 감자를 만드는 실험을 했다. 어떤 종류의 감자를 쓰라고 하는지 지정하지 않는 조리법은 피했다. 또한 감자의 전체 무게를 명시하지 않은 채 "여섯 개의 중간 크기"처럼 막연하게 언급한 조리법 역시 피했다. 감자는 심지어 인류보다도 크기가 다양하다. 만약 어떤 요리책이 감자의 종류도, 무게도 지정하지 않는다면 즉시 버려라.

감자 껍질 벗기기와 썰기

'감자 껍질 압력 단체potato-peel lobby' 가 있다면 감자의 모든 영양소는 껍질에 있다고 믿도록 만들 것이다. 말도 안 되는 소리다. 감자의 껍질 은 그 무시해도 되는 무게에 비할 때 어울리지 않는 비율의 비타민과 광 물을 지니고는 있지만, 대부분의 영양소는 그래도 속살에 있지 껍데기 에 있지 않다. 껍질을 벗기지 않고 감자를 통째로 조리하면 약간의 비타 민이나 맛이 소금물로 빠져 나가는 것을 막기는 하지만, 안쪽이 다 익었 을 때 둥글둥글한 끝과 바깥 켜가 너무 익어 전체적으로는 고르게 익지 않게 된다. 너무 익은 세포는 터질 것이다.

감자 껍질을 벗겨 같은 크기의 조각으로 썰면 고르고 빠르게 익는다. 작게 자를수록 빨리 익겠지만 드러나는 표면적이 크므로 맛과 영양을 더 많이 잃게 된다. 가장 좋은 타협안은 감자를 1.6~3.4cm 사이 두께로 자르는 것이다. 감자를 자를 때 열린 세포에서 흘러나온 자유 녹말을 헹 궈낸다.

감자 조리하기

나의 조리 과정이야 말로 이전에 만들어진 으깬 감자들과 궤를 달리 하는 부분이다. 몇 년 전, 즉석 으깬 감자 제조업체들은 감자를 70도의 물에서 20분(물렁물렁한 종류는 두 배 더 길게) 미리 익힌 뒤 식히면 마지막 으로 으깰 때 자유 녹말이 반으로 줄어든다는 것을 발견했다. 이 발견이 없었더라면 으깬 감자 제조업체들은 오늘날 다림질용 풀을 만들고 있었 을 것이다.

두 가지 방법 모두로 실험해본 뒤, 나는 감자를 미리 익히는 것이 제대로 된 으깬 감자를 만드는 법을 얻기 위해 바친 기도에 대한 대답이라고 조심스레 낙천적인 결론을 내렸다. 감자 익히기는 두 단계의 과정이다. 녹말은 감자가 70도에 이르렀을 때 세포 안에서 부풀어 오르고 젤화(化)된다. 그리고 끓는점에 가까워질수록 세포 사이의 펙틴 접합제는 부서지고, 감자는 안전하게 으깨진다. 감자를 미리 익히면 이 단계들을 분리할 수 있다. 녹말이 젤화된 다음 자른 감자를 식히면 재접합이라 일컫는 과정이 벌어지도록 하는데, 나중에 알갱이를 내거나 으깨서 세포를 터뜨려도 녹말 분자가 서로 달라붙어 물이나 우유에 녹지 못하게 되는 것이다. 이 재접합은 으깬 감자가 끈적끈적해지는 속도를 늦춘다.

이것은 처음으로 으깬 감자 제조업에서 적용하는 감자 미리 익히기와 재접합 기술이 가정의 부엌에 소개되는 것이다. 온도계를 쓰는 것이 중요하다. 껍질을 벗기고 자른 감자를 80도의 물이 담긴 팬에 넣는다. 팬을 낮은 불에 올리고 가끔 찬 물을 섞어주면 다른 일을 하는 2~30분 동안 물의 온도를 70도 안팎으로 유지하기 쉬워진다. 감자는 단단하고 탄력을 가지게 되며, 속살의 반투명함이 사라질 것이다. 물을 따라 버리고 감자를 다른 그릇으로 옮겨 흐르는 수돗물에 만져서 차가운 느낌이 들 때까지 식힌 뒤, 그대로 30분 동안 놓아둔다. 그리고 찌거나 약한 불에 은근히 끓이는 마지막 조리과정을 진행한다. 몇몇 조리법을 보면 감자를 찬 소금물에 담가 끓이라고 하는데, 어느 꼼꼼한 스웨덴인의 연구 결과는 이렇게 감자를 조리할 경우 마지막으로 으깬 감자가 더 끈적거리거나 때로는 맛이 이상해진다고 밝히고 있다. 다른 연구 결과는 찬물로 감자를 익히기 시작하면, 비타민C를 더 많이 잃게 된다고 밝히고 있다. 팔팔 끓는 물에 감자를 넣고 보글보글 끓을 정도로만 불을 줄이는 게 낫겠다.

어젯밤 네 종류의 으깬 감자를 손님에게 시험 삼아 대접했다. 미리 익혀 만든 것이 일등을 차지했다. 그렇게 만든 으깬 감자는 부드럽고 끈적끈적하지 않았으며, 감칠맛 나는 구수한 감자 맛이 났다. 2등은 일반적인 방법을 따라 소금물에 삶아 만든 것으로, 풀죽의 경계선에 아슬아슬하게 발을 걸치고 있었지만 맛은 좋았다. 나머지는 절망적이었다.

감자 으깨기

물을 따라 버린 뒤 바로 감자를 으깬다. 목표는 세포를 터뜨리지 않고 갈라놓는 것인데, 그를 위해 완벽한 온도는 약 80도이다. 감자가 상온으로 식으면 펙틴 접합제가 다시 굳게 되고, 세포를 으깨면 대부분 터져 끈적거리는 녹말 겔을 흘린다. 10도에 세포의 절반은 터질 것이다.

감자를 으깨기 위해 믹서 푸드프로세서의 사용을 재가(裁可)하는 요리책이 있다면 주의를 기울여 조각조각 찢어 버려야 한다. 손으로 감자를 으깨는 도구를 사용할 경우, 남은 덩어리를 찾으며 감자를 으깨는 사이 이미 으깨진 부분을 다시 반복적으로 으깨게 된다는 사실을 무시하는 경우가 될 것임을 명심하라. 감자를 으깨는 데는 '라이서Ricer'가 최고인데, 각각의 감자 세포가 딱 한 번만 스쳐 지나가고 모든 압력이 수직방향으로 적용되기 때문이다. 그와 대조로, 음식 갈이 Food Mill는 손잡이를 돌리면 세포를 망 너머로 비벼대서 더 많은 세포를 자른다. 그러나 미리 감자를 익히는 기술 덕분에 감자가 끈적거릴까봐 두려워하지 않고도 음식 갈이를 써서 완벽하게 부드러운 결과를 동시에 얻어낼 수 있다. 실험을 더 해봐야 되겠다.

익은 감자에 물기가 많다면 으깨기 전이나 후에 그 물기를 좀 덜어내줘야 한다. 감자를 팬에 다시 담고 행주를 접어 덮은 다음, 5분 동안 종종 흔들어 준다. 아니면 감자를 라이서로 으깬 다음 팬에 다시 담아서 약한 불에 올려, 팬의 바닥에 얇은 막이 생길 때까지 1~2분간 뒤섞어 준다. 부드럽게 둥그스름한 나무 숟가락을 쓰는 게 좋다. 점잖게 조리한다.

으깬 감자를 더 맛있게 만들기 위해 버터를 얼마나 더 넣을지는 당신이 알아서 할 바이다. 감자 900g(4~6인분)에 버터 113g(미국의 슈퍼마켓에서 파는 버터는 1파운드, 즉 454g이 한 상자이고, 그 한 상자는 같은 양의 네 자루, 즉 'stick'으로 나뉘어 따로 포장되어 있다. 본문에서 저자는 한 자루의 버터, 즉 113g에 가까운 양을 넣으라고 말하고 있다. 참고로, 한 자루의 버터는 8큰술이다—옮긴이)의 비율은 좀 검소해 보이지만, 로뷔숑은 도를 지나쳐 서너 배나 많은 양을 넣는다. 버터를 먼저 넣은 뒤 뜨거운 우유나 크림을 약한 불에서 넣는다면, 흐르도록 묽은 정도에서 딱딱한 정도까지 농도의 으깬 감자를 만들 수 있다. 그러나 그 반대의 순서로 넣는다면, 우유를 얼마나 많이 넣어야 하는지 알기가 어려워진다. 조르쥬 블랑크는 버터를 바로 넣고 감자를 따뜻하게 둔 뒤, 크림을 마지막에 섞으라고 충고한다. 으깬 감자를 끓지 않을 정도로만 따뜻한 물에 올려놓는다면, 팬의 뚜껑을 꼭 닫지 않아야 한다. 아니면 감자의 맛이 변하고, 끈적끈적해질 것이다.

버터를 감자에 넣을 때 아주 딱딱해야 할까, 아니면 부드러워야 할까? 감히 거품기를 써야 할까(거품기는 절대 쓰면 안 된다고 미셸 제라드는 말한다)? 물렁물렁한 감자와 요즘 나오는 새 품종은 미리 익히기 좋은가? 감자는 찌는 것이 끓이는 것보다 나은가?

지금 나는 저 남은 물음에 대한 답을 도저히 할 수 없는 상황이고, 모든 진실이 밝혀질 때까지 나는 총체적으로 행복할 수 없을 것이다. 다음 실험은 오늘 밤에 시작된다.

작가메모

조엘 로뷔숑은 이제 작고 물렁물렁하며 속살이 노란 '라테ratte'를 쓰는데, 내가 가는 시장을 비롯한 몇 군데에서 살 수 있는 품종이다. 로뷔숑은 음식 갈이로 감자를 으깨고는, 그렇게 으깬 감자를 힘들여 체에 문질러 거른다.

스키와 날 해산물 안전의 상관관계

요즘은 모든 사람들이, 어패류를 날로 먹는 것을 두려워하고 있다. 그러나 나는 이번 겨울, 스키를 포기하고 대신 어패류를 배터지도록 먹는다는 계획을 세워두었다. 계산을 해보니 스키를 타다가 심각한 부상을 입을 확률은 차갑고 살이 통통하게 올라 짭짤하고 즙이 넘치는 생굴이나 조개를 잘못 먹어 아프게 되는 것보다 열 배는 높다. 그러므로 스키를 열흘 동안 타지 않으면 한 해 내내 일주일에 두 번씩, 굴을 배 터지게 먹을 수 있다.

아주 솔직하게 말하자면, 나는 살면서 스키를 타 본 경험은 단 한 번도 없지만 거의 모든 종류의 음식을 배가 터지도록 먹어보았다. 한 번은

콜로라도 주 아스펜의 스키장에서 언덕 아래로 굴러, 나무 덤불에 부딪혀 어깨가 부러져 병원에 갔다가 막 돌아온, 운 나쁜 친구의 저녁 식사를 도와주는 계획을 세운적이 있다. 그는 상체에 부목을 대어 메뉴판을 넘기는데 도움이 필요했다. 나는 친구가, 그 동안 들어왔던 모든 현대 영양학적인 유행과 소문에 미신적일 정도로 집착해서 먹을 음식을 고르는 것을 지켜보는 동안, 그에게 품고 있었던 지나친 동정심에서 바로 벗어났다. 사는 동안 내내, 나는 왜 사람들이 모든 종류의 위험을 떠맡지 못해 안달을 하다가 그보다 훨씬 덜 위험한 일에는 편집증적으로 구는지 이해할 수가 없다. 특히 그 일이 저녁에 먹을 음식을 고르는 일이라면 더욱 그렇다.

사람들이 해산물의 안전에 대해 걱정 하는 데에 나름대로 이유가 있기는 하다. 〈소비자 보고서〉 1992년 2월호에 실린 조사결과에 따르면, 〈소비자 보고서〉의 직원들이 조사를 위해 슈퍼마켓과 생선가게에서 사들인 해산물 가운데 44%에서 받아들일 수 없는 수준의 배설물 대장균이 검출되었다고 한다. 이 배설물 대장균은 모든 소화기 질환의 원인이 될 수 있다. 연방정부는 해산물의 안전을 보장할 의무를 회피해왔고, 결국 이 상황을 개선하기 위한 계획안이 의회에 제출되었다.

대부분의 세균과 병원체는 익히면 파괴되므로, 연방 식약청은 생선의 경우 63도까지, 아니면 뼈 가까이의 가운데 살이 조각조각 떨어질 정도로 익히고, 굴과 조개는 반드시 4~6분 동안 삶아 먹어야 한다고 추천한다. 이것은 재앙에 가까울 정도로 지나치게 익힌 해산물을 위해서나 믿을만한 조리법이다.

가장 많은 위험이 도사리고 있는 건 조개류이다. 1991년 식약청은 질병통제센터와 함께 생선 및 조개류의 위험도 평가작업을 벌여, 날 것이거나 부분적으로 익힌 연체동물류(홍합, 조개, 굴)가 위험하지 않으며, 해산물 200만 접시 가운데 한 접시에서 한 건의 질환이 일어난다고 밝혔다. 이 수치는 2만 5천 접시마다 한 건의 질환이 일어나는 닭에 비교해 볼 때 엄청나게 낮다.

그러나 날 것, 또는 부분적으로 익힌 조개를 더했을 때 위험도는 여덟 배가 뛰어오른다. 날 조개, 굴, 홍합은 모든 해산물이 원인인 질환의 85%를 차지한다. 날 연체류 2천 접시마다 한 접시의 꼴로 누군가가 아프게 되는 것이다.

이 수치가 높아 보이기는 하지만, 그건 결국 굴을 날 것으로 매주 한 접시씩 먹으면 길고 행복한 삶 동안 40년에 한두 번 정도 아프게 된다는 것을 의미한다. 그리고 위협의 주원인인, 비브리오 불니피쿠스 균에 감염되어 있을 확률이 높은 5월~10월 사이에 멕시코 만에서 잡은 연체류를 날 것으로 먹지만 않으면 위험도는 한층 더 낮아진다. 물이 따뜻할수록 굴을 운반하고 저장되는 온도도 높아지므로, 위험도 커지기 때문이다. 오래된 경험에서 우러나온 법칙이 그 주된 논리로, 굴은 영어로 이름에 'r'이 들어가는 달에만 먹어야 한다는데 그건 그 달들이 9월September에서 4월April 사이의, 차가운 날씨의 달이기 때문이다. (두 번째 이유는 식도락적인 것으로, 굴은 따뜻한 날씨에 알을 낳아서, 맛있는 글리코겐을 다 써버리고 육즙을 잃어버리기 때문이다.) 오늘날 멕시코 만의 연체류는 오로지 11월~2월 사이에만 먹기에 안전하다.

아주 어리거나 아주 나이 많은 사람, HIV양성 반응을 포함해서 약해진 면역체계를 지닌 사람이라면 오염된 굴로부터 비브리오 불니피쿠스가 옮을 경우 죽을 수도 있다. 그러나 대부분의 사람들이 겪을 수 있는 최악의 경우라면 하루나 이틀 정도의 소화기 질환이 될 것이다.

통계의 허점과 날 해산물 먹기

만약 날 조개류가 매 2천 접시마다 한 번 사람을 아프게 한다면, 어떻게 이것을 스키의 위험성과 견줄 수 있을까? 통계자료는 교묘하다. 스키 산업은 정보의 수집과 발표를 장려하지 않는다. 그러나 사람들은 심각한 부상이 250번, 아니면 적어도 400번에 한 번 벌어진다는데 일반적으로 동의하는 것 같다. 여기에서 심각한 부상이라면 부러진 다리뼈나 등뼈가 부러지거나, 멍이 들거나, 찢어지거나, 아니면 무릎을 다치는 것을 포함한다. 뮌헨에서 실시한 연구는 최소한 대수롭지 않은 부상이 스키를 59일 타면 한 번, 진짜 심각한 재난은 500일에 한 번 벌어진다는 것을 발견했는데, 여기에서 "심각한" 부상이라는 것은 스키를 타는 사람이 적어도 3일 동안 다시 스키를 타러 언덕 위에 올라갈 수 없는 상황을 의미한다. 나의 경우, 마지막으로 먹은 상한 굴 때문에 밥을 먹지 못한 건 고작 하루였다. 그리고 대부분의 사고 조사는 곤돌라의 충돌이나 아극지방의 추운 날씨에 스키를 타던 두 사람이 서로 충돌하거나, 방사능의 위험(우주선으로 인해 암을 얻게 될 연간 위험도는 굴이 사는 해수면에서 보다 덴버와 같이 높은 곳에서 60%나 더 높다), 그리고 스키를 타던 사람이 집에 돌아갔을 때에나 알게 되는 부상, 예를 들면 요즘 새로 인기를 얻고 있는 엄지손가락의 손허리관절 안쪽 곁인대 삠과 같은 부상은 포함하지 않는다. 하루 동안의 스키타기가 맛있는 굴 한 접시보다 열 배는 더 위험하다고 말하는 것은 스키라는 스포츠와 그를 즐기는 운 없는 사람들에게 관용을 베푸는 것이라고 생각한다.

스키를 위해 변명해주는 사람들은 스키를 타는 사람들이 수영하는 사람들, 자전거 타는 사람들, 혹은 말 타는 사람들보다 심각한 부상에 훨씬 덜 시달린다는 것을 가리키며 그래서 스키는, 시간당 계산했을 때 고등학교에서 미식축구 하는 것보다 덜 위험하다고 말한다. 스키 산업이 이런 이야기를 듣는다면 반가워할지도 모르겠다. 그러나 그건 나에게도 더 좋은 소식이다. 왜냐하면, 이번 가을에 고등학교 미식축구를 포기할 수 있다면 모든 초밥, 회, 세비체(Ceviche, 날 어패류에 산, 주로 라임즙을 뿌려 먹는 남아메리카의 요리—옮긴이)를 원하는 만큼 먹을 수 있다는 것을 의미하기 때문이다.

케첩의
모든 것

잉글랜드에는 60가지의 서로 다른 종교가 있지만,
소스는 단 하나이다.

– 마퀴스 도메니코 카라치올로(1715~1789)

케첩의 몰락?

미국 내 살사(Salsa, 멕시코의 소스로 주로 다진 토마토와 고수 등의 향신 야채로 만든다—옮긴이)의 판매량이 곧 '케첩Ketchup', '캣섭Catsup', '캣첩Catchup'(이 모두는 다 같은 말이다)을 덮어버릴 것이라는 소문을 듣고 나는 동네 슈퍼마켓으로 달려가 케첩 판매대 옆에서 신경이 곤두선 채로 외로운 불침번을 섰다. 마치 내 존재 하나로 5번 복도의 반대편 끝에서부터 위협하며 다가오는, 건더기가 있고 얼얼한 맛의 살사를 막아낼 수 있기라도 한 것처럼.

나는 누구보다 미국의 다문화주의에 아량이 넓은 사람이다. 나는 멕시코의 유월절, 중국의 설날, 성 제나리우스의 축제(이탈리아어로 San Gennaro는 나폴리의 주교이자 순교성인으로, 교회력 9월 19일에 큰 규모의 연회를 가진다. 미국의 경우 맨해튼의 작은 이탈리아 구역 등에서 축제가 열린다—옮긴이), 오토만 제국의 몰락을 그 격에 맞는 연회를 열어 열렬히 축하한다. 그러나 포장음식 전문가의 예측처럼 케첩이 2등으로 몰락한 것은 완전히 다른 문제이다. 〈포춘〉 지에 따르면 '멕시코 소스'의 판매는 1992년에 8억 2백만 달러로, 7백 2십 3만 달러의 케첩을 먼지 속에 패대기칠 것이다. 엎친 데 덮친 격으로 이후 3년 동안 그 격차는 더 벌어질 것이다.

내 마음 속에 케첩은 차갑거나 미지근한 소스 가운데 세계 최고의 자리에 우뚝 서 있다. 확실히 케첩은 미국의 가장 자랑스러운, 아마도 유일한 토착 소스일 것이다. 나폴리에서 잉글랜드 대사로 부임한 마퀴스 도메니코 카라치올로는 잉글랜드 유일의 소스로 아마도 가장 훌륭한 디저트 소스인 크림 앙글레즈(Créme anglaise, 우유나 크림, 계란 노른자와 바닐라로 만든 가장 기본적인 디저트 소스—옮긴이)를 언급했던 것이겠지만, 어쩌면 사실 그건 케첩일 수도 있다. 97%의 미국 가정은 부엌에 케첩을 둔다. 또한 미국인들은 매년 세 병의 케첩을 먹어치운다. 케첩 1큰술은 맛으로 가득하지만 오직 16칼로리에 지방은 들어있지 않아서, 살을 빼려는 사람이나 마른 사람 모두에게 먹으라고 권할 수 있다. 햄버거와 큰 크기의 감자튀김에 곁들여 먹기 충분한 양인 4큰술의 케첩은 영양학적으로는 중간크기의 익은 토마토를 먹은 것과 같지만 진짜 토마토를 먹을 때처럼 즙을 흘리거나 옷에 묻히는 난장판의 위험을 줄여준다.

엘리자베스 로진은 〈미식 저널Journal of Gastronomy〉에서 케첩이 "소스

세계 최대의 성공"이라고 정의했다. 그 강렬한 붉은 색, 풍부한 맛과 두 드러지는 짠맛까지, 케첩은 신기하게도 식물만 가지고 이룬 "현실적, 상징적으로 고대와 원시의 피를 향한 욕망의 충족"을 상징한다고 로진 은 이론화했다. 로진은 또한 기독교의 미사와, 토마토로 만든 그리스도 피의 대체품에 관한 유추를 끌어냈으나, 거기까지 나아갈 수 있는지는 솔직히 잘 모르겠다. 나는 그저, 세상에서 가장 잘 알려진 이탈리아 피 에몬테의 지방의 음식점 가운데 한 군데의 주방에서 주방장의 사랑을 놓고 송로나 포르치니 버섯과 힘겨루기 하는 델몬트 케첩 한 상자를 발 견했다는 것 정도는 말할 수 있다. 그리고 작년 파리에서는, 곧 미슐랭 별 두 개를 받게 될 음식점의 주방장이 연어의 피, 적포도주, 베르주스 (verjus, 주로 익지 않은 포도를 짜낸 아주 신 즙—옮긴이)로 만든, 포스트모던화 된 에스코피에의 소스 제네부아즈(Sauce Genevoise, 생선에 당근, 양파, 샐러 리 그리고 농축된 생선 국물 등을 넣고 끓인 뒤 걸러 안초비 페이스트와 버터 등을 더해 만드는 고전적인 소스—옮긴이)에 하인즈 케첩을 듬뿍 넣는 것을 보았 다.

미구엘 드 세르반테스는 "La major salsa del mundo es la hambre", 즉 "세계 최고의 소스는 배고픔이다(시장이 반찬이다)"라고 쓰기도 했는데, 그는 분명히 케첩을 맛본 적이 없었을 것이다.

케첩 평가 계획

1992년은 미국 고유의 뛰어난 소스이며 가장 훌륭한 케첩을 저버리 는 해가 될 것인가?

아직 절망에 빠질 필요는 없다. 장보기용 수레에게 나 대신 경계임무를 맡아달라고 하고, 나는 감자칩(랜치맛이나 나초가 아닌, 그냥 감자맛) 한 봉지와 짤 수 있는 플라스틱 병에 담긴, 좋든 나쁘든 모든 케첩의 평가의 표준인 하인즈 케첩을 샀다. 나는 케첩을 감자칩에 소용돌이무늬를 그리며 짜 올려서는 신중하게 우적우적 씹어 먹었다. 곧 기분이 나아졌다. 포춘지의 기사는 확실히 거짓 경종이다. 잡지가 소스에 대해서 모르거나 토착 양념에 대한 미국의 신뢰를 약화시키고자 일부러 그런 기사를 썼을 것이다. 모든 종류의 멕시코 소스 판매에 케첩 단 한 가지 소스의 판매를 비교한다는 것은 불공평하고 오해를 불러일으킬 소지가 있다. '몰레 데 올라(mole de olla, 기본적으로 mole는 멕시코 요리의 소스를 의미하는데, 몰레 데 올라는 olla가 '단지'를 의미하듯, 돼지비계를 소스 만드는 단지에 튀겨 파시야 칠리pasilla chiles 등을 넣고 끓여 만든 소스이다—옮긴이)', '몰레 베르데 데 페피타(mole verde de pepita, 토마토와 비슷하게 생긴 열매인, 파란색의 토마티요로 만든 소스로, 호박씨pepita로 걸쭉하게 만든 멕시코 중부의 소스이다—옮긴이)', 빨간 참깨소스, 파란 토마토소스, '살사 보라차(salsa borracha, 맥주를 넣어 만드는 살사. Borracha는 술주정뱅이를 의미한다—옮긴이)', '살사 데 로스 레이예스(salsa de los reyes, 세 가지 칠리에 적포도주초, 소금, 라틴 아메리카의 햐얀치즈queso blanco 등으로 만든 소스—옮긴이)', '살사 데 모스카스(salsa de moscas, 안초 칠리ancho chiles를 주원료로 써서 만든 소스—옮긴이)', '살사 데 티헤라(salsa de tijera, 살사 데 로스 레이예스의 다른 이름인데, tijera라가 가위를 의미하는 데에서 알 수 있듯, 주원료인 칠리를 가위로 길게 갈라 넣는다는 데에서 비롯된 이름의 소스이다—옮긴이)', '파시야스pasillas'나 '카스카벨

cascabels', '칠레 데 아르볼chiles de árbol', '칠레 드 구와히요chile de guajillo(네 가지 모두 서로 다른 이름의 칠리로, 멕시코의 소스를 만드는 재료로 많이 쓰인다. 멕시코에는 실로 다양한 종류의 칠리 고추가 있는데, 날것이었을 때와 말리는 등 가공을 했을 때 이름이 달라지는 경우도 있다. 그 좋은 예로 '할라피뇨 jalapeño'는 훈제처리 했을 경우 '치포틀레chipotle'로 불린다—옮긴이)'로 만든 칠리소스와 같이 엄청나게 많은 멕시코 요리의 소스를 생각해보라! '몰레 데 베르데 페피타'의 판매량이 하인즈 케첩의 판매량을 앞지를 때나 걱정을 시작해도 될 것이다..

살사가 담긴 선반이 있는 복도를 살금살금 지나갔다. 각 상표의 제품마다 달린 단위가격 딱지는 케첩이 아직 우월하다는 것을 다시 한 번 증명한다. 내가 가는 슈퍼마켓에서 케첩 1리터의 평균가격은 1.16달러고, 살사는 5.5달러이다. 케첩의 가격을 살사의 가격으로 나누면 1992년의 어느 날 살사 전체의 매출액이 케첩의 그것을 앞지른다고 해도, 케첩은 여전히 살사보다 4.74배 인기가 많을 것이다. 왜냐하면 살사가 4.74배 더 비싸기 때문이다. 나는 즐겁게, 찬미하고 싶은 마음으로 아홉 가지 다른 종류의 케첩 모두를 사가지고 슈퍼마켓을 떠났다. 며칠 후 나는 비싼 식재료만 파는 그런 가게와 모든 우편판매 회사를 샅샅이 뒤져 다른 종류의 케첩을 찾았다.

케첩 한 병을 사는 것은 그저 병을 선반에서 꺼내 계산대로 가져가 돈을 내는, 그렇게 생각 없이 벌이는 일이 아니다. 와인처럼, 토마토가 얼마나 달고 맛있었는지에 따라 케첩도 좋고 나쁜 해가 있다. 대부분의 회사는 토마토를 수확하는 늦은 여름에 조려 만든 토마토 페이스트나 농축액을 써서 한 해 내내 케첩 완제품을 만든다. 그러나 여름에 병에 담은 케첩은 종종 익은 토마토로 바로 만든 것이다. 케첩 미식가는 어떤 해와 날짜에 케첩이 병에 담겼는지 알고 싶어 한다. 만약 하인즈 케첩을 가장 좋아한다면 병뚜껑에서 앞의 두 자리 글자는 무시하고 그 다음 네 자리 숫자를 보면 된다. 마지막 자리는 케첩이 병에 담긴 해, 처음 세 자리는 날을 나타낸다. 예를 들어, 0752는 1992년의 일흔 다섯 번째 날을 의미하며, 아직도 선반에 있는 '빈티지' 2530은 1990년의 이백 오십 세 번째 날을 의미한다. 하인즈 말고 다른 케첩을 더 좋아한다면, 제조업체에 전화를 걸어 자세한 사항을 물어보라.

케첩 축제

마침내 서른세 병의 케첩이 식탁에 모였을 때, 나는 대규모의 맛보기 경연대회인 '케첩 축제'를 시작할 준비가 되어 있었다. 하인즈가 정녕, 모든 일반 및 개인 상표의 시장 점유율이 최고 17%, 고급 또는 지역 생산 케첩이 2%에 이르는 케첩의 춘추전국시대에 헌트의 꾸물거려 뒤쳐지는 느낌의 19%, 델몬트의 미약한 9%를 제치고 미국 케첩 시장의 55%를 차지할만한 자격을 갖추고 있나? 답은 그렇다, 라는 가정으로 시작했는데 그건 내가 사는 유일한 케첩이 하인즈이기 때문이다. 아니, 이제는 내가 '샀던 유일한 케첩'이었다', 라고 말해야 하는 것일까? 그러나 그렇게 말하면 이 경연대회의 결과를 발설하는 격이 되므로 말을 아껴야겠다.

과학적인 케첩 맛보기 경연대회에서는 플라스틱 숟가락이나 작은 조각의 마른 크래커를 맛보기용 매체로 쓰고 물이나 탄산수를 사이사이에 마신다고 한다. 이 방법이 물론 논리적이기는 하겠지만 햄버거와 프렌치프라이를 먹고 거품 나는 다이어트 코카콜라를 벌컥벌컥 마셔대는 것 역시 케첩이 실생활에서 어떻게 케첩이 배치되었는지 알 수 있는 논리적인 방법이다. 모아놓은 케첩 가운데 몇 번 시험 삼아 해 본 실험에서 나는 케첩맛이 먹는 방법에 따라 다르게 느껴진다는 사실을 알게 되었다. 예를 들어 입이 콜라의 단맛에 익숙해지면 몇몇 케첩의 질리도록 단맛은 사라지지만 반대쪽 끝의 근엄한 단맛과 신맛의 조화는 강한 신맛 쪽으로 기운다. 대체로 디자이너 케첩과 같이 더 화끈한 종류는 플라스틱 숟가락으로 먹을 때에는 강한 풍미를 느낄 수 있지만 바삭거리는 프렌치프라이의 사랑스러움을 흐려버린다. 그러므로 시식 매체의 선택이 절대적으로 결정적이다.

그러나 서른 세 개의 햄버거를 연달아 먹는 건 비실용적이라는 생각이 들었다. 그리고 곧, 한 개의 햄버거를 서른 세 등분 하는 것 역시 마찬가지라는 걸 알아차렸다. 그래서 지름이 쿼터 동전만하고 자그마한 햄버거 빵을 위 아래로 둔 꼬마 햄버거의 가능성을 생각해보았다. 패티의 바깥은 잘 익고 바삭바삭한 동시에 안은 붉은 부분이 남아있고 즙이 넘치도록 만드는 것이 그렇게 작은 크기의 햄버거에서는 불가능하다는 것이 증명되었고 나는 빵을 작게 줄이기 전에 계획을 철회했다.

그래서 내린 결정은 집에서 세 가구 떨어진, 공교롭게도 동네의 농산물 시장에서 가까운 맥도날드에서 사온 프렌치프라이에 케첩을 묻히거나 묻히지 않은 채로 아내와 함께 맛보고 점수를 매기기로 한 것이었다.

맥도날드는 한때 나라 안을 통틀어 가장 완벽하고 분명히 가장 믿을만한 감자튀김을 만들었다. 그리고 어떤 천재들이 고안해 낸, 감자를 순수한 금색의 쇠기름에 튀기는 방법은 정치적으로 틀린 것이 아니다. 그것은 의심의 여지도 없이 진리라고 할 수 있지만 이제 그렇게 튀긴 감자는 '만족+Acceptable Plus'를 넘는 등급을 받을 수 없다(감자튀김에 관한 보다 실용적인 토론을 위해서는 1권의 '프렌치프라이의 비법을 밝혀내다'를 참고하라).

내 세 번째 과업은 처음이자 마지막으로 케첩의 유동성 문제를 해결하는 것이었다. 경연대회 전 실험기간 동안 나는 유동학이 일상생활에 어떤 역할을 할지에 대해 별로 아는 게 없었다. 관심을 가지게 된 건 케첩 한 줄을 아내가 가장 아끼는, 파리 야곱가(街)에서 산 사랑스러운 손날염 인도 면 식탁보에 케첩 한 줄을 흘린 다음이었다. 그래서 나는 뉴턴 역학을 따르지 않는 액체에 대한 수업을 청하려 코넬 대학의 교수 말콤 본에게 전화를 걸었다. 아이작 뉴턴 경은 물처럼 흐르는 액체에 적용되는 법칙에 대해서, 힘을 더하면 더할수록 액체가 빨리 흐른다고 썼다. 그러나 케첩의 경우는 다르다. 색깔 없는 달고 신 장액(張掖, serum)에 의해 지지되는, 엉켜있는 토마토 섬유질로 이루어진 케첩은 가만히 있을 때에나 약한 압력을 받을 때 모두 고체처럼 행동한다. 그러나 센 압력의 경계선에서는 여느 액체처럼 흐르기 시작한다. 그래서 케첩 애호가들이 처음에는 병을 부드럽게 탁탁 두들기다가, 곧 참을성을 잃고 성급하면서도 세차게 흔들어서 왈칵 쏟아져 나온 케첩으로 난장판을 만들어놓고 좌절하게 되는 것이다. 케첩과 마요네즈는 20세기 초, 그 물성을 묘사한 과학자의 이름을 따서 '빙엄 액체Bingham Fluid'라고 불린다.

본 교수는 다음과 같은 제안을 했다. 병목에 남아 있는 케첩은 말라서 부분적으로 굳어 있을 것이므로 병뚜껑을 열고 맨 위 1cm 정도의 케첩을 칼끝으로 나머지와 함께 섞어주고, 병뚜껑을 다시 닫은 뒤 병 전체를 수직으로, 칵테일 셰이커를 흔들 듯 세차게 흔들어주는 것이다. 이렇게 해서 토마토 섬유질이 얽힌 정도가 완화되고 원하는 방향으로 흐를 수 있도록 정렬되는 것이다. 마지막으로 뚜껑을 다시 닫고, 병을 뒤집어 감자튀김이나 햄버거 위에 놓는다. 병 바닥을 부드럽게 두들기는데, 케첩이 딱 알맞은 속도로 흐를 때까지 점점 세게 두들긴다. 이렇게 해도 안 된다면 하인즈가 1983년에 도입하고 1991년에는 재활용 가능하도록 만든, 짤 수 있는 플라스틱 병에 든 케첩을 산다.

케첩의 역사와 조리법

케첩 축제가 막 시작되기 직전, 나는 집에서 만든 두 가지의 케첩을 가게나 통신 판매를 통해 산 서른세 가지에 더하기로 했다. 하나는 사람들이 처음 먹기 시작한 케첩을 추적해서 복제해서, 다른 하나는 맛 좋고 정직한 케첩을 손수 모든 과정을 거쳐 만들어서 더하는 것이었다.

케첩의 근원은 어디일까? 가장 잘 알려진 이론은 그 이름 자체가 '코에-치압' 또는 '케-치압'이라는, 절인 어패류의 짠 국물을 의미하는 중국의 아모이 사투리에서 나왔다는 것이다. 어떤 사람들은 말레이시아어 케챕(네덜란드어로는 ketjap)을 그 근원이라고 생각하는데, 그 말 역시 중국에서 처음 기원했을지도 모른다. 어떠한 경우라도, 17세기 말 언젠가 그 이름(그리고 몇몇 견본과 조리법 몇 한두 가지)이 영국에 건너와서 처음인인 1690년에는 "catchup", 1711년에 "ketchup"으로 찍혀 나왔다고 적어도 옥스퍼드 영어사전은 밝히고 있다. 이 이국적인 아시아식 이름이 영국인들의 주의를 환기시켜 발효된 로마 소스인 '가룸garum'이나 '리쿠아멘liquamen'의 먼 후손이며 오랫동안 인기를 누린 절인 멸치나 굴로 만든 소스에 이름을 붙이게 되었다.

그러나 단어의 역사가 음식의 역사는 아니다. 케첩은 중국의 발효된 젓갈도 아니고 자바의 구역질 날 정도로 단 간장도 아니며, 영국의 굴즙도 아니다. 누구나 케첩이 무엇인지는 안다. 케첩은 더도 덜고 아니고 식초, 설탕, 소금을 넣고 양파와 마늘, 계피, 정향나무 열매, 육두구씨 껍질, 피멘토나무 열매, 육두구, 생강, 고춧가루로 맛을 낸 차갑고 걸쭉하며, 옅은 진홍색에다가, 달고, 향긋하며, 시고, 조리된, 체로 거른 토마토소스이다. 농무부는 케첩이 무엇인지 너무나 잘 알아서, "케첩", "캣섭", "캣첩"이라는 딱지가 붙으면 저 모든 원료가 들어가야 한다고 규제한다. 그리고 토마토 씨와 케첩은 꼼꼼하게 걸러져야만 한다. 그러나 무엇보다 농무부는 그 규제의 초점을 케첩의 걸쭉함에 맞추고 케첩의 다른 속성에 가능한 많은 여유를 주려 해서, "만들어진 케첩의 농도는 그 흐름이 보스트윅 농도계에서 섭씨 20도로 측정했을 때 30초당 14cm 이상이어서는 안 된다"라고 정하고 있다. 이 걸쭉함에 대한 규칙은 연방정부 규제집의 또 다른 글 한편에서 정의되어 있다.

헨리 J. 하인즈는 미국 독립 100주년 기념해인 1876년에 케첩을 만들기 시작해서 필라델피아 세계 박람회에 팔았다. 케첩의 조리법은 그 뒤로 바뀐 게 별로 없다. 그러나 H. J. 하인즈는 현대 케첩을 발명하지도,

처음으로 병에 넣어서 판 사람이 아니다. 케첩의 기원은 영국과 미국의 토마토 조리사(史)와 얽혀있다. 안데스 산맥이 원산지인 토마토는 1500년대 초 멕시코에서 스페인 신대륙 정복자들의 원정대에 의해 발견되어 그들을 따라 유럽 대륙으로 건너왔다. 거기에서 토마토는 스페인, 이탈리아, 포르투갈의 요리에 정착하게 되었는데 북유럽인들은 200년 동안이나 토마토에 독이 있는지 없는지 모르고 벌벌 떨었다. 토마토의 북미 대륙 전파는 아직도 난해한 수수께끼로 남아있다. 내가 두 번째로 좋아하는 (그러나 거의 지지를 받지 못하고 있는) 이론은 포르투갈인들이 토마토를 아프리카로 가져갔고, 아프리카의 노예들이 나중에 서인도 제도와 버지니아 주에 소개했다는 것이다. 내가 가장 좋아하는 이론은 프랑스 프로방스 지방에서 페르시아로 건너간 포르투갈(또는 스페인)계의 유태인들이 지중해에서 미국으로 건너와 집을 찾을 때, 그러니까 사우스캐롤라이나 주의 찰스턴으로 이민 올 때 토마토를 가져왔다는 것이다. 만약 이런 모든 세부사항들에 관심이 있다면, 앤드류 F. 스미스가 〈요리에 관한 작은 제안Petits Propos Culinaires〉 39호에 기고한 최근 기사나 카렌 헤스의 여러 가지 훌륭한 연구, 뉴욕 공공 도서관의 조리 관련 문헌 모음 역시 찾아볼 것을 권한다.

　미국 이민국은 널리 알려진 역사가 제안하는 것보다 토마토를 덜 이국적이며 위험한 것으로 인식했다. 1820년, 로버트 기본스가 독이 없다는 것을 보여주기 위해 뉴저지 주 세일럼의 법원 계단에서 서서 토마토를 먹었다는 널리 알려진 이야기는 진실일지도 모르지만, 그의 극적인 시식은 완전히 불필요한 것이었다. 그 훨씬 전인 1756년에 해나 글라시가 미국 이민자 사이에서 널리 퍼진 책 『조리 예술*Art of Cookery*』에서 최초의 토마토 조리법을 선보였기 때문이다. 토마스 제퍼슨은 1785년 자신과 다른 농부들의 "토마타Tomata" 재배를 '버지니아 주 단신(短信)'에 기록했다. 그리고 몇몇 다른 형태의 케첩이 초기 미국의 부엌에서 만들어졌다는 것은 잘 알려져 있는데 1782년에는 뉴저지 주에서, 같은 세기 말에 사르디니아 사람인 프랜시스 비고에 의해 미시시피 강 유역에서, 그리고 1804년에는 "러브 애플(Love Apple, 토마토의 옛 이름)로 괜찮은 캣섭을 만들다"라고 쓴 제임스 미스가 앨라배마 주 모빌에서 케첩을 만들었다.

　적어도 서너 가지의 조리법이 스스로가 토마토 케첩의 기원이라고 주장해왔다. 그 모두, 그리고 다른 몇 가지를 더 만들어 보니, 사람들이나 식약청, 헨리 J. 하인즈가 오늘날의 케첩이라고 인식할만한 것은 가장 먼저 나온 케첩이라고 말할 수 있다. 영어로 가장 먼저 쓰여진 두 토마토 소스 조리법은 런던의 알렉산더 헌터가 1804년에 쓴 『조리문서 *Receipts in Cookery*』에 실려있다. 내 생각에는 둘 가운데 하나가 첫 번째

알렉산더 헌터의 토마타 소스(1804)

토마타가 익었을 때 사서 완전히 부드러워질 때까지 오븐에서 굽는다. 익은 토마타를 찻숟가락으로 떠서 체를 올려 문지른다. 토마타가 적당한 농도가 될 만큼 고추식초를 넣고 맛이 느껴질 만큼 소금

을 넣는다. 1리터마다, 14g의 마늘과 28g의 골파를 얇게 썰어서 넣는다. 15분 동안 끓이는데 위에 뜨는 것들을 걷어내는 데 주의를 기울인다. 거르면서 마늘과 골파를 끄집어 낸다. … 그리고 코르크로 밀봉하기 전에 며칠 동안 놓아둔다.

이렇게 해서 덥고 찬 것에 상관없이 모든 종류의 고기에 매력적인 소스가 나온다. 기분 좋은 산도를 지녀서 토마타는 스페인과 포르투갈 사람들에 의해 수프에 많이 쓰인다. 식물학적으로 토마타는 '리포페르시콘 에스쿨렌텀Lycopersicon Esculentum'이다.

케첩 조리법이다. 그 조리법은 더 잘 알려진, 『가정 조리의 새 체계A New System of Domestic Cookery』(1813)를 쓴 마리아 런델의 것이라고 하나, 런델 부인은 그저 알렉산더 헌터의 조리법을 다듬었던 것으로 보인다.

몇몇 세부사항 때문에 헷갈려서, 도움이 될까 싶어 헌터의 다른 토마토 소스 조리법을 넘겨보았다. 그 조리법에서 토마토는 "빵을 꺼내고 난 뒤… 점토 냄비에서" 굽는다고 하고, 나는 이 상황이 약 150도의 벽돌 오븐에 아침 일찍 불을 붙이고 하루 내내 조금씩 식어가는 걸 쓰는 것이라고 파악했다. 또한 고추식초 대신 "약간의 하얀 식초와 고춧가루"를 쓸 수 있을 것이다. 헌터는 약간의 가루 생강을 넣었는데, 좋은 생각인 듯 싶었다.

아주 잘 익은, 큰 토마토 다섯 개를 오븐에 한 시간 동안 굽고 체에 받처 누른다. 조리법을 따라서 식초 1/2컵, 고추가루 약간, 모자라듯 담은 생강 1/4작은술을 더했다 오늘날의 케첩과 같이 걸쭉하게 만들고자 헌터가 지정하는 것보다 더 오랜 시간 졸였다. 그러나 묽든 걸쭉하든, 또는 설탕을 더하지 않든 간에 이 소스는 맛과 식감에서 그 어떤 19세기 조리법을 따라 만든 것보다 오늘날의 케첩과 가까웠다. 영국인들은 토마토 케첩을 발명하고는 100년 이상이나 잊고 있었다. 〈뉴욕 트리뷴〉의 1896년 기사에 따르면 그렇게 영국인들이 잊고 있는 사이 토마토 케첩은 미국의 국민 양념이 되어 모든 가정의 식탁에 자리 잡았고, 코네티컷 주에서만 46가지 상표의 케첩이 팔렸다.

나와 맛보기 경연대회 사이에 단 한가지 걸림돌이 있었는데, 그건 나 자신의 케첩 조리법이었다. 나의 목표는 이국적인 재료나 양념을 쓰지 않고도 하인즈나 헌트의 완벽하도록 부드럽고 걸쭉한 식감을 이루는 것으로 단맛이나 신맛을, 설탕이나 식초가 아닌 토마토에서 가능한 많이 얻는 것이었다. 그러나 완성작이 너무 신선하거나 자연을 닮아 있어서 케첩 같은 맛이 나지 않는 것 또한 원하지 않았다.

현대 케첩의 전체적인 윤곽은 간단히 말해, 토마토 454g이 설탕 20%와 산1.5%를 지닌 113g의 걸쭉한 케첩이 되는 것이다. 신선한 토마토는 3~4%의 설탕을 포함하고 있다가, 졸아 들면 12~16%까지 늘어나게 된다. 토마토가 자연적으로 가지고 있는 산 역시 농축되기는 마찬가지이다. 그러나 물을 증발시키기 위해 토마토를 조리하면 할수록 신선한 맛과 색이 손상될 수 있다. 내가 찾은 해법은 잼을 만들 때처럼, 과육과 섞기 전에 토마토 국물을 걸쭉한 시럽이 될 때까지 따로 졸여서 마지막으로 약한 불에서 보글보글 끓일 때 다시 섞는 것이다. 이 케첩은 만들기도 쉽고 맛도 있다.

집에서 만드는 옛날 케첩(1992)

4.5kg의 아주 잘 익은 빨간 토마토를 사서 대를 제거하고 대강 잘게 썰어 무겁고 넓은, 적어도 8리터들이 정도의 비반응(nonreactive, 토마토의 산과 반응하지 않는 금속재질, 스테인레스 스틸 등을 의미한다―옮긴이)팬에 넣는다. 뚜껑을 덮고 센 불에 올려 5~10분 정도 조리하는데 토마토 덩어리에서 즙이 흘러나와 끓을 때까지 자주 저어준다. 중간 정도로 고운 큰 체를 2리터 소스팬 위에 올려 소스를 나눠서 붓는다. 나무 숟가락으로 토마토를 부드럽게 누르고 저어서, 국물(약 2리터)은 걸러 내고 과육은 체에 걸러낸다. 그리고 과육을 가장 고운 체를 끼운 음식갈이(food mill)에 통과시켜, 씨와 껍질을 제거한 뒤 첫 번째 썼던 팬에 도로 넣는다. 과육은 1리터 정도 될 것이다.

토마토 국물에 마늘 네 쪽과 큰 양파를 중간 크기로 썰어 넣고, 3/4컵의 하얀 식초나 사과술 식초, 까만 후추 1작은술, 올스파이스 알갱이를 수북하게 떠서 1작은술, 계피, 정향 여덟 알, 고춧가루와 생강가루 1/8 작은술, 소금 2, 1/2작은술을 넣는다. 적당히 센 불에 진한 액체가 두 컵 정도 나올 시간, 즉 30 분 정도 조리한다. 팬을 토마토 과육이 있는 또 다른 팬에 거르고, 눌러 국물을 다 짜낸 뒤 설탕 6큰술을 넣고 약한 불에 가끔 저어주면서 15분, 또는 케첩이 1/3~1리터가 될 때까지 보글보글 끓인다. 파는 케첩 특유의 식감을 내려면 믹서나 푸드프로세서에서 더 갈아준다.

케첩 경연대회

마침내, 서른 다섯 가지의 케첩이 부엌 싱크대에 줄지어 섰다.

"시작해 볼까요?" 이웃의 맥도날드를 들어서는데 아내가 말했다. 튀김기 옆에는 열을 뿜어내는 등 아래에서, 튀겨진 감자가 누군가 주문할 때까지 머무르며 쇠약해져만 가는 통이 있었다. 사람들이 주문할 때쯤이면 프렌치프라이는 판지와 같은 맛이 날 것이다. 그래서 우리는 조심스럽게 양념과 냅킨이 놓여 있는 구역에서 기다리며 지켜보았다. 감자를 담아두는 통이 거의 비워지고 직원이 새 감자를 튀김기에 넣자, 우리는 계산대로 달려가 프렌치프라이를 큰 것으로 열 봉지 주문했다. 몇 분 뒤 우리는 바삭바삭한 보물을 안고 집으로 걸어가고 있었다.

프렌치프라이 열 봉지라면 서른다섯 가지의 케첩을 시식하고 평가하기에 충분할 것이다. 그러나 우리는 이 많은 종류의 케첩 바른 프렌치프라이를 먹는 것이 거의 불가능하다는 걸 예측하지 못했다. 그리고 시간이 흐를수록 우리는 어떤 케첩을 좋아하는지, 그 이유가 무엇인지 기억할 수 없었다. 어디선가 인간은 한꺼번에 일곱 가지 이상을 기억할 수 없다고 읽었던 기억이 났다. 두 사람이 함께 작업해도 다를 바가 없었다.

우리의 해결책은 각각의 케첩에 '하인즈보다 못하다', '하인즈', '하인즈보다 낫다', '진정 케첩이 아니다'의 네 가지 평가 가운데 하나를 할당하는 것이었다. 적절히 졸아든 알렉산더 헌터의 토마타 소스(1804)와 내가 만든 집에서 만든 옛날 케첩(1992)은 대개 '하인즈보다 낫다' 범주에 속했지만, 언제나 그런 것은 아니었다. 대안 케첩을 경험해보고 싶다면, 우리의 시식기록을 참고하기 바란다(구매처과 가격은 뉴욕 시 기준이다).

- **A&P 토마토 케첩**A&P Tomato Ketchup   400g에 77센트. 좋은 맛, 그 깊은 맛이 때로는 하인즈보다도 낫다. 그러나 정향 맛이 지나치게 두드러진다.

- **비욘드 캣섭**Beyond Catsup, **자스민 앤 브레드**Jasmine & Bread   255g에 6달러. 두드러지는 샐러리의 느낌과 함께 케첩의 V-8 주스(샐러리와 토마토를 주 원료로 만든 야채주스—옮긴이). 그러나 나쁘지 않다.

- **블란샤드 앤 블란샤드 뉴 잉글랜드 청키 케첩**Blanchard & Blanchard New England Chunky Ketchup(더 매운 맛)   340g에 2.49달러. 맛있지만 케첩의 아성을 넘보는 살사에 가깝도록 건더기가 있고 걸쭉하다. 프렌치프라이에는 별 도움이 되지 않는다.

- **버샤 브라운스 스파이시 러브-애플 소스**Busha Browne's Spicy Love-Aplle Sauce   발두치스에서 180g에 4.5달러. 작은 덩어리에 발효된, 거의 구

린내 나는 풍미가 그 조상 격인 아시아 케첩 같다. 거칠게 갈아놓은 처트니에 가까워 내가 이 세상에서 가장 싫어하는 맛이다.

- **델몬트 케첩Del Monte Ketchup** 슬로안스에서 480g에 99센트. 어떤 때에는 하인즈보다 낫고, 또 다른 때에는 못하다. 끈적임이 덜하고 치아를 덮어 쓰는 경향이 덜하다. 그러나 약간 오래 익혀서 캐러멜화된 맛이다.

- **팬시 토마토 캣섭Fancy Tomato Catsup** 푸드 엠포리움에서 400g에 77센트. 위의 A&P 케첩과 같아 보인다.

- **페더웨이트 캣섭 리듀스드 칼로리Featherweight Catsup Reduced Calorie** 인피니티 헬스푸드에서 370g에 2.35달러. 누구라도 케첩에서 섭취하는 열량을 줄이려는 사람은 제정신이 아니다. 그러나 이 케첩의 맛은 밝고 좋은데, 반면 식초가 너무 많이 들었다.

- **푸드타운 캣섭Foodtown Catsup** 다고스티노에서 400g에 73센트. 위에서 소개한 A&P와 맛이 같다. 위를 참고할 것.

- **하인 내추럴 캣섭Hain Natural Catsup** 인피니티 헬스푸드에서 400g에 2.85달러. 그저 자연스럽게 지독하다. 쓴맛을 가진 꿀로 단맛을 추가했고 멍청하게도 소금간이 안 되어 있다.

- **하인즈 핫 케첩Heinz Hot Ketchup** 그리스티디스에서 400g에 1.29달러. 약간 시큼하다. 때로 하인즈보다 낫지만 경연대회의 규칙상 참가허가를 받지 못한 케첩.

- **하인즈 라이트 케첩Heinz Light Ketchup** 역시 그리스티디에서 375g에 1.29달러. 누가 열량은 반으로 줄이고 소금은 1/3 적게 넣은, 가벼운

케첩을 원할까? 아래에 소개할 웨이트 워쳐스 케첩과 똑 같은 맛이다. 그러나 가격은 25% 더 저렴하다.

- **하인즈 토마토 케첩**Heinz Tomato Ketchup 다고스티노에서 800g에 2.19달러. 오직 하나뿐인 케첩. 밝은 색, 걸쭉하나 약간 끈적끈적하고, 꽤 달다. 집에서 만든 것보다는 못하나 훌륭한 과일의 신맛과 토마토 맛을 자랑한다. 양념은 두드러지지도 흥미롭지도 않다. 그러나 프렌치 프라이와 함께라면, 천생연분이다.

- **헌츠 토마토 케첩**Hunt Tomato Ketchup 슬로안스에서 900g에 1.69 달러. 가끔 하인즈 보다 낫게 느껴질 때가 있다. 걸쭉하고 화끈하나, 양파와 마늘가루 맛이 지나치고 너무 짜다.

- **자르딘스 할레피뇨 텍사스 케첩**Jardine's Jalepinõ Texas Ketchup '모 하타 모 베타(Mo Hotta, Mo Betta; more hotter, more better의 변형된 표현—옮긴이)' 에서 310g에 5.25달러. 토마토 맛이 안 난다. 쿠민의 센 맛은 칠리 고춧가루나 텍스-멕스(Tex-Mex, 멕시코와 국경을 나누고 있는 텍사스의 변형 멕시코 음식—옮긴이)에 속하지, 케첩은 절대 아니다.

- **크라스데일 팬시 토마토 캣섭**Krasdale's Fancy Tomato Catsup 슬로안스 에서 400g에 89센트. A&P와 비슷한 맛.

- **맥킬레니 팜스 스파이시 케첩**Mclihenny Farms Spicy Ketchup 딘 앤 델루 카에서 400g에 3.95달러. 맥킬레니가 이름을 알린 타바스코 소스의 진하고 훌륭한 맛, 그러나 프렌치프라이에는 별 볼일 없고 케첩 병만한 데 담겨 있으니 물리는 경향이 있다. 약간 묽다.

- **나파 밸리 머스타드 컴퍼니 컨트리 캣섭**Napa Valley Mustard Co. Country

Catsup 딘 앤 델루카에서 400g에 4.25달러. 아주 훌륭하고 균형잡힌 맛, 그러나 아주 약간 지나치게 바비큐 소스 같다. 전통적이거나 현대 케첩보다 식감이 조금 더 두드러진다.

- **너버스 넬리스 잼스 앤 잴리스 핫 토마토 스위스 소스**Nervous Nellie's Jams and Jellies Hot Tomato Sweet Sauce 170g에 3.5 달러. 맛있으나 케첩보다 토마토 잼 같다. 토마토보다 설탕이 재료로서 더 많이 들어간 하나뿐인 종류.

- **타사 스카치 보네트 캣섭**Tassa Scotch Bonnet Catsup 모 하타 모 베타에서 140g에 3.75달러. 케첩이라기 보다는 핫소스에 더 가깝다. 사실 지난 몇 년간 맛보았던 것 가운데 가장 맵다. 약간 곰팡이 맛이 난다. 입에서 불길이 가시지 않는다.

- **트리 오브 라이프 케첩**Tree of Life Ketchup 380g에 2.40달러. 갈색이 돌고, 약간 덩어리져 있으며 토마토 껍질과 씨 맛이 너무 많이 나고, 입에서 머무르지 않는다. 무책임하게 현미물엿으로 단맛을 더했다. 병에 붙은 딱지에는 케첩에 대해 정확하지 않은 헛소리를 늘어놓았다.

- **엉클 데이브스 케첩**Uncle Dave's Ketchup 인피니티 헬스 푸드에서 400g에 4.5달러 작은 건더기들과 좋은 토마토 맛. 그러나 왜 단풍나무 시럽으로 단맛을 내고 대부분의 소금을 빼 버렸을까?

- **엉클 데이브스 킥킹 케첩**Uncle Dave's Kickin' Ketchup 인피니티 헬스 푸드에서 450g에 1.69달러. 센 쿠민과, 굳이 맞춰 보자면 샐러리씨의 맛 때문에 너무 바비큐나 칠리소스 같다.

- **웨이트 워쳐스 토마토 케첩**Weight Watcher's Tomato Ketchup 그리스티

디스에서 375g에 1.69달러. 나같이 살집이 있는 사람들을 희생양으로 삼는 조직에서 똑 같은 맛의 하인즈 라이트보다 33%나 더 받아먹는 불필요한 제품.

- **웨스트브래 내추럴 캣섭(과당함유)Westbrae Natural Catsup, Fruit-Sweetned** 인피니티 헬스 푸드에서 325g에 2.60달러. "과일"이라 함은 포도즙을 의미하는데, 포도는 캣섭과 같은 병에 머무를 수 없다.

- **웨스트브래 내추럴 언-케첩(무가당)Westbrae Un-Ketchup, Unsweetened** 325g에 2.45달러. 재료들 가운데 물을 토마토보다 딱지에 먼저 올린 유일한 상표. 너무 조리해서 캐러멜화된 맛이 난다. 그리고 "캣섭"이 "케첩"과 같은 말이라는 것도 모르나?

- **웨스트브래 내추럴 캣섭(과당함유, 소금 무첨가)Westbrae Natural Catsup, Fruit-Sweetned, No Salt Added** 325g에 2.6달러. 웨스트브래에서 내놓는 세 가지 케첩 가운데 가장 맛 없는 제품이다.

- **화이트 로즈 토마토 케첩White Rose Tomato Ketchup** 그리스티디스에서 790g에 1.49달러 중간 정도의 걸쭉함에 부드럽고, 적당히 달고 짜다. 그러나 입을 오므리게 하는 신맛이 모자라다. A&P와 같은 제품일 수도 있을까?

- **와인 컨트리 진판델 캣섭Wine Country Zinfandel Catsup** 퀴진 페렐에서 340g에 6.72달러. 압도하는 생강의 맛에 진판델 맛은 느낄 수 없다. 와인 컨트리(Wine Country, 포도주가 많이 나오는 캘리포니아 북부의 나파밸리 일대 지역—옮긴이)의 이름으로 씌우는 바가지일 뿐이다.

음 식 과
건　　강

웨이터 학교
수업

웨이터 학교에서 배운 기본 예절

고작 두 달 전이었다면 아무도 내가 테이블 세팅의 전문가라고 여기지 않았을 것이다. 포크가 왼쪽으로 간다는 것은 알고 있었을지도 모르지만, 정말 그랬노라고 맹세는 못하겠다. 그런 상황에서 나는 나라를 통틀어 오직 하나 밖에 없는 웨이터, 캡틴, 매니저(원문에서는 maître d', maître d' hôtel의 줄임말로, 음식점이나 호텔에서 서비스의 통틀어 굽어보는 사람을 의미한다. 프랑스어이지만 미국의 음식점이나 호텔에서도 쓰이는 말로, 영어로는 '매니저'이다─옮긴이)를 위한 철저한 훈련 과정인 뉴욕 전문 서비스 학교에 입학했다. 그리고 이제는 사람들이 모르는 규칙들을 좀 따를 줄 안다. 받아온 졸업장이 증명한다.

- 포도주를 주문하고서 웨이터가 코르크 마개를 당신 앞에서 식탁에 내려 놓았을 때 그냥 무시한다. 냄새를 맡거나 쥐어짜본다고 해서 배울게 없다.
- 먼저 여성, 나이든 사람, 아이들을 시중 든 다음, 그때까지 배고파서 죽지 않았다면 남성의 차례이다. 그 자리를 주최한 사람이 여성이라도 이 규칙은 마찬가지고, 자리를 주최한 사람이 남자라면 언제나 맨 마지막이다.
- 테이블을 세팅 시 포크는 그 뾰족한 끝 쪽으로 가지런히 맞춰야 하며, 숟가락과 나이프는 손잡이의 맨 밑부분을 맞춘다.
- 수프는 굳이 분류하자면 음료이고, 따라서 반드시 오른쪽으로부터 손님에게 올리고 또 치워야 하므로 왼쪽으로 올리고 오른쪽으로 치우는 규칙에서 예외이다. 음료수에 대해 조금 더 말하자면 커피와 찻잔은 손잡이가 네 시 방향으로 향하도록 놓여야 한다. 포도주 잔은 주요리를 먹는 데 쓰는 나이프의 끝 위에 자리 잡아야 한다.
- 웨이터는 미국 인구의 1%를 차지한다.

테이블 세팅에 대해 파티를 주최한 안주인보다 더 많이 아는 남자라면 저녁을 먹는 파티는 훨씬 더 흥미진진하다. 바로 며칠 전 센트럴 파크가 내려다 보이는 아파트에서 크리스마스 테이블은 은색 꿩과 설탕에 절인 과일로 빛나고 있었는데, 포크의 가지가 들쭉날쭉하게 놓인 것이 빠진 빗과 같다는 나의 말에 안주인의 얼굴에는 생기가 돌았다. 파티에 참가한 다른 여성들이 그녀를, 두려운 고대 그리스의 방진(方陣, 영어로는

phalanx, 창을 가진 병사를 네모꼴로 배치하는 진형—옮긴이)대형을 이루며 둘러싸는 것을 보는 것은 즐거웠다. 얼마나 많은 사람들이 웨이터 학교의 정식 교육 없이도 식탁을 제대로 차릴 수 있다고 생각하는지, 알면 놀랄 것이다.

실전 교육

뉴욕 전문 서비스 학교의 과정은 7주에 매주 세 시간의 수업으로 이루어져 있는데, 모든 수업이 정보와 실습으로 넘쳐난다. 수업을 같이 듣는 스물 일곱 명의 학생들은 '메트로', '포스트 하우스', '맨해튼 오션 클럽', '소피', '스미스 앤 올렌스키', '레미'와 같이 뉴욕 시의 훌륭한 식당에서 일하고 있거나, 일하고 싶어하는 사람들이다. 매주 우리는 식탁 차리는 법과 음식 내오는 법, 접시류의 사용법, 아니면 포도주와 후식 올리는 법을 학교의 공동 교장인 카렌 맥네일로부터 배운다. 그리고 '유니언 스퀘어 카페'나 '라빈스'의 주인, 포 시즌스 호텔의 총괄 매니저, '오로라'의 캡틴 등, 요식업계에서 일하는 사람들을 강사로 초빙해 수업을 듣는다. 매 수업의 끝에서는 포도주 시음을 하거나, 생 허브나 야생 버섯, 푸아그라를 시식하기도 한다.

뉴욕의 비싼 식당 캡틴과 웨이터장(長)은 팁으로만 7만 5천 달러를 벌기 때문에 교과과정은 팁을 많이 받는 기술을 가르치는데 무게를 둔다. 학교의 홍보책자를 펼쳤을 때 나는, 웨이터가 손님을 화나게 하거나, 저녁을 망치거나, 세탁소로 옷을 가져가도록 하는 비법의 전수를 기대할 수 있었다. 내 눈을 사로잡은 주제는 다음과 같다.

- 직업적인 판매계획으로 팁을 많이 버는 법

- 까다로운 손님을 다루는 법

- 손님이 나를 다루는 대신, 내가 손님을 다룰 수 있는 법

- 대화와 판매기술로 팁을 더 많이 버는 법

- 포도주 판매로 팁을 더 많이 버는 법

- 적절한 순간에 좋은 인상을 남기는 법: 그 시기와 청구서

첫 번째 수업의 초빙 강사는 이 모든 분야의 전문가로 뉴욕에서 가장 유명하고 비싼 음식점의 캡틴이었다. 식당의 이름은 '라 클리크La Clique', 그리고 그의 이름은 필립이라고 하자. 그는 짙은 피부색에 잘 생 겼고, 매력적인데다가, 조리 있게 말했다. 그가 말을 시작하자마자, 나 는 전문가의 기운을 느낄 수 있었다.

"물을 따라주지 마세요. 팔아야 합니다. 빵도 팔 수 있다면, 팔고 싶습 니다. 그러나 빵을 팔 수는 없으니까요. 언젠가는 팔 수 있겠죠."

"이걸 강조하고 싶습니다. 저는 물을 따라 주는 것을 반대합니다. 손 님들이 물을 청하도록 만드세요. 식탁에 물잔이 있으면 손님은 물이 올 때까지 기다리죠. 결국 아무 것도 오지 않고 손님은 목이 마르게 되지 요. 그리고 5분이 지나면, '병물을 드시겠습니까?' 라고 물어봅니다. 손 님들이 마티니를 적게 마시고 '에비앙' 이나 '페리에' 를 더 많이 마시는 요즘, 물을 파는 건 굉장히 중요합니다. 제가 알고 있는 한 뉴욕 시의 수 돗물은 에비앙보다 훨씬 질이 좋지만 덜 비싸지요. 그러나 식당이 얼마 나 많은 이익을 물을 팔아 얻는지 아십니까? 물 한 병은 칵테일 한 잔의

가격과 같습니다. 페리에 한 병은 3달러 50센트지요. 칵테일과 달리 바에서 만들 필요도 없고, 손님은 물을 스스로 따라 마십니다. 환상적이지요! 이렇게 분위기를 만들어 가는 것입니다."

라 클리크에서 필립의 목표는, 손님들이 돈을 가능한 많이 쓰도록 돕고 다시 찾아오도록 만드는 것이다. "저는 강한 프랑스 억양으로 득을 봅니다." 그는 털어놓았다. "말에 서툴다는 사실을 이용하면, 손님들은 좀 봐주면서 제가 권하면 무엇이라도 사줘야 될 것처럼 느끼죠. 다른 나라의 억양을 구사하지 못하는 것이 오히려 불리하다고나 할까요."

두 명의 학생이 교외에서 온 의사와 그의 부인인 손님 역할을 자원했다. 필립은 그들의 자리가 준비되어 있고, 또 가급적이면 빨리 손님을 치르고 내보내고 싶지만 먼저 마실 것을 사도록 만들기를 원한다고 설명했다. "바에서 마실 것을 들고 계시면 자리를 금방 준비하겠습니다." 바텐더가 마실 것을 잔에 따르자마자, 아니면 그 전에 필립은 의사와 그의 부인을 바에서 데려오고, 자리로 안내하기도 전에 10~12불을 썼다는 사실에서 미소 짓는다.

"손님을 자리에 앉히기 전에 술을 파는 건 아주 중요합니다"라고 그는 학생들에게 말했다. "돈을 벌어야지요. 영광을 위해서 있는 것이 아닙니다. 일을 하고 있는 것이지요. 많이 팔수록 당신에게나 음식점에게나, 모두에게 좋습니다. 여러분들에게 자극을 주고 싶군요. 돈을 많이 버는 것이 우선입니다. 모두들 접시에 돈을 그러모으는 셈인데요, 그 접시가 가득 차는 게 좋을까요? 아닌 게 좋을까요?

필립은 절대로 손님들이 자리를 고르도록 두지 않는다. "그들은 제자리, 제가 그들에게 주는 자리에 앉습니다. 이름이 '포브스'나 '닉슨'이라고 해도, 제가 앉으라고 하는 자리에 앉아야 합니다. 그러나 언제라도 그들에게 가장 좋은 자리를 주는 것처럼 보여야 합니다. 손님을 통제해야 합니다. 언제나 통제해야 하죠. 그것이 가장 중요한 일입니다. 우리도, 손님도 모두 경쟁을 하는 것입니다. 머뭇거리다가는 손해를 보게 됩니다."

필립은 음식에 대해서 정통하고, 라 클리크에서 식사하는 매력에 익숙해진 단골손님에게 그의 매력을 허비하지 않는다. 그러나 의사와 그의 부인과 같이, 식당에 가서 억만장자와 사교계 인사들이 있는 공간을 둘러보는 것만으로도 영광인 사람들은 그의 말을 빌자면, "손에 쥔 '플레이-도우(Play-Doh, 어린이들의 장난감인 고무찰흙. 체온에 의해 물러져 원하는 모양을 빚을 수 있다—옮긴이)'처럼 마음대로 주무를 수 있습니다."

그는 손님들로 하여금 메뉴판을 4~5분 이상 읽지 못하도록 한다. "저는 이미 의사와 그의 부인이 제가 원하는 것을 시키게 할 것이라고 마음을 먹었습니다. 메뉴판을 보고 대강 고른 것이 아니구요." 그는 충고하기를, "가볍고 애매하게 나가다가 기대하지 못한 순간에 정곡을 찌르는 것입니다. '오늘은 정말 추천하고 싶은 음식이 있습니다. 주요리로 부야베스(Bouillabaisse, 프로방스 지방의 생선 스튜, 항구도시 마르세유에서 비롯되었다—옮긴이)를 드셔 보시는 것이 좋겠네요.' 메뉴판에 그것 말고는 아무것도 없는 것처럼, 모두가 부야베스를 먹는 것처럼, 먹지 않는다면 모두가 손해를 보는 것처럼 말해야 합니다. 그러나 친절하게 얘기해야 하죠." 그리고 필립은 의사와 부인에게 가볍게, 샐러드가 주문한 음식에 공짜로 딸려 나오는 듯, 먹겠냐고 물어본다. "언제나 먹히는 방법이지요"라고 그는 학생들에게 말했다.

필립은 주문을 받을 때 식탁에 아주 가까이 다가서는데, 카렌 맥네일은 "원하는 바를 이루려고 할 때, 사람에게 가까이 설수록 더 많은 힘을 가지게 됩니다"라고 설명했다. 필립은 접시를 치울 때는 팔 길이가 허락하는 한 식탁으로부터 멀리 선다.

그는 손님들에게 질문을 받지 않는다. 만약 원하는 대로 다 잘 돌아가는데 질문을 받기 시작하면, 손님들은 없는 질문이라도 만들어서 물어봄으로써 웨이터를 잘 따르게 될 것이다. "그럼 손님들이 그 식탁에 계속해서 붙어 있게 되고 다른 일곱 식탁이 기다리게 됩니다. 많은 웨이터들이 그러는 걸 보게 되는데, 절대 미친 짓이에요."

그는 예외적으로 손님들에게 음식을 지나치게 권하지 않는데 음식값이 비싸다는 단순한 이유 때문이다. "병물이나 마실 것, 포도주 아니면 비싼 후식을 팔려고 노력합니다. 포도주 한 병 가격에 주의를 기울이죠. 그러나 음식은 절대 가격으로 판단하지 않습니다. 속셈이 너무 빤하게 보이지 않도록 신경 써야 합니다. 음식은 손님을 기쁘게 할 것이라는 판단이 확실히 섰을 때에만 팔아야 합니다."

많은 음식점 주인들은 웨이터들로 하여금 포도주 목록을 메뉴판과 함께, 또는 메뉴판을 손님에게 건네주기 전에 가지고 나오라고 가르치는데 그렇게 하면 포도주 판매가 늘어나기 때문이라고, 카렌은 말했다. 그러나 필립은 동의하지 않았다. "모든 경우의 99%에, 사람들은 포도주를 마실지 안 마실지 결정한 상황입니다. 포도주 목록이 그들의 마음을 바꾸지는 않죠. 신도 제가 손님들에게 포도주를 팔고 싶어 한다는 것을 압니다. 그러나 포도주 목록은 크고 무서운 것이라서, 손님들은 혼란에 빠지게 됩니다."

필립은 우아하고 나무랄 데 없는 교육을 받았는데, 이런 것들이 사람들 사이에서는 너무 당연하게 여겨진다. 그의 몸놀림은 발레를 하듯 무중력 상태에서 움직이는 것 같았으며, 그의 자세는 공기같이 가볍고 태연했다. 그는 프랑스에서 보낸 소년 시절부터 기술적인 규칙에 대해 반복훈련을 받았다. 예를 들자면, 주요리를 다 먹고 후식을 위해 식탁을 정돈할 때는 소금과 후추를 치우는 것이 그렇다.

그러나 그는 언제 규칙에 변화를 주어야 할지 안다. 포도주는 손님의 오른쪽에서 오른손으로 따라야만 하는데, 그는 대화를 방해하지 않기 위해서 식탁을 가로질러 따라야 되겠다고 결정할 수도 있다. 같은 이유로 접시를 왼쪽에서 치울 수도 있는 것이다. 그러나 그의 팔은 언제나 식탁에서 낮게 깔려 다 먹고 난, 지저분한 접시가 손님의 시야에 들어오지 않게 해야 한다. 만약 손님이, 그가 접시를 치우거나 빵 부스러기를 식탁보에서 털어낼 때 움직이지 않는다고 해서, 필립은 절대 그들을 억지로 밀어내지 않는다. "제 목표는 손님들로 하여금 제가 거기 있다는 것을 거의 잊게끔 하는 것입니다. 식사의 다음 과정으로 넘어가는 순간이 새로운 시작이지요. 손님을 죽은 자리처럼 취급해서는 절대 안 됩니다."

훌륭한 웨이터라면 후식, 커피, 식후 술 등을 팔아서 계산서를 두 배로 부풀릴 수 있다. 그리고 의사와 부인이 돈을 낸 뒤라도, 필립은 멈추지 않는다. "만약 그들이 돈을 내고 나서 15분~30분을 더 머문다면, 새로운 계산서를 끊을 수 있습니다. 매일 일어나는 일이죠." 택시에 올라타기 전까지는 아무도 '죽은 자리'에 앉아 있는 것이 아니다.

전문교육이 필요한 서비스

필립의 막강한 심리학적 무기가 테러리스트의 손에 떨어진다면 대재앙을 빚어낼 수도 있을 것이다. 필립의 강의를 듣고 일주일 뒤 텍사스 주 달라스의 '터틀 크릭 맨션'에서 저녁을 먹었다. 딘 피어링의 현대 미국 요리는 훌륭했고, 나는 최남부 지방(Deep South, 미국의 남쪽 주 앨라배마, 조지아, 루이지애나, 미시시피, 사우스 캐롤라이나 주를 한데 묶어 이르는 말로, 여기에 작가가 여행한 달라스가 속한 텍사스 주 동부나 플로리다 주 북부도 포함되기도 한다—옮긴이)의 친절함에 서부의 개방성과 비공식적인 고객 응대법이 섞인, 텍사스만의 독특한 환대를 기대했다. 그러나 그 대신 고객 서비스는 프랑스 파리에 대한 누군가의 환상 1에 알 카포네를 9의 비율로 섞은 것이었다.

웨이터는 저렴한 파스타를 주요리로 시킨 아내와 입씨름을 해서 그녀를 마침내 굴복시켰다. 그리고 와인을 따를 때 코에 팔꿈치가 닿았는데, 웨이터가 너무 굼떠서 내 오른쪽으로 움직이거나 병을 왼손으로 옮기지 않았기 때문이다. (선택의 여지가 없을 때가 아니라면, 손님에게 가로질러 다다라서는 절대 안 된다. 그리고 그럴 때라도 팔꿈치 안쪽을 보여줘야지, 바깥쪽의 튀어나온 관절을 보여주어서는 안 된다.) 식사가 끝나갈 무렵, 직원들이 모두 단체로 일을 그만둔 듯 아무도 없어 스스로 포도주를 따르려는데 그 굼

뜬 웨이터가 난데없이 전속력으로 다가와 병을 손에서 낚아채갔다.

웨이터의 가장 뿌듯한 순간은 주요리가 나왔을 때였다. 포도주 잔이 반 이상 찼는데도 그는 서둘러 병에 남은, 식사를 시작할 때 주문했던 비싼 포도주를 잔에 따르고 얼마를 식탁보에 튀긴 다음, 완전히 멀쩡한 얼굴로 나에게 돌아서서는 "주요리를 위해 포도주를 더 시키시겠습니까?"라고 물었다. 맨션은 어떤 잔이라도 반 보다 못되게 차 있다면 웨이터들을 꾸짖는 식당인 듯 싶었다. 만약 캡틴이 뉴욕 전문 서비스 학교에 다녔다면 잔은 절대 반 이상 채워서도 안되고, 손님이 두 모금 이상 남겼을 때에는 다시 채우면 안 된다는 걸 알았을 것이다. 포도주에 돈을 쓰는 사람들 대부분은 술이 잔에서 어떻게 그 맛을 발전시켜 나가는지 보고 싶은 사람들이므로, 샴페인 잔을 맨 위까지 채우는 건 첫 모금이 차갑고 거품이 일 것이라고 보장할 뿐이다.

식사를 마치고 돈을 치를 때 언제나 내는 정도의 팁을 남기고는 후회했다. 아마 음식이 너무 맛있어서 그랬던 모양이다.

나는 웨이터 학교에서 셀 수 없이 많은 책략을 배웠다. 고객들은 스스로의 이름이 내는 소리를 듣는 것을 좋아하니 이름을 불러주는 게 좋다고 배웠다. 계속해서 긍정적인 면을 강조하고, 부정적이거나 당황스러운 것으로부터 손님의 주의를 돌려야 하며, 손님이 좋아하는 음식이 떨어졌을 때에는 다른 좋은 소식이 있을 때까지 그 나쁜 소식을 감춰야만 한다. 편안함과 믿음의 기운을 조성한다. 사람들은 배가 아닌 감정을 채우려 음식점에 간다(어떤 손님들은 자신이 중요한 존재라고 느끼고 싶어 하고, 또 다른 손님들은 대접 받고 싶어 한다. 어떤 손님들은 직원들이 특별한 관심을 기울여주기를 원하고, 또 다른 손님들은 혼자 있고 싶어 한다. 손님이 무엇을 원하는지 정확하게 찾아내야만 한다). 전 학기에, 학생들은 실험을 해 보았다. 식당에서 일을 할 때, "손님을 위해서"라는 말을 설사 멍청하게 들릴지라도 모든 문장에 집어넣어 본 것이다. "새 커피 한잔을 손님을 위해 기꺼이 가져다 드리겠습니다" 또는 "스테이크가 손님께서 원하시는 대로 조리 되었습니까?"라는 식이었다. 그러자 팁이 20% 늘었다고 한다.

이 나라에서 웨이터들은 더 이상 식탁 옆에서 구운 덩어리 고기를 썰어주거나, 생선의 살을 발라주거나, 솟아오르는 알코올 불꽃에 송아지 고기를 지져 주지 않는다. 그들은 샐러드를 섞어주거나 케이크, 또는 타르트를 잘라주지도 않는다. 웨이터들은 그저 음식을 팔고, 은식기를 재배치하며, 음식을 가져다 주고, 포도주병을 따 줄 뿐이다. 서비스는 환상이 되었고 그 환상을 가장 잘 만들어내는 사람이 가장 잘 보답 받는다고 웨이터의 학교에서 배웠다.

하루는 학생들 모두가 몇 팀으로 나뉘어서, 식은 피자와 호스티스 트윙키(Twinkie, 미국의 크림이 든 간식용 바닐라 케이크. 손가락 두 개를 합쳐 놓은 크기에 하나씩 포장되어 있다—옮긴이) 한 조각씩을 받고, 손님의 마음을 끌 수 있는 묘사(웨이터들이 그날의 요리를 파는 식으로)를 해보게 되었다. 내가 속한 팀은 트윙키를 가지고 상황에 특별히 잘 대처했다. "금색을 띤 고전적인 레몬 '제누아즈(Genoise, 이탈리아 제노바에서 비롯되었다는 스펀지 케이크의 한 종류. 조직을 부풀리기 위해 베이킹 소다와 같은 화학 첨가물을 넣지 않았으며, 크림을 발라 일반적으로 먹게 되는 케이크의 바탕이 된다—옮긴이)'의 속을 파내고 섬세하도록 달콤한 크림으로 채웠습니다." 추측하기에 교훈은, 훌륭한 웨이터는 트윙키조차도 팁을 줄만한 가치가 있는 무엇인가로 탈바꿈할 수 있어야 한다는 것이다.

하느님의 모습대로 사람을 지어내시되,

남자와 여자로 지어내셨다.

– 창세기 1장 27절 (공동 번역 성서 참조—옮긴이)

페로몬이란?

암퇘지의 몸이 달아오르고 특정한 사향 화학물질, 즉 페로몬Pheromone
의 냄새를 수퇘지의 숨에서 맡으면, 즉각적이고 다급하며 통제할 수 없
는 반응을 보인다. 뒷다리는 뻣뻣해지고, 등골은 밑을 향하며, 귀는 쫑
긋 서고, 교미를 위한 준비를 갖춘다. 이러한 자세는 척추 앞굽음증(또는
척추전만[脊柱前彎], lordosis)이라고 알려져 있으며, 선택이나 변화의 여지
없이 늘 수퇘지의 숨결에서 나오는 냄새에 의해 벌어진다. 태초이래, 아
니면 적어도 내가 고등학생이었을 때부터 남성은 여성에게 같은 효과를
내도록 하는 물질을 지칠 줄 모르고 찾아왔다. 얼마나 많은 저녁에 친구

들과 함께 뚜껑이 없는 차에 올라타 교외의 길거리를 미끄러지듯 달리며, '스패니시 플라이(Spanish Fly, 같은 이름의 벌레에서 추출된 것으로 비롯되었다는 최음제의 한 종류—옮긴이)'라고 불리는 '그것'이 '거사'에서 한몫 단단히 해주었는지에 관한 무용담을 나누곤 했는지 기억도 나지 않는다. 여자애들이 그녀들의 뚜껑 없는 차에서 어떤 화학물질에 대한 얘기를 나눴는지는 잘 모르겠다.

이제 이런 사춘기의 환상은 그저 희미하고 먼 기억일 뿐이다. 그러나 소문이 뉴욕에 본사, 유타 주 솔트레이크 시티에 연구소를 둔 에녹스 코퍼레이션Enox Corperation이 마침내 인간 페로몬을 발견해서 향수로 병에 담았다는 월 스트리트 저널의 기사형태로 퍼져 내 귀로 들어왔을 때, 나는 사실 확인을 위해 서둘러 가방을 싸서는 솔트레이크로 날아갔다.

안타깝게도 솔트레이크 시티에서 정말 아주 적은 수의 척추 앞굽음증 사례만을 찾았다고 보고해야만 되겠다. 흥미로운 과학자 무리를 만나서 후각의 과학에 대한 중요한 발견 몇 가지를 배웠고, 향수 사업에 혁명을 불러 일으킬지도 모르고 안 일으킬지도 모르는 향수 두 종류를 시험 삼아 뿌려 보았으며, 그레이트 솔트레이크의 소금으로 만든 고급 소금물 태피 몇 봉지를 먹었다.

페로몬은 종(種)의 한 일원이 종의 다른 일원에게 보내는 화학적인 전령으로, 받는 쪽의 행위나 내부 상태의 변화를 유도한다. 가장 유명한 페로몬은 성적인 것으로, 암나방이나 나비가 몇 킬로미터 밖에 떨어져 있는 수컷을 유혹하기 위해 내보내는 신호와 같은 것이다. 암비단나방의 이러한 재능은 19세기에 발견 되었는데 처음에는 어떤 종류의 방사

능 덕분이라고 여겨졌다. 1959년에 마침내, 암비단나방의 신호가 화학적인 '봄비콜(bombykol, 페로몬의 일종—옮긴이)'이고 암컷에 의해 내보내지며 숫나방은 더듬이에 있는 작은 털로 이를 냄새 맡거나 적어도 느낀다고 알려졌다. 이 연구결과는 인류의 과학에 의해 처음으로 밝혀진 페로몬에 관련된 퍼즐이다. 그것을 기리기 위해, '페로몬Pheromone'이라는 단어가 생겨났는데, 그리스어 페레인(Pherein, 나르다)과 그리스-영어인 호르몬(hormone, 흥분시키다)의 조합이었다. 같은 해에 이제는 고전이 된 노래 가사가 대중음악 순위를 치고 올라간 것은 우연히 아니다.

그녀에게, 여자애들과 잤다고 말했지

1956년부터 그랬다고

그녀는 내 손바닥을 바라보다가 마법의 표식을 만들었어.

그리고 말했지 "당신, 사랑의 묘약 9번이 필요해."

낮인지 밤인지도 몰랐어

눈에 들어오는 모든 것에 키스했지

그러나 34번과 '바인Vine' 가의 경찰에게 키스했을 때

그는 내 사랑의 묘약 9번병을 박살내버렸어

페로몬의 종류와 역할

성 페로몬이 사람들로부터 가장 많은 관심을 끌지만, 동물의 왕국에서 화학 신호의 범위는 놀라울 정도로 다양하다. 다양한 종이 다양한 상황에 처했을 때, 페로몬은 "여기 음식이 있다", "싸우자", "임신했어"

"다 함께 이 나무에 몰려가자", "떼를 짓자", "여왕이 여기 있으니 괜찮아", "이 길을 따라가자", "이 끝내주는 음식 덩어리를 나르게 도와줘" 등의 메시지를 말할 수 있다고 한다. 하버드대학의 E. O. 윌슨은 개미굴이 매끄럽게 돌아가려면 열 가지, 또는 그 이상의 화학적 메시지가 필요하다고 어림잡는다. 꿀벌은 이끌고, 가르치고, 북돋아주며 간호벌, 군인벌, 장의사벌, 음식 모으는 벌에게 일을 나눠주기 위해 서른 가지의 페로몬 체계를 쓴다고 한다.

진화가 덜 된 포유동물은 페로몬 없이 서로 어울릴 수 없었다. 대부분이 감정을 제대로 표현할 수 없고, 분명하게 쓰거나 말할 수 없기 때문이다. 그리고 그것들 가운데 대부분은 야행성이고 어둠 속을 지나다니기 위해 후각이 필요하다. 인류는 언제나 섹스를 할 준비가 되어 있는 포유동물이지만 나머지 포유동물들은 하고 싶은 충동이나 배란이 너무 드물게 일어나, 맞는 순간에 맞는 장소에 있기 위해 가능한 모든 도움을 받아야 한다. 수컷 금색 햄스터의 성생활 전체는 화학적 메시지로 인해 아주 작은 부분까지 관리되는데, 페로몬은 수컷을 암컷에게로 이끌고, 번식 가능한 상황이라는 것을 알리며 낭만적이지 못한, 공격적인 성향의 잠재력을 줄이고, 테스토스테론의 수치를 재빨리 올리며, 마침내 짝짓기를 위해 행동하도록 만든다. 후각을 잃은 수컷 햄스터는 아예 개시조차 하지 못한다. 짝짓기가 끝난 다음에 달콤한 말을 속삭이거나 꽃을 보내게 만드는 페로몬이 있는 것 같지는 않다.

그러나 나는, T. S. 엘리엇을 빌어 말하자면 햄스터가 아니며 되고 싶지도 않다. 인류는 조리 있는 존재이고, 의식, 자유의지, 엄청난 지적 능력, 예리한 눈과 귀 두 짝, 언제나 섹스를 할 수 있는 능력을 소유하였다. 왜 우리가 화학적 메시지의 도움을 받아야만 하나? 우리의 행위는 기계적인 단순함이며 자극이나 반응으로 통제되지 않는다. 인간은 감각기관의 메시지를 통역하고 조작한다.

인간의 페로몬 존재 가능성과 그 영향

그러나 정말 그런걸까? 에록스 코퍼레이션이 현재 하고 있는 작업과 별개로, 인간의 페로몬 존재에 대해 가장 믿을 만한 증거는 여성의 기숙사에서 비롯된다. 같은 구역에서 함께 살면 여성들의 생리주기가 곧 비슷하게 맞아 떨어진다는 것이 알려진 지는 벌써 오랜 일이다. 당시 하바드 대학에 있었던 마샤 K. 맥클린톡Martha K. McClintock박사는 큰 기숙사에서 함께 사는 학부생 135명의 생리 주기를 주의 깊게 살핀 결과 같은 방을 쓰는 다른 학생이나 친한 친구들의 주기가 일치하는 경우도 있지만, 그런 현상이 135명 모두에게 벌어지지는 않는다는 것을 발견하였다. 맥클린톡 박사는 같은 패턴의 스트레스, 빛과 어둠에 노출되는 정도, 식생활동, 사람들 사이에서 일어날 수 있는 가능한 요인들을 제거할 수 있었고 그러고 나니 단 하나의 원인이 남게 되었다. 먼저, 두 여성이 같이 지내는 시간이 많을수록 월경주기가 겹칠 확률이 높아졌다. 맥클린톡 박사는 또한 여성이 남성과 함께 보내는 시간이 더 많을수록(성경험 횟수가 아닌 시간으로 측정되었다) 주기는 더 짧아지며 규칙적일 가능성이 높다는 것도 발견하였다.

적어도 이 연구만 놓고 본다면 인간 여대생은 보통의 암컷 집쥐와 다른 구석이 없다. 다른 암컷 집쥐들에 둘러싸인 암컷 집쥐는 더 긴 주기를 지니고, 수컷집쥐의 존재는 주기를 짧게 만든다. 그리고 암쥐의 변성기가 찾아오는 시기는 숫쥐와 함께 시간을 보내느냐(당장 변성기를 겪는다) 암쥐와 보내느냐(나중에 변성기를 겪는다)에 달려있다. 과학자들은 이러한 현상이 이 작은 생물의 오줌에 들어 있는 화학적 신호—페로몬—에 의해 자극을 받고 코에 '보메로 코Vomeronasal' 기관에 의해 감지된다는 것을 발견했다.

페로몬이 인간의 월경주기 일치에 영향을 미치는 것일까? 답은 아마도 '그렇다'가 될 것이다, 그리고 가장 의심이 가는 요인은 화학물질인 안드로스테놀Androstenol로, 인간의 겨드랑이 밑에서 나는 땀과 암퇘지가 너무나도 원하는 척추 앞굽힘증을 일으키는 숫퇘지의 침에서 찾을 수 있다. 그러나 안드로스테놀이 인간에게 페로몬으로써 작용하는지에 대해서는 결론이 내려지지 않았는데, 어떤 종 사이에서 영향을 미치는 페로몬이 다른 종 사이에서도 영향을 미치리라는 법은 없기 때문에 그렇게 놀라운 결과는 아니다. 그럼에도 불구하고, 안드로스테놀은 "매력을 끌기 위해 과학적으로 고안"되었다는 주장과 함께 조반 컴파니Jovan Company에서 파는 두 향수의 주요 성분이다.

인간 페로몬의 역사

이러한 것들이 비행기가 록키 산맥을 넘어 솔트레이크 시티로 강하하는 순간에, 내가 척추 앞굽힘증에 대해 찾아본 결과로 얻은 지식의 현 주소였다. 정말 솔직하게 말하자면 십여 가지의 인간 페로몬을 발견했다는 주장과는 달리 에록스 코퍼레이션은 자신들이, 사람을 저항할 수 없도록 몸이 달아 오르게 만드는 최음제를 발견했을 거라는 기대를 접었다는 것을 벌써 알고 있었다. 그 대신 에록스의 페로몬은 성별의 특성보다는 관능적인 면모를 이끌어내기 위해, 뿌린 사람의 자존감을 북돋아주도록 개발되었다. 에록스 코퍼레이션은 의사이자 기업가인 데이비드 베를리너에 의해 향수 제조회사로 설립되었고, 회사의 목표는 그가 발견했고, 따라서 10억달러 규모의 세계 향수 시장에서 한 몫 할 것이라고 주장하고 있는 인간 페로몬 시장을 개척하는 것이다. 연간 10억 달러라면 지구의 전 인류를 따져볼 때 한 사람당 1.84달러 꼴이지만 사실 나처럼 향수를 거의 뿌리지 않는 사람도 있으므로 한 사람당 비용은 그보다도 높을 것이다. 베를리너는 또한 페로몬에 관한 기본 과학과 그 치료에 관련된 잠재능력을 연구하는 자매회사 페린Pherin도 설립했다.

35년 전, "페로몬"이라는 용어가 생겨나기 이전에 베를리너는 인간 피부의 구성에 관한 연구를 하고 있었다고, 아니면 적어도 기자들이 물을 때면 그런 연구를 하고 있었다고 말해왔다. 그는 스키를 타다가 다친 사람들이 하고 있던 석고붕대 틀의 안쪽을 긁어내어 피부 표본을 얻어서는, 걸쭉한 추출액을 만들어 플라스크에 저장해두곤 했다. 그와 동료들은 평소에는 서로 잡아먹지 못해 안달하다가 플라스크를 열어 두기만 하면 기분이 누그러지고 힘을 합쳐 일하고 싶어진다는 것을 알아차리고는 놀랐다. 그때 마침 베를리너는 다른 일을 하게 되었고 모아 놓은 추출액을 삼십 년 동안 얼려두었다.

그러는 가운데 한 두 번 정도는 페로몬을 우연히 발견했을지도 모를 일이지만, 그는 1989년이 되어서야 십 년 동안 뇌의 구조를 밝히는 연구를 했던 해부학자이며 유타 주립대학교 의과대학 전 동료였던 래리 스텐사스Larry Stensaas에게 조언을 구했다.

페로몬의 감각기관 – VNO

스텐사스 박사가 나를 위해 슬라이드 강의를 준비하고 있는 의과대학으로 차를 몰았다. 그는 많은 파충류와 포유류가 적어도 두 종류의 분리된, 코에서 기원한 감각체계를 가지고 있다는 것을 보여주었다. 그 가운데 하나는 후각체계로 비강 위쪽에 신경 말단부를 지녔으며 후각을 담당해서, 음식이나 포도주, 향에 대한 신호를 대뇌피질로 보내고, 거기에서 신호는 검토와 해석을 거쳐 의식적으로 고려된다. 두 번째 체계는 보메로 코 기관, 또는 VNO(Vomeronasal Organ, 집쥐를 통해 벌써 살펴본 바가 있다)를 통해 페로몬을 감지한다. 진화가 덜 된 동물에서 VNO는 피질뿐 아니라 감정과 생식 작용이 규제되는 시상 하부로 직접 특정 신경을 통해 메시지를 보낸다. 파충류는 혀를 날름거리면서 환경 정보에 대한 화학적 정보를 거둬들이고, 그 정보를 VNO로 나른다. 반면 인간은 그냥 냄새를 들이 맡는다.

에록스 코퍼레이션이 사람들의 관심을 집중시킬 때까지 대부분의 전문가는 인간 페로몬의 존재에 대해 회의적인 입장이었는데, 그건 인간 신경체계에서 VNO와 뇌로 들어가는 신경 회로가 충분하지 않기 때문이었다. 그러나 스텐사스와 동료들은 인간이라면 모두 잠재적인 페로몬의 수용체인 VNO를 가지고 있다는 걸 발견했다. 그 VNO는 그 기능에 맞는 위치인 각 콧구멍 안쪽, 즉 콧구멍이 갈라지는 격벽 위, 코 끝에서 안쪽으로 1.2cm쯤에 자리 잡고 있다. 스텐사스 박사에 의하면, 인간의 VNO는 동물의 왕국에서 가장 큰 것 가운데 하나로 말의 그것보다도 크다고 한다. 그는 인간의 VNO와 뇌로 신호를 나르는 신경(이 부분은 아직 증명되지 않았다)의 놀라운 전자현미경 슬라이드를 보여주었다. 그리고 그제서야 나는 내 눈으로 본 것을 믿을 수 있었다.

인간대상의 페로몬 실험

우리는 근처의 연구 단지에 있는 에록스 코퍼레이션의 작은 연구소로 차를 몰았다. 거기에서 나는 신경생리학박사 루이 몽티-블로흐Louis Monto-Bloch가 시도했던 것들 가운데 가장 설득력 있는 실험을 수행하는 것을 보았다. 브래드라는 이름의 학생이 푹신푹신한 연구실 탁자에 누워 있었는데, 그는 여러 번 실험대상자가 된 적이 있어 누워 있는 동안 사람들이 실험기구로 코를 한 번에 몇 시간씩 찔러도 꿈쩍하지 않고 누워 있을 수 있는 보기 드문 인내심의 소유자였다. 먼저 브래드의 격막을 루페Loupe처럼 생긴 자이스 보석 확대경으로 들여다보았다. 브래드의 선홍색 격막에는 본적이 있는 사람이라면 가장 순수한 보메로 코 기관이라고 인식할 수 있는, 일 밀리미터 정도로 작은 선홍색 개구부가 있었다. 나중에 몽티-블로흐 박사는 내 코를 들여다본 다음 VNO가 있어야 될 부분에 있고 건강하게 보인다고 말해주었다.

몽티-블로흐 박사는 VNO로 정해진 시간에 정확하게 화학물질을 보낼 수 있는 장비를 발명했다. 좁은 하얀색 플라스틱 관이 있고, 다른 관이 그의 중심에 중심에서 지나고 있는데 그 안에는 얇은 은색 철사가 감겨있고 펌프와 장비로 한쪽 끝에 연결되어 있으며 다른 쪽으로는 뚫려 있다. 몽티–블로흐 박사가 버튼을 누르면 펌프는 페로몬 또는 위약을 안쪽 관으로 흘러 보내고, 그 즉시 역펌프가 가동해 실험 대상자의 격막에 안쪽관이 닿은 지 0.5초 만에, 한번 뿜어낸 페로몬·시약이 비강으로 흩어져 들어가고 후각체계를 자극하기 전에 안쪽관의 내용물을 휘저어 없애버린다. 그리고 은색 철사는 VNO에서 자극 받은 전기신호를 보고한다. 베를리너의 팀은 열 두 개의 활성화합물을 얼린 페로몬 피부표본에서 추출했고, 몽티–블로흐 박사의 은색 철사가 찾아낸 신호를 지켜본 결과 그 열 두 개의 화합물 가운데 여성에게는 ER-670이, 남자에게는 ER-830이 가장 강한 것이라고 밝혀냈다. 그 두 가지는 에록스의 두 향수에 기본 재료로 쓰게 될 페로몬이다.

몽티–블로흐 박사가 브래드의 VNO로 넣은 관의 열린 쪽 끝으로 인 ER-830, 강한 냄새의 정향 기름, 또는 완전히 중성인 물질의 연기를 차례로 훅, 불어 넣는 것을 지켜보았다. 컴퓨터 화면으로 브래드의 VNO가 어떻게 반응하는지 볼 수 있었다. 정향기름이나 중성물질이 관을 통해 들어갔을 때에는 화면에 변화가 없는 검은 선만 보일 뿐이었지만 ER-830이 들어갔을 때에는 변화 없는 선이 뛰어오르면서 일종의 그래프를 만들어냈다. 이 그래프는 먼저 급격하게 올라갔다가 보다 천천히, 각을 지으면서 떨어지는데 듣기로는 몸의 다른 부분에 있는 감각 세포의 대표적인 반응이라고 한다.

그 뒤로 나는 동물 페로몬을 연구하는 학자들과 신경해부학자들에게 전화를 걸어 물어보았다. 가장 회의적인 학자들조차도 에룩스가 하는 일에 엄청난 관심을 드러냈다. 그러나 어느 누구도 에룩스가 하는 실험을 재현할 수 없었는데, 그건 베를리너와 그의 팀이 그들의 것이라고 추정되는 페로몬의 화학구조를 밝히지 않기 때문이다. 그러나 브래드나 나를 포함한 다른 사람들의 VNO가 뇌, 특히 시상하부의 섹스와 감정에 관련된 부분에 연결되어 있는지는 아직도 의문이다. (몽티-블로흐의 은색 철사는 VNO로부터 비롯된 신호만을 잡아낸다.) 베를리너는 그 둘의 연결관계를 증명하려면 연구를 아직 더 많이 해야 되다는 반응을 보였다. 거기에 신경을 왜 써야 합니까? 그는 되려 나에게 물었다. ER-670과 830이 기분과 감정에 미치는 효과는 그에게 명백했다. 그러나 이 연결관계는 중요한 문제로 남아있다.

인간 페로몬을 경험하다

브래드를 다 고문하고 나서, 복도를 지나 클라이브 제닝스-화이트 박사의 연구실로 안내를 받아 순수한 페로몬을 감질날 정도만큼만 구경했다. 제닝스-화이트 박사는 팀의 화학자로 베를리너의 피부추출 침전물에서 발견한 페로몬을 합성해왔다. 그의 모든 노력은 ER-670 하나, ER-830 하나, 해서 두 개의 큰 갈색 유리 단지에 담겨 있었는데, 각각의 단지는 높이가 30, 20cm였고, 하얀 결정 가루가 거의 가득 담겨 있었는데 250조 명을 자극할 수 있는 만큼의 양이었다.

나는 냄새를 맡아도 되냐고 물었지만, 제닝스-화이트 박사는 규칙 위반이라서 안 된다고 대답했다. 화재 경보기를 작동시켜 박사가 연구실을 비운 사이, 단지 뚜껑을 열고 코를 들이밀어 숨을 깊이 들이마시는 계획을 세웠으나 접었다. 연구실의 누구라도 페로몬을 직접 냄새 맡아 보았노라고 인정하지는 않겠지만, 그렇게 호기심 많은 네 명의 과학자가 냄새 맡아 보겠다는 유혹을 15초 이상 뿌리칠 수 있을 거라고 상상할 수 없었다. 그러나 나는, 에록스의 페로몬에는 아무런 냄새도 없다고 추측했다. 페로몬은 오로지 격막의 보메로 코 기관에만 작용하고, 거기에서 뇌의 시상하부로 무의식적이고 잠행성이며, 파괴적인 신호를 보낸다. 물론 뇌에 영향을 정말 미친다는 가정하에서만 그렇다.

베를리너 박사와 에록스 코퍼레이션이 고등학교 때 누구나 꿈꾸었던 강렬한 유인제를 찾으려 했다는 것에는 의심의 여지가 없었다. 대다수의 여자향수에는 천연 혹은 합성 히말라야 사향노루나 아시아 사향 고향이의 페로몬이 들어있다. 그러나 1991년에 출판된 의학저널에서 베를리너와 제닝스-화이트 박사는 이렇게 다른 동물의 페로몬을 쓰는 것이 비논리적이라고 지적했는데, 페로몬은 오로지 같은 종 사이에서만 작용하기 때문이라는 것이 이유였다. 인간의 페로몬은 "진짜 유인제로서 더 자연스럽고 더 자연스럽고 효과적일 것이다", "페로몬 자극으로 기대할 수 있는 인간의 행위는 성욕의 증진이다", "페로몬의 효과는… 심오하고 저항할 수 없는 것일 것이다"라는 의견이 의학저널에 실려 있다.

그러나 현재 에록스 코퍼레이션은 ER-670과 ER-830이 그저 적당한 정도의 최음 효과만 있을 것이라고 주장하는데, 여성 실험 대상자의 경우 따뜻하고 더 개방적인 기분을 느끼며, 남성의 경우 신뢰와 자신감을 더 느낀다고 하니 암퇘지의 뻣뻣해진 다리와 쫑긋 선 귀와는 거리가 멀다. 1991년의 글에도 불구하고, 이제 에록스의 사람들은 저항할 수 없을 정도로 강력한 인간 유인제의 발견은 최소한 홍보부서의 사람들에게는 악몽이 되었을 것이라고 말한다. 내가 상상할 수 있는 유일한 악몽은 그 유인제로 냈을지도 모를 이익을 은행으로 나르기 위해 필요한 만큼의 손수레를 찾을 수 없을지도 모른다는 것이었다.

지금까지, 에록스는 만들어내는 향수가 그 적당한 정도의 최음효과조차 있다는 설득력 있는 통계자료를 내놓지 못하고 있다. 페로몬을 넣었을 때와 넣지 않았을 때, 아니면 인기 있으나 통상적인 다른 회사의 향수와 어떻게 다른지 과학적으로 증명하지 못하고 있기 때문이다. 결과를 밝히는 데에 지나치게 신중을 기하는 상황인 것이다. 에록스사의 향수를 뿌리는 건 차가운 마티니를 마시는 동안 통상적인 향수를 재미 삼아 뿌리는 것과는 다를 수도 있는 일이기는 하다.

인간 페로몬 향수의 개발

캘빈 클라인, 조르지오, 에스테 로더나 ―또는 '방향유 제조업체'로 알려진― 그밖의 회사에서 만드는 주요 향수들은 뉴욕 시나 그 주변에 자리 잡은, 엄청나게 재능 있는 "코" 또는 제향사들로 이루어진 아주 작은 모임에서 만들어지고, 각각의 향수는 200~400종류의 성분이 들어간다. 에록스 사의 회장인 피에르 샹플뢰리(이브생로랑 파리의 향수 및 화장품 사업부 사장), 자문역인 앤 고틀리에브(캘빈 클라인의 옵세션, 이터니티, 이스케이프와 같은 향수의 성공에 기여한)는 제안서를 써 3~6군데의 주요 향수 회사에 제출했다. 제안서에는 장래에 만들 향수에 대한 개념, 만들어내고자 하는 분위기, 이름, 병과 포장, 시장에서의 자리매김, 광고 전략을 담고 있었다.

세 회사가 예비 향수 견본을 가지고 응답했고, 샹플뢰리와 고틀리에브 그 가운데 둘, '피르메니치Firmenich'의 여성향수와 '기보당-루르 Givaudan-Roure'의 남성향수였다. (두 회사 모두 방향유만을 에록스 사에 공급할 것이며, 그 방향유의 제조공법은 각 회사의 지적 재산으로 남는다.) 견본을 받은 다음에 해야만 하는 향 다듬기 작업은 페로몬이 솔트 레이크 시티 밖으로 나갈 수 없기 때문에 더 복잡해서, 각각의 향은 솔트 레이크의 연구진이 페로몬을 더해 뉴욕으로 돌려보낸 다음에만 다듬는 작업이 가능했다. 에록스 사의 향수는 사향노루나 고양이, 비버에서 추출된 사향이 들어있지 않고, 그 동물 유인제의 자리를 베를리너의 인간 호르몬이 대신하고 있다. 한 번 뿌리면 완전히 벗은 몸에서 얻을 수 있는 것과 같은 양의 페로몬을 발산하게 된다.

솔트 레이크 시티로 가기 전에 동의했던 대로 제닝스-화이트 박사는 '리앨름 포 우먼Realm for Women' 과 '리앨름 포 맨Realm for Men' 으로 불릴 에록스 사의 페로몬 향수 시제품을 시향할 수 있게 해주었다. 왼손 등에는 남성용을, 오른손 등에는 여성용 향수를 뿌렸다. 남성용 향수는 나무향에 알싸했으나 가볍고 소박한 느낌이었고, 여성용은 따뜻하고 아늑하며 꽃향의 느낌이 먼저 다가오고 그 밑으로 동양의 느낌이 깔려있었다. 그 뒤로 사흘 동안 수백 번도 넘게 양쪽 손에서 냄새를 킁킁거리며 맡았는데, 여성용이 남성용보다 훨씬 좋았다. 내가 레즈비언이라는 의미일까?

효과를 알 수 없는 인간 페로몬 향수

에록스 코퍼레이션의 그 모든 부인에도 불구하고, 나는 강렬한 성 유인제를 뿌렸다는 희망에 집착했다. 저녁을 먹은 뒤 에록스 코퍼레이션의 연구팀들과 함께했던 식당 옆의 주차장으로 걸어가며, 한 무리의 아름다운 여자들에게 정복당해 유타에서 큰 인기가 있는 레크리에이션 차량에 끌려 들어가 지쳐 쓰러질 때까지 짝짓기했다는 사실을 뉴욕에 돌아가 어떻게 아내에게 설명할까를 고심했다. 우리의 결혼에는 어떤 영향을 미칠 것인가? 사실 남성 유인제를 뿌린 오른손에 열 배는 더 신경이 쓰여서, 깨어 있는 동안에는 향이 마침내 사그라질 때까지 장갑을 끼고 있었다.

그러나 기대와는 달리 주차장으로 가는 동안 아무런 일도 벌어지지 않았다. 호텔로 돌아와서는 여러 군데의 전략적인 위치(커피숍)를 어슬

렁거리며 누군가가 내 유혹에 빠져들지 않을까 주의 깊게 살폈지만, 나는 남녀불문하고 아무도 유혹하지 못했다.

자리를 옮겨 양쪽 옆이 모두 빈 의자에 앉아 스카치위스키를 주문한 다음 기다렸다. 몇 잔을 마신 뒤에도 양 옆자리는 여전히 비어있다는 것을 확인하고, 두 젊은 금발 여자 직원이 제복을 입고 앉아있는 호텔 프런트로 자리를 옮겼다. 나는 파크시티에서 스키를 타기 위해 세세한 계획을 짜는 데 도움이 필요한 척하고, 지도며 안내책자를 보는 동안 장갑을 끼지 않은 왼손이 그 저항할 수 없는 메시지를 내보내는지 확인했다. 그리고는 방으로 돌아가 그 젊은 여자 직원 가운데 하나가 밀회를 위한 전화를 걸기만을 기다렸다. 그러나 에록스 코퍼레이션 사가 밝힌대로 두 페로몬 모두 최음제가 아니었다. 뉴욕으로 돌아왔을 때에도 두 향은 계속 남아 있었는데 아내는 내가 향수 견본이 들어있는 잡지의 냄새를 풍긴다고 말했다.

한 달 정도 뒤, 에록스 코퍼레이션의 향수가 더 다듬어졌다는 소식을 들었을 때 나는 남성을 위한 향수의 최신판을 보내달라고 요청했다. 이 향수는 ER-830을 담고 있을 것이며, 에록스 코퍼레이션 사의 주장에 의하면 향수를 뿌리는 남성이 스스로를 더 관능적으로 느끼도록 만들어준다고 했다. ER-830이 페로몬─엄밀히 말하자면 남성 스스로가 느끼는 것이 아닌 종의 일원끼리의 의사소통을 위한 메시지를 보내는 화학물질이다─의 이름을 가질 수 있는지 의아하게 생각했다. ER-830은 공기를 통해 퍼지는 호르몬에 더 가깝다. 아마 향수는 '오난 포 맨(Onan for Man, 남자를 위한 오난, 오난은 알려진 것처럼 자위Onanism이라는 말의 어원이 된 성경 속의 등장인물로,

여기에서 작자는 향수가 불러온다는 자기도취적 결과를 비꼬고 있다―옮긴이)' 이라는 이름으로 불러야 하는 것이 아닐까 싶다.

어찌 되었든, 남성 향수의 냄새는 많이 좋아졌다. 최신판은 더 복잡하고, 따뜻하고 관능적인 향 위에 밝은 알싸함이 깃든 첫 인상을 가지고 있었다. 에록스 코퍼레이션의 남성 향수가 내 기분에 어떤 영향을 미쳤는지는 확실히 말할 수 없다. 아내는 내가 평소보다 더 낭만적인 기분을 느끼는 덕분인지 몇 주동안이나 키스를 하지 않았다고 알려주었다. 그러한 내 행동이 ER-830을 뿌려서인지, 아니면 하루에 열 여섯 시간씩 돼지나 금색 햄스터의 짝짓기 습관에 관한 책을 읽어서인지 확인할 길은 없었다. 마오리, 사모아, 에스키모족의 말에서 뽀뽀가 "냄새 맡다"라는 의미인 것을 알고 있나? 적어도 내가 어디에선가 읽은 바로는 그렇다.

페로몬의 의미

다른 사람들이 어떤 생각을 하는지는 모르겠지만, 나는 사람이 전혀 깨닫지 못하고 무의식적으로 영향 받는다는 점에서 인간 페로몬의 개발이 엄청나게 무서운 영향을 불러일으킬 수 있다고 생각하기 시작했다. 누군가는 막연히 페로몬을 "냄새 맡는다"고 말하겠지만 사실 이런 종류의 전령 화학물질에는 냄새가 없다. 인간은 이러한 페로몬을 인식할 수 없는데, 그것은 페로몬이 뜨거운 사과파이나 샤넬 넘버 파이브를 느끼도록 고안된 수용체와는 거리가 먼 기관에서 감지하고, 그 메시지는 대뇌피질에서 등록되어서 따르거나 그러지 말라는 결정을 내리기 전에 뇌의 깊숙한 곳으로 전송되기 때문이다.

페로몬이 불러 일으킬지도 모르는 변화에 어떻게 맞서야 할까? 얼마나 많은 결정이나 행동이 〈신체 강탈자의 침공*The Invasion of Body Snatchers*〉(잭 피니의 1955년작 소설을 바탕으로 한 영화로, 1956년, 1978년, 1995년 세 번에 걸쳐 영화화 되었다──옮긴이)'에서 나오는 외계인(Pod People, 또는 Pods)처럼 우리가 인식할 수 없는 힘에 의해 영향을 받을까? 아니면 '스패니시 플라이' 캔을 든 사춘기 소년만큼 위험할까? 아니면, 맥스 레이크(Max Lake, 1924~2009, 호주의 외과의사이자 양조사업가──옮긴이)가 제안한 것처럼, 집단 중독 의식에서 페로몬을 교환하는 것이 수천 명의 나치가 팔을 다 같이 들고 행진하는 것처럼 무서운 일일까?

긍정적인 측면을 따져 본다면, 페로몬은 뽀뽀 또는 키스, 특히 심오한 프렌치 키스 같은 것의 재미에 기여할지도 모른다. 일반적인 규칙으로, 코는 편안하게 입술 위에 자리 잡고 있으며 상대의 피부에 눌려 닿았을 때, 피부 또는 침에서 나오는 페로몬을 끌어들이기 좋은 위치에 있다. 이런 특징은 또한 사람들끼리 껴안거나 달라붙어 있는 즐거움의 이유 대부분을 설명해준다.

그러나 왜 자연이 인간에게 이런 화학물질을 주었을까? 답은 간단하다. 인간은 내가 생각하는 한 유일하게 사교적이고 일부일처를 지향하는 포유동물이다. 인간에게 사회화는 섹스만큼이나 중요하다. 마이클 스토다트Michael Stoaddart가 그의 책 『향기 나는 원숭이*Scented Ape*』에서 지적한 것처럼, 만약 여성의 수정능력이 페로몬이 광고해대는 만큼이나 강력해서 매 28일마다 남성을 이곳 저곳에서 끌어들이고 저항할 수 없게 만들 정도라면, 일부일처제는 사라지고 사회적인 합의는 빈번히 일어나는 전쟁에 그 자리를 내어줄 것이다. 그럴 바에는 베를리너 박사와 에록스 코퍼레이션 팀이 발견했다고 주장하는 페로몬이 가족의 가치를 위해 더 쓸모가 있을 것이다. 페로몬은 작은 무리를 짓고 있을 때 사람을 느긋하게 만들어주며, 냄새를 맡지 않고도 만족스럽게 들여마실 수 있다.

캐년 랜치와 새로운 삶의 발견

버크셔 산맥에 새롭게 자리 잡은 기가 막힐 정도로 잘 지어진 시설 '캐년 랜치Canyon Ranch'에 이르러서야 나는, 〈보그〉지의 음식 비평가로서의 소임을 다하기 위해 치러낸 격렬한 폭식의 여파에서 벗어나고 있었다. 1톤은 족히 될 만큼의 우편 주문 크리스마스 과자와 사탕을 먹어 치우자마자 파리로 날아가, 16일 동안의 일정에 스물두 군데의 음식점을 쑤셔 넣다시피 해서 들렀다. 그러고는 텍사스 주로 날아가 달라스와 포트워스를 왕복하며, 세계 수준의 바비큐 음식점을 찾아다니는 아주 보람찬 시간을 가졌다. 몸무게는 새로운 영역까지 치솟아 올라 신경을 쓰게 만들었다. 그러나 닷새 뒤, 캐년 랜치가 나의 삶을 바꾸었다.

- 이제부터, 나는 언제나 샴푸로 머리를 감은 다음 컨디셔너를 쓸 것이
  다. 샤워실에는 위에 달린 꼭지를 누르면 나오는 컨디셔너가 있었는데,
  그걸 쓰자 머릿결이 훨씬 더 부드러워지고 빗질도 잘 되었다. 지금까지
  나는 뭘 하고 살았길래 이런 것도 몰랐을까?
- 웨이트 트레이닝을 진지하게 하겠다(뒤에서 보다 자세한 이야기를 하겠다).
- 그저 살집 좋은 정도의 적당한 몸매를 지키도록 노력하겠다. 그러려면
  9kg을 빼야 한다.
- 그때까지는 고무줄 허리의 운동복 바지를 가능한 많이 입겠다. 운동복
  바지는 보통 바지보다 훨씬 덜 조이고 쓸리며, 훨씬 쉽게 다리를 접어
  넣어 입을 수 있다.
- 여건이 된다면, 스파 중독이 되겠다.

캐년 랜치의 홍보자료는, 미국 인구의 절반 이상이 애리조나 주 투산
에 자리 잡고 있는 캐년 랜치 본점에 대해 들어본 적이 있다고 통계적으
로 설명하고 있다. 나는 캐년 랜치가 사치를 위한 욕망만을 충족시켜주
거나 여성만을 위한 것이 아닌, 미국 최초의 대형 남녀 공용 건강 휴양
지라고 어렴풋이 알고 있었다. 그래서 캐년 랜치는 사교계 명사, 영화배
우, 최고 경영자들을 끌어들이는, 맛있는 음식을 통해 고작 천 칼로리를
섭취하면서도 절대 배가 고프지 않은 풍족한 오아시스였다. 또한 본점
과 똑같이 생긴 지점을 탱글우드와 제이콥스 필로우, 그리고 나처럼 나

이가 많은 사람이라면 알고 있는 앨리스 레스토랑 가까이의 매사추세츠 주 레녹스에 짓고 있었다. 그 레녹스의 캐년 랜치 지점은 10월 1일에 문을 열었다.

건강관리 휴양지, 캐년 랜치

예전에 와 본 적이 있다고 해도(넷 가운데 셋은 그러할 것이다), 캐년 랜치에 가면 맨 처음 가이드로부터 숫자로 넘쳐나는 시설에 대한 설명을 듣게 된다. 4천만 달러의 돈을 들여 120에이커의 숲에, 객실 120개와 부엌이 딸린 스위트(각각의 방에는 비디오 레코더가 설치되어 있다)를 가진 명을 여관(가능 투숙인원 200명), 스파와 9,290제곱미터의 헬스클럽, '벨라폰테인'이라고 이름 지은, 저녁 만찬과 건강관리를 위한 1897년 식의 대저택, 건강관리 수업 32가지, 마사지 치료사 60명, 직원 300명까지, 처음 와 본 사람이라면 설명이 끝나기도 전에 숨이 찰 수도 있겠다.

그 다음으로는, 자가 건강진단양식을 쓴다. 맨 끝 쪽은 특히 호전적이고 위선적으로 다가온다. "음식에 집착하신다고 생각하십니까?"라는 질문에 "전혀 아니지만, 다른 것에 대한 생각을 해 본 적이 없다"라고 대답한다. 그 질문처럼, 직원 300명을 포함한 캐년 랜치의 모두가 그렇게 음식에 대한 것 말고는 다른 생각을 해 본 적이 없다는 것을 곧 알아차리게 된다.

건강진단양식을 다 쓰고 나면 수중 운동, 아로마테라피, 관절염 상담, 배드민턴, 농구, 행위 치료, 자전거타기, 빙고, 생체자기제어, 체성분 분석, 체형 다듬기, 호흡법, 콜레스테롤 진단, 진흙치료, 두개골 마사지,

크로스 컨트리 스키, 유럽식 얼굴 마사지, 식습관 조절, 펑크 에어로빅, 손글씨 분석, 고·저강도 에어로빅, 하이킹, 수치요법, 최면치료법, 흡입요법, 얼굴 집중 치료, 기포 목욕, 인신술(仁神術, 오래 전부터 전해내려 오다가 1900년대 일본에서 본격적으로 대중에게 알려졌다는 일종의 지압술—옮긴이), 생활사 분석, 점심시간을 통한 교육, 화장, 명상, 작은 트램폴린, 영양 상담, 자세와 움직임, 라켓볼, 반사법, 리듬, 노젓기, 달리기(실내/외), 소금치료, 사우나, 지압, 설상화 신고 걷기, 스쿼시, 증기실, 금연, 스트레치, 스웨덴식 마사지, 수영, 테니스, 러닝 머신, 배구, 웨이트 트레이닝, 육체 및 정신 건강 상담, 소용돌이 기포 목욕, 요가 등의 혼란스러울 정도로 넘쳐나는 범위의 가능성을 제시하는 프로그램 상담자와 만나게 될 것이다.

캐년 랜치식 바른 생활

나는 사람들 앞에서 운동하는 것에 대해 지나칠 정도로 민감하다. 먼지 풀풀 날리는 야구장에서 보냈던 고통스러운 여름 캠프의 기억 때문인데, 나는 눈이 멀도록 따가운 태양 아래서 공이 우리 쪽으로 절대 오지 않도록 기도했으나 아내는 더 없이 즐거워했다. 캘리포니아에서 고등학교 시절 무용수에, 뛰어난 단거리 육상 선수였던 그녀는 내 곁에서 그 둘 가운데 어떤 것도 제대로 연습할 수 없었다. 아내는 즉시 얼굴피부 관리와, 세 종류의 마사지(두개골, 스포츠, 시앗수)를 등록하고, 체성분 분석과 아로마테라피, 약초 해독을 신청한 다음 나머지 일정을 리듬 에어로빅, 유연성과 체력 훈련으로 채웠다. 그리고는 스파 건물로 들어서

자마자 그냥 지나쳐 갈 수 없는, 운동복, 신발, 책, 테이프 등을 파는 '캐년 랜치 쇼케이스' 가게로 달음질쳤다. 그녀는 서른여섯 시간 동안 아무것도 사지 않았었고, 조바심을 내기 시작했다.

유능한 프로와 함께하는 늦은 오후의 테니스 수업 말고는 나는 아무것도 등록하지 않아서, 미셸 파이퍼, 커트 러셀, 그리고 멜 깁슨이 출연하는 '테킬라 선라이즈'의 비디오 테이프를 빌려 점심을 먹고는 편안한 객실로 돌아왔다. 끼니때를 빼면 캐년 랜치에는 강요라는 게 없어서, 아무도 사람들을 따라다니며 해야 되는 일을 정말 하고 있는지 확인하지 않는다. 다 보고 나니 테킬라 선라이즈는 많이 과소평가된 영화라는 것을 알게 되었다.

2일차에, 아내의 일정은 운동과 욕망의 충족으로 가득 차 있어 식사 때가 아니면 마주칠 수가 없었다. 저녁시간이 되자, 그녀의 피부는 아기처럼 분홍빛이 돌고 부드러워졌다. 피부 관리사는 아내에게 로션이 가득 찬 비닐 봉지를 밤새 손에 쓰고 있으라고 강권했다. 피부 관리사는 이혼한 사람이다(이혼한 사람이기 때문에 같이 잠을 자는 배우자가 없고, 그래서 손을 쓸 필요가 없으니 비닐 봉지를 쓰고 있어도 된다고 생각하는 모양이라는 필자의 비아냥거리는 추측—옮긴이).

'카이저'라는 이름의 회사에서 만든, 반짝이는 크롬과 에어로빅과 체력 훈련용 기계가 있는 4번 체육관에 들를 때까지 나는 아무것에도 참여하지 않은 채 구경만 하고 돌아다니며 시간을 보냈다. 체력 훈련 담당 직원들은 웨이트 트레이닝을 하고 쓸데없이 '스테어 마스터'를 오르며 오후 휴식 시간을 낭비하고 있었는데 나는 그들이 모든 일을 마칠 때까지 기다렸다가 시범을 보여줄 것을 부탁했다. 누군가 채 알아차리기도 전에 나는, 적당한 정도의 무게로 웨이트 트레이닝 코스를 먼저 마치고 러닝 머신에 올라, 뉴 잉글랜드 지역의 시골 풍경을 커다란 창문 너머로 바라보며 경쾌한 걸음을 옮겼다. '아팔래치안 트레일(Appalachian Trail, 조지아 주 스프링어 산에서 메인 주 카타딘에 걸쳐 전부 3,500킬로미터에 이르는 하이킹 길—옮긴이)'이 캐년 랜치 바로 뒤로 지나간다.

땀을 좀 냈을 때, 사물함을 받아(대부분의 이용객들이 첫 날에 사물함 등록을 한다) 남성용 사우나, 증기실, 호흡치료실을 들러보고, 커튼이 쳐진 개인용 샤워실에서 차가운 물로 샤워를 한 뒤, 본의 아니게 거의 끝내주는 기분을 느꼈다.

약초실은 어둑하고 따뜻했다. 마음을 가라앉히는 뉴 에이지 음악이 숨어있는 스피커를 통해 스며들었다. 나는 다섯 가지 약초가 스며든 무겁고 따뜻하고 축축한 천으로 단단히 감싼 탁자에 누웠다. 약초 치료사는 다섯 가지 약초가 어떤 것들인지는 기억하지 못했으나(개사철쑥 Tarragon이 조금 더 들어있으면 좋을 뻔 했다), 나를 해독시켜서 혈류에서 모든 독을 없애줄 것이라고 약속했다. 어떤 독을? 오, 니코틴, 커피, 초콜릿 같은 것들이다. 피비린내 나는 독소들이 무명 담요로 스며 나올 때, 약초치료사가 안전복이며 안전모를 쓰지 않고 있다는 사실에 놀랐다. 나는 언제나 초콜릿이 독소라고 생각하는 사람들은 구제할 길 없이 뒤틀렸다고 생각해왔다.

그리고 그녀는 나를 혼자 내버려 두었다. 팔은 약초 싸개로 옆구리에 고정되어 있었고, 5분 동안 나는 심각한 공포의 길로 접어들고 있다고 생각했다. 마침내 나는 쾌적한 환상의 영역에 정착했다. 다시 파리로 가서, 참새우로 속을 채운 조엘 로뷔숑의 라비올리와, 야생 버섯 프리카세(fricassee, 대개 송아지 고기를 주요 재료로 써 만든 스튜 요리를 일컫는 통칭—옮긴이) 위에 얹은, 구운 토끼를 쑤셔 넣고 있었다. 이윽고 장면이 뚜껑을 열어놓은 스킬렛에서 기름 없이 작은 홍합을 굽는 '라 카구이(La Cagouille, 파리의 음식점 이름—옮긴이)' 로 바뀌었다. 약초치료사가 돌아와 몸에 둘러 놓은 싸개를 풀어주었을 때, 나는 '카페 드 플로레' 에서 진하게 내린 아침 커피를 마시며 바삭거리는 바게트를 먹고 있었다.

캐년 랜치의 잘못된 영양철학

이 모든 기쁨이 캐년 랜치의 저지방, 저열량 양생법과 맞아 떨어지는 것처럼 보였지만, 사실은 그 어느 것도 그렇게 맞아떨어지지 않는다. 캐년 랜치에 와서 첫 끼니로 점심을 먹었을 때, 영양의 측면에서 아무런 의미도 없는 285 칼로리를 쑤셔 넣고 나는 이곳의 음식에 문제가 있다는 것을 깨달았다. 그건 "피자"라고 부르는, 얇은 갈색의 모조가죽 껍데기 위에 모차렐라라고 잘못 이름 붙여진 치즈와 야채 약간을 얹은 것으로, 진짜 피자와 같은 방에 들어갈 수 조차 없는 것이었다. 커피는 카페인을 뺀 원두를 내린 것의 창백한 각색판 같았다. 저녁에는 카페인을 뺀 커피에 녹여 먹기 위해 즉석 '맥스웰 하우스' 커피를 어떻게 주문하는지 배울 것이며, 다음 날에는 직원들이 즐겨먹는 진짜 커피를 숨겨다 주겠다는 웨이터를 만날 것이다.

왜 카페인을 놓고 이 난리를 치는 것일까? 캐년 랜치에서 보냈던 마지막 날, 나는 신문에서 즐거운 이야기를 읽었다. 스탠포드 대학의 연구 결과에 의하면, 카페인을 뺀 커피가 나쁜 콜레스테롤(LDLs)을 평균 7%나 제거한다는 것이다! 진짜 커피에는 그런 효과가 없다. 카페인을 뺀 커피를 지지하는 세력이 너무 힘을 얻어, 요즘은 저녁 파티의 끝에서 더이상 진짜 커피를 마실 수가 없게 되었다. 지금까지 그 사람들이 나의 즐거움을 빼앗아왔지만, 이제 나는 심오한 동정심을 느끼며 그게 누구든지 나를 저콜레스테롤, 저카페인의 길로 이끌어준 사람들에게 감사한다.

캐년 랜치에 머무르면서, 배가 고프지는 않았지만 절대 만족스럽지도 않았다. 주방장이자 이사인 배리 코레이아는 현대 미국 요리의 탄탄한 기초를 지녔지만, 이겨내기 어려운 네 가지 문제와 맞닥뜨렸는데, 그것은 캐년 랜치의 영양 철학, 따라야만 하는 공식 조리법, 사용하는 재료, 그리고 주방의 모자라는 일손이었다. 캐년 랜치의 책임자는 처음부터 식단을 다시 짜거나, "맛있는 식도락"이라는 말을 모든 안내책자와 광고에서 지워버려야 한다.

캐년 랜치의 영양 철학은 엄격한데, 그렇다고 '프리티킨 다이어트(미국의 영양학자 나단 프리티킨Nathan Pritikin이 고안한 다이어트 법, 야채, 과일, 통곡식류를 많이 먹고 운동을 거의 매일 빼놓지 않고 할 것을 권한다―옮긴이)'만큼 가혹하지는 않다. 복합 탄수화물 위주로 60%, 지방 20%, 단백질 20%, 하루 1,000~1,200칼로리, 풍부한 섬유질, 무카페인, 고도불포화유지가 많이 든 기름, 소금 2g을 먹으며, 정제된 설탕은 거의 먹지 않는다. 이 규칙 가운데 일부는 근거가 없고, 어떤 것은 유행에 뒤쳐져 있다. 건강한 사람들의 소금 섭취량을 하루에 2g으로 제한하는 데에는 그 어떤 의학적인 근거도 없다. 맛 없는 가스파초(Gazpacho, 스페인 남부 안달루시아 지방에서 비롯된, 토마토를 바탕으로 만드는 날야채수프—옮긴이)는 소금 접시를 식탁으로 가져와서 엄지와 검지로 조금 집어 두 번을 넣어주자 그 맛이 살아났다. 맛있고 바삭바삭한 발효빵은 세상에서 가장 훌륭한 복합 탄수화물인데, 캐년 랜치의 모든 빵은 한 가지를 제외하고는(가게에서 사온 것이었으나 그것은 효모가 아닌 소다를 타 부풀린 것이었다) 지루하거나, 후식으로 나온 통밀 크레이프를 나이프로 자르는 데에는 내가 했던 것보다 더 많은 체력 훈련이 필요했다. 정제된 밀가루를 금지하는 캐년 랜치의 정책이(그러나 이상하게도, 캐년 랜치에서는 파스타만은 정제된 밀가루를 써서 말려 만든 것이었다) 섬유질 섭취량을 1~2g 정도 올려줄지는 모르지만 섬유질을 더 얻으려면 팝콘을 먹는 쪽이 두 배는 빠른 효과를 가져올 것이다.

캐년 랜치의 소유주들은 영양철학을 바로 잡은 뒤 조리법 절반과 사들여 오는 재료의 대부분을 폐기 처분해야 한다. 바닐라 추출액은 절반이 인조성분이었다. 멜론은 덜 익었고, 사과껍질에는 초가 칠해져 있으며, 바나나는 파랬다. 적어도 2년 전부터, 대두유나 홍화씨 기름 같은 고도불포화유지는 올리브나 유채기름과 같은 단일 불포화유지와 비교해 볼 때 건강에 더 나쁘다고 인식되어왔다. 아리조나 주 투산에 있는 캐년 랜치 본점에서는 지난 6월부터 유채기름으로 바꿨다고 들었으나, 이 곳 지점의 주방을 돌아 보는 동안에는 유채기름을 찾아볼 수 없었다.

어디에서나 먹을 수 있는, 껍질 없이 질긴 닭가슴살은 육즙이 많고 저지방인, 놓아 먹여 키우는 버지니아 주의 서머필드 농장 송아지고기로 바꿔야만 한다. 주방에서 본 올리브기름은 엑스트라 버진도, 순수한 것조차도 아니었다. 파스타는 미리 삶아서 식혔다가 끓는 물에 다시 데워지기만을 기다리고 있었고, 야채는 미리 증기로 쪘다가 전자레인지에 데워졌으며, "메인 주 바다가재 꼬리"는 질기고 말랐으며 뉴질랜드로부터 냉동된 채로 온 것이었다.

찐 홍합과 참치 타르타르(tartare, 육회나 생선회처럼 고기나 생선에 양념만 더해 날로 먹는 요리—옮긴이), 주문 즉시 그 자리에서 바로 까 주는 차갑고 짭짤한 굴, 역시 바로 썰어주는 회, 요리에 풍부함과 풍미를 더해주는 농축해서 기름기를 걷어낸 송아지나 닭 육수, 자연적으로 저지방인 야생동물, 야생 버섯, 푸근한 콩 스튜(심오한 복합 탄수화물), 올리브기름 약간을 뿌려 구운 야채는 왜 먹을 수 없는 걸까? 필요한 것은 가장 신선한 재료와 60년대의 건강식품 신학을 뛰어넘는 조리법, 음식을 준비해서 내는 마지막 순간에 필요한 솜씨 있는, 그리고 풍부한 일손이다. 캐년 랜치의 주방에서는 하루 세 끼, 백 명의 이용객을 먹이기 위해 아침에는 일곱 명, 저녁에는 다섯 명이 일한다. 파리에서 들른 어떤 식당 주방에서는 사십 명의 손님을 위해 열 세 명이 일했다.

캐년 랜치에서 얻은 교훈

적어도 한 가지의 집에 가져갈만한 영양학적 지식을 캐년 랜치에서 얻었는데, 신진대사율은 몸 안에 가지고 있는 지방 없는 근육의 양과 직접 관련이 있다는 것이다. 그건 웨이트 트레이닝 프로그램을 따랐을 때

더 많이 먹을 수 있다는 것을 의미하느냐고, 젊은 로버트 헤프론 박사에게 물었다. 헤프론 박사는 정통의학은 물론 대체의학에도 밝고, 개방적이고 또한 이론에 치우치지만은 않으며, '음식 통제관'과 그들이 내리는 칙령에 비판적인, 캐넌 랜치의 뛰어난 직원 가운데 한 사람이었다. 그는 내 이론이 유별나다고 생각했지만, 마지못해 동의했다. 에어로빅은 심장에 좋지만, 웨이트 트레이닝을 하는 사람은 하루 종일, 심지어는 자는 동안에도 더 많은 열량을 소모한다.

나는 4번 체육관으로 서둘러 가서 아침에 침대에서 몸을 일으키기 전까지 2,600칼로리를 소모한다는 웨이트 트레이너 리차드와 상담했다. 나는 리차드를 안심시키기 위해 목표가 아놀드 슈왈츠제네거처럼 되는 것은 아니라고 설명했다. 그는 아령과 역기, 그리고 솜을 댄 긴 의자를 가지고 집에서 할 수 있는 운동 몇 가지를 가르쳐 주었다. 이제 나가서 1kg~13.5kg까지, 열 여섯 개로 이루어진 역기용 무게판 세트를 사기만 하면 된다. 그걸 집으로 나르는 법만 파악한다면 내 삶이 바뀔 것이라고 굳게 믿는다.

무거운 것을 들어 올리고, 정화하고, 욕망을 채워주며, 체력을 키우고 살을 빼며(1.6kg이 빠졌다), 그저 몸에 대해 하루 열 여섯 시간씩 생각하는 것들은 모두 좋은 경험이었고, 캐넌 랜치는 그 모든 경험을 하기에 훌륭한 장소이다. 버크서는 고요함과 아름다움의 땅이니, 닷새를 더 보낸 다음에 캐넌 랜치에서 가장 우스꽝스러운 후식인 '요거트 캐럽 파르페 Yogurt Carob Parfait'가 실제로는 뜨거운 '퍼지 선데(Fudge Sundae, 선데는 아이스크림을 바탕으로 크림이나 시럽, 설탕에 조린 과일 등으로 만든 후식이다. 퍼지

선데는 말 그대로 퍼지를 더한 아이스크림 후식이다—옮긴이)' 라고 믿었을지도

모를 일이다.

모든 것을 먹어본 남자

음 식 에
관 한 견
편 집 기
뒤

지방에 대한 편견

지방을 두려워하는 사람들을 노리는 요리책들

어제 밤 아내를 멋지게 골탕 먹였다. 내 최고의 프랑스 시골빵 한 쪽을 구워, '프로미스 울트라 무지방Promise Ultra Fat-Free' 마가린을 두껍게 퍼 발라 싱크대 위에 올려놓고는 숨어서 지켜보았다. 곧 갓 구운 빵 냄새가 아내를 부엌으로 끌어들였다. 빵을 보고 그녀는 미소를 지으며 거리낌 없이 한 입 베어 물었다. 나는 아내가 구역질을 한 뒤 비틀거리며 개수대로 걸어가 마가린이 발린 빵을 뱉어낼 때 지었던 미소가 얼어붙는 광경을 잊지 못할 것이다. 어찌나 재미있던지!

엄청난 인기를 누리고 있는 저지방 요리책 『버터 버스터스Butter Busters』(버스터는 '버스터스' 로버 지방이 많아 건강에 나쁘다고 생각하는 버터를 쓰지 않고도 조리할 수 있는 음식을 담은 요리책—옮긴이, 워너 북스 출판사)를 통해 물, 야채 단·이중 글리세라이드, 젤라틴, 소금, 쌀녹말, 유당에 여러 가지 종류의 화학물질과 인공 감미료로 만든 프로미스 울트라 무지방 마가린에 대해서 알게 되었다. 지난 한 달 남짓 나는 저지방 요리책에 나오는 음식을 만들어 먹어보았는데, 나중에 설명하겠지만 의학적으로 말이 된다고 생각해서가 아니라 저지방 요리책 사업이 과장된 괴물이 되어 시장에 있는 모든 것을 파괴하기 때문이라는 생각 때문이었다.

월든북스waldenbooks의 수잔 아놀드는 친절하게도 베스트셀러 순위에서 1, 2위를 차지하고 있는 요리책 『로지와 함께 부엌에서In the Kitchen with Rosie』(크노프 출판사)와 『버터 버스터스』를 보내주었다.

로지의 책은 8개월 만에 막 32쇄에 접어들어 5백 8십만 부가 팔렸고, 모든 범주의 책을 통틀어 가장 많이 팔렸을 뿐만 아니라, 구텐베르크가 진짜로 활자를 발명했든 하지 않았든 그 이래로 가장 빨리 팔린 책이다. 한편 버터 버스터스도 백만 부 넘게 팔렸으니 위 두 가지 사실에 굴욕을 느낄 필요가 없다. 그리고 수잔 파우터Susan Powter의 완전히 모순된 책 『음식Food』(사이몬 앤드 슈스터 출판사)은 출간과 동시에 베스트 셀러의 대열에 발을 들여놓았다.

음식다운 음식을 만들 수 없는 저지방·무지방 요리책들

대부분의 저지방 요리책은 지은이의 혁명적인 요리방법으로 인해 지방을 다 넣고 만든 것보다 음식의 맛이 더 좋다고 주장하는 내용의 자화자찬을 구구절절 담고 있다. 이 주장은 사실이 아니다. 물론 많은 전통적인 음식들이 오래 전에 지방의 양을 좀 덜어냈어야 했다. 그러나 대부분의 저지방 또는 무지방으로 탈바꿈한 음식들이 적어도 식감, 맛, 만족도에서 문제를 지니고 있다는 것만은 논쟁의 여지가 없다. 무엇을 위해서 이런 것들을 포기 해야 하나? 그렇게 많은 고통을 치르며 얻을만한 대가가 있는 것일까? 꼭 짚고 넘어가야 할 문제이다. 미국에서 두 번째로 유명해진 책 버터 버스터스는 약간의 맛과 식감 정도가 아니라 아예 음식 자체가 되는 것을 포기했다.

이 책은 "슈퍼마켓 선반에서 가장 쓰레기같은 음식을 사서 한데 털어넣고 고지방 쓰레기음식의 저지방, 저염, 저당 복제품을 만드는 법"이라고 불렸을 수도 있다. 책을 쓰고 1992년에 자가 출판한 뒤 1994년에 그 권리를 워너 북스 출판사에 판 팸 미코스키Pam Mycoskie는 정말 갈 데까지 갔다. 40쪽에 달하는 장보기 지침서는 그녀의 조리법을 따라 음식을 만들 때 쓰는 인공적이며 화학물질이 넘쳐나는, 저지방 슈퍼마켓 재료들로 가득하다. (이 지침서는 그녀가 살고 있는 텍사스 주 알링턴 주변 가게와 그 가게에서 파는 재료에 따라 나뉘었다. 이 정보가 대부분의 미국인들에게 큰 관심을 불러일으키고 있으니, 워너 북스 출판사는 쓰레기 음식을 향한 대중의 집착에 부응하기 위해서 서둘러 책을 냈거나 학문적인 이유로 질색해서 원래의 원고에 임의로 손댔음에 틀림없다.) 팸이 선택한 재료에는 '버터 버즈Butter Buds', '에그 비터스Egg Beaters', '에그 메이츠Egg Mates', '엘 파소 무지방 리프라이드 콩El Paso Fat-free Refried Bean("다시 튀겼다refried"는 말이 이제 아무 것도 의미하지 하는 바가 없지 않나?)', '에너-지 계란 대체제ENER-G egg replacer', '길게 자른 텍사스 바비큐 양념 닭고기Texas B-B-Q Seasoned chicken strips', '피터

에크리치 델리 "라이트(저지방)" 저민 구운 쇠고기Peter Eckrich "Lite" roast beef slices', '시 팩 익힌 인공 게살Sea Pak Cooked Artificial Crab', '오번 팜스 저지방 토스터 패티스Auburn Farms fat-free toaster pastries'와 '알파인 레이스 Alpine Lace', '보덴Borden', '폴리-오Polly-O', '헬시 초이스Healthy Choice' 등 의 무지방 치즈이다. 저 따위를 치즈라고 일컫지 못하게 하는 법이 꼭 있어야 한다. 누구라도 맛을 한 번 보면 내 말에 동의하게 될 것이다.

저것들과 나머지 재료로 '슬로피 조 캐서롤Sloppy Joe Casserole', '으깬 감자 껍데기 타코 파이Mashed Potato Shell Taco Pie' 그리고 '팸의 달콤한 쓰 레기Pam's Sweet Trash'를 만들 수 있다. 그녀의 '파인애플 샐러드 서프라 이즈Pineapple Salad Surprise'는 케첩, 무지방 미라클 휩(Miracle Whip, 미국 크 라프트사의 드레싱으로, 마요네즈와 비슷하지만 더 달고 다른 향신료를 더했다― 옮긴이), 바닷가재 꼬리, 쿠앵트로(Cointreau, 오렌지 맛이 나는 술―옮긴이)로 만든다. 팸의 '감칠맛 나는 퍼지 브라우니Rich Fudge Brownie'를 구워봤는 데, '러빙 라이트 퍼지 브라우니 가루Lovin' Lite Brownie Mix'로 만드는 맛 은 편 쪽의 화려한 '쉬운 퍼지 브라우니Easy Fudge Brownie'는 일종의 속임 수라고 생각했기 때문이다. 조리법을 따르자면, 감칠맛 나는 퍼지 브라 우니에는 '스위트 앤 로우Sweet 'n Low', '스위트 앤 로우 대체 흑설탕 Sweet 'n Low Brown Sugar Substitute', '에그 비터스', 우리의 오랜 친구 프로 미스 울트라 무지방 마가린, 그리고 '브라움스 라이트 퍼지 토핑Braum's Lite Fudge Topping'이 들어간다. 텍사스 주 알링턴에서 멀리 떨어진 곳에 서 이 재료들을 찾는 것은 쉽지 않았고, 맨해튼 아랫동네에서는 거의 모 든 슈퍼마켓을 돌아다녀야만 했다. 마침내 만든 브라우니는 끈적끈적하고 질겼으며 '라이트 퍼지 토핑'과 더불어 초콜릿 맛이 전혀 나지 않았다. 평범한 브라우니조차도 집에 놓아두면 반은 먹게 되는데, 팸 미코스키의 '감칠맛 나는 퍼지 브라우니'는 부엌 식탁에 한 판 거의 그대로, 외로이 머물러 있었다. 이 브라우니야 말로 끝없이 부엌의 붙박이(shelf-and-table-stable, 원래의 의미는 부엌에서 음식을 만드는데 꼭 필요하거나, 늘 사람들이 찾는 음식이라는 것인데 필자는 여기에서 빈정거리는 의미로 쓴 것이다—옮긴이)인 것이다.

전자레인지 요리책에서는 자주 볼 수 있는 것이기는 하지만 팸으로부터 알아두면 편한 요령 하나를 배웠는데, 콜리플라워 한 송이 전부를 플라스틱 랩에 싸서 전자레인지에 '강'으로 6~8분 정도 돌리면 익힐 수 있다는 것이다. 결과는 완벽했고 팸의 조리법에서는 찾아볼 수 없는, 진짜 올리브기름을 듬뿍 넣어 진짜 마늘 약간으로 팬에 볶을 준비가 되었다. 그녀의 '에그 비터스 베네딕트(Egg Beaters Benedict, 계란 대체품을 이용한 에그 베네딕트. 에그 베네딕트는 바삭바삭한 영국 머핀에 수란을 얹고 버터를 바탕으로 만든 홀랜데이스 소스를 곁들인 일종의 아침 요리이다—옮긴이)'는 아예 먹을 수가 없었고, '체리 치즈케이크 딜라이트Cherry Cheesecake Delight'는 '스낵웰스 무지방 계피 스낵SnackWell's Fat-Free Cinnamon Snacks' 한 상자 반을 부숴서 만든 바닥과, 치즈라는 이름을 달고 있는 것들 가운데 가장 끈적끈적한 모욕인 필라델피아 무지방 크림치즈를 두껍게 펴 바른 속의 두 가지 모두로 고통의 덩어리였다. 팸의 감자 팬케이크는 감자, 양파, 밀가루, 후추를 비롯해서 거의 진짜 재료를 써서 만드는데, 소금을 조금 넣고 올리브기름에 지졌을 때 굉장히 맛있었다. 그러나 조리법을 따라 액체 '버터 버즈'에 지졌더니 부스러지고 역겨울 정도로 덜 익었으며, 열을 팬케이크의 표면에 골고루 전해줄 지방이 모자랐다. 팸 미코스키는 가짜 음식의 유혹에서 벗어날 수가 없었는지, 언제나 지방의 도움 없이도 만들 수 있는 사워도우 빵 조리법에 어이없게도 '버터 버즈'를 포함시켰다.

지방에 대한 편견

왜 사람들은 이런 음식이나, 팸이 그녀의 책을 읽는 사람들 백만 명에게 권하는 수백 가지도 넘는 무지방 포장 음식을 먹어 스스로를 모욕하고 인간으로서의 존엄성을 내동댕이칠까? 대체 왜 백만 명씩이나 그녀의 책을 살까?

그것은 사람들이 지방을 먹으면 뚱뚱해지고, 심장마비를 얻고, 암에 걸리게 된다고 지나치게 비이성적으로 두려워하게 되었기 때문이다. 죽음과 보기 싫은 살덩어리가 두려워, 사람들은 더 이상 옳고 그른 것을 구별하지 못하게 되었다. 생명의 유지라는 측면에서 볼 때, 나라 전체를 휘감은 이 무지한 지방에 대한 공포는 사람들을 우단 같은 감촉의 아보카도, 온화하고 향이 넘치는 올리브, 오도독거리는 땅콩의 황금색 기름을, 쇠고기 덩어리를 감싸고 있는 하얗고 단단한 지방의 두꺼운 양탄자와 같은 것처럼 생각하고 몸을 사리게 한다. "저지방 생활양식은 담배를 끊는 것만큼 중요합니다"라고 팸은 의견을 말한다. 이건 위험한 난센스다.

사실은 무엇일까? '메드라인Medline'이나 모뎀 또는 도서관 대출 카드

가 있는 사람이 접할 수 있는 '인덱스 메디커스Index Mediscus'와 같은 의
학문건은 대부분의 매체 영양학자과 저술가가 저지방 요리책을 쓰기 시
작한 해인 1988년, 공중위생 국장의 권장 식습관과 그 궤를 달리 하고,
때로 그보다 더 극단으로도 치닫는다. 좋은 시작점은 월터 윌렛Walter
Willett 박사의 1994년 4월 22일에 실린 〈과학〉 저널 기사의 철저한 비평
으로, 지방 찬반세력 양쪽의 연구를 쫓아가 주석을 달았다. 여기 몇몇
예가 있다.

- 심장질환은 개인이 먹는 지방의 총량과 연결되어 있지 않고, 오로지 포
  화지방과 연결되어 있다. 포화지방은 동물, 코코넛이나 야자로부터 얻
  어내는 지방이라고 40년 동안 알려져 왔다.
- 여러 나라의 심장질환 발병률은 지방 섭취 총량과 연결되어 있지 않다.
  잘 알려진, 나라를 대상으로 한 연구에서 크레타 섬은 대부분이 올리브
  기름인 고지방 식생활에도 불구하고 가장 낮은 심장질환 발병률을 기
  록했다. 오늘날 가장 낮은 심장질환 발병률을 보여주는 나라는 일본과
  프랑스이다. 역사적으로 일본은 저지방, 프랑스는 고지방 식생활을 꾸
  려왔다.
- 국가별 심장질환 발병율은 발효되지 않은 유가공품과 소, 돼지고기 같
  은 붉은 고기류의 소비와 가깝게 연결되어 있다. 지방 함유량과 상관없
  이 치즈와는 연결고리가 없다.
- 포화지방을 더 많이 먹으면 혈중 콜레스테롤 수치가 올라가기는 하지
  만, 대부분의 식물성 기름에서 찾아볼 수 있는 불포화지방을 더 많이

먹으면 콜레스테롤 수치는 내려가는 경향이 있다.

- "포화saturated"라고 분류된 모든 지방이 콜레스테롤 수치를 올리는 것은 아니다. 초콜릿에 든 지방인 코코아 버터는 몸에 나쁜 LDL 수치를 거의 올리지 않는다. 하느님이 보우하사, 세상사는 데 문제가 없다.

- 성인이 되어 당뇨병에 걸린 사람의 경우에는 저지방 식생활이 위험할 수 있다. 지난 5월 미국 의학협회 저널을 통해 출판된 연구는 그때 미국 당뇨병 협회가 추천하는 저지방, 고탄수화물 식생활과는 반대로 당뇨병 환자들이 올리브기름, 유채 기름 등 단불포화지방 비율이 높은 식생활을 통해 혈당, 트리글리세리드, 인슐린, LDL 콜레스테롤을 더 잘 낮출 수 있다는 것을 보여주었다.

- 가장 많게는 25%의 인구가 "인슐린 저항insulin resistant" 증세를 가지고 있는데, 이는 지방 보다 탄수화물을 꾸준히 먹는 것으로 살이 더 많이 찔 수 있음을 의미한다.

- 많은 양의 오메가-3 지방산(바닷물고기의 기름이나 식물의 경우 쇠비름에서 얻을 수 있는)을 섭취하는 경우, 몇몇(전부는 아니고) 연구에서 관상동맥 심장질환의 위기를 줄여준다고 밝혔다. 그러나 저지방 식생활은 오메가-3이 부족한, 기름기 적은 생선만을 먹으라고 권한다.

- 지방을 적게 섭취하는 나라의 경우 낮은 암 발병율을 보여주는데, 이러한 연결 고리는 지방 섭취총량이나 식물성 지방보다는 동물성 지방이나 고기 섭취와 연관이 있다.

- 한 나라의 유방암 발병율은 지방 아닌 열량 섭취에 비례해서 늘어난다. (초기의 연구는 그 둘의 관계를 혼동했다가, 지방과의 관계를 잘못 비난하기도 했다.)

최근의 그리스 연구에서, 올리브기름을 하루에 한 번 이상 먹었던 여성은 아예 먹지 않은 여성보다 유방암 발병확률이 25%나 적었다.

- 결장암 발병율은 어떤 연구에서는 동물성 지방, 또 다른 연구에서는 소나 돼지 등의 붉은 고기류 섭취와 연결되어 있다. 비슷한 연구 결과를 전립선암 연구에도 찾아볼 수 있는데, 식물성 지방과는 연결고리가 없다. 붉은 고기를 둘러싼 지방에서 찾아볼 수 있는 알파-리놀레산Alpha-linoleic acid이 주요 범인인 것으로 보인다.

- 비만은 지방 섭취와 관계가 없는 것으로 보인다. 중국에서 66개국을 비교했는데, 몇몇 나라의 사람들은 섭취하는 열량의 5%도 되지 않는 양을 지방을 통해 흡수하면서도 각 나라에서의 지방 섭취와 과체중이 되는 경우의 연결고리를 찾아볼 수 없었다. 남유럽 사람들은 북유럽 사람들보다 지방을 적게 먹지만 인구 대비 높은 비만 비율을 보여주었다.

- 미네소타 대학에서 적당히 비만인 여성들을 대상으로 벌인 최근 임상실험에서, 저지방 식생활은 저열량 식생활에 비교해 볼 때 별 다른 이점을 보여주지 못했다. 어떤 연구는 저지방 식생활이 초기에 이점을 불러온다고 주장하지만, 차이점은 보통 몇 주 후에 나타난다. 록펠러 대학의 연구에서는 고지방 및 저지방 액체 식생활을 통한 체중 증가 및 감소율 측정 실험에서 별 차이가 없음을 밝혔다.

- 이 모두를 요약하자면; 포화지방은 건강에 나쁘다, 붉은 고기류와 발효되지 않은 유제품의 지방이 몸에 가장 나쁘다, 불포화지방에는 전혀 문제가 없다, 올리브기름은 아마 몸에 좋을 것이다, 몸무게는 지방으로 얻는 열량의 전체 열량 대비 비율과 별로 상관이 없을 것이다.

이 모두가 사실이라면 어떻게 대중의 반(反)지방 편집증이 시작되었고, 또 유지 되는 것일까?

그 모두에게 충분히 돌아가고도 남을 만큼의 비난이 쌓여있다. 국가 연구 위원회의 개론적이고 영향력 있는 1989년 보고서 '식생활과 건강'은 몇몇 장(章)에서 포화지방을 표적으로 삼는 것 까지는 좋았으나, 외부로부터의 의학문헌을 철저하게 잘못 읽어 근거도 없이 전체 열량 소비 대비 30%를 넘는 지방 섭취에 대해 경고했다. 식약청의 새 음식 목록은 전체 지방 열량을 1번 줄에, 그램g으로 표시한 지방의 무게를 2번 줄에 올리고 포화지방과 콜레스테롤을 그 다음에 올린다. 영양학자들은 너무 많은 정보는 대중을 혼란시키고 따라서 만약 사람들이 전체적으로 지방을 덜 먹는다면, 자동적으로 포화지방 섭취를 낮출 수 있다고 말한다. 이 주장은 사실일 수도, 아닐 수도 있다. 그러나 사람들에게 전체 지방섭취 확률을 줄이기 위해서 식생활을 더 엄격하게 관리하라고 권장한다면 결국 결핍과 쾌감 상실이 행복한 삶을 위해 결정적인 요소라는 주장을 강변하는 셈이 되고, 또한 자연과 인공세계의 저변에 깔린 사회 관습적인 편집증의 수치를 늘리며, 그 자체로써 나쁜 것으로 여겨졌던 잘못된 정보를 퍼트리는 셈이 된다.

잘못된 정보의 확산- 딘 오니시와 수잔 파우터

이러한 잘못된 정보의 중심에 우상과 같은 존재로 여겨지고 있는 딘 오니시Dean Ornish 박사와 수잔 파우터가 있다. 딘 오니시는 1980년대 말, 금연과 적절한 운동, 스트레스 감소(명상을 포함해서), 사회적인 지지, 저지방 식생활이 동맥 경화증의 진행을 막고, 많은 의학 전문가들의 회의적인 시각에도 불구하고 관상동맥심장질환의 위기를 수술이나 약 없이도 줄일 수 있다는 주장을 펼쳐 자신의 입지를 굳힌 사람이다. 식생활 개선 전문 의사로서 그의 자격은 무조건 신뢰하기에는 문제가 있어 보인다. 돈을 좀 많이 벌어들인 오니시의 책 『많이 먹고, 몸무게 적게 나가기Eat More, Weigh Less』(하퍼 콜린스 출판사)는 저지방, 채식주의 요리책으로 81쪽의 반 쪽짜리 진실로 시작된다. 그가 예전에 심장질환을 가진 사람들을 대상으로 벌였던 연구에서 균형 잡힌 식생활, 운동, 금연 등으로 얻을 수 있는 상대적인 혜택을 따로 떼어 언급하지 않았으므로, 그가 처방을 내리는 가혹한 식생활(지방 비율 10%)은 그 자신의 연구와 관계가 없다. 참고 서적이나 신문 기사로 가득한 그의 책 각주는 다른 사람들의 연구이다.

오니시의 '라이프 초이스Life Choice' 프로그램은 "과학적으로, 음식의 양보다 유형에 바탕을 둔 새로운 접근 방식"이라고 하는데, 이건 물론, 시장을 가득 메우고 있는 수백 가지의 저지방 요리책이 우쭐거리는 바로 그 "새로운" 접근이다. 오니시가 제안하는 광신적인 식생활의 차이점이라면, 생선을 포함한 모든 종류의 고기, 포화, 불포화, 고도 불포화 유지에 상관없이 모든 종류—오니시에게는 무슨 종류의 기름인지가 아무런 상관이 없다—의 기름, 아보카도, 올리브, 견과와 씨앗류, 심지어는 저지방 유제품, 알코올, 한 번 먹는 만큼에 2g이 넘는 지방이 들어간 모든 제품을 절대 먹으면 안 된다. "어떤 의견을 들어왔던지 상관없이 올리브기름은 건강에 좋지 않습니다"라고 그는 쓰고 있다. 몇 년 전, 보스턴에서 열린 영양학 회의에서 오니시를 만났던 기억이 난다. 전문가로 구성된 위원단은 다른 식물성 기름이 주지 않는 혜택을 올리브기름이 주는 지에 대한 심각하고도 어려운 물음을 놓고 어려움을 겪고 있었다. 마치 그런 논쟁의 복잡함을 흡수할 의지가 없거나 그러기를 원하지 않는다는 듯, 오니시는 지방이기 때문에 올리브기름이 몸에 당연히 나빠야만 한다는 얘기를 침 튀기며 지껄이는 것 말고는 아무 것도 하지 않았다. 그는 병적으로 집착하는 것처럼 보였다.

던 오니시가 보여주는 의학정보와 친숙하지 못한 모습은 안타깝게도 그의 영향을 잦아들게 하지는 못했다. 희생양 가운데 하나는 사라 슐레싱어Sarah Schlesinger와 그럭저럭 잘 팔린 그녀의 책 『무지방 조리법 500선 *500 Fat-Free Recipes*』(빌라드 북스 출판사)' 이다. 오니시와 그보다 실체가 없는 "여러 사회를 대상으로 한 연구"에 의하면, 슐레싱어는 암과 심장병(여드름, 뾰루지, 어지럼증, 그리고 "호르몬 불균형"까지)이 지나친 지방 섭취―어떤 종류인지와는 상관없이―로 인해 자동적으로 생기는 병이라고, 비이성적으로 확신하고 있었다. 나라 밖으로 여행을 떠났을 때에도 그녀의 식생활을 따를 수 있도록, 다음과 같이 긴급한 충고마저 곁들였다.

요구사항을 표현하기 위해 필요한 문장을 배우세요. 예를 들어 "나는 무지방 음식만을 먹습니다"를 세계 여러 나라의 말로 표현할 수 있습니다.

스페인어: Es necessario que mi comida no tenga grasa

독일어: Mein Essen darf kein Ferr enthalten

프랑스어: Tout doit etre prepare sans gras

이탈리아어: Niente dovrebbe essere fritto

저지방 요리책의 허상

만약 오니시와 그의 여러 나라 말로 된 아류작들과 반대로 저지방요리법을 따라 음식을 만들어서 얻을 게 없다면, 그렇게 음식을 만들어 먹어서 얻게 될 고통 또한 가급적이면 아주 가벼운 것이어야만 한다. 고통의 부재, 그것이 여섯 권의 저지방 요리책을 따라 음식을 만들어 가는 동안 주요 판단 기준이었다. 인기 때문에 『버터 버스터스』를 골랐으나 따라서 음식을 만들어보기는 커녕 읽는 것마저도 괴로워 견딜 수 없는 고통을 안겨 주어서, 영생을 얻는다고 해도 이 책을 따라서 조리하고 싶지는 않았다. 여섯 권의 요리책 가운데 두 권은 진지한 분석과 실험으로 칭찬 받을만 했다. 마샤 로즈 슐만의Martha Rose Shulman 『프로방스식 저지방 요리Provencal Light』(반탐 출판사)는 가장 매력적이고 믿을만한 저지방 요리책이었다. 그리고 앨리스 메드리치Alice Medrich의 『초콜릿과 저지방 후식Chocolate and the Art of Low-Fat Desserts』(워너 북스 출판사)는 저지방 요리책 가운데 가장 조직적인 접근방식을 택했는데, 이에 대해서는 곧 설명하겠다.

이 저자들이 의미하는 저지방 조리란 무엇인가? 미국 심장 협회와 1998년 공중 위생국장의 보고서는 섭취하는 열량 전체를 통틀어 지방의 비율이 30%를 넘지 않도록 주의를 기울이라고 요구하고 있다. 이만큼 지방을 식생활에서 덜어내는 것은 적절하다고 보이고, 대부분의 저지방 요리책들이 이를 목표로 하고 있다.

평균적인 미국 사람이 37%의 열량을 지방으로부터 얻고 있으니 그것을 30%로 낮추는 것은 어려운 일이 아니며, 완전히 새로운 산업의 탄생을 촉진할 정도는 더더욱 아니다. 하루에 2,500칼로리를 섭취하는 경우 7%라면 지방으로부터 얻은 열량 175칼로리이고, 이는 올리브기름이나 버터 두 큰술에 못 미치는 양이다. 왜 세계는 하루에 버터 두 큰술을 줄이기 위해 고통스러울 정도로 독선적이고 조잡하게 쓰여져 사람들을 가르치려 드는 요리책의 홍수를 원하나? 한 가지 이유는, 거의 모든 저지방 요리책이 모든 전채, 주요리, 샐러드, 후식을 비롯해서 입에 넣는 모든 음식이 지방으로부터의 열량을 30%보다 적게 담고 있기를 원하기 때문이다. 이것은 물론 부질없는 짓이다. 저지방 식생활의 목표는 지방을 통한 열량 섭취 자체를 평균 30%로 줄이는 것이고, 지방 함유량 목표가 얼마만큼이든지 상관없이 모든 음식 하나하나가 같은 기준으로 구속당하도록 강요하지 말아야 한다. 그러나 대부분의 저지방 요리책은 이런 방식을 선택하고, 아주 적절한 목표를 엄청나게 따르기 어렵고 맛없는 음식을 보장하는 조리법으로 바꿔놓는다.

앨리스 메드리치의 저지방 디저트 요리책

앨리스 메드리치는 더 어려운 과제를 떠안았다. 초콜릿 디저트에는 포화지방이 엄청나게 많이 들어있고, 메드리치 그녀 자신 역시 포화지방으로 어려움을 겪었다. 이제는 문을 닫은 창업자 버클리의 초콜릿 및 후식 가게 '코코라Cocolat' 의 창업자 및 주인이며 상을 받은 같은 이름의 요리책 『코코라』(워너 북스 출판사)의 저자로서 메드리치는 저지방 초콜 릿 후식을 창조해내는 작업을 아주 심각하게 받아들였고, 『초콜릿과 저 지방 후식의 예술』에서 그녀는 내가 헤아려본 것으로 최소한 절반—불 가능할 정도로 좋은 점수—은 성공했다. 결국 그녀의 목표는 "저지방 치고 는 나쁘지 않은" 정도로 판단되는 후식이 아니라 "정말 맛있는", '깜짝 놀랄만한" 것들을 창조하는 것이었다. 대부분의 후식들이 예전의 조리 법으로 소개되었던 후식의 저지방 재창조물이 아닌, 새로운 것이다. 메 드리치 역시 다른 저지방 요리책 지은이들이 그런 것처럼 종말론적이고 자화자찬격인 발언들을 서슴지 않고 있다. "이것들이 후식의 미래입니 다"라고 그녀는 자랑스럽게 쓰고 있다. 그러나 『버터 버스터스』의 저자 와 달리, 메드리치는 오로지 품질 좋은 자연 재료만을 쓰고, 어떤 대체 품도 들이지 않았다. 그녀는 책으로 소개하는 후식의 맛이 가볍지 않고 풍부하기를 원하며, 지방을 아예 대체하기보다 전략적으로 받아들인다.

지방은 좋은 것이고 음식에 공헌한다. 모든 저지방 요리책이 발견했 듯, 지방은 놀랄 만큼 여러 가지 용도로 쓰인다. 맛을 한데 섞고 부드럽 게 만들며, 그 맛을 입으로 가져가서 여운이 남도록 도와준다. 조리를 할 때에는 물보다 열을 더 효과적으로 전도하고, 재료의 겉면에 맛있는 갈색이 돌 정도로 구워지도록 온도를 유지해준다. 그리고 식감에 알게 모르게 공헌한다. 먼저 메드리치는 무스가 굳지 않고, 프로스팅(Frosting, 케이크의 겉면을 덮어 맛이나 장식에 변화를 주는 재료, 주로 유지방을 써서 크림에 서 비롯된 점도를 지니고 있다—옮긴이)이 거품기로 휘저어 주어도 그 뾰족 한 끝을 잘 유지하지 못하며, 패스트리는 눅눅하고 속이 촉촉하지 않다는 것을 발견했다. 그리고 어떤 맛은 지나칠 정도로 두드러졌다. 설탕을 점점 더 많이 넣게 되었으나, 수분을 머금고 있으므로 마른 식감을 위해서는 빼야만 했다. 지방은 맛을 유지하고 안정시켜주는데 저지방 후식은 잠깐만 보관해도 맛이 없어지며, 좋지 않은 재료의 맛이 두드러지게 된다.

메드리치는 아주 가끔씩 쉽고 일반적이나, 먹기 힘든 음식을 만드는 해법에 기댄다. 55~75%의 지방 열량을 지니고 있는 모든 초콜릿을 저지방 코코아로 대신하고, 계란 노른자를 흰자로 대체하였다. 또한 페스트리 크림이나 무스에 든 지방의 많은 부분을 덜어 내고, 스펀지 케이크를 덜 기름지게 만들어 더 기름진 프로스팅을 입힐 수 있도록 했으며 견과류를 구워 그 맛을 한층 더 이끌어 내고 또한 더 잘게 다져 맛이 오래 지속되도록 만들었다. 그리고 그녀가 요리책에서 쓰는 일반적인 규칙에서는 예외로, 지방이 덜 들어간 크림치즈를 프로스팅에 넣었다. 책읽기를 마쳤을 때쯤, 그녀의 조리법은 조심스럽고 신중한 타협의 주도 아래, 먹을만한 정도에서 맛있기까지 한 후식 만드는 법을 선사한다.

이 책은 단순한 조리법 모음집이 아닌, 저지방 초콜릿 후식 창조를 위한 지침서이며 몇몇 장은(章) 이론과 일반적인 규칙을 설명하는데 할애하고 있다. 부드러움과 바삭거림의 조합은 기본적으로 만족스럽다고, 메드리치는 믿고 있다. 캐러멜의 맛은 지방이 없어도 기본적으로 풍부하다. 메드리치는 머랭(Meringue, 거품을 내어 단백질 구조를 바꿔 풍부하게 올린 흰자, 과자나 케이크에 쓰여 가볍고도 풍부한 식감을 제공한다——옮긴이)을 무스에 넣는 거품을 낸 크림 대신 써서 가벼움과 부드러움을 더한다. 그러나 익히지 않은 달걀 흰자가 몸에 해로울 것이라고 판단해, 그녀는 살균을 위해 물, 타르타르 크림(cream of tartar, 일종의 산염acid salt으로 계란 흰자의 거품을 낼 때에 조직을 안정시키고 부피를 유지하는데 도움을 준다—옮긴이) 설탕(이 재료들을 더하지 않으면 머랭은 흩어질 것이다)을 섞어 뜨거운 물 중탕에 올려 섭씨 71도에서 살균하는, 쓸만하나 피곤한 방법을 고안해냈다. 때로, 나는 메드리치가 풍부함 뿐만 아니라 조금 더 다양한 감각에 대해서도 신경을 써 주었더라면 어땠을까 생각했다. 초콜릿은 백 가지 얼굴을 지니고 있기 때문이다.

먹어봐야 그 맛을 안다고, 여덟, 아홉 가지의 후식을 조리법에 따라 만들어보았다. 버터 버스터스의 브라우니와 가졌던 역겨운 만남의 기억이 떠올라 메드리치의 브라우니를 맨 처음 만들어보았는데, 보기에 반짝거리고 먹기에 촉촉했으며 풍부한 초콜릿 맛이 거의 매주 UPS로 받는, 가게에서 살 수 있는 어떤 저지방 브라우니 보다도 훨씬 나았다. 쉴 새 없이 먹게 되는 것만이 메드리치의 완전하지 못한 조리법을 망치는 결함이었다(그리고 또한 완전하지 못한 조리법은 어설픈 사람들이 만드는 저지방 후식을 망친다). 브라우니의 식감은 케이크 같거나 끈적끈적 들러붙기 보다는 살짝 질겼는데 계란 흰자만을 쓴 결과였으며, 브라우니의 맛은 날카롭고 텁텁한 코코아의 성질을 살짝 내비쳤다. 그리고 다른 많은 저지방 음식처럼 그 맛이 입안에서 오래 가지 못했다. 이런 결점들이 메드리치의 브라우니에서 그렇게 두드러지지는 않았지만, 그녀가 불 앞에서 계속해서 회피하는 위험이 무엇인지 말해주었다. 그녀의 잘 알려진 초콜릿 데카당스(chocolate decadence, 기본적으로 밀가루를 넣지 않고 만든 초콜릿 케이크)의 저지방 재창조물이며 깜짝 놀랄 만큼 맛있는 얼린 테린인 '달콤쌉싸름한 초콜릿 후작부인Bittersweet Chocolate Marquise'은 브라우니 보다도 더 성공적이었다. 질긴 페스트리 크림과 마른 초콜릿 수플레, 별 느낌 없는 설탕 튀일(tuile, 아주 얇고 바삭거리는 과자─옮긴이), 소스 몇몇은 그보다 덜 인상적이었다.

저지방 식생활이 불필요하다고 생각하는 사람들조차도 메드리치의 사려 깊은 책을 고려해보아야 한다. 문제는, 초콜릿 후식의 지방은 대부 분 버터, 계란 노른자, 크림, 정도는 좀 덜 하지만 코코아 버터에서 찾아 볼 수 있는, 건강을 해칠 수도 있는 포화지방이라는 점이다. 그 대부분 의 지방이 포화된 것이라면, 후식에서 지방 열량을 30%로 줄이는 것은 누구도 만족시켜주지 못하므로, 미국 심장협회와 공중위생국장 모두 포 화지방을 전체 열량 대비 10% 밑으로 섭취하라고 제한하고 있다. 이상 하게도 메드리치의 조리법에 딸려 있는 영양학적 정보에는 포화지방에 대한 수치가 빠져있는데, 의도하지 않은 것이라고 생각하기 어렵다.

마샤 로즈 슐만의 저지방 프로방스 요리책

마샤 로즈 슐만은 저지방 요리에 관련된 책을 여러 권 써왔는데, 프로 방스 식 저지방 요리가 그 책들 가운데 가장 나은 것 같고, 메드리치의 책과 더불어 지난 해 최고의 저지방 요리책이었다. 남동부 프랑스를 향 한 따뜻하고 박식한 이해를 담고 있는 꽤 괜찮은 요리책으로, 전해 내려 오는 이야기와 음식이 훌륭하게 편집되어 매력적이다.

슐만은 프로방스에 살았고 그 지역을 구석구석 여행했으며, 이 책을 통해 부이야베이스(그녀의 레시피는 이야기가 깃든, 앙티베스Cap d' Antibes의 음식점 '베이컨'의 것이다)부터 훌륭한 그라탕과 그 지역의 라구(ragout, 주요리로 먹는 프랑스의 스튜—옮긴이)까지, 사람들에게 사랑 받는 프로방스 요리의 재창조물을 접할 수 있다. 그녀는 계란을 완전히 빼지는 않았고, 브란다드(brandade, 소금에 절인 대구와 올리브기름, 우유를 한데 갈아서 만든 프랑스 요리—옮긴이)에는 기름을 빼기 위해 우유(위험한 대체재료)를 써서 촉촉함을 더했으며, 아이올리(aioli, 마요네즈와 거의 비슷한 소스이지만 마늘이나 기타 양념을 섞는다—옮긴이) 대신 으깬 감자를 써 현명하게 영역을 넓혔고, 가지는 튀기는 대신 구웠다. 그러나 부어라이드(bourride, 예술적으로 기름을 걷어낼 수 없는, 또 다른 훌륭한 생선 수프)와 붉은 고기류(프로방스 지방은 훌륭한 양고기 요리로 유명하고, 맛을 내기 위해 베이컨을 쓰지만, 슐만은 붉은 고기를 먹지 않는다)가 들어간 다른 음식은 책에 포함하지 않고, 그다지 만족스럽지 못한 결과를 얻도록 모든 타르트를 그 자체에 지방이 들어 있는 필로 반죽(Phyllo, 그리스나 터키의 아주 얇은 패스트리 반죽이다—옮긴이)으로 만들었다.

슐만의 음식은 자연재료로만 만든 진짜 음식이다. 그러나 기름을 걷어낸 슐만의 조리법 대부분은 올리브기름 약간을 더하는 것으로 맛이 한층 더 좋아진다. 그렇지만 저지방의 찬양은, 책을 더 팔기 위해서가 아니라면, 병리학적인 지방에 대한 두려움 때문이다. 책의 첫머리에서 슐만은 "지중해의 다른 지역처럼, 프로방스의 요리는 건강함을 타고 났다."라고 쓰고 있는데, 만약 이것이 진실이라면, 왜 음식을 가지고 장난을 치는 것일까?

피스투(pistou, 마늘, 바질, 올리브기름으로 만드는 차가운 소스—옮긴이)를 넣은 슐만의 야채수프를 만들어보았다. 야채 한 묶음을 한 시간 반 동안 끓이고, 미리 익힌 하얀 콩과 아삭거림을 위한 날야채를 더한다. 10분 동안 더 조리한 다음, 그릇에 국자로 담고, 프로방스의 바질, 기름, 마늘, 치즈를 으깨 만든, 강한 향의 피스투를 한 큰술 떠 넣는다. 국물 그 자체는 딱딱하고, 밋밋하며, 약간 달지만 훌륭한 피스투가 이 수프를 세상에서 가장 훌륭한 음식 가운데 하나로 탈바꿈해준다. 슐만의 조리법은 전통적인 프로방스 지방의 요리책—최근에 로버트 캐리어에 의해서 한 권, 리차드 올니에 의해 두 권, 해서 전부 세 권 출간되었다—한 사람이 먹는 분량에서 올리브기름 한 큰술씩을 걷어냈다는 차이가 있다. 올리브기름 없이 그녀의 국물은 맛이 부족하고, 마늘은 지나칠 정도로 아리고 매웠으며, 바질은 너무 거칠고 박하의 느낌이 강했고, 콩과 파스타는 밋밋했는데, 교향악단의 지휘자처럼, 올리브기름을 넉넉하게 흘려 넣으면 이 맛의 악기들이 한데 모여 따뜻하고 활발한 야채 협주곡을 완성한다. 계산에 의하면, 피스투를 넣은 야채 수프는 지방을 통한 열량이 고작 12%이다. 두 작은술의 올리브기름을 한 사람 분에 넣는다고 해도 지방의 비율은 계속 30% 아래일 것이다. 왜 그녀는 기름을 걷어 냈을까?

나는 또한 그녀의 책 제목에도 의문을 가지고 있다. 식약청의 포장 음식 규제에 의하면, "저지방light"이라는 단어는 표준판의 음식보다 50%가 적은 지방을 가져야만 딱지에 쓸 수 있다. "지방을 줄인Reduced Fat 프로방스 요리"가 보다 정확한 표현이 되는 것이, 표준 음식에서 25%의 지방을 줄였다는 의미이고 그게 슐만의 조리법 대부분에 들어맞는 성격이기 때문이다. 아니면 단지 붉은 고기류—본질적으로 채식위주인 프로방스 음식에서 일종의 양념으로 쓰는—를 그녀가 쓰지 않는다는 것을 고려할 때, 슐만은 책을 『가금류, 알, 유제품을 먹는 채식주의자를 위해 지방을 줄인 프로방스 요리책』(반탐북스출판사)이라고 불렀어야 했는지도 모른다. 변칙적으로, 각각의 음식에 따르는 영양 분석에는 지방으로 얻는 열량의 비율이 빠져있다. 아마도 지중해의 프로방스 요리의 왕좌를 차지하는 영광을 지닌 음식인, '푸짐한 생선 수프Rich Fish Soup'의 조리법을 슬쩍 끼워 넣고 싶은 욕망에 자극을 받아서 그렇게 지방으로 얻는 열량의 비율을 빼 놓았을 수도 있었을까? 저지방 창조물인데도 그녀의 수프에는 프렌치프라이보다 더 많은 60.4%의 지방이 들어있다. 그 수프를 내 손으로 만들어보고 싶어 견딜 수가 없다.

설탕을 두려워하는 사람들

최근의 설문조사에 따르면 콜레스테롤 다음으로 설탕에 대해 걱정하는 사람의 수가 더 늘었다고 한다. 1979년, 정제된 하얀 설탕에 대한 국가차원의 두려움은 혐오의 정상에 올라섰고, 그 이래로 그 자리에 줄곧 머물러 있다. 그 해, 댄 화이트는 샌프란시스코의 시장 조지 모스코네와 행정집행관 하비 밀크를 총으로 쏴서 죽였고 그의 변호사는 '트윙키 변호Twinkie Defence'로 이름을 남겼다. 트윙키 변호란, 댄 화이트의 뇌가 호스테스 사의 케이크 트윙키와 그 밖의 설탕이 들어간 쓰레기 음식을 너무 많이 먹어 자기의 행동에 대한 책임을 온전히 질 수 없다는 요지의 변론이었다. 덕분에 댄 화이트는 1급 살인대신 과실치사로 기소되었다. 그 변론을 곧이곧대로 믿자면, 트윙키가 그로 하여금 살인을 저지르게 했다는 것이다.

하얀 설탕은 또한 심장병, 비만, 당뇨병, 비만, 어린이들을 들떠 날뛰도록 하는 원인이라고 비난 받아왔다. 이러한 주장은 의심스럽다. 인간은 단 한 가지의 선천적인 맛에 대한 선호도를 가지고 태어나는데 그건 설탕의 맛, 그러니까 단맛이다. 자연이 우리로 하여금 가장 많이 끌리도록 만든 것이 또한 인간을 가장 해롭게 한다는 주장이 뒤틀리고 불경스러운 것이며, 가능성이 희박한 것이라는 생각이 들었다. 그래서 최근 설탕에 대한 의학적인 사실을 추적해 이 모든 비난이 근거 없음을 발견하고 나는 행복해졌다.

당에 대한 이해와 편견 바로잡기

단당류는 모든 복합 탄수화물을 이루는 벽돌이고, 모든 복합 탄수화물은 혈류 속으로 흡수되기 전에 소화기에서 단순 당류로 분해된다. 이렇게 생각해 볼 때 탄수화물 하나는 영양학적으로 다른 어떤 것과 같은데, 그 모든 것들이 인간이 쓰기 전에 가장 단순한 당류인 포도당으로 바뀌어야 하기 때문이다. 포도당은 혈액 속의 당으로, 몸 안 에너지의 주 원천인데, 포도당이 없다면 근육과 뇌는 파스타나 사탕, 과일, 우유, 녹말 또는 자당, 과당, 유당 등 모든 것에 쓸모가 없어진다. 포도당이 아닌 것은 음식이 아니다.

국가연구위원회에서 미국심장협회에 이르기까지, 모든 영양학 전문가는 탄수화물, 특히 녹말과 같은 복합 탄수화물을 통한 열량 섭취를 총량 대비 55%까지 늘려야 한다고 추천한다. 복합 탄수화물은 단당류보다 선호되는데 섬유질, 비타민, 광물이 풍부한 음식인 파스타, 감자, 콩류, 빵에서 찾을 수 있기 때문이다. 하얀 설탕은 달콤함의 즐거움과 열량만을 안겨준다. 그러나 설탕을 위험하다고 생각하는 것은 전혀 별개의 일이다.

설탕을 먹으면 사람들이 미친 듯 활발해진다거나 또는 폭력적으로 변한다는 주장이 말도 안 되는 이유는, 탄수화물이 그 정반대의 역할을 하기 때문이다. 탄수화물은 혈류의 아미노산인 트립토판tryptophan의 수치를 올리는데, 그 트립토판은 뇌에서 잠, 통각 상실증, 차분함, 우울함을 걷어내주는 신경전달물질인 세로토닌을 만드는 데 쓰인다. 이러한 내용은 음식이 뇌의 기능을 바꾼다는 과학자들의 발견이 가장 잘 (그리고 유일하게) 문서화된 예이다. '트윙키'는 사람들을 기쁘게 만들어 준다.

어떤 부모는 아이가 자당을 먹은 뒤 거칠고 다루기 힘들어졌다고 믿는데, 이들은 모두가 초대 받은 파티에 과당이나 아스파탐으로 만든 케이크를 들고 가는 것으로 알려져 왔다. 그러나 대부분의 연구는 그와 같은 어린이를 부모와 격리시켜 실험한 뒤 그 주장에 반박했다.

이런 상황에서 작용한다고 소문이 난 절차는 반응 저혈당증reactive hypoglycemia이다. 이론에 의하면 몸이 인슐린을 너무 많이 분비함으로써 많은 양의 당 섭취를 과대 보상하려 들고, 그렇게 분비된 인슐린이 혈당을 지나치게 낮춰 혼란스러움, 긴장감, 근육의 무력감 성격의 변화를 불러일으킨다는 것이다. 말 안 듣는 어린이와 죄수가 이러한 증세를 겪는다고 알려진 것은 1977년, 오하이오 주의 보호관찰관인 바버라 리드가 상원에 〈저혈당Low Blood Sugar〉이라는 소책자를 읽고 그녀의 관리를 받는 보호관찰자들의 식생활을 바꾼 다음 행동에 눈에 띄는 변화를 관찰했다고 말한 다음으로 보인다.

그러나 반응 저혈당증은 드문 증세이고, 가장 과학적으로 통제된 연구조차도 지나치게 활발한 사람이나 폭력적인 사람들로부터 이 증세를 찾아내는데 실패했다. 국가정신건강기관의 1986년 연구는 어떤 설탕을 먹어서 벌어지는 지각적이거나 행위적인 결과를 찾아낼 수 없었다. 토론토 대학에서 지나치게 활발한 어린이를 대상으로 벌인 연구는 아이들이 자당, 아스파탐, 사카린에도 같은 반응을 보인다는 것을 발견하였다. 그리고 1990년 위스콘신 대학의 연구진은 백인 58명, 흑인 57명의 비행 청소년을 대상으로 자당이 가득 든 아침 식사를 실시한 결과, 그들의 행동을 향상시킨다는 것을 발견했다.

백설탕이 사람들을 뚱뚱하게 만들까? 1g의 설탕은 어떤 탄수화물이나 단백질처럼 1g당 4칼로리를 지니고 있다. 모든 탄수화물은 1g당 9칼로리이면서 에너지가 보다 압축되어 있고 쉽게 체지방으로 바뀔 수 있는 식이성 지방에 비해 눈에 띄는 강점을 가지고 있다. 단순, 혹은 복합 탄수화물인지에 상관없이 남는 탄수화물의 열량은 에너지 집약적인 지방으로 전환되고 그 과정에서 많게는 20%에 이르는 탄수화물 열량을 쓴다. 그러나 복합 탄수화물은 단당류에 비해 아주 적은 열량의 이점만을 가지고 있는데, 몸 안에서 복합 탄수화물을 분해하느라 드는 에너지가 아주 적기 때문이다.

시중에는 백설탕이 몸의 규제 체계를 거슬러 과식하도록 속인다는 의견이 떠돌아다니는데, 이러한 의견은 계속해서 그릇되었음이 증명되어 왔다. 어떤 연구에서, 쿨-에이드(Kool-aid, 물에 타서 마시는 과일맛과 향의 음료 가루—옮긴이)를 설탕과 아스파탐으로 맛을 낸 두 가지로 준비해 점심 한 시간 전에 어린이들에게 먹였다. 설탕을 넣은 쿨-에이드를 마신 어린이들은 설탕을 통해 얻은 열량의 보상차원에서 점심을 열량이 없는 감미료를 넣은 쿨-에이드를 마신 어린이들보다 적게 먹었다. 몸은 당을 그 상태 그대로 알아본다.

뚱뚱한 사람들이 단 음식을 더 좋아할까? 아니다. 비만 성인은 마른 성인보다 오히려 설탕을 더 적게 먹는다. 그리고 시식실험 결과, 그 어느 무리도 다른 무리보다 설탕을 더 탐하지 않았다.

백설탕이 심장질환과 당뇨병, 빈혈, 그밖에 다른 퇴행성 질환을 일으킨다는 것이 사실일까? 그렇지 않다. 당시 알려진 영양과 질병에 관한 모든 것을 개론적으로 평가한 국가 연구위원회의 '식생활과 건강(1989)' 주제에 관련된 수백 가지의 연구를 요약해서, "(적절한 식생활을 통한) 설탕의 섭취는 충치를 빼고는 어떤 만성질환의 위기 요인이 아니다"라는 결론을 내렸다. 푸에르토리코, 하와이, 그리고 매사추세츠 주 프레밍햄의 주민조사는, 건강한 남자가 관상동맥 심장질환을 가지고 있는 남자보다 더 많은 탄수화물(어떤 유형의 탄수화물인지는 상관없다)을 섭취한다는 것을 발견했다. 대부분의 전문가들은 먹는 설탕이 전체 칼로리에 비해 10~11% 정도일 것을 추천하는데, 이 정도라면 일일 섭취량은 아주 약간 올라갈 뿐이다. 그러나 트리글리세리드 수치가 높은, 특히 당뇨병을 가지고 있는 사람이 너무 많은 과당을 단독으로 먹게 될 경우 문제를 악화시킬 수 있는데, 자당은 과당과 포도당 각각 한 단위로 이루어져 있다.

흰 설탕이 충치의 원인일까? 물론 그렇다. 그러나 다른 발효된 탄수화물과 다를 바가 없다. 더 중요한 것은 탄수화물의 형태이다. 시럽이나 꿀, 건포도와 같이 이에 달라붙는 끈적끈적한 탄수화물은 이에 손상을 입힐 시간이 더 많다. 어른, 아이 할 것 없이 충치가 잘 생기는 편이라면 무엇보다 끈적끈적한 탄수화물을 먹고 나서 이를 열심히 닦아야 한다.

설탕의 달콤한 복수

미국 전역을 흰 설탕에 대한 공포에 빠지게 한 것은 1970년대의 영양학자들이다. 그 결과 사람들은 많은 양의 인공 감미료(몇몇 상표는 실험동물에게 암을 일으켰다는 경고 딱지를 달고 있음에도 불구하고)를 먹게 되었다. 미국의 식도락세계에 더 큰 피해는, 사람들이 맛없는 농축 사과나 포도 주스, 또는 말려 빻은 사과로 단맛을 낸 "무설탕" 후식과 잼을 먹는다는 것이다. 이러한 후식이나 잼은 같은 수의 자당과 같은 당 분자를 가지고 있지만, 입맛을 돋우는 순수하고 투명한 깨끗함 대신 끓인 과일 주스의 맛을 지니고 있다. 오늘날의 많은 영양학자들이 사람들로 하여금 그들이 가지고 있는 설탕에 대한 비이성적인 두려움에서 주의를 돌리게 될까봐 걱정하는 나머지 정말 심각한 식생활 문제, 특히 동물성 지방의 방탕한 섭취에 대해 잊고 있다. 이것이 바로 설탕의 '달콤한 복수'이다.

올레스트라와 인류의 두 번째 시대

뉴욕으로 돌아가는 길, 신시내티 하늘 위에서 몸을 끼워 맞추기도 버거운 비행기 의자에 앉아 몸을 뒤틀며 인류의 두 번째 시대에 대한 생각에 잠겼다. 인류는 이제 막 그 시대를 향한 발걸음을 디뎠다. 1996년 1월 24일, 식약청은 '올레스트라Olestra'를 승인했다.

인류의 첫 번째 시대, 즉 도구의 시대는 기원전 십만 년부터 기원후 1996년 1월 24일 저녁까지였다. 이 시대를 도구의 시대라고 부르는 이유는, 그 동안 인간의 의식은 그 원시적인 보금자리인 몸에 갇혀있었고 즐거움은 피할 수 없는 고통과 값비싼 대가를 수반했기 때문이다. 그러나 1월 24일에 모든 것이 바뀌었다. 인간의 두 번째 시대, 가상 시대가 처음으로 거의 성공적인 가상의 쾌락―가상음식으로 밝혀진―인 올레스트라의 합법화와 함께 막을 올렸기 때문이다. 도구 시대의 거의 마지막에 선보였던 산아제한의 발명은, 그저 반 발짝에 지나지 않았다.

올레스트라는 몸을 통하면서 바뀌지도, 방해 받지도, 흡수되지도 않는 지방이며 열량, 콜레스테롤, 심장질환, 암이 없는 지방이다. 올레스트라는 대가를 치르지 않는 지방이고, 분자 모조품이며, 지방의 패러디에 가깝다.

사람들이 먹는 모든 지방과 기름은 '트리글리세리드triglyceride'라고 일컬어지는데, 같은 글리세롤 분자의 끝에 연결된 지방산 사슬 세 가닥으로 이루어졌기 때문이다. 올레스트라 역시, 여섯 에서 여덟 가닥의 지방산 사슬이 바깥쪽에 있으며 설탕인 자당 분자가 가운데에 있다는 점만 빼고는 굉장히 비슷하다(그래서 약품명인 올레스트라는 자당 고분자 화합물을 의미한다). 내장에 있는, 지방을 자르는 효소는 혈류로 쉽게 흡수되기 위해 트리글리세리드를 쪼개는 데 익숙해져 있어서, 이 메두사와 같이 여러 개의 머리를 가진 올레스트라를 어떻게 다뤄야 할지 파악하지 못하므로 올레스트라는 소화관을 거쳐 몸 밖으로, 지방을 비롯한 전부가 빠져나간다. 이 부드럽고 쉬운 운송과정은 문제도 아울러 불러 일으킬 수 있는데, 거기에 대해서는 조금 뒤에 다룰 것이다.

올레스트라의 신화

올레스트라와 비교해보면, '심플레스Simplesse'와 같은 지방 대체품은 사기다. 그런 대체품은 지방이 전혀 아니고, 탄수화물과 단백질을 기계로 휘저어 지방처럼 보이거나 혀에서 지방처럼 느껴지도록 만든 것이다. 그렇지만 먹거나 열을 가하면, 그 환상은 깨진다. 올레스트라는 다르다. 보기에도 지방 같고 조리할 때도 지방처럼 작용하며 맛도 지방 같은 것이, 미끈미끈하며 훌륭하다. 그러나 프라이 팬이나 입안에서 그 마술을 다 부리고 나면, 그저 배수구 너머로 사라져 버린다. 심플레스로 만든 음식이나 가짜 아이스크림을 맛 본 적이 있는가? 누군지는 모르겠지만 그걸 발명한 사람은 잡아내서, 심플레스로 만든 아이스크림이나 음식을 억지로 입에 쑤셔 넣어야 한다.

그 존재를 알고 난 다음부터, 사실 나는 계속해서 올레스트라에 관심을 기울여왔다. 분자에 대한 공상은 1959년 처음 이루어졌는데, 기본 개념은 그 모든 여분의 지방산과 자당이 미숙아에게 집중적인 영양공급을 가능하게 한다는 것이었다. 누군가 이 새 물질이 분해 및 흡수가 안 돼서 아무런 영양분을 공급할 수 없다는 것을 발견하고 엄청나게 실망했을 것이 틀림없다. 그래서 올레스트라의 멋진 잠재력이 이해되기까지 여러 해가 흘렀다.

올레스트라에 관한 의학 및 과학 문헌을 읽고, 그 효능과 안전에 관한 의심과 그 반대의견의 계속해서 이어지는 것을 지켜보았다. 식약청 청문회에 참가한 관계자와 이야기를 나눴으며, 네 장의 플로피 디스크에 나눠 담긴 수천 쪽의 청문회 원고를 손에 넣어 가능한 빨리 읽었다. 올레스트라에 대한 염려에는 이유가 있었다. 먹을 경우, 가볍거나 심한 소화기의 거북함과 영양분을 흡수하는 데에 어려움을 가지는 등의 부작용이 따를 수 있다. 그러나 올레스트라를 둘러싼 모든 것에 달아오르거나 또는 지겨워지기 전에, 이것으로 음식을 만들고 싶다는 생각이 필사적으로 들었다. 고기, 해산물, 과일, 빵, 소스에, 단 음식에, 볶고, 팬에 튀기고, 냄비에 튀기고, 높은 온도, 또 낮은 온도에서 굽는 등, 끝없는 요리형식과 실현 가능성을 시험해보고 싶었다. 식약청은 올레스트라를 짠맛 나는 간식거리에만 쓸 수 있도록 허가했고, 나는 맛있는 감자칩을 향한 찬양이라면 누구보다도 열심히 하는 사람이다. 그러나 간식거리 때문에 올레스트라와 사랑에 빠진 것은 아니었다.

왜냐하면 아주 중요한 점은, 올레스트라는 땅콩기름 한 병이나 '크리스코(Crisco, 식물성 쇼트닝의 상품명―옮긴이)' 한 깡통처럼 그저 지방의 대체품 한 종류가 아니라는 것 때문이다. 올레스트라는 어떤 지방―그러니까 어떤 지방이라도!―이라도 몸을 그냥 빠져나가는 자당 고분자 화합물로 바꾸는 과정이다. 올레스트라 버터를 만들어 금색으로 잘 구워진 크로와상을, 말라 비틀어진 토스트 한 쪽이 지니고 있는 지방 칼로리만으로 만들 수 있다. 소기름이나 거위기름 올레스트라를 만들어 정말 완벽한, 짭짤하고 바삭하지만 그저 껍질을 벗겨 구운 감자처럼 지방이 거의 없는 프렌치프라이를 튀길 수 있다. 또한 라드 올레스트라를 만들어 너무나도 가볍고 조각조각 부스러져서, 부엌 식탁에서 떠나지 못하도록 못을 박아서 고정 시켜야 할 지경인 파이껍데기를 밀대로 밀어 만들 수도 있다. 코코아 버터 올레스트라를 만들어 부드럽고 풍부한, 그러나 1/4컵에 3~4g의 지방을 지닌 코코아 가루로 다크 초콜릿 막대기를 틀에 넣어 만들 수 있다. 올레스트라에는 최소한 그 정도의 가능성이 있다고 생각한다.

올레스트라를 사랑하는 것이 적어도 영양학의 세계에서는 정치적으로 올바르지 않다는 것도, 또한 알고 있었다. 프록터 앤 갬블은 얇고 빛나는 수백 봉지의 올레스트라 감자 칩을 온 나라의 음식 잡지 편집자나 작가에게 보냈다. 그들 가운데 일부―나의 친구들!―는 봉지 뜯는 것을 거부할 것이다. 나는 배달부가 집에서 떠나기도 전에 봉지를 뜯었다. 이 은색 봉지가 역사에 남을 바삭바삭한 작은 칩을 담고 있었다는 걸 안다. 맛도 그럭저럭 괜찮았다.

인정해야 할 것이 있다. 올레스트라를 사랑하는 가장 맛있는 이유 가운데 하나는, 그것이 대부분의 영양학자들을 벌레처럼 꿈틀거리게 만들기 때문이다. 거의 십 년 동안 그들은, 어떤 종류의 지방일지라도 먹게 되면 심장질환, 뇌졸중, 당뇨병, 비만, 여러 가지의 암에 걸린다고 사람들을 놀라게 해서 돈을 벌어 삶을 넉넉하게 꾸려나갔다. 과학적인 진실을 따져보면 모든 지방이 다 그런 것이 아니고 단지 포화지방, 주로 동물성 지방만이 건강에 나쁘다. 그러나 무지에서든, 아니면 사람들을 통제한다는 생각에서 얻게 되는 단순한 전율 때문에서든, 반지방세력은 모든 지방이 감옥이라고 사람들을 납득시키려 애써왔다. 그리고 이제, 그들은 난처한 입장에 처해있다. 왜냐하면, 만약 지방이 감옥이라면, 그래서 지방을 먹지 못하게 하는 것이라면 올레스트라로 만들어 완전히 무지방인 쓰레기 음식조차도 신이 내린 선물이 될 것이기 때문이다. 올레스트라가 영양학자들에게 도전장을 던지는 셈이다!

만약 올레스트라가 그 잠재력을 발휘한다면, 반지방 영양학자와 음식 저술가의 실업률은 곧 100%에 이를 것이다.

올레스트라로 음식 만들기

1996년 1월 24일에 사람들은 무엇을 하고 있었을까? 나는 지방에 대해 생각을 하고 있었다. 사실은 음식 생각을 하고 있었는데 그것은 —양상추에 대해 생각을 하는 것이 음식 생각을 하는 것이라고 말하지만 않는다면— 지방에 대해 생각 하는 것과 같다. 아침 일찍, 어떤 예지력이라도 가진 것처럼 P&G의 홍보부서에 전화를 걸어 실험을 위해 욕조를 가득 채울 만큼의 올레스트라를 요청했다. 그들은 준다고도, 안 준다고도 대답하지 않았다. 그저 나에게 다시 전화하는 것을 잊어버린 모양이었다.

바로 그 날 오후 식약청이 올레스트라의 승인 결정을 발표함에 따라, P&G의 홍보 부서에는 대혼란이 찾아왔다. 며칠 뒤, 회사는 내 집 부엌에 들러 올레스트라를 시연해 보이겠다고 제안했다. 두 홍보 담당 직원과 뛰어난 조리 자문 마릴린 해리스가 뉴욕 시까지 와서, 가장 영향력 있는 음식 저술가와 잡지사를 방문하기 시작했다. 그걸 다 마치고 나면 나를 보러 오겠다고 했다. 나는 화를 내며, 아무 데서나 접할 수 있는 미리 준비된 시연이 아닌, 올레스트라를 완전히 내 마음대로 만져볼 수 있는 상황 말고는 그 어떤 것도 받아들일 수 없다고 대답했다. 그들은 거부했고 나는 툴툴거리며 그들의 제안을 받아들일 수 밖에 없었다.

그 날이 되어 P&G에서 세 사람이 찾아왔다. 늦게 와서는 몹시 서두르며, 나에게 30분 내에 그저 그런 여성잡지인 '얼루어'로 가야 한다고 말했다. 그들은 부엌 싱크대에 두 개의 작은 전기 프라이 팬을 놓고는 하나에는 콩기름을, 다른 하나에는 금색의 아주 걸쭉한 올레스트라를 붓고는 플러그를 꽂고, 옥수수 칩 몇 개를 튀긴 뒤 다시 플러그를 뽑았다.

올레스트라와 콩기름 양쪽 모두, 결과물은 먹을만 했다. 올레스트라 기름을 가질 수 없느냐고 물어보았다가 단호하게 거절 당했다. 또한 미리 썰어 두었던 감자칩과 프렌치프라이를 튀겨볼 수 없느냐고 물어보았는데, 역시 단호하게 거절당했다. 그러나 두 P&G의 홍보 담당 직원들이 전화를 걸러 갔을 때, 마릴린 해리스와 나는 프라이팬의 플러그를 다시 꽂아 비밀스레 감자를 튀겼다. 홍보담당직원들은 분노에 휩싸였지만, 프렌치프라이와 감자칩은 맛있었고 물 한 잔 만큼도 지방을 담고 있지 않았으며 올레스트라를 향한 내 욕망은 천 배 늘어났다. 나는 올레스트라로 조리해보고 싶어 미칠 것 같았다.

P&G에 계속해서 전화를 걸었다. 처음에는 무시당했으나, 내 편이 된 매릴린 해리스의 도움에 힘입어 마침내 회사가 가지고 있는 모든 형태의 올레스트라로 만족할 때까지 조리해보라는 초청을 받았다. 나는 곧 가상 시대에 유일하게 올레스트라를 만족할 때까지 써보고 단점이든 뭐든 말할 수 있도록 허락을 받은, 최초의 언론인이 되는 것이다. 그러므로 역사의 한 쪽으로 발걸음을 내딛는 것이었다.

그 모든 저술가들을 놓아두고 왜 나를 택했을까? 잘은 모르겠지만, 나의 동물처럼 거친 매력이 주 요인이었다는 것도 아예 무시하지는 못할 것이다.

하루하루가 몇 분처럼 빨리 지나갔다. 나는 괜찮은 조리법—짤짤한 간식을 위한 것은 빼고—을 한 뭉치 선별하고, 마릴린 해리스에게 장보기 목록을 팩스로 보냈다. 사과, 레몬, 바닐라, 밀가루, 설탕, 우유, 감자, 마늘, 말리지 않은 로즈마리, 타임, 세이지, 오레가노, 껍질을 깐 굴 열 두 개, 오크라, 애호박, 닭 두 마리, 새우 454g, 그리고 여러 가지 맛의 그레이터스 아이스크림 몇 파인트가 전부였다. 신시내티 사람들은 언제나 그레이터스 아이스크림이 세계 최고라고 말하고, 나는 그들의 말이 맞는지 오랫동안 궁금했었다.

금속 감지기로 온도를 측정하는 튀김용 온도계, 조리용 집게 몇 짝, 부푼 '푸리(Poori, 인도, 파키스탄, 방글라데시 등에서 먹는, 효모를 넣어서 부풀리지 않은 빵—옮긴이)'를 만들기 위한 차파티 밀가루 한 봉지를 가지고 비행기에 올랐다. 비에 젖은 몇 시간 뒤, 마릴린과 나는 신시내티 외곽 지역에 자리 잡은 P&G의 윌튼 힐 기술 센터의 주차장에 차를 세웠다. P&G 조리 센터는 '음식동Food Building'이라 불리는 기품 있는 황갈색의 벽돌 건물 1층에, 부엌 네 군데와 수백 권의 요리책으로 둘러싸여 있었다. 세 군데의 부엌은 표준 장비가 들어찬, 가정집 부엌을 본떠 만든 것이었고, 나머지 하나는 시연 전문 부엌으로, 나와 사람들은 대부분의 시간을 그곳에서 보냈다. 아이보리데일(Ivorydale, P&G의 생산시설 중심부, 알려진 것처럼 P&G는 아이보리 비누를 만든다—옮긴이)은 2~3킬로미터 떨어져 있었고, 비가 오는 날 바람이 제대로 불어 공기는 비누향이 희미하게 배인 것처럼 달콤했다.

먼저 나는 포기각서에 서명해야 했다. 식약청이 올레스트라를 짭짤한 간식거리에만 쓰도록 규제하는 이유는, 장기적인 효과에 대해 연구하는 동안 사람들이 실제로 먹게 되는 올레스트라의 양을 제한하기 위한 것이다. 식약청은 내가 시도하려고 하는, 집에서 만들어 먹는 음식을 위해서는 올레스트라를 허용하지 않기로 결정했다. 두 개의 크고 무거운 냄비를 나란히 놓여있는 버너에 올려, 하나는 땅콩 기름으로, 다른 하나는 식약청에서 승인한 형태인, 콩기름 또는 목화씨 기름으로 만든 올레스트라로 채웠다. 각각에 튀김용 온도계를 담그고 불을 붙였다. 곧 아이보리 향 눈에 대한 기억은 튀긴 '베녜(beignet, 프랑스에서 건너와 뉴올리언즈를 비롯한 미국 남부 지방에서 즐겨 먹는 튀긴 도넛 류, 사각형으로 반죽의 모양을 잡아 튀긴 후, 가루 설탕을 솔솔 뿌려 먹는다—옮긴이)'의 맛있는 향에 밀려 사라졌다. 아침 커피와 함께 먹을 수 있도록, 베녜를 가장 먼저 튀겨 가루 설탕을 솔솔 뿌려 내놓고, 길게 썬 애호박 튀김(먼저 마르셀라 하잔의 끝내주는 밀가루와 물 반죽을 썼다), 옥수수가루 반죽을 입혀 튀긴 오크라(마릴린의 바삭바삭한 조리법), 프렌치프라이, 나의 조리법을 따른 감자칩을 튀겼다.

그러는 동안 연구실에서 지난 11월호 〈보그〉지에 소개된 기적적인 파이껍데기 반죽을 두 가지 서로 다른 지방인 크리스코와, 수소로 경화 처리한 형태의 올레스트라로 만들어 이런 순간을 위해 마릴린에게 보관해두고 있으라고 부탁했다. 마릴린은 아주 미미한 불평만 늘어놓으며 4.5kg의 사과의 껍질을 벗겼고, 능력 있는 조수 신디 영이 파이 반죽을 밀어 잘 생긴 파이 두 개를 만들어 놓았는데 오직 그녀만이 어떤 지방을 써서 만들었는지 구분할 수 있었다. 그리고 그러는 와중에, 마릴린은 그녀가 가장 좋아하는, 지방 없는 올레스트라 브라우니, 남부식 비스킷, 그리고 케이준(Cajun, 주로 미국 남부 루이지애나주에 사는, 프랑스어를 쓰는 아카디아나 노바 스코샤, 즉 요즘의 캐나다 망명자들의 후손을 일컫는 말로, 이들의 음식은 루이지나아 뉴올리언스과 그 주변의 특산물로 여겨지고 있다—옮긴이)식 조리법을 따른 닭가슴살 덩어리 튀김을 만들었다.

P&G를 방문하는 동안, 프렌치프라이를 만들 때 쓸 수 있는 크리스코나 우지 같은 상태를 포함한 여러 종류의 올레스트라를 보았다. 완전히 포화되거나 수소로 경화 처리한 지방은 먹으면 안되지만, 그런 종류의 지방이 많은 전통 음식에 맛을 불어넣는 것이므로 이렇게 식이성 지방의 완벽하게 만족스러운 대체품을 만들 수 있다는 점에서 올레스트라가 필요하다. 올레스트라 버터에서 손을 뗄 수가 없었는데 신시내티 시내에서 파는 곳을 전혀 찾아볼 수 없었다. P&G에서 벌써 만들었다는 것은 알고 있으니, 노벨상 감이 슈퍼마켓으로는 아직 진출하지 못한 셈이다.

우리 세 조리사는 절대 외톨이가 아니었다. 몇 초마다 P&G의 경영진, 과학자, 기사가 간식거리를 찾아 들어왔으며, 너그럽게 조리에 대한 의견을 나눴고, 내가 과학적인 궁금증을 꼬치꼬치 캐물어도 답해주었으며, 또한 뉴욕의 음식점에 대해서도 얘기했다. 이 사람들은 야금야금, 올레스트라를 지난 5년 동안 매일 먹어왔다. 겉보기에 누구도 어떤 부작용으로 고통 받거나, 요행히 살아남아서 그것에 관해 이야기하고 있는 것 같지 않았다.

올레스트라의 식도락적 판결

그리고 이제, 식도락적 판결을 내려야 한다. 올레스트라 사과파이는 전반적으로 크리스코로 만든 것보다 훨씬 낮다는 반응을 얻었는데, 눈에 띄게 더 잘 부스러지고, 크리스코로 만든 것만큼이나 부드럽다는 의견이었다. 마릴린의 올레스트라 비스킷은 크리스코로 만든 것보다 더 잘 부스러졌으나 또한 더 기름기가 많았다. 마드허 자프니의 조리법으로 만든 푸리는 땅콩 기름에서와 마찬가지로 올레스트라에서 잘 부풀었으며, 맛도 비슷했다. 마릴린의 무지방 브라우니는 괜찮았지만, 나는 진짜 브라우니의 초콜릿과 계란 맛이 훨씬 더 좋았다.

아주 따뜻할 때 먹는 한, 올레스트라와 땅콩 기름으로 튀긴 음식은 맛과 식감 면에서 구분하기가 힘들었다. 만약 차이점이 있다면, 올레스트라로 만든 것은 더 바삭거리고 맛은 보다 중립적이어서, 튀김 속 재료의 맛이 종종 기대하지 않은 방향으로 불거져 나오도록 만드는 것처럼 보였다.

그러나 식으면서, 올레스트라로 튀긴 음식은 입천장에 구역질 나도록 기름진 맛이 남았는데 특히 꼼꼼하게 주의를 기울여 건져낸 튀김의 기름을 닦아내지 않았을 때 그랬다. 그 이유는, 현재 내놓는 올레스트라가 상온에서 굉장히 걸쭉한 상태를 유지—열을 가할 때까지는 바셀린 같다—하도록 만들어졌기 때문이다. 그래서 P&G는 언제나 올레스트라가 녹은 상태에서만 보여주거나 시연했던 것이다.

왜 그들은 올레스트라를 이런 식으로 만들었을까? 그것은 초기의 보다 더 액체상태였던 올레스트라가 소화기 문제를 불러일으켰기 때문이다. 문제점 가운데 하나—"항문 누출" 또는 돌려 말하자면 "수동적인 기름 손실"—은 완전히 액체 상태인 올레스트라가 음식 재료와 분리되어 장의 내벽을 따라 미끄러져, 그 과정에서 모든 것을 지나쳐갈 때 벌어진다. 이 경우 올레스트라 방울이 속옷에 나타나거나, 화장실에 갔을 때 물에 떠오른다(식약청은 실제로 이 현상을 OIT, "화장실의 기름 Oil in toilet"이라고 줄여 부른다).

P&G는 수동적인 기름 손실을 비롯한, 전부 아닌 일부 소화기에 미치는 효과(예를 들자면 복통이나 설사)는 올레스트라를 상온에서 마요네즈만큼 걸쭉하게 만드는 것으로 거의 없앨 수 있다는 것을 발견하였다. 이렇게 걸쭉한 형태가 식약청이 유일하게 허용한 올레스트라이다. 그러나 마요네즈만큼의 농도를 지닌 기름이 덧씌워진 포테이토칩은 슈퍼마켓에서 팔리지 않을 것이다. 그래서 P&G가 음식동의 다른 부분에 설치한, 1/20으로 축소된 완벽한 포테이토 칩 공장에서 만드는 실험용 칩은 "증기 제거법"으로 조심스레 말린다. 그래서 몇몇 주요 신문의 음식란에서 다루어진 비공식 시식 시험에서 올레스트라 감자칩이 충분히 기름지지 않다는 평을 받은 것이다.

올레스트라를 집에서 조리할 때 쓰기 전에, 무엇인가 과감한 수단이 동원되어야 한다. 사실 그런 수단이 동원되었다. 나는 튀김 조리할 때와 상온에서 훌륭하게 액체였다가 몸 안에 들어갔을 때 어떻게든 굳어 버리는, 실험상태의 올레스트라를 본 최초의 회사 밖 사람이었다. P&G의 사람들은 이 겉보기에 완벽한, 연한 금색의 올레스트라에 대해 짜증날 정도로 말을 아끼는데, 그들의 말을 빌자면 경쟁자들에게 유출되는 것을 원하지 않기 때문이다. (그들은 내가 그 실험상태의 올레스트라에 대해 글쓰기를 분명히 원했고, 그렇지 않았다면 보여주지 않았을 것이다. 나는 그 올레스트라를 청소도구함 같은 곳에서 찾아 낸 게 아니다.) 그러나 마지막 몇 시간 동안 그 올레스트라로 튀김을 만들어볼 수 있었는데, 결과는 훌륭했다. 다른 기름으로 튀긴 것과 거의 똑같이 바삭거렸고, 기름이 훨씬 덜 배어나왔으며, 가볍고 투명한 맛이었다. P&G는 식약청에 바로 청원할 계획을 세우지 않고 있었는데, 내가 추측하기로 승인을 위해서는 추가적으로 엄청난 동물 및 사람을 대상으로 한 실험이 필요하기 때문이다. 만약 그렇지 않았다면 그들은 이미 이 올레스트라를 시장에 서둘러 내놓았을 것이다.

올레스트라의 미래와 잠재적인 위험

신시내티에서 돌아와서, 여전히 올레스트라의 미래에 대한 의문에 싸인 채 더 암울한 질문에 몰두하게 되었다.

올레스트라 때문에 살이 빠질 수 있을까? 식약청은 공식적으로 '올레스트라로 살을 뺄 수 있다'는 고려조차 하지 않았다. 누군가가 이 고귀한 물질을 음식에 넣기 위해 승인을 요청한다면, 식약청은 오직 단 한 가지의 법적 책임만 진다. 음식이 맛있거나 먹을만하냐는 것이 아니라, 먹기에 안전하냐는 것이다. (약품은 그 효능에 대해서도 평가 받아야 한다) P&G의 체중 감속에 관한 연구는 장래성이 있지만 매우 짧은 기간 동안 이루어졌다.

소화기에 미치는 영향에 대해서는 올레스트라를 가지고 여러 시간 조리하고, 결과를 간식 삼아 먹고, 식약청이 권장한 섭취량의 다섯 배를 먹으며 컴퓨터 옆에 놓여 있는 감자 및 옥수수 칩 봉지에 계속해서 손을 뻗친 내가 증언하자면, 아무런 문제도 없었다. 언제나 나보다 더 예민한 위장을 지녔다고 말하는 아내 역시 아무런 문제도 겪지 않은 채 그 맛과 바삭바삭한 식감을 즐겼다. 소수의 사람들이 복통과 설사, 수동적인 기름 손실로 고생한다는 건 의심의 여지가 없다. 그러나 식약청은 어떠한 소화기의 불편함도 올레스트라 섭취를 멈추자 마자, 지속되지 않고 사라진다고 안심시키고 있다.

올레스트라를 먹을 경우 벌어질 수 있는 아주 심각한 결말의 가능성이 있는데, 식약청은 나중에 어떻게 감당할 수 있을지 모르겠으나 이 문제를 회피하고 있다.

사람들이 먹는, 음식 속에 든 몇몇 비타민(주로 A, D, E, K)은 지용성이다. 그런 비타민을 올레스트라를 먹을 때와 비슷한 시기에 먹게 되면, 어떤 비타민은 올레스트라에 녹아 몸에서 흡수되지 않고 빠져나가게 된다. 언론은 이러한 현상을 비타민이 우리 몸 안에서 바로 "(변기에서 물을 내리듯) 휩쓸려 나간다"거나 "(진공청소기로) 빨려 나간다", "(비로) 쓸려 나간다"라고 부정확하게 묘사하고 있다. 올레스트라는 먹기 두 시간 전이나 후로 먹은 지용성 비타민의 일부분만을 가지고 나간다. 올레스트라 감자칩을 오후에 먹었다면, 저녁에 먹은 비타민은 영향을 받지 않을 것이다.

P&G와 식약청은 간식을 많이 먹는 사람에게 조차도 영향을 받지 않도록 올레스트라나 P&G가 만드는 음식에 더할 필요가 있는 대체 비타민의 양을 계산해왔고, 결과는 내가 보기에 이치에 맞아 보인다. 아직도 걱정이 된다면, 〈연방 등기부〉(61권 20호, 1996년 1월 30일자, 규칙과 조례)에 실린 식약청의 연구 요약을 읽어보라. 하루 종일, 매일 올레스트라를 먹고, 모든 간식과 끼니에 올레스트라가 주된 지방으로 포함되었을 때(내가 희망하는 것처럼, 우리가 그렇게 많이 먹게 될까?) 얼마나 많은 수치의 비타

민 보충이 이루어져야 하는가? 매일 아침마다, 그리고 올레스트라-라드 비스킷에 금색의 올레스트라 버터를 발라 먹기 한 두 시간 전 후에 비타민 알약을 먹으면 된다는 것이 가장 쉬운 답이다.

그러나 더 어려운 문제는, 아직 충분히 알지 못하는 모든 영양분을 어떻게 대체할 수 있느냐는 것이다. 카로티노이드는 과일과 야채에서 찾을 수 있는, 관련 있는 화합물 500가지 이상으로 이루어진 집단이고, 그 가운데 가장 잘 알려진 화합물은 리코펜과 베타 카로틴이다(토마토의 경우). 50건의 믿을만한 전염병학 관련 연구결과가 많은 양의 야채와 과일을 먹는 사람들의 암 발병률이 낮고, 혈류의 낮은 카로티노이드 수치는 심장병, 뇌졸중, 나이 먹은 사람들이 얻는 백내장과 같은 눈병과 관련되어 있다고 밝히고 있다.

카로티노이드는 지용성이고, 올레스트라를 먹으면 몇몇 카로티노이드의 수치가 눈에 띄게 줄어들 것이라는 건 의심의 여지가 없다. 그러나 카로티노이드는 야채와 과일에서 결정적인 영양소이거나, 아니면 무엇인가 다른 것일까? (결정적인 영양소로서 가능성을 지니고 있는 플라보노이드나 폴리페놀은 지용성이 아니다.) 또 혈류의 카로티노이드 수치가 측정하기에 중요한 수치일까? 아니면 몸 안에서 일어나는 다른 과정을 위한 표식일까? 아무도 모르고, 또한 정부도 카로티노이드 섭취에 대한 표준(RDA, Recommended Daily Allowance, 추천 일일 허용량—옮긴이)을 정해놓지 않았다. 그 결과로 식약청은 올레스트라에 500가지의 카로티노이드 가운데 어느 것도 보충하라고 요구하지 않았다. 그래서 딜레마는, 이름도 붙일 수 없고 측정도 할 수 없는 영양소는 어떻게 대체하느냐는 것이다.

올레스트라에 미래를 맡길만한 가치가 있을까? 지방이 독이라면, 물론 독이기는 하지만… 만약 그렇지 않다면? 만약 올레스트라가 내가 희망해왔던 것처럼 획기적인 효과를 지니고 있다면, 만약 올레스트라가 진정 인간의 두 번째 시대를 이끌어 낸다면, 우리 식생활의 30%를 차지할 수 있다. 영양분이 녹아들지 않도록 하는 형태의 올레스트라를 만들어 낼 수 있을까? 이것이 인류의 한 가닥 희망일 수도 있다. 나는 P&G의 사람들이 이 문제를 놓고 밤낮없이 일할 것이라고 믿는다. 그렇지 않는다면 가상 쾌락의 시대는 다른 통지가 있을 때까지 연기될 것이다. 그리고 사람들은 기껏해야 입이 심심할 때 먹을 수 있는, 짭짤한 간식용 과자 몇 봉지나 손에 넣을 수 있게 될 것이다.

식도락
기행

체자레와의 만남과 송로버섯

인구 60명의 마을 '알바레토 델라 토레Albaretto della Torre'에 있는 체자레Cesare의 주방에서 일주일을 보내고, 절대 꺾이지 않을 조리 욕구를 얻어 집에 돌아왔다. 900g의 밀가루와 폴렌타를 나무 탁자에 수북이 쌓아 가운데에 커다란 분화구를 내서는, 계란 노른자 스무 개를 깨 넣고 포크로 계란을 휘젓기 시작했다.

이탈리아에서는 거의 모든 요리사들이 이렇게 파스타를 만드는데, 차이점이라면 계란 노른자만을 쓰는 조리법은 체자레의 이웃에게 배웠고 그걸 따라 했더니 문제에 생긴다는 것이었다. 분화구의 안쪽 벽에서부터 밀가루를 계란과 섞기 시작했을 때 계란의 잔물결이 꼭대기로 튀겨 심각한 침식을 일으켰고, 재빨리 밀가루 무더기의 안정된 쪽에서 밀가루를 한줌 퍼 올려 흐르는 계란을 막으려고 했을 때, 분화구가 주저앉았다. 계란 노른자의 급류가 이제 밀가루와 옥수수가루와 섞여 걸쭉해진 채로 식탁을 가로질러 넘실거리며 다진 마늘 한 무더기를 날라 하와이 주택 개발부지위를 흐르는 녹은 용암처럼 흘러, 스쳐 지나가는 모든 것에 죽음과 파괴를 남기며 손으로 써둔 원고로 향했다. 공책을 손으로 가로채자 밀가루의 홍수는 가라앉아 로즈마리 가지 두 대를 마치 성냥개비인양 들어올려, 탁자의 가장자리로 폭포수처럼 떨어져 열려있던 은그릇 서랍으로 흘러 들어갔다

체자레는 열린 서랍 근처에서 파스타를 만들지 말라고 주의를 준 적이 없다. 전기 믹서로 반죽을 먼저 만들고 나서 손으로 반죽하는 게 나을 것이라고는 제안했다. 아내는 다른 무엇보다 당장 은식기를 닦지 않으면 표면이 공업용 사포의 질감을 띨 것이라고 나를 다그쳤다. 나는 세탁과학을 배울 생각이었다면 목표를 가지고 멀리 떨어진 피에몬테의 언덕 꼭대기까지 여행하지 않았을 것이라고 대답했다.

"화내며 먹는 음식은 위에서 독이 된다니까요." 저녁이 차려졌을 때, 나는 시간을 초월한 수피교(Sufi, 이슬람교 신비주의 종파—옮긴이)의 격언을 인용해서 그녀를 일깨워줬다. 그러나 랑게 지방의 맛이 그녀 앞에 펼쳐졌을 때 언제 나를 다그쳤냐는 듯 아내는 양처럼 유순해졌고, 아카시아 불로 등을 천천히 돌리는 어린이처럼 기분이 좋아졌다.

체자레는 '데이 카치아토리(Dei Cacciatori, 사냥꾼의 집)'나 '다 체자레

(Da Cesare, 체자레의 집)', 아니면 둘 다로 불리는 음식점의 주방장이며 주인이다. 알바레토는 '랑게Langhe'라고 불리는 피에몬테(영어로는 "피드몬트Piedmont") 지방에 있는 고대 도시 '알바Alba'로부터 차로 30분 거리로, 내가 보기에는 이탈리아 전역에서 가장 매혹적인 언덕을 지닌 동네이다. 포도와 개암을 거두고 송로버섯이 산허리 아래에서 익으며 야생 버섯이 버드나무와 떡갈나무 사이에서 자라나는 가을이면, 랑게는 미식가를 위해 아수라장이 된다. 독일, 스위스, 이탈리아 사람들이 알바에서 나는 향이 강한 송로버섯, 가장 고귀한 이탈리아 적포도주인 바롤로Barolo와 바르바레스코Barbalesco, 가장 맛있는 송아지고기, 야생동물, 딸기류, 포르치니버섯, 개암, 밤 등을 먹기 위해 모여들기 때문이다. 알바는 밀라노에서 차로 두 시간, 토리노에서 한 시간, 프랑스 니스에서 북쪽으로 반나절 거리에 있다. 가을에 알바 주위에서 며칠을 보내면 세계 그 어디에서도 맛볼 수 없는 식도락 휴가를 가지게 된다. 그러나 미국에서는 많은 관광객이 오지 않는다. 아마 알바가 유명한 명소를 지나는 길에 있는 도시가 아니라서 그럴 것이다.

비 내리는 11월 저녁, 체자레의 식당에서 첫 끼니를 먹을 때였다. 식당은 거칠지만 따뜻했으며 짙은 나무를 대고 치장 벽토를 바른 벽에 따라서 마셔달라고 애걸하는 포도주 병이 쌓여있었다. 방 한쪽 끝의 돌 벽난로에는 지글지글 소리를 내며, 고기관절이 장작불에 천천히 끓고 있었다. 하얀 송로버섯 철의 광란이 다가오고 있었고, 방은 평소의 정원인 스물다섯 명을 넘긴 손님으로 가득 차 있었다.

체자레의 아이들인 엘리사와 필리포는 얇게 저민 하얀 송로버섯이 양고기와 싱싱한 포르치니 버섯 위로 클로버만큼 작은 풀처럼 덮고 있는 접시를 가져왔다. 생 오리 가슴살, 하얀 송로버섯, 고기국물, 간 양파, 치즈로 채워 소금을 쌓아 만든 단 위에 올려 구운 커다란 양파가 뒤를 따라 나왔다. 각각의 요리는 피에몬테의 분위기에 체자레 나름의 변화를 준 것으로 거칠면서도 동시에 정제되어 있는, 시골 소년의 환상 속에서 존재하는 음식이다. 체자레는 서른두 살로 옅어지는 밤색 머리칼에 큼지막한 코, 잘 자란 턱수염, 날카로운 회색 눈을 가지고 있다. 그의 아버지는 체자레의 현재 자리에서 길을 따라 아래쪽에 있던 원래의 데이 카치아토리(체자레가 여관으로 바꾸었다)를 소유했고, 농부이면서 부업으로 머리를 잘랐다. "저는 그저 상상력을 가지고 지역의 전통을 이어나가는 좋은 조리사로 여겨지고 싶습니다"라고 체자레는 말했다. 몇 사람은 체자레가 피에몬테 지방에서는 물론 이탈리아를 통틀어서도 최고 조리사 가운데 하나라고 생각했다. "체자레는 또한 약간 제정신이 아니에요." 델 카치아토리 가까이에 포도밭을 가지고 있어 나를 그곳으로 처음 데려 갔던 친절한 포도주 양조업자는 그렇게 말했다. "그렇지만 천재가 다 그렇지 않겠어요?"

체자레의 아내 실바나는 그라파에 구워 그라파(grappa, 이탈리아의 술로, 포도 찌꺼기로 만드는 그라파의 한 종류—옮긴이)에 흠뻑 적신 구운 감자와 산토끼 크림(무스와 파테의 중간)과 하얀 송로버섯을 가져와서 식사를 시작하겠냐고 물었다. 어원학(語源學)이 구원의 손길을 뻗칠 때까지 우리는 어쩔 줄 몰라서 당황스러워 하고 있었는데, "안티파스토antipasto"는 글자 그대로 "식사 전" 또는 "식사"("파스타 먹기 전"이 아닌)를 의미하기 때문이다. 피에몬테는 안티파스티(antipasti, 안티파스토의 복수형—옮긴이)로 잘 알려졌는데, 어떤 동네 음식점에서는 안티파스티 열일곱 접시의 행진이 계속된다. 이럴 경우 각각의 안티파스티는 따로 또는 작은 무리로 나오지, 절대 커다란 접시에 한데 쑤셔 담아 나오지 않는다.

식사는 다양한 전통 피에몬테 파스타로 시작되었다. 손님 가운데 몇몇은 대개 동네 계란의 진한 오렌지색 노른자만으로 만든, '탈리아텔레tagltialle'나 '탈리아리니(tagliarini두 종류 모두 넓고 납작하며 긴, 페투치니와 같은 모양이면서도 더 넓은 파스타 면이다—옮긴이)'의 훌륭한 한 종류인 '타자린tajarin'을 먹었다. 다른 사람들은 고기와 양배추 또는 시금치(오늘 밤에는 호박)으로 속을 채워 손으로 여민, 작은 라비올리인 '아뇨로티agnolotti'를 골랐다. 두 파스타 모두 '수고 다로스토sugo d' arrosto'라고 불리는, 불에 갈색이 나도록 끓인 버터와 세이지, 고기국물로 만든 소스로 촉촉함을 더했으며 하얀 송로버섯 세례를 받고 있었다.

그 다음은 오븐에 구운 야생 멧돼지, 세자르의 땅에서 퍼낸 진흙에 넣어 구운 기니 닭, 꼬치에 꿰서 구워 방금 벽난로에서 꺼낸 어린 양 다리 가운데 하나였다. 어린 양고기는 내 입으로 들어간 것들 가운데 가장 완벽한 고기였다. 겉은 짙고 바삭바삭하고 허브와 아카시아 나무로 피운 불의 연기가 코를 찔렀으며, 속은 감칠맛 가득하고 즙이 넘쳐났으며 정말 살이 바로 떨어져서, 최고의 노스캐롤라이나 주 바비큐 같았다. 이제 나는 왜 제임스 비어드가 꼬치에 꿰어 불에 올려 굽는 방법이 고기를 조리하는 데 이상적인 방법이라고 썼는지 이해할 수 있다(대체로 주방에서 벌어지는 정확한 측정에 대해 경멸을 보내는 세자르마저도, 불은 꼬치에서 정확하게 40cm가 떨어져야 한다고 주장했다), 그는 아카시아 나무를 쓰는데, 작년에 정부가 친구의 땅에 도로를 만들 때 많은 양을 샀기 때문에 쓰는 것이고 사실은 떡갈나무나 포도나무가 더 나을 것이라고 말했다. 나는 꼬치구이에 집착하게 되었고, 창문과 수도가 없을지언정 나무를 태우는 벽난로에 모터로 움직이는 꼬치를 달 수 있는 아파트로 이사를 가는 건 어떨까 생각했다.

후식은 배를 바롤로에 삶아서 '미르틸리(mirtilli, 산앵두나 작은 블루베리 —옮긴이)' 소스를 곁들인 것과 영문 모를 잎사귀가 달린 개암나무 가지 접시였다. 이파리는 예뻤지만 식탁 장식을 바꾸기에는 늦은 시간이었고, 윤기 나는 갈색 개암열매는 껍질 까는 도구가 없다면 뚫고 들어갈 수가 없을 정도로 단단했다. 마침내 우리는 세자르가 각 뭉치마다 하나씩의 개암을 달콤한 금색 과자로 바꿔 놓은 것을 발견했다.

영감이 떠오르지 않으면 체자레는 그저 음식점을 한참 동안 닫았다. 그는 음식점 비평가들에게 인내심이 없었다. 이탈리아의 미슐랭 가이드—회사의 가장 자랑스러운 업적은 아닌—가 그에게 몇 년 전 첫 번째 별을 주었을 때, 체자레는 문 앞에 "미슐랭이나 베로넬리에서 내 이름을 보고 여기에 왔다면 들어오지 마시오"라고 쓰인 푯말을 정문에 내걸었다. 체자레보다 실용적인 부인 실바나가 나섰고, 푯말은 곧 사라졌다.

그러나 비평가들은 체자레에게 친절했다. 1972년에 그를 처음 발견한 사람은 20세기 가장 유명한 이탈리아 요리사이고 움베르토 왕을 위해 음식을 만들었던 니노 베르게스인데, 베르게스는 이탈리아 식당에 대한 표준 안내서인 『베로넬리 음식점 안내』의 저자인 루이지 베로넬리에게 체자레에 대해 말했고, 곧 그는 널리 알려졌다. "개인적이고 창의적이며 정제된… 훌륭한 요리사며, 전통적인 랑게 요리의 충실한 계승자이면서도 훌륭한 새 요리를 만들어낼 능력도 있다"가 피에몬테 지방 음식점을 위한 가장 실용적인 안내서인 '피에몬테와 아오스타 계곡에서 먹고 마시기'로부터 내가 번역한 내용이다. 페이스 윌링어(Faith Willinger, 미국인으로 피렌체에 살고 있는 음식 저술가―옮긴이)는 그녀의 빼놓을 수 없는 『이탈리아에서 먹다』(허스트 북스 출판사, 전면 개정판 1998년 초)에서 "영감을 받고, 감상적이며 사치스럽기도 하며 … 때로는 이상야릇하다"라는 형용사를 썼다.

송로버섯 사냥길에 오르다

우리는 체자레의 아늑하고 작은 여관에서 묵었다. 다음 날 아침, 가볍게 눈이 내리고 있었고 우리는 실내에 머물면서 저녁의 모험을 위한 기력을 모았다. 체자레는 그의 친구인, 은퇴한 농부이자 열 살 때부터 송로버섯 사냥꾼(trifulu, 이하 버섯 사냥꾼)인 베르나르도에게 우리를 저녁의 송로버섯 사냥에 데려가 달라고 설득했다.

늦은 오후까지 날씨가 개어서 주변 몇 킬로미터의 경관을 드러냈다. 가파르고 푸르며 안개가 긴 언덕이 낮은 산 뒤의 중간 거리에서 솟아오르고, 먼 거리에는 양쪽으로 눈이 덮인 알프스가 빛나는 분홍색 라벤더 석양이, 한숨을 쉬도록 하는 광경이었다. 곧 체자레가 나타나서는 커다랗고 납작한, 푸줏간에서 쓰는 종이로 싼 꾸러미와 훌륭한 이탈리아 샴페인 한 병을 가져다주었다. "버섯 사냥꾼을 위한 것이죠." 그는 웃으면서 종이를 펼쳐, 따뜻한 크로스티니(crostini, 이탈리아식 토스트—옮긴이)접시를 보여주었다. 저민 빵을 바삭바삭하게 구워 버터를 바르고 얇게 저민 하얀 송로버섯으로 덮어, 그 코를 찌르는 사향과 같은 냄새가 방을 채웠다. 로시니는 송로버섯을 버섯의 모차르트라고 일컬었다.

체자레는 이탈리아 말과, 이탈리아 말보다 프랑스 프로방스 지방 사투리에 가까운 랑게 지방 사투리를 섞어 쓴다. 이탈리아 알파벳에는 고작 스물한 자가 있는데, 나는 아직도 반 이상에 익숙하지 않다. 그러나 운이 좋았는지, 아내와 나는 토스카나 출신으로 뉴욕의 딘 앤 델루카의 수입 부서를 관리하는 유제니오 폴로치니를 만났다. 그는 미국 사람들이 즐길 수 있을만한 새로운 먹을거리를 찾아 피에몬테를 누비며 여행 중이었다. 또한 그는 능력 있고 사심 없는 통역자였다.

마을 바깥의 비포장 길에서 우리는 베르나르도와 그의 개 롤라를 발견했는데, 그들은 우리를 언덕 경사 아래 개암나무 과수원으로 이끌었다. 세계 최고의 하얀 송로버섯은 10월부터 1월 사이에 알바 남쪽으로는 랑게 언덕과 바로 북쪽으로 로에로 언덕인, 떡갈나무, 보리수나무, 버드나무, 개암나무 밑 땅에서 자란다. 송로버섯 안쪽의 무늬와 색이 어떤 나무가 "엄마"였는지 말해준다(예를 들어 분홍색 물결무늬는 송로버섯의 "엄마"가 떡갈나무 뿌리임을 나타낸다). 겉을 보면 알바의 하얀 송로버섯은 매끈하고 연하디 연한 갈색이며 향을 강하게 풍긴다. 피에몬테 북쪽, 아스티라 불리는 지역에서는 송로버섯이 마디 투성이에 얽은 자국을 지니며 자라는데, 땅이 더 빡빡하기 때문이라서 버섯은 자라는 공간을 확보하는데 어려움을 겪는다. "그 동네 송로버섯은 화난 채로 자라죠." 베르나르도가 설명했다. 토스카나와 움브리아 지방의 송로버섯에 대해 그는 어떻게 생각할까? "감자보다 한 발짝 앞서는 수준이죠."

우리는 나무 사이사이로 천천히 걸었다. 땅거미가 지는 하늘은 반짝이는 파란색이었고 가까이의 언덕 위 집이나 교회의 작은 불빛들이 나타나 우리를 둘러싸고 있었다. 베르나르도는 애견 롤라에게 자상한 아버지가 규율과 집중력을 심어주려는 것처럼 부드럽게 말했다. 롤라는 겨우 열한 달로, 명랑하고 충동적이며 베르나르도가 집에 두고 온 어미에 비해 헌신이 부족했다. 올해가 첫 해이기는 해도 롤라는 고작 세 달이었을 때 버섯의 냄새를 알아차릴 정도였다. 롤라가 경험을 쌓고 숙달되면 4천 달러의 가치를 지니게 될 것이다. 그러나 베르나르도는 절대 롤라를 팔지 않을 것이다. 베르나르도가 특정한 나무로 롤라를 이끌고 다음 나무로 옮겨 가기 전에 잠시 멈추기를 종용하며 우리로부터 비껴나 과수원 한 가운데로 들어가면 다시 롤라를 불러들인다.

롤라가 개암나무의 밑둥을 파기 시작했고, 베르나르도는 서둘러, 롤라를 얕게 파놓은 구멍에서 부드럽게 당겨 놓고는 손으로 흙을 털어냈다. 아무 것도 찾지 못했고 그는 몇 초 지나 롤라를 다시 놓아준다. 그리고는 허리띠에 차고 다니는 작은 금속 막대기sapin로 흙을 긁어 하얀 송로버섯의 머부분을 찾아낸다. 그리고는 아주 조심해서 주변의 흙을 헤친 뒤 버섯을 잡아 빼낸다. 내 맥박이 솟구쳤다.

우리의 첫 번째 송로버섯은 작아서 폭이 2.5cm 정도였으나 매끈하고 잘생겼으며 그 향이 공기를 가득 채웠다. 베르나르도는 롤라에게 비스킷을 주고 흙을 덮어 표면을 매끈하게 문지른 다음, 마른 이파리를 그 위에 흩뿌려 놓았다. 만약 나무뿌리가 보호 받고 흙이 보살핌을 받는다면 송로버섯은 음력으로 정확히 일 년이 지난 뒤 같은 자리에 자라 있을 것이라고 베르나르도는 우리에게 말했다. 게다가 구멍을 메우지 않으면 다른 버섯 사냥꾼들이 베르나르도의 비밀 지점을 알게 될 것이다.

우리는 코에서 코로 송로버섯을 돌려가며 향기를 즐겼다. 곧 지난 며칠 사이에 가졌던 송로버섯 잔치가 눈앞을 스쳐 지나갔다. 폰두타(fonduta, 스위스의 퐁듀와 같다─옮긴이)에 적신 녹색 국수에 얹은 하얀 송로버섯, 기니 닭의 간과 하얀 송로버섯 무스, 송로버섯을 솔솔 뿌린 차가운 토끼 안심, 송로버섯 크림에 잠긴 아스파라거스 플란(flan, 푸딩과 비슷한 음식으로 단맛은 물론, 짠맛의 음식으로도 만들어 먹는다─옮긴이), 하얀 송로버섯과 켜를 이룬 폴렌타, 날 계란 노른자, 지역의 무라차노(rubbiolo di murazzano, 양젖과 우유를 섞어 만든 치즈─옮긴이)치즈, 쐐기풀, 딸기의 리조토와 송로버섯, 밀가루와 계란 노른자만을 써 손으로 반죽해서 자른 탈리아리니(랑게 사투리로 타자린)를 녹인 버터에 버무려 날 세이지 잎으로 맛을 내고 종잇장처럼 얇게 저민 송로버섯을 얹은 파스타까지 포함한 엄청난 잔치였다. 특히 마지막 요리인 파스타는 가장 수수하면서도 논쟁의 여지가 없이 하얀 송로버섯을 즐길 수 있는 최고의 방법이고, 가장 수수한 곳부터 비싼 곳까지를 막론하고 거의 모든 음식점에서 먹을 수 있다.

버섯 사냥꾼은 어두울 때 대부분의 일을 하기 때문에 하얀 개가 늦가을 달빛아래에서는 까만 개보다 찾기 쉽다. 낮에 송로버섯을 채집한다면 다른 버섯 사냥꾼이 비밀 장소를 발견할 것이다. "새벽 두 시부터 여섯 시까지 일이 가장 잘 되지요, 여기에서부터 몇 킬로미터 걸어서요."
베르나르도는 말했다. "그러나 아무도 데리고 다니지 않아요."

우리는 개암 과수원에서 두 개의 작은 송로버섯을 더 찾았고 진흙탕
인 골짜기와 그 뒤의 나무 들 사이로 내려갔다. 하늘은 어두웠고 가을
안개가 달 위로 떠올랐으며 빛이라고는 베르나르도의 손전등 불빛뿐이
었다. 롤라는 나무들 사이에서 작고 매끄러운 송로버섯 세 개를 더 찾아
냈다.

베르나르도는 집으로 돌아갈 때 그가 발견했던 것들 가운데 가장 컸
던, 510g이 넘고 자몽만했으며 오늘날의 가격으로 천 달러가 넘는 송로
버섯에 관한 추억에 잠겼다. 10년 전, 그는 송로버섯 사냥을 포기했는
데, 버섯에 미쳤기 때문이었다. 늦은 오후에 집을 나서 반나절을 춥고
축축한 숲에서 담배 두 갑을 피우며 보낸 뒤, 기진맥진한 채로 돌아오곤
했다. 다른 많은 사람들처럼 그는 송로버섯 중독자가 되었고 어느 날 갑
자기, 그는 얼마 되지 않는 연금에 보탤 수 있는 온건하고 통제된 채집
활동만을 남기고는 그만 둬버렸다. "제 꿈은 살면서 찾아낸 모든 송로버
섯을 한 자리에 모아놓고 보는 것이죠"라고 그는 우리에게 말했다.

그날 밤 체자레의 음식점은 문을 닫았고, 그는 우리를 친구들과 함께
먹고 마시는 자리에 데리고 갔는데 그곳에는 개보다 하얀 송로버섯을
더 많이 찾는 것으로 명성이 자자한 은퇴한 버섯 사냥꾼 마테오도 있었
다. "볼 수 있죠." 그는 우리에게 말했다. "널따란 땅에서 송로버섯은 대
가리 위 흙을 밀어 올리고, 해가 따뜻할 때 땅이 갈라지죠. 밤에는 얇은
슬리퍼를 신었다면 발바닥으로 볼록 솟아 오른 것을 느낄 수 있어요. 송

로버섯 위의 풀은 버섯이 뿌리를 건드리므로 색이 갈색으로 변하지요. 그리고 땅바닥을 막대기 끝으로 치면 그 밑에 있는 버섯의 속이 빈 듯한 소리를 들을 수 있지요. 그러나 그 소리와 바위나 나무의 두꺼운 뿌리 소리를 반드시 구분할 줄 알아야 합니다."

마테오의 가장 뛰어난 개가 방으로 걸어 들어오자, 마테오가 웃으며 말을 이었다. "하얀 송로버섯은 자라는 데 44~88일이 걸리고 다 자라고 나면 익는 데 네 시간이 걸립니다. 만약 발견되지 않으면 흙에 많이 젖어 있을 경우에는 고작 12일, 말라 있을 경우에는 35일을 살 수 있죠. 그 다음에는 물을 흠뻑 머금어 스펀지처럼 변해서 매력을 잃어버립니다. 만약 다 익기 전에 딴다면, 그 향을 절대 키우지 못하는데 뿌리, 그러니까 '엄마'를 죽였다면 그 자리에서는 다음 해에 버섯이 자라지 않습니다."

"트러플이 익는 네 시간 동안 세 가지의 구분되는 향이 납니다. 첫 번째 향은 시고 술통의 바닥과 같은 사향 냄새, 그 다음에는 신선한 포르치니 버섯과 같은 냄새, 마지막으로 그 엄청난 하얀 송로버섯의 향이 나는 것이죠. 이 네 시간 동안 아무 때에나 송로버섯을 따면 살아 있기 때문에 계속해서 익을 것입니다. 그러나 세 번째 향이 날 때까지 기다린다면 다른 '버섯 사냥꾼'이 먼저 발견할지도 모르죠. 많은 개들이 마지막 향을 감지할 수 있지만, 오로지 천 마리에 한 마리만이 첫 번째 향을 맡을 수 있습니다."

우리는 그에게 오늘 찾은 작은 송로버섯 여섯 개를 보여주었다. "내가 데리고 다니는 멋진 개들은 이런 것들은 거들떠보지도 않을 겁니다." 마테오는 웃었다. 그갸 찾은 것들 가운데 가장 무거운 송로버섯은 650g이었다. "그건 너무 커서 흙을 뚫고 올라 왔더라구요." 그는 말했다. "그리고 나는 발에 걸려 넘어졌구요."

체자레는 다음 날 아침 다섯 시 반에 차로 남쪽 30분 거리의 세바에 있는 송로버섯 시장에 우리를 데려갈 것이라고 말했다. 저녁은 바롤로와 바르바레스코 여러 병, 그 포도주들을 담그고 남은 포도 찌꺼기로 증류한 그라파 여러 잔, 이뇨성분이 있다는 길가 우물물의 도움으로 이른 아침까지 이어졌다. 체자레의 친구들은 랑게의 젊은 처자들에 대한 민요를 불렀고, 송로버섯 시장에 가기 전에 몇 시간이라도 눈을 붙일까 기대하며 신경이 날카로워진 우리를 귀찮게 했다.

몇 시간 뒤, 우리는 송로버섯 상인이 되었다. 여섯 시 조금 넘어 세바에 도착해서는 포장된 넓은 시장 구역에 차를 댔는데 추운 새벽 주변은 두세 명씩 무리 지어 서 있던 열다섯 명의 버섯 사냥꾼을 빼놓고는 적막했다. 트위드 윗옷의 주머니나 두툼한 스웨터 아래 꼬불쳐둔 것처럼, 모두 몸 어디엔가 송로버섯을 불룩하게 지니고 있음을 알아볼 수 있었다.

체자레는 이번 주에 그의 식당에서 쓸 송로버섯 5kg이 필요했고, 현금으로 7~8백만 리라, 즉 약 5~6천 달러를 가지고 왔다. 알바에 있는 것처럼 다른 마을에는 더 잘 알려진 시장이 있지만 그런 시장들은 바가지를 쓰는 관광객과 움브리아, 토스카나, 심지어는 불가리아나 루마니아에서 들려온 송로버섯 한 꾸러미에 한 개의 진짜 알바산 하얀 송로버섯을 넣어 향을 더하는 파렴치한 장사꾼들을 끌어들였다. 알바의 시장은 지역의 하얀 송로버섯 가격을 흥정하기에는 좋지만, 세자르는 다량의 버섯을 사기 위해서 세바의 시장을 가장 좋아했다.

한 무리의 송로버섯 사냥꾼에게 다가가자, 그들은 체자레가 세무서 직원을 데려왔다고 생각해 시장의 가장 먼 구석으로 흩어졌다. 우리가 그저 미국인이라고 안심시키자, 그들은 갈색 종이로 된 꾸러미를 열고 냄새를 맡아보라고 내밀었다. 체자레는 400g에 42만 리라, 10g에 8.2달러를 치렀다. 아주 좋은 가격이었다. 피에몬테의 음식점에서는 음식에 송로버섯을 더하고 대개 16달러를 더 받는다. 한 괜찮은 음식점에서는 식당의 입구에 작은 탁자를 놓고, 저울과 유리 반구를 씌워 놓은 하얀 송로버섯 무더기—아마 2,000달러어치—정도를 놓고는 '하얀 송로버섯, 1g에 3,200리라'라고 꼼꼼하게 쓴 푯말을 붙여 놓았다. 모든 식탁에서는 식사를 하기 전과 후에 무게를 다는 송로버섯을 직접 고를 수 있고 청구서는 그에 맞춰 조정되는데, 10g에 24달러이다. 알바의 송로버섯 소매상은 괜찮은 버섯에 10g에 14~17달러를 받는다. 미국에서 싱싱한 하얀 송로버섯 10g에 21달러를 받는 레스토랑은 의심해봐야 한다. 진짜 알바의 하얀 송로버섯을 그 가격에 판다면 손해를 보는 게 당연하기 때문이다. 이 세상에는 손해를 보며 장사를 하는 사람은 단 한 명도 없다.

그리고 얼마 동안 체자레는 주차장을 미친 듯이 잔달음질 쳐 다니며 각각의 버섯 사냥꾼을 구석으로 불러들여, 장사꾼들이 오기 전에 가능한 많은 하얀 송로버섯을 사 모았다. 그의 옷과 밴에서 트러플 향이 배어 나왔다. 일곱 시가 되자 태양이 안개를 뚫고 겨우 볼 수 있을 정도로 올라왔고 시장의 가게들이 문을 열기 시작했다. 몸을 데우고 커피를 마시기 위해 바에 30초간 들렀다가 송로버섯을 더 사 모으기 위해 서둘러나갔다. 세바 시장의 나머지 부분이 야생동물과 버섯, 야채, 말린 식품 등의 판매대와 함께 생기를 띠기 시작했고, 체자레는 마침내 큰 자루에 담긴 호두와 개암, 평평한 나무 상자에 담긴 싱싱한 포르치니 버섯으로 주의를 돌렸다.

아침을 먹으러 알바레토 델라 토레로 돌아왔을 때, 체자레는 산 송로 버섯을 다듬고 무게를 달았다. 4.6kg의 하얀 송로버섯을 샀는데, 그 가운데 10%는 너무 작아서 파테나 소스의 재료로 밖에 쓸 수가 없었다. 네 시간 동안 체자레는 시카고 증권 거래소의 중개인처럼 열정적으로 일했다. 그는 지쳐 보였다.

다음 날 아침 실바나의 잼과 쌀이 든 단지에 봉한 커다란 하얀 송로버섯을 한아름 안고 떠났을 때, 체자레는 랑게의 전통음식은 물론 그가 직접 고안해낸 음식을 배우러 알바레토로 다시 오라고 말했다. 그러나 개암 가지 속에 든 과자의 비밀은 그 혼자 간직할 것이라고 했다. "그 과자를 만들고 이틀 동안 잃았어요"라고 그는 내게 말했다.

다시 만난 체자레

체자레가 살고 있는, 외따로 떨어진 언덕 꼭대기를 다시 찾았을 때에는 봄이었다. 개암과 과일 나무들이 길을 따라 줄지어 꽃을 피웠으며 오래된 포도 덩굴이 듬성듬성 언덕을 덮고 있었다. 그러나 체자레는 부엌에 줄곧 머물렀고 나 역시 일주일 동안 머물면서 만든 음식을 먹기 위해 식당에 들어설 때만 빼고는 역시 부엌에 줄곧 머물렀다. 체자레의 어린 사촌 비앙카(그녀의 아버지 역시 유명한 송로버섯 사냥꾼이었다)는 영어가 유창해서, 함께 다니며 내가 혼란스러워하거나 체자레가 랑게 사투리를 쓸 때 통역해주었다. 술을 많이 마시면 체자레는 알듯 말듯 "나는 프로방스 사람이에요"라고 말했다. 그는 영어라면 한 마디라도 배우고 싶지 않다고 했다.

체자레는 첫 날 아침을 직접 키우는 암탉과 음식점 뒤에서 사는 거위의 알을 모으는 것으로 시작했다. 부엌으로 돌아와서 계란 가운데 두 개가 빵, 밤과 타임 꿀, 실바나가 여름이 시작될 무렵 만들었던 신 체리 잼과 함께 내 아침 식탁에 올랐다. 다음 네 시간 동안, 체자레는 소용돌이 그 자체였다. 열네 명의 밀라노 부자들이 점심을 위해 알바레토로 차를 몰고 왔고 체자레는 혼자서 여섯 코스와 그에 따르는 국물이며 소스를 준비하고 도마, 냉장고, 화로에 놓인 냄비들 사이로 다급하게 움직였다. 손님들이 도착하기 전에 마지막으로 체자레가 했던 허드렛일은 '프레이다' 라는 이름의, 그가 키우는 네 마리의 개 가운데 하나를 위해 푸짐한 토마토소스 스파게티를 만드는 것이었다. 프레이다는 채식을 한다.

음식점이 쉬는 날 우리는 체자레의 란치아 자동차에 올라 열두 시간, 700킬로미터에 걸친 장보기 여행을 떠났다. 카파라테 형제와 그들의 올리브 압착기를 보기 위해 산을 타고 지중해의 제노바를 넘어 레코에 갔다. 체자레는 몬테카를로 쪽으로 해안에서 한 시간 떨어진 오넬리아에서 수확한 올리브를 그들에게 부친다. "그렇지 않으면 어떻게 올리브가 남쪽이나 스페인이 아닌 리구리아에서 난 것인지 알겠어요?" 라고 그는 물었다. 체자레는 버섯을 직접 말리고 바롤로 포도주로 직접 식초를 담그며, 부엌 문 바로 밖에서 세이즈와 로즈마리를 따서 쓰며, 살라미

salami, 코테치노cotechino, 코파copa(모두 이탈리아 햄의 한 종류─옮긴이)를 직접 만든다. 또 가끔 토끼와 피에몬테에만 있는 하얀 소과의, 송아지와 거세 수소 중간쯤의 동물인 '비텔로 알베세Vitello Albese'를 기르는 농부를 찾아간다.

겨울을 아르헨티나에서 보내는 밀라노 부자를 위해 여름 몇 주 동안 세자르가 음식을 해 주는 포르토피노에서 점심을 먹었다. 그리고 파르마의 프로슈토를 함께 파는 파르메산 치즈 상인으로부터 치즈를 사기 위해 들렀던 모네나 외곽 동네 아페니네스와 사수올로까지 갔다. "맛을 보면 언제 파르메잔 치즈가 만들어졌는지, 어디에서 풀을 뜯었는지도 알 수 있죠"라고 그는 설명했다. 나는 그럴 재간이 없다. 모데나에서 집으로 돌아오는 진 빠지는 고속도로 위에서 우리는 휴게소에 들렀고 나는 체자레에게 토티야 칩 한 봉지를 사줬다. 그는 엄청나게 좋아했다.

체자레와 지난 마지막 며칠 동안, 나는 그가 주방에서 무엇을, 어떻게 만드는지 두 눈을 부릅뜨고 지켜보았다. 매일 아침, 그는 맨 처음 아주 많은 피에몬테 요리의 바탕이 되는 진한 고기 국물인 '폰도 브루노fondo bruno'를 만들었다. 프랑스 요리에 쓰는 육수와 비교한다면 폰도 브루노는 묽고 옅었는데 체자레가 만드는 것은 겉을 지진 비텔로 알베세 고기에 로스마리와 야채를 더하지만, 다른 이탈리아 육수와는 달리 뼈는 넣지 않는다. "뼈는 개한테나 주는 것이지요"라고 그는 말했다. 국물이 두 시간 동안 부글부글 끓고 나면 체자레는 필요한 만큼 국자로 떠서 쓰고, 점심 시간이 다가오면 국물이 담긴 냄비를 겨우 끓을 만큼만 열이 있는 화로의 뒤쪽으로 밀어놓는다.

체자레는 피에몬테 농부들의 만찬들로 황소, 수탉, 송아지, 혀, 코테치노 소시지, 송아지 머리 반 쪽을 세 냄비에 나눠 넣고 끓인 뒤 합치는 '그란 부이gran bui' 또는 '볼리토 미스토bolito misto', 리조토 몇 종류(피에몬테에서는 롬바르디보다 벼를 더 많이 기른다), 맛있는 애플 턴오버인 '파스타 스 폴리아', 이탈리안 퍼프 패스트리, 그의 개암 토르테(torte di nocciole, 토르테는 이탈리아의 케이크—옮긴이) 만드는 법을 나에게 가르쳐 주었다. 랑게 지방은 개암으로 유명한데, 풍미가 강하지만 쓰지 않고 효모를 써서 부풀린, 견과류 가득한 개암케이크의 재료이기도 하다. 체자레가 만드는 토르테는 커다란 과자처럼 파삭파삭하고 부드러우며 저녁 밥상에 올라가는 접시만하다.

체자레는 또한 피에몬테의 가장 유명한 디저트인 '자발리오네

zabaglione'의 대가이다. 자발리오네는 계란 노른자 거품에 설탕, 포도주를 넣어 만드는데, 체자레는 자발리오네를 만드는 데 대개 많이 쓰는 마르살라marsala 대신 오렌지 맛이 나는 지방의 달콤한 발포성 포도주인 모스카토 다스티moscato d'asti를 쓴다. 자발리오네는 17세기 토리노에서 교묘한 실수로 인해 비롯되었고, 그래서 패스트리의 수호성인인 '산 지오바니 베일론'의 이름을 따서 그 이름이 붙여졌다. 체자레는 자발리오네 만드는 기술을 가난한 신부 돈 카메라로부터 배웠는데, 그는 아주 작은 교회로부터 지원을 받았지만 천상의 '자바요네(zabajone, 랑게식 이름)'를 만들었다. 체자레가 말해주었는데, 비밀은 뱅-마리(bain-marie, 물중탕이라는 뜻의 프랑스 용어―옮긴이)가 아닌 센 불 위에서 홀수 개의 계란 노른자를 거품 내는 것이었다(모든 요리책에서 말하는 것과는 반대인 셈이다). 오직 산 지오바니만 그 이유를 알겠지만, 어쨌거나 그 방법이 먹힌다.

스무 가지 재료를 가지고 체자레의 걸작인 프리토 미스토를 만들 시간은 없었지만, 그는 네 가지 서로 다른 '바냐 카우다bagna caôda' 만드는 법을 가르쳐 주었다. 그 가운데 세 가지는 바롤로(아니면 아주 오래 묵은 바르바레스코)를 많이 넣는데, 그 조리법을 물려 준 사람이 언제나 취해있던 여든 살 먹은 노인네였기 때문이다. 바냐 카우다는 날 야채를 위한 뜨거운 피에몬테의 소스로, 대개 버터, 올리브기름, 앤초비로 만드는데, 기름과 버터는 피에몬테에서만 함께 쓰인다. 이 소스는 천천히 거품을 내며 끓도록 풍로가 달린 식탁용 냄비나 초로 데우는 1인용 사기 보온기에 나오고, 카르둔(cardoon, 아티초크 무리의 식물―옮긴이), 피망, 샐러리, 양배추, 회향을 담가서 먹는데, 입으로 가는 동안 흘리지 않도록 빵을 밑에 받치고 난 뒤 그 빵도 먹는다.

체자레가 가장 좋아하는 바냐 카우다, 그가 여러 수프나 소스에 쓰는, 깊은 맛이 스며든 고기 국물인 폰도 부르노, 국물과 같은 소스로 피에몬테에서 여러 종류의 파스타에 넣는 소스인 수고 다로스토 의 조리법이 뒤따른다. 먼저 마침내 바로잡은, 타자린과 하얀 송로버섯의 훌륭한 조리법을 준비했다. 다른 파스타를 만드는 것보다 더 어렵지도 않고, 하얀 송로버섯을 즐기는 가장 훌륭한 방법인 타자린은 들렀던 거의 모든 음식점에서 매일 준비한다. 미국에서는 그 해 가장 처음 나온 하얀 송로버섯을 내놓는다고 자랑스러워하는, 가장 비싸며 잘난 체 하는 식당에서조차도 절대 찾지 못했다. 소스는 단순하고 자극이 적어서, 송로버섯의 가치를 떨어뜨리지 않는다.

타자린과 버터, 세이지, 하얀 송로버섯

하얀 송로버섯은 11월에서 1월 말 사이에 찾아볼 수 있다. 사기 전에 눌러 보고 냄새도 맡아보아야 한다. 싱싱한 송로버섯은 매우 단단하고 향기가 좋다. 스펀지 같은 송로버섯은 늙고 지쳐있을 것이다. 많은 송로버섯 광들은 큰 송로버섯이 작은 것보다 엄청나게 맛이 좋다고 한다. 강한 향이 맛을 보장하는 것은 아닌데,

만약 돈을 치르기 전에 맛을 볼 수 있게 해 주는 고급 식품 전문 판매점이 있다면 제보를 받고 싶다.

타자린은 가장 진하고 맛있는 탈리아리니 국수의 피에몬테 사투리로, 이탈리아 나머지 지역에서는 흰자까지 다 써서 만들지만 피에몬테에서는 노른자만으로 만든다(어떤 피에몬테 사람들은 노른자와 흰자를 포함한 계란을 섞기도 한다). 타자린은 정기적인 콜레스테롤 점검을 하기 전보다 후에 먹는 게 가장 좋다. 알바에서는 나무 봉으로 반죽을 민 다음 2센치미터 너비가 되도록 손으로 자른다. 말렸거나 그렇지 않거나, 미국의 파스타 식당에서는 비슷한 걸 먹어본 적이 없다. 피에몬테 사람들은 계란 노른자가 아니고 "붉은자"라고 일컫는데, 그 지역의 계란 노른자는 오렌지 색을 띤 빨간색이고 타자린은 진한 금색이기 때문이다. 그 밖의 지역에서 만들면 그보다는 옅은 색을 띨 것이다.

손으로 미는 국수는 일반적으로 세몰리나가 아닌, 표백하지 않은 흰 밀가루로 만드는데 글루텐 함량이 높은 세몰리나로 반죽을 만들면 손으로 국수를 밀기가 어렵기 때문이다. 여기에서 소개되는 방법은 파스타 제조기로 반죽을 얇게 펴고 칼로 잘라 국수를 만드는 것이다. 나는 그렇지 않지만 손으로 국수를 잘 민다면, 꼭 시도해보라. 국수가 더 가볍고 부드러울 것이다. 그러나 손으로 파스타를 미는 것이 파이 만들 때와는 다르다는 것을 기억해야 한다. 반죽은 얇은 판으로 만들 때에는 누르지 말고 반드시 잡아 늘려야 한다. 손으로 파스타를 미는데 그저 반죽을 누르기만 한다면, 기계를 쓰는 것이 나을지도 모르겠다. 플라스틱 틀이 딸려 있는 비싼 사각형의 전자 파스타 성형기는 아예 고려하지 않는 편이 낫다.

소스는 갈색이 날 때까지 끓인 버터와 세이지를 섞어 만드는데, 조리하지 않은 버터를 더해 신선한 맛을 불어넣어준다. 파르메잔 치즈와 고기 국물은 하얀 송로버섯의 맛을 한층 더 깊게 만들어 줄, 감칠맛 나는 바탕을 더해줄 수 있는 만큼만 쓴다. 만약 쉽게 치즈나 고기 국물의 맛을 느낄 수 있다면 너무 많이 넣은 것이다.

무표백 흰 밀가루 454g　**소금**　**왕 계란 노른자** 20개　**버터** 12큰술, 상온에서 부드럽게 녹인다　**세이지 잎** 12개(장식을 위해서 6~8개 더 준비한다), 굵게 다진다　**금방 간 하얀 후추**　**금방 간 파르메잔 치즈** 가득 채워서 1큰술　**고기 국물** 2큰술(체자레의 조리법을 위해 '폰도 브루노' 조리법 189쪽 참조)　**하얀 송로버섯** 56g

밀가루를 1컵만 빼고 조리대에 올려놓고(내가 처음 시도했을 때 겪은 재난이 걱정된다면 넓고 얕은 사발을 쓴다), 소금 1/2큰술을 솔솔 뿌린 뒤 가운데를 옴폭하게 파내고 계란 노른자를 쏟아 붓는다. 노른자를 포크로 천천히 저어 둘러싸고 있는 밀가루와 섞는다. 끈적끈적한 반죽 덩어리가 될 때까지 계속한다. 남겨둔 밀가루 한 컵으로 손과 조리대에 밀가루를 두껍게 입혀 손으로 반죽하며, 필요할 때마다 밀가루를 더해서 반죽이 손에 붙지 않는 매끄럽고 부드러운 공이 될 때까지 계속한다. 행주로 덮어서 30분 동안 반죽이 쉴 수 있도록 내버려둔다. 반죽이 공처럼 될 때까지 푸드프로세서에 돌리고 마지막에만 손으로 반죽할 수도 있다.

반죽을 대강 6등분해서 각각을 밀대가 달린 파스타 제조기의 가장 넓은 폭에 맞춰 여덟, 아홉 번 정도 미는데, 한 번 밀 때마다 반죽을 포개고 방향을 90도 돌려준다. 각각의 반죽을 밀대의 폭을 점점 더 좁혀가며 밀어 얇게 만드는데, 보통의 파스타보다는 두꺼울 때까지만 밀고(대개 '5번' 정도의 폭까지만 밀면 된다[파스타 밀대는 숫자에 맞춰 밀대 사이의 폭을 조절해 두께를 조절할 수 있도록 되어 있다—옮긴이]), 길이는 50cm 정도가 되어야 한다. 얇게 민 반죽을 가볍게 밀가루를 뿌려 둔 면에 평평하게 올려 놓고, 약간의 밀가루를 위에 뿌린 다음 반죽의 표면이 굳어 깨지기 전까지만 말린다. 통틀어 15~30분 정도 걸릴 것이다.

얇게 민 반죽을 한 번에 한 장씩 들어, 길이가 7.5cm가 될 때까지 접기를 되풀이한다. 이가 없고 날이 평평한 칼로 깔쭉깔쭉한 가장자리를 다듬어내고, 1cm 넓이의 긴 띠로 자른다. 다른 반죽에 같은 과정을 반복하는 동안 자른 국수를 펼쳐 말린다. 계속 말리고 싶다면 반나절까지 가능하다.

저녁 시간 바로 전에, 뚜껑이 있는 냄비에 6리터의 찬물을 넣어 센불에 올린다. 8큰술(미국 기준으로 1/4파운드 막대기 1개—옮긴이)의 버터를 작은 스킬렛에 담아 중불에 녹이고, 지글거리기를 멈추면 불을 '약'으로 낮추고 다진 세이지를 더한다. 버터에 갈색이 돌고 세이지의 향이 깃들도록 20분 동안 둔다. 세이지를 걸러낸다. 1작은술의 소금을 더하고 하얀 후추를 세네 번 정도 갈아 넣는다. 파르메잔 치즈와 고기 국물을 더한 뒤 따뜻하게 둔다. 열에 깨지지 않는 큰 그릇과 파스타 접시를 낮은 오븐의 온도에 넣어 덥힌다.

물이 끓으면 소금 4큰술을 넣고 물이 다시 끓도록 둔다. 국수를 한 번에 더하고 물이 다시 또 끓을 때까지 저어준다. 국수의 질긴 식감은 가시지만 씹는 맛이 있을 정도까지, 길게는 5분 동안 팔팔 끓이는데 이 끓이는 시간은 삶은 뒤 얼마나 오랫동안 물기를 빼느냐에 달렸다. 2분이 지난 다음 매 30초마다 국수를 건져서 먹어보아 얼마나 익었는지 살핀다.

파스타의 물기를 잘 빼고, 미리 데워둔 큰 주발에 담는다. 소스를 끼얹고 섞어준다. 남은, 상온에 두어 부드러워진 버터 4큰술을 작은 조각으로 잘라 파스타에 넣고 다시 잘 섞어준다. 6~8등분해서 따뜻한 접시에 담고 세이지 이파리로 장식한 다음 송로버섯을 버섯강판이나 4면 야채강판의 넓은 날로 잽싸게 저며 얹는다.

체자레가 가장 좋아하는 바냐 카우다

피에몬테에서 가장 잘 알려진 소스는 식탁에서 계속 거품을 내며 끓고, 야채를 찍어먹는 데 쓰인다. 피에몬테의 많은 식당에서는 바냐 카우다를 숟가락으로 떠, 넓고 긴 띠처럼 잘라 굽고 껍질을 벗긴 빨갛고 노란 피망 위에 끼얹어 준다.

큰 마늘 한 통(약 80g)을 손질한다. 껍데기를 벗기고 다듬어, 가로로 0.3cm 두께로 썬다. 작은 소스팬에 한 컵의 바롤로를 끓여, 마늘을 더하고 2분간 약한 불에서 보글보글 끓인다. 40g의 안초비(8~10마리)와 엑스트라 버진 올리브기름을 더하고, 잠시 보글보글 끓인다. 버터 네 큰술을 더하고 천천히 약한 불에서 앤초비가 녹을 때까지, 45분 동안 보글보글 끓인다. 이 조리법을 따르면 바냐 카우다를 미리 만들 수 있지만, 냉장고에는 넣지 않고, 식탁에서 다시 데우면 된다.

체자레는 우유 한 컵에 마늘을 넣고 약한 불에서 2분간 끓여, 바롤로, 앤초비, 버터를 더하기 전에 우유를 걸러 버려서 조금 더 부드러운 맛의 소스를 만든다. 이 소스는 데이 카치아토리 특제이다.

수고 다로스토

(탈리아리니나 아뇨로티, 그 밖의 다른 파스타를 위한 세이지와 고기 소스)
여섯 사람 몫

스킬렛에 버터 1큰술을 녹여, 말리지 않은 바질 이파리 큰 것
여섯 장과 껍질을 벗긴 마늘을 넣고 중불에서 버터에 연한 갈색
이 돌 때까지 끓인다. 마늘을 골라낸 뒤, 한 컵 반의 고기 국물을
넣고 잠시 보글보글 끓인 다음 불에서 내린다. 여섯 명을 위해 충
분한 양의 파스타를(가벼운 전채로는 340~454g)충분한 양의 끓는,
소금을 친 물에 '알 덴테'가 될 때까지만 삶는다(소스에서 더 익을
것이다). 소스를 다시 끓여, 파스타와 간 파르메잔 치즈(아주 가볍
게 담은 1컵)를 더해 3~4분 간 더 조리하고, 치즈가 녹고 파스타가
뜨거워질 때까지 잘 저어준다. 파스타를 따뜻한 접시 여섯 점에
같은 양으로 나눠 담고 약간의 파르메잔 치즈를 더 갈아서 얹은
뒤(원한다면 접시 테두리에도 얹는다) 먹는다

폰도 브루노

(피에몬테의 고기 국물) 3리터분

체자레는 피에몬테에만 있는 하얀 소과의, 송아지와 거세 숫소

중간쯤의 동물인 비텔로 알베세Vitello Albese의 장미색을 띤 가슴살로 국물을 낸다. 이 깊은 맛이 든 국물은 푸근한 맛의 이탈리아 수프라면 어떤 것의 바탕으로 쓸 수 있고, 바로 위의 수고 다로스토에서는 빼놓을 수 없는 재료이다. 또한 갈색 버터 소스와 세이지 소스, 하얀 송로버섯의 타자린에는 감칠맛 나는 바탕을 더해준다.

엑스트라 버진 올리브기름　**비텔로 알베세** 또는 **쇠고기 양지** 1,150g, 7.5cm 길이로 깍둑썰기한다　**말리지 않은 로즈마리 가지** 각 15cm 길이　**샐러리** 1대　**마늘** 한 쪽, 껍질을 벗겨서 준비한다　**양파** 1개, 지름이 7.5~10cm인 것으로 8등분　**소금** 2큰술　**익은 토마토** 작은 것으로 두 개, 꼭지를 따내고 씨를 빼서 준비한다　**물** 3.5리터

9~12리터들이 넓은 팬을 센 불에 올려, 바닥에 올리브기름을 입히고 고기의 모든 면을 갈색이 돌 때까지 지지는데, 육즙이 탈 것 같으면 불을 줄인다. 고기의 한쪽 면을 지진 다음 로즈마리, 샐러리, 마늘, 양파, 소금을 넣기 시작하는데, 한 가지를 넣고 30초 동안 기다려가면서 고기를 계속 지진다. 고기즙이 팬의 바닥에 캐러멜화 되기 시작할 때, 토마토를 더한다.

　고기를 다 지졌으면 물을 더한다. 끓으면 불을 낮추고 표면에 생기는 하얀 거품을 걷어낸다. 뚜껑을 살짝 열어둔 채 덮어놓고 때때로 거품을 걷어낸다. 국물만 빼고 나머지는 걸러낸다. 그 날 음식 만

들 때 쓰지 않는 국물은 냉장고에 넣어둔다. 쓰기 15분 전에 끓이면
사나흘은 간다.

교토의
음식 문화

교토에서의 마지막 여정

'다카쿠라 도리'와 '시조 도리'가 만나는 모퉁이에 서서 신호등이 바뀌기를 기다리고 있었다. 그 때, 여기라면 영원히 머물며 먹을 수 있을 거라는 생각이 들었다.

나는 전 세계를 통틀어 내가 가장 좋아하는 도시인 교토 시내에 있었다. 누군가 "일본혼의 고향"이라고 묘사한 것처럼 11세기 동안 일본의 수도였고 전통 미술, 공예, 문학의 탄생지이며 이 모든 것들보다 더 중요한, 가장 다듬어지고, 절제되고, 또 우아한 요리의 원천지이다. 오사카 근처에 사는 내 친구들만이 그 동네 음식이 더 낫다고 생각한다.

여정의 마지막 몇 시간이 남았을 때 다카시야마와 교토에 도착해서 다이마루 백화점에 갔다. 일본의 좋은 백화점들은 온 나라에 걸쳐, 지하층 전체를 유럽의 훌륭한 식료품점과 맞설 수 있도록 만드는데 힘을 쏟는다. 우아하게 포장된 일본의 단 사탕이며 과자들과 유명 상표의 초콜릿이 있고, 포장된 중국음식과 밀라노에서 들여온 식품도 있었다. 자메이카의 블루마운틴 커피는 100g에 11달러에 팔리고 있었으며 멜론은 개당 75달러였다. 또한 뮌헨에서 들여온 햄 등의 고기가공품도 있었다. 다이마루의 자랑은 폴 보퀴스가 운영하는 카페와 제과점으로, 프랑스식 아침식사의 플라스틱 모형과 가게 안 어딘가에서 열심히 빵을 만들고 있는 제빵사들의 모습을 실시간으로 보여주는 텔레비전 화면까지 갖추었다.

그러나 나는 먹고 돌아다니는 데 지쳤고, 대부분의 서양 음식에 대한 흥미를 잃었다. 내 직업을 생각해볼 때 잠재적으로 위태로운 상황이다. 집에 돌아가면 뭘 먹고 살지 궁금해졌다. 교토 요리를 하루 세 끼 먹지 못하면 만족할 수 있을까? 시즈오 츠지씨와 나카타씨의 국을 탓하는 수밖에 없었다.

그래서 니시키코지에 안녕을 고하기 위해 두 블록을 걸어 갔다. 이 중세 시장의 거리는 400미터 길이로 빨갛고, 파랗고, 노란색의 차양이 드리워진 지붕으로 덮여 있으며, 날 것이나 조리한 음식, 해조류와 쌀, 모든 종류의 두부, 갓 볶은 티, 회칼, 위스키, 절인 야채가 있었다. 생선이라면 웬만한 크기의 바다보다 더 골고루 갖추고 있어서 수백 종류가 상자와 어항에 있었고, 절이거나 말리고 염장한 고기도 통이나 쟁반에 담겨 있었다. 탄불에 울려 굽거나 튀기고, 스시로 만들어 파는 생선도 있다. 음식점의 조리사들은 이른 아침에 재료를 이 곳에 들러 사고, 오후에는 주부와 할머니들이 저녁을 위해 앞다투어 장을 본다.

맛의 천국, 교토

교토에 도착하기 2주 전, 아내와 나는 호화로운 유람선을 타고 오키나와에서 규슈섬을 지나 히로시마와 오사카의 근해까지, 일본의 남반부를 돌았다. 그 대가로 아내는 일본 미술에 대한 강의를 여섯 번 하고, 또한 배의 음식이 먹을만한 것처럼 연기했다. 내 임무는 툴툴거리는 배우자 역할이었는데 내 천성에 너무나 생소한 역할이어서 익숙해지는 데 한 시간이나 걸렸다. 바다의 변덕스러움이 예상하지 못했던 동해로부터의 태풍과 함께 생소한 역할을 하는데 도움을 주었는데, 태풍은 우리가 타고 있던 배를 마치 가마솥의 끓는 기름에 떠 다니는 튀김 조각인 것처럼 며칠 동안 들었다 놓았다 했다. 그러나 태풍이 지나가고 나서는 엔진이 자비롭게도 멈출 때마다 배를 떠나, 모험심 가득한 동승자 몇 명의 모임과 함께 일본의 지역 요리를 맛보았다.

여행 내내 준 키노시타와 니콜라스 팔레브스키의 책 『일본에 이르는 길』(고단샤, 1990년)을 가지고 다녔다. 이 책은 역사, 문화, 물건 사기, 관광, 음식, 숙박에 대해 놀라울 정도로 실용적인 안내서이다. 문장은 간결하고 재치 넘치며 지은이는 지하철 노선도부터 "난이도별"로 분류한 도쿄의 환락업소까지, 모든 정보를 책에서 다루었다. 이 책은 그저 일본만이 아닌, 여태껏 여행한 어느 나라를 위한 안내서들 가운데에서도 가장 뛰어나다. 그리고 개인적으로 추천 받은 정보가 없는 지방 도시를 위한 음식점 추천은 진지하게 따를만한 가치가 있었다.

나는 도쿄 YMCA가 편저해서 펴낸 『일본의 예절』(터틀 출판사)을 읽는 것으로 일본을 배웠는데 절은 세 가지 다른 방법으로 하고, 국은 한 가지 방법으로 먹는다고 한다. 먼저 반구형의 국그릇 뚜껑을 오른손으로 열어 쟁반이나 접시에 뒤집어서 놓고, 그릇을 오른손으로 들어서 왼손 바닥 위에 올려놓고, 국물을 마신다. 그리고 오른손으로 젓가락을 집어 왼손으로 가지런히 한 뒤, 건더기를 먹는다. 그 다음 먼저 밥을 먹고 나서야 나머지를 먹고 싶은 대로 먹을 수 있다. 그러나 국을 다 먹을 때까지는 야채절임에 젓가락을 대서는 안 된다.

처음 이 국 먹는 예절을 시험해보았을 때, 운명은 재빨리 나를 YMCA가 짜놓은 각본 바깥으로 몰고 갔다. 국그릇 뚜껑을 들어올리려고 했을 때 국그릇이 통째로 딸려 올라왔기 때문이다. 이런 경우에 대해 아예 못 들어보았던 것은 아니다. 젓가락을 가지런히 하는데 시간을 너무 많이 보내면 국이 식고 국그릇 안쪽은 진공상태가 된다. 그래서 나는 국그릇을 한 손으로 꽉 움켜쥐고 다른 손으로 뚜껑을 열려고 했다. 실패하고 나서는 뚜껑이 튀어나오리라고 생각하고 양 손으로 국그릇(옻칠된 나무는 연하다)을 눌렀다. 그리고는 아무도 알아차리지 못하기를 기도하며 힘을 더 주기 위해 팔을 구부려 관절 사이에 끼고 왼손으로 뚜껑을 비틀었다. 마침내 국그릇을 무릎 사이에 끼고 양 손으로 비틀어 열었다. 그제서야 뚜껑이 열렸으나 내 손에서 미끄러져 뒤집혀서는 국그릇에 빠졌고, 걸쭉한 하얀색의 국이 튀겨 다다미 장판, 빛나는 탁자, 꽃꽂이, 나 자신에게 동심원을 그렸다. 일본식 예절에 관한 책을 치워버리고 그때부터 그 나라의 예절이라고는 모르는, 실수 연발의 서양사람 노릇을 했다. 그저 사람들의 기분을 상하게 하지 않으려고 애썼다.

사람들은 파리에서 맛 없는 음식을 먹는 건 불가능하다고 말한다. 그건 사실이 아니다. 그러나 겪어보니 정말 일본에서는 진짜 맛 없는 음식을 찾을 수 없었다. (먹어보지 않고서도 그저 그럴 것이라고 알 수 있는 서양 음식은 꽤 많이 찾았다.) 국수가게에 가서 6달러만 내면 배부르고 맛있게 먹을 수 있으며 20달러를 쓰면 꼬치구이를 먹을 수 있고, 60달러면 지방 도시의 멋진 음식점의 개인룸에서 일곱 가지 코스 요리를 먹을 수 있으며 400달러에는 세상에서 가장 비싼 음식점에서 가장 잘 다듬어진 교토의 가이세키 연회를 맛볼 수 있다. 차림과 재료, 예술적인 완성도는 다를 수 있지만 재료의 싱싱함에 대한 배려와 최고의 솜씨를 보여주려는 노력은 어디나 비슷했다.

해변과 열대 기후로 인해 일본의 하와이라고 알려진 오키나와 섬의 나하에서는 진한 맛의 소스와 돼지고기, 땅콩을 아낌없이 써 바삭바삭한 일본식의 채썬 돼지 귀와 오이 요리나, 땅콩 두부, 맛있는 돼지 양으로 끓인 국 등, 중국 요리의 영향을 맛볼 수 있다. 규슈섬의 가고시마는 나폴리에 한 번도 가본 적이 없는 사람들이 일본의 나폴리라고 일컫는 곳인데, 거기에서는 겨자장을 곁들인 맛있는 정어리 회, 날 닭가슴살과 모래주머니를 먹었다. 닭모래주머니는 얇게 썰어서 멋있게 펼쳐 접시에 담아놓았는데, 무슨 맛인지 알 수가 없었고, 너무 쫄깃거려서 삼킬 수가 없었다. 적어도 일본에는 살모넬라균을 주의하라는 표지가 없었다.

히로시마는 여러 가지 가운데, 굴과 만년 꼴찌 야구팀인 카프스로 잘 알려져 있다. 평화기념공원 언저리의 모토야스 강에 닻을 내리고 있는, 짐 나르는 배를 개조한 '가키푸네 가나와'에서는 열 가지의 다른 방법으로 굴을 내놓는다. 우리의 굴 만찬에는, 껍데기 반쪽에 담겨 있는, 크고 얼음장처럼 차가운 날 굴, 꼬치에 꿰어 구운 굴, 바삭바삭하고 즙이 흐르는 굴튀김, 소금더미에 얹어 껍질째 구운 굴, 컵에 식초와 간장을 담아 날로 재운 굴(가장 맛있었다), 일본 된장 국물에 끓인 굴,팬에 지지고 다져서 밥과 함께 섞어서 대강 굴 리조토라고 부르는 음식까지 전부 일곱 가지의 굴 요리를 맛볼 수 있었다. 우아한 공원을 가로질러 가키쿠네 카나와에서 800미터 강기슭으로 거슬러 올라가면, 완전히 다시 지은 도시에 예외로 남아있는 전쟁 전 구조물이 있다. 1945년 8월 6일, 핵폭탄이 떨어졌던 자리에 있던 건물이다.

교토에 도착하기 전에 먹었던 음식들이 미국에서 접했던 대부분의 일본 음식보다 낫다면, 그 월등함은 종류보다 정도의 문제였다. 해산물은 어디를 가나 신선했고 그 풍미는 눈에 띄게 깨끗했으며, 양념과 향신료는 미국의 일본음식에서 맛볼 수 있는 것보다 더 섬세하고 생생했다. 그러나 일본에서의 처음 2주 동안, 뉴욕이나 로스앤젤레스에서 일본 음식을 먹고 난 뒤에 그랬던 것처럼 나는 여전히 햄버거와 프렌치 프라이, 저녁 먹고 난 뒤의 밀키웨이를 그리워했다. 그러나 교토는 그 모든 것을 바꿔 놓았다.

교토 음식 문화의 정수

교토에 다다랐을 때는 5월이었다. 다이가 한창이었고 기모네도 잘 자라고 있었으며 타케노코는 교토 언저리의 숲에서 땅을 뚫고 올라오고 있었다. 다이는 도미로, 단단하고 기름기가 적은 하얀 살을 가졌는데 다른 바다에 사는 어느 도미와도 달랐다. 날것인 채로 얇게 저미면 훌륭한 횟감(5월이면 종종 2.5cm 길이에 노란 꽃이 여전히 달린 오이로 장식한다)이 된다. 이 다이 한 조각으로 긴 알갱이의 쌀로 만든 스시를 감싼 뒤 대나무 잎사귀로 묶으면, 치마키가 된다. 5월은 또한 정어리, 카레이 넙치, 전갱이, 바다송어를 먹는 달이다. 서양인들은 굴이 차가운 계절의 달에 맛있다는 것만 알지만, 일본의 조리사들은 백 가지 생선을 먹기에 딱 좋은 시기를 안다.

기모네는 밝은 녹색의, 새로 돋아난 산초나무 열매의 이파리로 일본 조리사들이 가장 좋아하는 향신료이다. 날 것으로 쓰는데 내 생각에는 일본 아닌 어느 곳에서도 먹지 않는다. 교토에서는 매끼니 마다 고사리처럼 생긴, 작은 기모네의 싹을 볼 수 있었다. 가볍고 박하향이 난다고 하는데, 그 훌륭한 톡 쏘는 맛에 나는 또한 레몬 껍질이나 고수를 떠올렸다. 교토에 가기 몇 주 전만 해도 기모네는 작고 아무런 맛이 없었는데, 또 몇 주만 지나도 거칠고 쓴 맛을 지니게 된다. 교토에 있는 동안 봄이 여름으로 접어들면서 기모네 철이 지나갔고, 이파리가 매일매일 자라는 것을 느꼈다.

다케노코는 죽순이다. 살면서 내내 미국의 아시아 식료품 가게에서 파는 세로로 쭉쭉 찢어지는 결을 가진, 질기고 쓴 깡통 죽순을 피하면서 대체 왜 사람들이 땅으로 솟아 나오기 바로 전의 대나무 끝을 잘라서 나무껍질 같은 겉을 벗겨내고 그 연한 금색의 속을 먹는지 이해하지 못했다. 이제 처음으로 교토의 긴수이테이라는, 호수에 그늘을 드리우는 초 가지붕으로 된 음식점에서 달고 아삭거리며 또한 부드러운, 날 죽순으로 만든 여러 가지 음식의 점심 코스를 먹게 되었다. 식단은 죽순 대나무 꼬치, 해초와 함께 버무린 채썬 죽순, 간장 바탕의 양념장을 곁들인 죽순 회, 죽순을 띄운 국, 죽순탕, 튀김, 마지막으로 밥에 얹은 다진 죽순으로 이루어졌다. 나무랄 데 없는 제철 음식의 흠이라면, 그 순간이 다가올 때까지 일 년 내내 기다린 다음 그것만 계속 먹게 되는 것이 아닐까 싶다.

교토는 가이세키 요리의 본고장으로, 일본 요리 가운데 가장 다듬어지고 아름다운 종류일 것이다. 가이세키는 격식을 차린 고급 요리로, 아홉 또는 그 이상의 코스가 골동품 도기나 옻그릇에 담겨 나오고, 대개 작은 개인룸에서 이루어진다. 가이세키는 오감에 호소하는 요리로, 제철의 재료가 가장 싱싱할 때만 쓰인다.

친구 순자가 고베에서 교토로 여행 와서 잘 알려진 음식점인 효테이의 가이세키 점심에 우리를 데려갔다. 효테이는 다섯 채의 다도실이 작은 연못 주위로 수풀이 우거진 정원의 대나무 보도에 연결되어 있다. 우리가 문에 다다랐을 때에는 비가 내리고 있었는데, 가볍고 넓은 대나무 바구니를 받아 320년 묵은 다도실로 이르는 60미터의 보도를 걸을 때 머리 위에 썼다. 일본 그림의 등장인물이 된 것 같은 느낌이었다.

다도실 내부에는, 벽 안쪽으로 파인 좁은 방에 걸린 두루마리와 자주색 백합과 식사 내내 선보인 도자기와 옻그릇의 무늬가 늦은 봄의 분위기를 자아내고 있었다. 우리는 풀을 엮어 만든, 어느 부분은 싱싱하고 파랗지만 또 다른 부분은 마르고 갈라진 다다미 바닥에 앉았다. 종이를 바른 창은 정원으로 열려 있었고, 비는 초가 지붕으로 투두둑, 떨어졌다.

작은 나무상이 각자의 앞에 놓였고, 두 시간 동안 옻칠한 접시에 담긴 음식접시들이 전부 일곱 가지로 된 코스로 들어왔는데 전채부터 회, 국, 구운 음식에서 찌고 끓이고 튀긴 음식까지 포함한, 전통적인 절차를 느슨하게 따른 것이었다. 작은 고기를 단맛 나게 캐러멜화한 요리부터 시작해서, 얇게 저미고 작은 오이로 장식한 다이 회, 하얀 일본 된장국, 그리고 교토 북쪽인 '미도로카 이케'처럼 깊고 깨끗하며 오래 된 연못의 바닥에서만 자라는 식물인 '준사이 순채(蓴菜)'로 둘러싸인 깨두부를 먹었다. 늦은 봄, 준사이의 덜 자란 파란 싹은 젤라틴질의 덮개로 둘러싸여 식감 때문에 음식 재료가 된다.

그 다음 쟁반은 작은 사각형 접시에 세 알의 깍지 벗긴 누에콩, 반으로 가른 계란(신기하게도 흰자는 완전히 익었으나 노른자는 흐르는 상태였다), 엷은 자주색에서 흰색이 깃든 어린 생강싹, 둥근 접시의 두부 계란 부침, 치마키 두 개, 다이 회와 대나무 잎으로 꼭 묶은 장어였다. 쟁반 계절을 일깨워 주기 위해서였는지 파랗고 작은 단풍잎 두 개로 장식되어 있었다.

맑은 장국에서 우리는 유바(두꺼운 두부 껍질)에 싸인 새우, 깍지째로 먹을 수 있을만큼 덜 자란 완두콩, 목이버섯, 그리고 백합 뿌리를 찾았다. 스즈키(농어)가 뒤를 이었는데, 맛있게 팬에 튀겨서 빛나는, 그리고 적당한 단맛의 데리야키 소스를 발랐으며 산초나무 꽃으로 장식했다.

그리고는 밥과 야채, 또 다른 국이 나왔는데 이번 국은 밝은 녹색과 하얀색을 띠는 야채와 전복이 네모로 틀을 짠 생선살 안에 든 것이었다. 쓴 녹차가 멜론 조각과 함께 나오고는 연한 갈색의 일본 단 과자가 나왔는데, 그 동안 먹어보았던 어떤 일본 단과자의 맛과도 비교할 수가 없었다. 그리고 멜론은 멜론의 신과 같았다. 칸타루프의 겉껍질에 허니듀만한 크기였고 향과 달콤함은 허니서클과도 같았다.

전통 음식 문화

내가 이 시와 같은 느낌의 음식을 얼마나 오랫동안 알아차리지 못하고 지나쳐 보냈을까 생각하니 부끄러워졌다. 그러나 무지는 그 나름의 보답을 가지고 있다. 일본의 식도락가들은 그 재료와 식감에서 언제나 신비하고 이국적인 느낌을 찾았다. 다이안 더스톤이 꼭 한 번쯤 읽어봐야 하는 책 『옛 교토』(고단샤, 1986년)에서 말한 것처럼, 에도막부의 쇼군과 부유한 상인들은 방금 저녁으로 먹은 것이 무엇인지 맞추는 놀이를 하곤 했다. 무엇인지 모르는 채로 먹는 음식처럼 제대로 일본다운 것을 알 수 있을까?

전통적인 일본음식 조리사들은 일련의 지나칠 정도인 제약 아래에서 음식을 만든다. 오직 가장 제철인 재료로만 음식을 만들어야 한다는 고집은 언제나 가능성의 3/4를 없애버린다. 그리고 싱싱함에 대한 염려 때문에 다른 지방에서 구할 수 있는 재료 역시 쓰지 못한다. 조리법은 네다섯 가지 재료만 포함해야 하는데, 나는 스무 가지 재료를 필요로 하는 프랑스식 소스를 만든 적도 있다. 일본의 맛은 다른 하나를 보충하거나 보조 맞춰주는 식이라고 생각하는데, 반면 서양 음식의 맛은 섞여 조화를 이루는 데에 필요하다. 그러나 교토에서 음식을 먹기 시작하고 일주일이 지나면, 어떤 한계도 깨닫지 못하게 된다. 입맛은 더 이상 강하고 복잡한 서양 음식을 찾지 않게 되는데, 마치 눈이 일본 전통 가옥의 연한 색채에 적응되는 것 같다.

일본은 6세기에, 과일과 야채가 넘쳐나 살생하지 않고도 살기 쉬운 아시아 대륙에서 불교를 들여왔다. 그러나 상대적으로 짧은 경작기간에 땅마저 마땅치 않은 환경 때문에, 일본 사람들은 조리를 위해 풍부함보다 다양함과 독창성에 더 기대게 되었다. 일본에 와서 먹게 된 대부분의 음식은 상대적으로 신출내기다. 포르투갈 선교사들이 16세기 말에 어떻게 튀김을 하는지 가르쳐 주었는데(매운 빨간 고추 역시 들여왔다), 배워서 재창조하는데 능한 일본 조리사들은 세계에서 튀김을 가장 잘해서 비교할 수 없을 만큼 가볍고, 바삭바삭하며 투명한 '뎀푸라'를 창조했다. 가장 친숙한 형태의 스시—저민 날생선을 한입크기로 뭉쳐 만든, 초에 버무린 밤에 올려놓고 '니기리스시'라고 부르는—은 1818년까지 고안되지 않았다. 일본의 속인들은 생명을 죽이지 말라는 계율을 네 발 달린 동물에만 적용해서 생선과 조류는 먹었다. 그러나 소, 양, 돼지, 그리고 염소는 메이지 천황이 불교의 계율이 비이성적이라고 선포했던 1873년까지 금기였다. 스키야키는 20세기에 모습을 드러냈고, 샤부샤부는 세계 제2차 대전 이후로 몽골리안 '훠궈'를 즐겼던 교토의 조리사에 의해 고안되었다고 읽은 적이 있다. 물론, 튀김은 오직 가이세키 요리에만 속한다. 300년은 일본에서조차도 무엇인가가 전통으로 자리 잡는데 충분한 시간이다.

네 가지의 기본적인 날 재료 쌀, 대두, '다시', 생선은 모든 일본 요리의 기초가 된다. 쌀은 끓이거나 쪄서 모든 끼니에 먹고 절대 볶지 않으며 청주, 미림, 식초의 원료로도 쓰고 그 겨는 야채를 절이는데 쓴다. 대두는 많은 종류의 간장과 두부가 된다. 다시는 커다란 다시마와 말린 정어리를 써서 끓인 단순하고 섬세한 국물이다. 거의 모든 국의 바탕이 되며, 닭고기 국물은 닭을 국의 주재료로 쓰고 그 건더기를 먹을 때에만 낸다. 모든 일본 음식과 양념장은 간장, 다시, 아니면 그 둘 모두로 맛을 낸다.

일본에 오기 전, 유명한 조리사인 신조 츠지씨를 만나는 자리를 가졌었다. 그는 오사카에서 가장 크고 중요한 호텔 학교인 츠지 호텔 기술학교도 꾸려 나가고 있다. (그는 리용에 프랑스 요리를 깊이 배우려는 학생들을 위해 호텔 학교의 분원을 차렸으며, 일본어 한정판으로 내놓은 프랑스 요리 백과도 썼다.) 그의 『일본 요리: 단순한 예술』(고단샤, 1980)은 영어로 출판된 세계 어느 나라의 요리책보다도 뛰어나, 겉치레의 느낌이 없고 명료한 에세이와, 재료의 설명, 기술, 선으로만 이루어진 삽화, 조리법 220점을 담고 있다.

가혹하고 좀스러운 항공사의 규제 때문에 츠지씨를 만나지 못했지만, 고토에 도착하자마자 우리는 그의 보호와 감독아래에 있는 느낌이었다. 그는 다양한 음식점을 추천했고, 그 중 한 군데에 전화를 걸어 저녁 식사를 주문해주었다. 그리고 교토에서 떠날 무렵 그의 참모인 가츠오 나카무라와 일본 요리 교수인 가즈키 콘도씨를 파견했고, 콘도씨는 우리를 치하나(천 송이 꽃)라는 이름의 음식점으로 데려갔다.

치하나는 백단나무 조리대와 다양한 종류의 매끈매끈하고 금발머리의 색깔을 닮은 나무로 만든 두 개의 식탁이 있는 작은 음식점이었고, 75세의 주방장이자 주인인 나가타 씨에 의해 운영되고 있었다. 음식은 가이세키 연회 같았으나 교토에서 인기 있는, 엇갈리는 방식으로 손님에게 대접되었다. 손님이 조리대에 앉으면 나가타씨와 그의 큰아들이 음식을 준비되는 대로 건네주며, 조심스레 그 반응을 곁눈질로 지켜본다. 첫 번째로는 작은 전채가 연달아 나오는데, 작은 첩에 담긴 다시, 간장, 식초로 섬세하게 맛을 낸 젤라틴질의 준사이가 나왔고(처음으로 준사이를 먹는 의미를 알게 되었다), 통통하게 살이 오른 날 조개와 해초, 여태껏 먹어본 것 중 가장 부드러운, 다시와 간장, 사케에 세 시간 동안 끓여 차게 식힌 문어, 매실('우메'는 자두라고 불리고 있었지만 사실은 살구이다)과 간장, 소금의 양념장과 함께 소금에 구운 바다송어가 나왔고, 살짝 익힌 누에콩이 느슨하고 하얗게 네모진 '구름의 아이들'이라고 불리는 것과 함께 나왔다. 이것은 생선의 정자를 일컫는데, 대개 대구의 정자를 쓰지만 이번 식사에서는 도미의 것이었다. 맛은 담백하나 묘사하기 어려웠는데, 생선 같은 맛이 나지 않는다는 말은 할 수 있었다. 미국에 있는 작은 상가에서 '구름의 아이들'을 찾을 수 있을 것이라는 기대는 안 한다.

이제 맑은 장국과 회를 위한 순간이다. "일본 요리는 음식이 살고 죽는 여건에 의해 평가됩니다… 장국과 회는 아주 중요해서, 다른 음식들은 그저 장식에 불과하죠"라고 츠지 씨가 말했다. 생선은 조리사가 신선함과 제철의 완벽함에 높은 기준을 삼고 있는지 드러내 보인다. 그건 언제나 이해할 수 있었다. 그러나 맑은 장국 한 그릇이 복잡한 연회의 중심이라고? 뉴욕이나 로스앤젤레스의 일본 음식점에서라면 국은 아예 손도 안 대거나 마지못해 홀짝거리던 것이었다.

백단나무 조리대 너머에서 나가타씨는 뚜껑이 담긴 사발을 주며, "드셔도 좋습니다"라고 말했다. 깍듯한 일본말로부터 숨은 의미를 찾자면, "당장 먹지 않으면 음식을 망칠 것이다"라는 의미이다. 뚜껑을 열고 익숙하지만 강렬한 향이 가득한 증기의 구름에 정신을 잃었다. 잠깐 깍둑썰기한 두부, 표고버섯, 기모네를 국물에서 찾아내고는 마시기 시작했다. 기본적인 풍미는 어떤 음식에서든 맛보는 지극히 즐거운 순간인 '우마미', 또는 감칠맛, 충실한 맛, 입에 군침이 도는 맛의 일본식 개념을 요약해주었다. 우마미는 일본의 다섯 번째 미각(교과서는 네 가지 미각이 있다고 가르친다)이고, 말린 가다랑어, 다시마, 표고버섯이 농축된 양의 우마미를 제공한다.

오사카 공항으로 가는 길에, 츠지씨의 일본 요리: 단순한 예술을 한 권 더 사서 집으로 오는 길에 마치 공포소설이라도 되는 것처럼 손에서 떼지 않고 읽었다. 나가타씨의 장국에 대한 신비는 풀기 쉬웠다. "장국이 맛있다면, 그건 조리사가 모든 다른 음식들의 기본이 될 가다랑어 국물을 어떻게 조합했는지 안다는 걸 증명하는 것이다"라고 츠지 씨는 책에서 밝히고 있다. 다시마 한 쪽과 말린 정어리 살을 빡빡하게 뭉친 덩어리, 많은 양의 질 좋은 물이 다시를 만드는 데 기본 재료이다. (커다란 다시마는 북극에 홋카이도 레분 섬의 아북극 바다에서 수확되어 호박색을 띤 갈색을 띨 때까지 말리고, 다시마의 맛 대부분을 지닌 하얀 가루로 얼룩덜룩해진다. 정어리는 그늘과 햇빛 아래에서 여섯 달이 걸리는 복잡한 과정을 거쳐 말린다) 다시

마를 중불에 올린 남비의 찬 물에 넣고 끓기 직전에 건져낸 뒤, 정어리를 얇은 리본으로 대패질해서 국물에 더한다. 물이 다시 끓으면 불을 끈다. 1분 뒤 정어리가 바닥으로 가라앉으면 다시를 걸러낸다.

맑은 장국을 만들기 위해서는 소금 약간과 짜지 않은 간장을 다시에 더하는데, 끓지 않을 정도로 열을 더하고 서너 점의 건더기가 들어있는 사발에 붓는다. 뚜껑을 바로 덮지 않으면 다시의 귀중한 향이 날아가버린다, 그리고 30초 이내에 손님에게 낸다.

그게 전부다. 다시를 만드는 데 20분이 걸린다. 그러나 일본에서조차 오로지 비싼 음식점들만이 이런 방법으로 여전히 다시를 만들기 때문에 새로 교육받은 맛봉오리들은 그 존재를 뉴욕에서는 감지해내지 못했다. 대부분의 음식점들이 즉석 다시가루를 쓰거나 잘해봐야 비닐봉지에 담긴 인스턴트용 정어리 대팻밥을 쓴다. 나가타 씨의 단순하지만 흠 잡을 데 없는 장국은 하루하루 지날 때마다 멀어지는 일본의 전통적인 삶의 방식을 요약해주는 것이다. 많은 현대 일본인들은 자국 요리의 정수를 맛본 적이 없을 것이다.

진짜 고추냉이(와사비)도 마찬가지이다. 와사비는 코를 찌르는 냄새를 지닌, 파란색의 일본 "양고추냉이horseradish"로 양념장, 국물, 말이와 스시에 넣는다. 고추냉이는 긴 뿌리로, 차갑고 신선한, 자유롭게 흐르는 개울의 진흙 둑(그리고 보기에는 일본에서만)에서만 자란다. 최고의 고추냉이는 동경 남서쪽의 이주 반도에서 자라는데, 아주 비싸며 쓰기 바로 전에 갈아야 한다. 진짜 고추냉이는 가루를 개거나 치약처럼 튜브에 들어있는, 아주 적은 양의 고추냉이가 든 미국(과 일본의 대부분의 음식점)에서 쓰는 매운 곤죽보다 부드럽고 더 달다.

서양 음식 세계로 돌아가다

M.F.K 피셔가 쓴 츠지 씨의 요리책 소개글에서, 그녀는 일본에서 몇 주 지낸 후 다시 서양음식을 먹기가 어려웠다고 밝힌다. 커다란 둥근 접시에 놓인 통닭구이가 금속 무기에 의해 발기발기 찢겨진다는 생각은 구역질이 나는 것 같다. 뉴욕에서 가장 좋아하는 일본 음식점 몇 군데를 들러봤으나 진짜 다시의 향과 진짜 고추냉이의 맛, 기모네의 싹과 도미의 부드러움을 찾을 수 없었다. 오후 내내 식욕이 전혀 일지 않았다. 하루는 정어리 대팻밥을 찾아 나섰다가 일본 쌀 한 자루를 들고 돌아왔다. 츠지 씨는 밥 하는 것을 배우는 데 20년이 걸린다고 농담했는데, 나는 2011년까지 날짜를 셀 것이다. 그러나 내 첫 번째 시도는 재앙까지는 아니었다.

마침내 교토에서 먹은 것처럼 먹을 수 없다는 것을 깨닫고 나서야 천천히 스스로의 욕구를 달랬다. 그 과정은 크림 브륄레 한 숟갈과 호밀빵에 얹은 파스트라미 한 입을 먹는 것으로 시작되었다. 이제 몇 주가 지나서 양이 많지 않은 서양 음식 한 접시를 어려움 없이 다 먹을 수 있다. 그러나 아직도 저녁을 다 먹고 나면 밥 한 그릇과 두세 점의 생선이 그립다.

빠에야

달팽이와 로즈마리, 빠에야

1988년의 옥스퍼드 음식 토론회 마지막 차례 가운데 하나인, 로어드 마치Lourdes March가 주최하는 빠에야(넓고 얕은 팬과 그 팬에 만드는 음식 모두를 일컫는 말)에 관한 토론이 한창이었다. (로어드는 마드리드에서 1985년에 출간된 『빠에야와 그 밖의 쌀요리 책El libro de la paella y de los arroces』의 저자이고, 알리시아 리오스Alicia Rios와 함께 올리브 및 올리브기름에 관한 책을 써 왔다.) 그녀는 빠에야의 역사와 어원, 그리고 "부엌 밖에서 조리가 가능한, 여성의 손을 거치지 않고도 조리가 가능한 원형적인 관습의 주기적인 수정(受精)"이라는 상징성으로 이야기를 시작했다. 그러고는 재료를 뒤죽박죽 넣어 만드는 가짜 빠에야와, 곧 밝힐 "균형 잡힌 진짜 조리법"과는 아무런 상관이 없다고 공격했다.

진짜 발렌시아 지방의 빠에야는 포도밭의 일군들을 위한 전통적인 점심이다. 그 빠에야 하나를 만드는 데는 네 가지의 규칙이 있다.

1. 장소는 실외여야만 하고, 포도 덩굴 자른 것과 감귤류의 나무로 때는 불 위에서 반드시 남자가 조리해야 한다.
2. 닭고기와 토끼(꿈틀거리는 바닷가재가 아니라)고기를 반드시 넣어야 한다.
3. 쌀알은 리조토에 쓰는 아르보리오arborio 쌀처럼, 반드시 길이 3mm가 되어야 한다.
4. 달팽이 열두 마리나 로즈마리 두 가지를 넣어야 하지만, 달팽이와 로즈마리 둘 모두를 한꺼번에 넣어서는 안 된다.

토론에 참가했던 사람들은 몇 가지 사항을 믿을 수 없다는 눈치였다. 무엇보다 마음에 드는 빠에야를 먹어본 사람이 몇 되지 않았다. 그리고 어떻게 로즈마리 두 가지가 달팽이 열두 마리를 대체할 수 있다는 말인가? 이제 막 영어를 배우고 있는 로어드가 "또는"과 "그리고"아니면 "달팽이"와 "로즈마리"를 혼동하고 있다고 생각하며, 사람들은 그녀에게 질문을 던졌다. 대부분의 토론회에서 벌어지는 것처럼, 발제자인 로어드는 그 다음 몇 시간 동안 회의적인 사람들의 불안을 잠재웠다. 발렌시아에서 달팽이를 잡으면, 나중에 토해내고 또한 달팽이 자체에 맛을 불어넣기 위해서 며칠 동안 로즈마리를 먹인다고 한다. 햇빛이 쨍쨍 내리쬐는 스페인 정원의 허브 향은 강렬해서, 달팽이 열두 마리면 원하는 만큼의 로즈마리 풍미를 빠에야에 불어넣을 수 있다는 것이다.

그렇다면 왜 하필 포도 덩굴 자른 것과 감귤류의 나무일까? 로어드는 넓은 팬의 표면에서 국물이 증발함에 따라 나무를 땐 연기와 섞이고 다시 응축되어 음식에 빼놓을 수 없는 맛을 불어넣는다고 설명했다. 포도 덩굴 자른 것과 오렌지 나무에는 산이 많이 들어 있어서, 더 뜨겁게 불을 땔 수 있다. 그리고 그 연기는 진짜 발렌시아 빠에야가 반드시 품고 있어야 하는 향을 불어넣는다는 것이다.

포도밭에서 조리하는 진짜 빠에야

유머러스한 책 『점심 먹으러 나가기Out to Lunch』(하퍼 앤 로우 출판사)의 저자이자, 런던 〈옵저버Observer〉 지의 음식과 포도주 담당 편집자이며 영국 음식세계의 버팀목 가운데 한 사람인 폴 레비Paul Levy는 옥스퍼드에서 16km 떨어진 곳의 17세기 농가에서 미술책 편집자인 아내 페니와 딸 둘과 함께 살고 있다. 폴과 페니는 토론회에 참가한 열 명을 로어드와 알리시아와 함께, 옥스퍼드셔 지역 원형적인 관습의 주기적인 수정에 적응하는 자리에 함께하자며 초대했다. 폴은 옥수수를 먹여 통통하게 살이 오른 닭을 많이 키우고 있었으나, 토끼는 가족의 애완동물인 레오나드 울프 밖에 없었다. 그를 잡아 솥에 넣으라는 우리의 제안을 페니가 마다하자 로어드는 폴의 냉동 비둘기로 만족했다. 폴은 정원에서 달팽이를 채집하지도, 또 그 달팽이에게 허브를 꾸역꾸역 먹여놓지도 않아서, 로어드는 향이 코를 찌를 정도로 피어오르는 로즈마리 밭에서 가지 몇 개를 꺾어오라고 우리 가운데 한 사람을 보냈다.

우리는 로어드와 알리시아가, 기름과 국물이 팬 안에서 완벽하게 평평하도록 폴의 미제 바비큐 그릴의 수평을 꼼꼼하게 맞추고, 포도 덩굴과 살구나무 가지에 불을 붙이다가 마침내는 필사적으로 불길을 살리기 위해 오래된 나무 상자까지 태우고 있는 주위에 빙 둘러 앉았다. 그리고 두 시간 동안 그들은 빠에야를 조리했고, 계속해서 우리들 가운데 누군가를 정원의 다른 구역이나 폴의 집으로 심부름을 보냈다. 먼저 가금류의 고기는 올리브기름에 모든 면을 갈색이 돌도록 지진다. 깍지콩과 다진 토마토를 넣어 몇 분간 볶은 다음, 불을 줄인다. 여기에서 '불을 줄인다'고 말하는 것은 로어드가 무리의 나머지를 빠에야와 그릴을 뒤덮은 짙은 연기 속으로 몰아넣고, 또한 불이 붙어 있는 나무를 어떻게든 흩어 놓는 복잡하고 번거로운 과정을 간단하게 줄여 표현한 것이다. 지루하도록 세밀하게 불을 조정하는 과정이 끝없는 조리 시간 내내 계속되었다. 발렌시아의 별미를 템즈강이 있는 동네(스페인의 별미를 영국에서 재현한다는 의미—옮긴이)에서 재현하느라 배어든 냄새를 빼느라 야단법석이었고, 손잡이를 돌려서 불을 조절할 수 있는 뉴욕에서는 두 번이나 바지와 윗도리를 세탁소에 드라이클리닝을 맡겨야 했다.

파프리카와 널따란 하얀 콩을 국물에 넣고, 물도 조금 더 넣는다. 로어드는 스페인산 말린 콩을 가져왔고, 알리시아는 불을 때기 전에 폴의 부엌에서 그걸 삶았다. 로어드와 알리시아는 리마콩이라고 불렀지만, 아무도 동의하지 않았다. 우리는 그게 사실은 말린 누에콩인지, 버터콩인지를 놓고 쓸데없이 입씨름을 벌이다가, 로어드가 라틴어 학명 '파세오루스 루나투Phaseolus Lunatus'를 언급하자 잠잠해졌다. 폴은 친절하게도 '달 콩moon beans' 이라고 번역해주었다. 그날 밤 호텔로 돌아와 '옥스퍼드 식용 식물도감'을 펼쳐 보았을 때 로어드가 우리에게 장난을 쳤다는 것을 깨달았다. 파세오루스 루나투스는 사람들이 입씨름을 벌인 그 모든 종류의 콩을 망라하는 명칭이기 때문이다.

한 시간 뒤 닭과 비둘기고기가 부드러워졌을 때 로어드와 알리시아는 로즈마리 두 가지를 더하고, 사프란 가루, 그리고 소금 약간을 넣은 뒤 섞고, 두 컵 정도의 짙은 색 국물을 퍼내서 남은 국물이 빠에야 팬의 안쪽 벽 손잡이를 고정시키는 대갈못rivet까지 차도록 부었었다. 바삭바삭한 적갈색의 모든 빠에야 팬은, 다 조리하고 나면 리조토와 닮게 되는 쌀을 조리하기 위해서 얼마나 많은 국물을 넣어야 하는지 대갈못을 통해 알 수 있도록 만들어졌다. 불을 키우기 위해 자른 포도 덩굴을 넣고 국물의 표면에 1kg의 쌀을 골고루 뿌려 넣는다. 10분 동안 힘차게 조리한 뒤 불길이 잦아들고, 쌀이 알 덴테로 익을 때까지 약한 불에서 보글보글 10분 동안 더 끓인다. 그러는 동안 퍼냈던 국물을 쌀이 부풀어 오름에 따라 조금씩 더한다.

우리 모두는 굶주려 있었지만, 로어드는 진한 적갈색의 빠에야를 쌀 알갱이가 맛을 더 빨아들이고 뭉쳐 있는 것들이 떨어지도록 5분 동안 두었다. 영국, 로마, 멕시코, 그리고 예멘의 유태인(무엇보다 먼저 소젖을 코셔[kosher, 유태인 전통의 식재료 준비 및 조리법—옮긴이]로 준비해야 한다)이 소젖을 요리하는 방법에 대한 교차 문화적인 비교로까지 비약되었던 우리의 대화는 진짜 발렌시아 빠에야를 나눠 먹기 시작하자 잦아들었다. 팬의 바닥에 깔린 쌀은 갈색이 돌고 바삭바삭했으며, 고기는 부드러웠고 깊은 맛이 배어 있었다. 모든 것에는 포도 덩굴과 과일나무의 연기, 그리고 로즈마리의 향이 배어 있었으며 '파세올리 루나티(달 콩)'은 글쎄, 무엇인가에 비교할 수 없는 맛이었다.

의사였다가 포도주 양조업자로 변신한 맥스 레이크는 그가 가지고 있는 최고의 오스트리아 적포도주 상자를 뜯었고 그 포도주를 채 반도 다 마시지 않았을 때, 우리 가운데 있던 영국 작가는 열여섯 살 때 스페인 남부로 휴가를 떠났을 때 가장 위대한 투우사였던 엘 코르도베스에게 유혹당했다고 털어놓았다.

미국 북서부 요리

태평양 북서부로 향하는 여정

조종사는 우리가 타고 있던 소형 수상 비행기를 12킬로미터 떨어진 밴쿠버 섬을 향해 천천히 기수를 돌렸다. 비행기가 시애틀의 유니온 호수를 서서히 가로지르면서 그처럼 우리의 여정이 시작된 것이다. 얼마 후, 비행기는 곧 도시 위로 떠올라 퓨젓사운드(Puget Sound, 미국 워싱턴 주 북서부, 태평양 쪽에 있는 만—옮긴이)를 지나고 있었다. 그날은 정말 북서부에서는 흔치 않은, 참으로 햇살이 눈부실 정도로 찬란한 날이었다. 비행 도중, 난방 장치 때문에 혹시 내 운동화가 녹지는 않을까 살피고 있는데, 조종사가 나에게 엔진 돌아가는 굉음을 막는 데 쓰라며 밝은 녹색의 귀마개를 건네기까지 했다.

우리는 비행기 위에서 바위투성이 해안과 퓨젓사운드에 마치 점을 찍듯 자리 잡고 있는 여러 섬들을 내려다보았다. 뉴욕에서 온 한 친구는 해변을 내려다보면서 자신이 지금껏 먹어 본 가장 맛있는 굴을 바로 이 해변에서 딴 적이 있다고 했다. 그러면서 덧붙이기를, 당시에는 근처 숲에서 야생 양파를 구할 수 있었으며 물에 떠밀려 온 나무로 불을 지펴 굴을 구웠는데, 굴 껍데기가 열리면 굴을 그 양파에 얹어 먹었다고 한다.

사실, 지금 우리가 시애틀로 가는 목적도 바로 여기에 있다. 살이 통통하게 오른 굴을 짭짤한 바닷소금 즙에 삶아서, 나무 연기의 향과 풀 냄새 가득한 야생 양파와 함께 먹을 것이라는 기대 때문에 뉴욕에서부터 이처럼 먼 길을 온 것이다.

나는 아직도 이 해변에서 굴을 구워 먹는지 그 흔적을 보고 싶어서 발아래 섬을 살펴보았지만 더는 그 흔적을 찾을 수 없었다. 태평양의 야생 (자연산) 굴은 이제 거의 멸종이 되었고, 대부분 상품 가치가 있는 부족류가 양식이 되면서 워싱턴 주의 생산성 넘치는 해안도 이젠 굴을 상업적으로 양식하는 굴 농장으로 임대되는 상황이라 한다. 게다가 오늘과 같은 눈부신 햇빛도 잠시뿐 여정 내내 끊임없이 비가 내림으로 인해, 그 시절 해안에서의 모험 분위기는 전혀 살아나질 않았다. 결국, 출발할 때 목표로 했던 야생 굴과 양파는 구경도 못하고 뉴욕으로 돌아가야 했지만, 다행히도 열흘 동안 북아메리카 최고의 생선들과 해산물로 잔치를 벌일 수는 있었다.

드디어, 30분 만에 수상 비행기는 널따란 물 위에 내려섰다. 그리스

항해가인 후안 데 푸카(Juan de Fuca, Ioánnis Fokás라는 이름의 그리스 항해가로, 스페인의 펠리페 2세를 위해 바다를 누볐다─옮긴이)의 이름을 따서 지은 '후안 데 푸카 해협'에 다다른 것이다. 참고로, 후안은 스페인 국기와 가명을 사용해 바다를 누볐던 그리스 선원으로서, 1592년에 캐나다의 밴쿠버 섬과 워싱턴 주의 올림피아 반도를 가르는 해협을 발견한 인물로 알려져 있다. 비행기는 이내 기체를 바닷물에 담그고서는 빅토리아 시, 수상 비행기 종착역으로 미끄러져 갔다.

한편, 그 즈음 밴쿠버 섬 해안으로부터 48킬로미터 떨어진 지점에서 프랜시스라는 캐나다인 잠수부가 잠수복과 얼굴 덮개를 서둘러 뒤집어 쓰고는 후안 데 푸카 해협 근처에 있는 수키sooke 만의 회색 바다로 뛰어들고 있었다. 그는 가시가 긴 성게와 자주색 돌쩌귀 바위 관자조개, 도토리와 거위 목 따개비, 오렌지 게를 찾으러 바다에 들어갔지만, 얼마 전에 들이닥친 폭풍이 바다 밑바닥까지 휘저어 놓음으로 인해, 평소의 15미터에 턱 없이 못 미치는, 90cm 앞을 내다볼 수밖에 없었다. 그는 겨우 성게와 해삼 몇 마리를 주워 담았으나, 게들은 빨리 움직여 잡기가 어려웠고, 바위에서 칼로 자주색 관자조개를 떼어 내려 했지만 세찬 조류가 그를 바위에 부딪치게 할 만큼 위협적이어서, 프랜시스는 하는 수 없이 칼을 칼집에서 꺼낸 채 만 언저리를 따라 헤엄쳐 나와야 했다. 사실 그것은, 점심 때 있게 될 만찬에 대한 나의 부푼 기대는 전혀 고려하지 않은 채, 프랜시스는 안전을 위해 물 밖으로 빠져나온 것이었다.

그 날 아침 '수키 하버 하우스'에 다다랐을 때 프랜시스는 내 식탁을 그가 바랬던 만큼 지역 해산물로 넘쳐나도록 만들지 못했노라고 미안해

했다. 여관의 주인인 싱클레어와 프레드리카 필립 부부가 제공한 "지역 local" 해산물은 점심이나 저녁 한 두 시간 전에 식당 밖으로 보이는 바다에서 채취한 것이다. 잠수부들은 호흡장비와 공기 탱크를 써서 프랜시스보다 바닷속 깊이 들어가서 거대한 성게, 분홍색의 노래하는 관자 조개(singing scallop, 물 속에서 껍데기를 여닫을 때 내는 소리를 듣고 어패류 판매업자가 붙인 명칭—옮긴이), 쇠고둥, 문어, 조개, 그리고 큰 백합(geoduck, 거대한 조개와 코끼리의 교배종처럼 생겼다), 전복, 새조개, 열 종류의 바다 달팽이를 채취한다. 배를 끌고 나와 23kg짜리 연어를 잡기도 하는데 오로지 참새우, 굴, 흑대구 같이 먼 바다에서 나는 생선은 이웃한 정부 소유의 부둣가에서 생업을 하는 낚시꾼에게 사온다.

싱클레어와 프레드리카는 자연주의 음식점과 여관을 운영하는 주인으로 탈바꿈한 경제학도(두 사람은 그레노블 대학 대학원에 다니고 있을 때 결혼했다)로, 그들이 신선함과 제철 지방 재료에 바치는 헌신은 편집증적이다. 수키 하버 하우스의 깔끔한 물막이판자 건물은 바이론 쿡의 도움으로 놀라운 테라스 정원으로 둘러 싸여, 부부는 바다 로켓, 굽은 양파 nodding onion, 야생 수영(sorrel 여귓과의 여러해살이 풀—옮긴이), 크레스(cress, 갓과의 식물로 샐러드나 샌드위치에 넣어 먹는다—옮긴이), 국화, 햐얗고 노랗고 자주색의 부추, 여러 종류의 양배추와 대파 여섯 종류, 로즈마리 다섯 종류, 마흔 가지의 샐러드용 풀을 가꾼다. 또한 새끼염소, 토끼, 거위, 양은 가까이의 농가에서 유기농법으로 기르는 것을 쓴다. 또한 채집업자들은 야생 딸기, 오십 종류의 버섯, 열 종류의 해초를 공급한다.

부엌에서 점심으로 먹게 될, 30cm 길이의 빨갛고 자주색에 무시무시하도록 커다란 성게를 물통에 담겨 있는 채로 만났고, 해삼이 떼로 모여 있는 끔찍한 광경도 목격했다. 해삼은 한데 엉겨 몸부림치며 허물을 벗는 게 마치 부풀어 오르고 온 몸이 사마귀로 덮인 고동색의 벌레 같았는데 길이는 30cm, 직경은 8cm에 이르렀으며 반짝반짝 빛나고 끈적끈적했다. 성게와 해삼을 구경하다가 젊었지만 수염을 기른 주방장 론 체리를 만났는데, 그는 수줍고 겸손한 남자로써 캐나다 최고의 음식점 몇 군데에서 정통 음식의 경험을 쌓은 사람이었다. 론은 매 끼니마다 자신의 재능을 시험해야만 하는데 그날그날 잡힌 고기가 어떤 것들인지 식사 몇 시간 전까지 알 수 없는데다가 어패류가 스무 가지가 넘을 수도 있기 때문에 항상 긴장해야 했다.

점심은 창문이 많은 따뜻한 식당의 커다란 돌 벽난로 앞에 차려졌는데 맛있었다. 굴 수프와 옅은 오렌지색의 성게 알, 작은 조개, 팬에 지진 전복과 해삼(얇고 긴 근육이 관처럼 생긴 체강遞降을 두르고 있다)에 허바드 호박 간 것과 샐러리 이파리를 곁들였으며, 분홍빛이 날 때까지만 구운 진한 풍미의 거위 가슴살 조각에 오리건 주에서 나는 포도로 만든 소스와 로즈마리-마늘 크림 각각 한 가지씩, 별꽃, 명아주류, 시베리아 양상추 샐러드, 지팡이 양배추에 싼 연어 무스(나무처럼 딱딱한 줄기는 스카이 섬에서 가구를 만드는 데 쓴다), 무지개 송어 캐비아, 베고니아 줄기 뿌리, 서양고추냉이 버터도 함께 먹었다.

그러나 점심상에 자주색 돌쩌귀 관자조개가 오르지 않았다는 것을 거의 알아차리지 못했다. 싱클레어의 말에 의하면, 그 관자조개를 가장 맛있게 먹는 방법은 물에 담가둔 채로 껍데기를 닫기 전에 싹둑 잘라내어 입술 사이에 미끄러뜨려 넣는 것이라고 한다. 나는 곧 레몬, 라임, 올리브기름 등 다른 요리의 필수요소를 론의 음식에서 찾아볼 수 없다는 것을 알아차렸다. 필립 부부는 토착 재료에 관심이 많아 북서부에서 자라지 않는 대부분의 동식물을 쓰지 않는다. 레몬과 라임을 대체하기 위해 론은 대황 즙이나 사과 사이다와 같은 재료에서 신맛을 얻고, 필립 부부는 북서부 지방에서 가꾸는 씨앗과 견과류로 기름을 짤 수 있는 냉각 압착기를 들였다. 나는 그들이 까만 후추와 같이 흔한 아시아 향신료를 쓰는지 미심쩍었으며, 바닐라는 어떻게 대체하는지도 궁금했다. 이 모든 시도가 성공적이라는 그 결과는 조리에 쓰는 모든 진부한 측면을 거부한, 자연 세계의 재발견으로 매 끼니마다 새로운 세계가 펼쳐질 것임을 의미한다.

정체성을 찾아가는 시애틀의 식도락

시애틀로 돌아오는 수상비행기의 일정 때문에 후식을 먹지 못했기 때문에, 바닐라는 어떻게 대체하는지 답을 얻을 수 없었다. 벽난로가 들어앉아 있으며 해협과 미국 쪽의 눈 덮인 올림픽 산맥을 내다볼 수 있는, 여관의 사랑스러운 방 열세 군데 모두에서 하룻밤씩 자 보았으면 얼마나 좋았을까? 하지만 그날 당장 저녁 약속이 있었고, 그 뒤로도 일주일 동안 점심과 저녁 약속이 줄지어 있었다. 북서부에는 좋은 음식이 그렇게 많아서 사람을 먹고 싶어 미치도록 만든다.

여행은 굴이 제철이라는 늦은 겨울로 잡혔다. 봄이 되어 바닷물이 따뜻해지면 굴은 알을 슬 준비를 하고, 굴의 살은 우유빛을 띠며 물러진다. 알을 슨 다음 굴은 사람처럼, 글리코겐을 다시 쟁여둘 때까지 아무 짝에도 쓸모가 없어진다. 그러나 겨울(우연히도 영어 이름이 r로 끝나는 달에)이면 굴은 싱싱해지고 윤기를 내며, 어느 음식도 견줄 수 없을 만큼 맛있다.

내가 식도락의 전초기지로 삼은 곳은 '파이크 플레이스 시장Pike Place Market'과 그 시장을 내려다보는 '인 앳 더 마켓' 호텔이었다. 굴을 먹기에 딱 좋은 때라는 의미는, 6월의 야생 블랙베리와 나무에서 익은 체리, 4월과 10월에 발을 쳐 잡은 강가재, 늦은 여름의 복숭아와 살구, 5월에 선보이는 하얗거나 금색의 비트, 단 양파, 빨갛고 하얀 샤드chard, 하얀 당근, 그리고 스무 가지의 샐러드를 위한 풀을 먹지 못한다는 것이다. 그러나 북서부의 배(대부분의 다른 과일과는 달리, 배는 딴 다음에도 익는다)는 여태껏 먹어본 것들 가운데 가장 맛있었다. '레이스 라군'과 '펜 코브'의 마닐라 조개와 홍합은 달고 말랑말랑하며 부드러운 것이 마치 싱싱한 철갑상어나 흑대구처럼 맛있었다. 물론 굴도 먹었다. 매일매일, 나는 쇼울워터, 퀼센, 하마하마, 구마모토, 올림피아 종을 놓고 맛 경쟁을 붙였다. 마지막에는 작고 대양에 사는 올림피아가 우승했고 축하의 의미로 저녁 먹기 바로 전에 일흔 개를 먹었다.

모두가 그렇게들 말하지만, 15년 전에 시애틀이 식도락의 불모지였다는 사실을 아직도 믿을 수 없다. 슈퍼마켓에서는 냉동생선을 팔았고 음식점에서는 그걸 튀겨서 내놓았다. 가공업체에서는 굴의 껍데기를 모조리 까서는 4리터들이 통에 넣어 팔았으며 맛있는 올림피아는 막 멸종위기를 벗어난 상태였다. 분홍색의 노래하는 관자조개는 사람들이 먹지 않는 괴상한 생물이었으며, 홍합의 서식여부는 알려지지 않은 상태였고 큰백합의 경우 몇몇 어부들을 제외한 사람들은 그냥 내버렸으며, 연어 알은 수출되었다. 비싼 음식점에서는 굴, 홍합, 바닷가재를 동해안에서 들여왔다.

그러나 시애틀 사람들은 낚시와 조개 캐기, 딸기류와 야생 버섯 채집을 사랑했다. 슈퍼마켓과 음식점의 무지와 상관없이 그들은 무엇이 싱싱하고 제철인지 알고 있었다. 1980년, 리드 대학을 그만두고 10년 동안 알라스카에서 고기를 잡았던 존 로우리는 어부, 슈퍼마켓, 음식점과 손잡고 일해 태평양의 고기가 잡히고, 가공되고 배달되는 방법을 혁신적으로 바꾸었다. (줄리아 차일드는 그를 '생선 선교사 존'이라고 불렀고 그의 회사 '피시 웍스!Fish Works!'는 다른 도시 열 군데에서 성업 중이다.)

몇몇 사람들에 의하면, 현대화된 미국식 요리가 처음 시애틀에 선보인 것은 1979년, 칼 베클리가 '그린 레이크 그릴'을 열었을 때라고 한다. 그를 따르는 젊은 조리사들은 더 싱싱하고 다양한 재료를 원했고 소규모로 농사짓는 농부들, 치즈 제조업자들, 생선 훈제업자들이 그러한 수요에 응대했다. 1980년대 중반까지, 이곳에서 풍겨나는 흥미진진한 식도락의 분위기는 10년 전 샌프란시스코-버클리-오클랜드 항만지역의 그것과 닮아있었다. 혁신적인 음식점들이 유명 지역의 품질 좋은 재료를 써서 환상적인 음식을 만드는 젊은 조리사들과 함께 야생버섯처럼 솟아올랐고, 손님들도 쉴 새 없이 그 뒤를 따랐다. 이제 거의 모든 음식점의 차림표가 아주 특별한 무엇이 없는 것처럼 보여도 나름의 재료 계보를 보여준다. 한 음식점에서는 긴 파르페 잔에 맛있는 던저네스 게

Dungeness carb를 담아 빨간 칵테일소스를 함께 냈는데, 차림표의 설명에 의하면 "하인즈 케첩에 더 매운 양겨자, 싱싱한 레몬을 사용해 집에서 만든 소스"였다. 그것이 별 것 아니라면, '레이스 보트하우스'에서 내 주문을 받은 웨이트리스 같은 사람도 있다. 그녀는 자신이 왜 펜 코브에서 잡힌 홍합보다 레이스 라군의 홍합을 더 좋아하는지, 그리고 왜 연어를 잡는 한 가지 방법보다 더 나은 방법이 있다는 것을 설명할 수 있었다. 이렇게 음식에 대한 지식으로 무장된 웨이트리스를 시애틀이 아니라면 또 어디에서 찾을 수 있을까?

음식 관련 지역 언론은 미국에서 가장 발 빠르게 움직이며 훌륭한 읽을거리를 제공한다. 〈퍼시픽 노스웨스트〉 지의 음식 편집자인 존 도어퍼는 시애틀에 머무르는 동안 해박한 안내자 노릇을 해 주어, 우리는 함께 오리건 주부터 캐나다의 브리티시 콜롬비아까지의 해안을 쉴새없이 누비고 다녔다. (그는 점심을 먹기 위해 차로 320킬로미터나 되는 거리를 여행한다고 알려졌다.) 그의 책 『잘 먹기Eating Well』(퍼시픽 서치 출판사)'는 북서부의 음식에 꼭 필요한 전채와도 같다. 슈일러 잉글은 〈워싱턴〉 지에 일하는데 그가 『북서부의 풍부한 음식 자원Northwest Bounty』(사이먼 앤 슈스터 출판사)에 담은 우아한 에세이들은 음식 평론이 무엇인지 말해준다. 〈시애틀 위클리〉는 어느 도시의 주간지보다도 열정적이고 풍부하게 음식 관련 기사를 다루고 있으며, '달리아 라운지'의 주인이며 8년 전 '카페 스포츠'에서 이 모든 움직임을 위한 위해 조력을 다했던 조리사 가운데 한 사람인 톰 더글러스의 칼럼도 마찬가지이다. 그리고 얼마 전까지 〈시애틀 타임즈〉의 음식비평가였다가 이제 정통한 음식 관련 소식을 가지고 그 자신의 사업소식지를 꾸려 나가는 알프 콜린스도 있다.

북서부에는 음식을 사랑하는 사람이라면 원할만한 모든 것이 있는데, 딱 두 가지의 예외가 있다. 첫 번째는 빵이고, 두 번째는 음식의 양식인 '요리'이다. 북서부에서는 모두가 집에서 구운 빵을 내오는데, 먹어보니 공장에서 제대로 구운 빵 생각이 간절했다. 빵에는 두 종류가 있는데 집에서 구운, 건강식품스러운 빵(잘 부풀지 않았고, 부스러기가 많이 생기며, 껍질이 약하고, 살짝 달며, 당근, 허브, 올리브, 견과류가 군데군데 박혀있다)과 집에서 구운 '파커 하우스 롤Parker House Roll'식의 빵이다(전통적인 미국 빵으로 달고, 하얗고, 폭신폭신하며, 때때로 먹으면 맛있지만 매 끼니마다, 또는 음식과 함께 먹을 수는 없다).

나쁜 빵은 삶의 자세를 비관적으로 바꿔버린다. 시애틀이 자랑스럽게 여기는 프랑스 음식점에서 내온 애처로운 빵은 차림표에 올라있는 모든 음식, 지면으로 직접 음식점을 추천한 사람들, 모든 손님들을 편집증적으로 의심하도록 만들었다. 어떻게 다들 가짜 빵을 먹으며 그런 미소를 지을 수 있다는 말인가?

그러나 구원의 손길이 다가오고 있다. 여덟 달 전, 시애틀의 오래된 '그랜드 센트럴 베이커리'가 재능 있는 제빵사를 고용하고 이태리에서 오븐을 들여와, 씹는 맛이 있고 바삭거리며 효모의 맛이 살아있는 진짜 빵을 구워내기 시작했고, 몇 달 지나지 않아 하루에 천 덩어리를 구워낼 수 있는 능력을 발휘하기 시작했다. 곧 다른 업자들도 그 뒤를 따를 것이 확실하다.

시애틀에 오기 전에 일 년치 음식점 비평 기사를 모아서 그걸 참고로 많은 곳을 다녀보았다. 같은 곳을 한 번 이상 들르지 않았고, 몇 군데의 선두주자들을 놓쳤으며, 게다가 음식점을 평가하려고 온 것이 아니기 때문에 어디를 갔는지 말하지는 않을 것이다. 나는 북서부의 요리사들이 불가능한 수준으로 넘쳐나는 바다와 땅의 자원을 어떻게 자기들만의 양식을 가진 요리로 승화시키는지 이해하고 싶었다. 레이스 보트하우스에서 먹은 훈제 흑대구, 엘리엇스의 감칠맛 나는 던지네스 게와 올림피아 굴, 에멧 왓슨스의 퀼센 굴, 그리고 헌트 클럽의 바버라 피구에로아의 요리를 떠올리면 입에 침이 고이기 시작한다. 그러나 양식을 가진 '요리cuisine'라고 말할 수 있는 것은 바버라 피구에로아의 솜씨뿐이다. 시애틀에서는 모든 조리 양식을 찾아볼 수 있다. 고전적인 프랑스와 이탈리아 식당이 있는데, 요리사들은 유럽에 가기보다 한 두 해 산타모니카에서 시간을 보낸 것 같다. 어떤 차림표는 새로운 남서부식 요리에 케이준 요리의 몇몇 표현양식이 섞여 있는 것처럼, 요즘 유행하는 미국 지역 요리로 가득 차 있다. 캘리포니아 요리는 미국 서해안을 가득 채우다 못해 흘러나올 지경인데 대개 캘리포니아 요리라는 건 맛이 덜 들고 소금도 덜 친 현대 프랑스 요리 밑에 먹을 수 있는 꽃과 멕시코 과일을 깐 것이다. 절충적인 양식들이 슬슬 자리를 잡아가고 있는데 '퍼시픽 림 Pacific Rim', '판-퍼시픽Pan-Pacific', '판-아시안Pan-Asian'이라는 이름으로 불린다. 이런 다양한 이름을 가진 이상한 조합은 빠르게 퍼져 나가고 있으며 대개 알려진 일본과 인도를 뺀 나머지 아시아 나라들의 조리법과 재료를 조합한다. 어떤 음식점은 멕시코, 카리브 해, 브라질, 산타페, 그리고 누군가의 환상 속에 존재하는 미국 인디언의 음식을 한 접시에 내놓는다. 시애틀 위클리는 얼마 전 이러한 경향을 "후기 소수민족풍 뒤죽박죽post-ethnic mélange", "콜럼버스의 미대륙 발견 이전 양식pre-post-Columbian(post-Columbian은 콜럼부스가 미 대륙을 발견한 이후의 시대를 의미한다—옮긴이)", "신 마야 스판텍스(neo-Mayan Span-Tex, 여기에서 스판텍스는 이러한 경향이 담고 있는 오지랖 넓음을 비꼬는 표현이다—옮긴이)"라고 정의 내렸다. 얼마 전 지역 음식 저술가 하나는 "한 나라의 음식만 한 접시에 하나씩, 나눌 수 없는 상태로 음식을 만들어야 한다"라는 강한 주장을 펼쳤다.

세계의 여러 구석에서 비롯한, 넘쳐나는 맛과 재료는 북서부의 조리사들로 하여금 수키 하버 하우스의 필립 부부처럼 그들만의 자연스러운 독창성을 찾는 데 아무런 자극도 주지 못한다. 필사적으로 빌려오는 양식과 실험은 종종 지역에서 생산되는 뛰어난 품질의 농산물이며 해산물을 압도한다. 많은 소수민족 요리의 원형은 흠잡을 데 없는 날 재료의 도움과는 상관이 없고 싱싱한 자연의 맛에는 아무런 도움도 되지 않는 향료를 쓴 것이다. 그에 대응하기 위해 어떤 북서부의 조리사들은 '허브 팜(찬사를 받는 그들의 음식점은 내가 시애틀에 머무는 동안 문을 닫았다)'이 내놓은 지침과 같은 원칙을 따른다.

– 지역의 뿌리에 충실하기 위해, 다른 기후의 지역에서 가꿀 수 있는 오렌지, 열대 과일, 코코넛 등과 같은 재료를 쓰지 않는다.
– 써서는 안 될 재료의 예: 황새치, 망고, 호랑이 새우, 파란 게(우리나라 식탁에 오르는 꽃게와 같은, 다리 끝이 파란 색을 띠는 이 게는 미국 동해안에서 나오므로

서해안 지역의 재료는 아니다—옮긴이), 자몽, 바다가재…

- 다음의 재료들은 워싱턴 주에서도 재배되어 구할 수 있지만 상황에 맞지 않게, 그리고 무작정 유행에 따라 쓰는 것은 피해야 한다: 푸른 옥수수, 단 맛 나는 붉은 고추 소스(아마도), 검정콩, 칠리, 아보카도, 폴렌타(polenta, 이탈리아의 옥수수죽—옮긴이), 그리고 너무나도 뻔하게 캘리포니아, 케이준, 남서부 요리인 것들.

처음 이 지침을 읽었을 때, 너무 엄격하고 배타적이어서 거의 공산당의 강령처럼 들렸다. 그러나 어느 날 저녁, 완벽하게 잘 익은 생선에서 카람볼라(carambola, 스타프루트starfruit라고도 불리는 동아시아의 과일—옮긴이)와 사포테(sapote, 멕시코를 비롯한 중미가 원산지인 과일—옮긴이)를 끄집어내 옆에 놓인 재떨이에 버리는 데 10분을 허비한 뒤, 아내가 시킨 태국-케이준 차우더(chowder, 수프의 일종, 미국에서는 크림을 써서 걸쭉하게 만든 수프를 일컫는데, 조개로 만든 뉴잉글랜드 지방의 클램 차우더가 가장 잘 알려져 있다—옮긴이)에서 싱싱한 게살덩어리를 맛보고 난 후, 나는 마음을 고쳐먹게 되었다.

아쉬운 여정

캐나다에서 오리건 주로 차를 몰아 내려가는 길에 나의 관심을 가장 많이 끌었던 음식점들은 정도의 차이도 있고, 때로 우연이기는 했지만 허브팜 원칙을 따르는 곳들이었다. 캐나다 밴쿠버의 '레인트리'가 그중 하나였는데, 오후에 간식으로 먹은 것들은 그저 레베카 도슨의 지역

특산물에 의지한 요리 솜씨 가운데 극히 일부만을 보여줄 뿐이었다. 그리고 오리건 주 글레네덴 비치의 '살리샨 롯지'는 모두가 인정하는 곳인데, 시애틀에서 해안을 따라 차를 몰고 내려가면서 방문하려던 계획은 거센 폭풍(모두가 전에 없던 일이라고 말은 했지만 내 생각엔 자주 일어나는 일 같았다)에 의해서 취소되었다.

이번 여정에서, 가장 멀리는 워싱턴 주의 가장 남서부 구석인 롱비치 반도에 자리 잡은, 쉘번 인의 앤과 토니 키시너의 '쇼울워터 레스토랑'까지 가보았다. 워커 주방장이 세워 놓은 내부 규제는 수키나 레인트리, 아니면 허브팜만큼 심하지는 않았지만 32킬로미터 주위에서 생산되는 재료가 차림표를 지배했다. 근처의 정원사들은 매해 2월 씨앗의 목록을 들고 앤을 찾아와 그녀가 원하는 작물이 무엇인지 물어본다. 30분 거리에 사는 어부는 그의 아버지 때부터 러시아 이민자로부터 배운 방법으로 잡은 연어와 철갑상어알을 대준다. 여름에는 나이 지긋한 이웃의 여자가 그녀의 어머니를 위해 심었던 덩굴의 블랙베리를 딴다.

굉장히 맛있는, 위스키에 삶은 윌리파 베이 굴에 뵈르 블랑 소스를 얹은 콜롬비아 강 철갑상어 알, 이탈리아 야채-렌즈콩 수프(물론 렌즈콩은 워싱턴 주에서 난 것이다), 일본 청주와 야생 버섯의 부드러운 소스를 곁들여 구운 철갑상어에 워싱턴주 리슬링으로 만든, 깊은 맛의 배 소르베를 먹었다. 다음 날 아침, 쉘번 인의 주인인 로리 앤더슨과 데이비드 캄피치(그는 여기에서 내내 살았다) 부부가 손으로 직접 만든 캐비어에 훈제 연어, 감자와 조개 케이크, 로리의 패스트리와 사워도우 롤(발효종은 아마 백 년 되었을 것이다), 시애틀의 '토레파치오네'에서 가져온 커피를 뜨겁게 내려 직접 아침을 차려 주었다. 이 모두는 쉘번 인에서 가장 인기 있는 아침식사였다.

그렇게 아침을 먹고는 콜롬비아 강어귀의 등대까지 걸었다. 폭풍은 그 주에 처음으로 걷혔으며, 태평양의 아침 해는 눈부셨다. 그러나 식도락의 비극이 고개를 들기 시작했다.

딱 열 시간 전, 콜롬비아 강의 연어 낚시 철이 막 시작되었다. 연어가 강을 거슬러 알 낳을 곳으로 올라오는 과정에서는 아무 것도 먹지 않는다. 그래서 대회 직전 육상선수의 영양 상태가 가장 좋은 것처럼, 연어도 강어귀에서 잡으면 기름기도 많이 돌고 맛도 가장 좋다. 잡기에도, 또 먹기에도 가장 완벽한 때인 것이다. 어른들조차도 봄에 강을 거슬러 올라가는 치누크 연어(Chinook salmon, 북태평양에 사는 대왕 연어King salmon ─옮긴이)의 맛을 설명하면서 침을 줄줄 흘린다. 이런 시기에 이곳에 들러, 완벽한 연어의 맛을 거의 아무런 대가 없이 누릴 수 있다는 사실을 믿을 수 없었다.

그러나 배는 단 한 척도 눈에 들어오지 않았다. 폭풍이나 폭풍이 남긴 역류가 두려웠는지, 160킬로미터 반경의 모든 어부들은 그저 집에 있기로 결정했다는 것이다. 내일이면 태평양에 와서도 싱싱한 연어를 한 점도 먹어보지 못한 채 떠날 것이다. 집으로 가는 비행기에 오르며 콜롬비아 강이 뉴욕 시에 있다면 얼마나 좋을까 하는 생각에 씁쓸함을 느꼈다. 만약 그랬다면 가장 기름기가 많은 첫 물 연어를 잡아 내 식탁으로 서둘러 가져오려는 어부들로 인해 강은 북새통이 되었을 것이다. 북서부의 어부들은 변덕스러운 항해사들이라는 걸 나는 물론 알고 있다. 선장 아

합이 모비딕을 잡기 위해 떠났을 때, 샌타바버라가 아닌 난터켓

(Nantucket, 매사추세츠 주의 작은 섬으로, 여름철 휴양 및 관광지이다. 섬의 깃발

에도 고래가 그려져 있다—옮긴이)에서 출항한 것은 우연이 아니다.

튀니지에서 길을 잃다

말수카, 마수푸프, 마크풀. 말수카, 마수푸프, 마크풀.

'말수카 Malsouka'는 이파리처럼 얇은 패스트리이다. '마스푸프 Masfouf'는 알갱이가 잘은 쿠스쿠스를, 마크풀 Makfoul은 쿠스쿠스 찜기의 바닥 부분을 의미한다. 사람들이 왜 아랍어는 너무 어려워서 배울 수 없다고 말하는지 이해가 가지 않는다. '즈구구zgougou'는 잣의 일종인데, 지금까지 알게 된 아랍어들 가운데에서 내가 가장 좋아하는 단어다.

그러나 때로는 "대체 내가 타고 온 관광버스는 어디에 있나?"라고 아랍어로 말할 수 있다면 얼마나 좋을까 생각한다. 그렇다면 상황은 훨씬 나았을 뻔 했다. 나는 튀니지에서 세 번째로 큰 도시인 '수스'의 오래된 벽으로 둘러싸인 메디나에 있었다. 메디나의 가운데에는 시장 판매대와 가게로 이루어진 중세 미로인 '수크'가 있었다. 그리고 나는 순진하게 도 어떤 종류의 납작한 빵을 찾고 있었고, 그곳에서 길을 잃었다. 얇고, 둥글고, 효모를 쓰지 않았으며, 잘 늘어나고 뻑뻑하며, 밀의 풍미가 가 득하고 부드러우며, 올려 굽는 질그릇 판에 닿아서 짙은 색으로 볼록 솟 아오르다 못해 군데군데 터진, 그런 빵이었다. 그러나 프랑스 빵을 빈약 하게 닮은 것이나 가볍고 비스킷과 같은 납작빵 밖에 찾을 수 없었다.

내가 찾던 바로 그 빵을 발견했을 때는 아쉽게도 누군가가 그의 공구 판매대 앞에 앉아서 게걸스럽게 먹고 있었다. 대부분의 튀니지 사람들 은 최소한 두 나라 말을 할 수 있으므로, 프랑스어로 물어보았다. 그는 먹던 빵을 삼키고는 좁고 구불부불한 길을 가리키며, 50미터를 걸어 가 서는 오른쪽으로 돌라고 말했다. 머리를 숙이고 50미터를 간 뒤 오른쪽 으로 돌았는데 더 이상 신선한 고기를 내놓을 없다는 것을 광고하기 위 해 푸줏간에서 매달아 놓은, 커다랗고 털이 북슬북슬한 소머리에 거의 부딪힐 뻔 했다.

손에 들고 있던 거대한 세모 고기칼(여태껏 그런 종류의 칼을 본 적이 없 다)을 팔라는 내 제안을 거부한 푸주한도 50미터를 걸어 올라가서는 오 른쪽으로 돌라고 길을 알려주었다. 그러나 그대로 따라가자 '붐박스 (boombox, 대형 휴대용 카세트 라디오—옮긴이)' 가게에 이르렀다. 미국에서 파는 것과는 달리 튀니지의 붐박스는 각각의 스피커에 반짝반짝 빛나 는, 동그란 불빛이 둘러져 있었다. 그리고 누군가가 또 다시 50미터를 가서는 오른쪽으로 돌라고 알려주었다. 가는 길에 배가 너무 고파졌고, 살아남기 위해 튀니지의 매운 소시지인 '메르게즈merguez'와 대개 매운 고추나 빨간 색의 양념을 넣어 걸쭉하게 만든 녹색 '하리사harissa'로 채운, 효모로 부풀려 갓 구운 빵을 샀다. 이제 어찌할 도리가 없이 길을 잃었다. 시간이 없었고, 납작빵을 포기할 준비가 되어 있었다.

"카스바로 데려다 주오(Take me to the Casbah, 영국 펑크록 그룹 클래시 Clash의 노래 'Rock the Casbah'에서 따온 문구이다—옮긴이)." 나는 지나가는 사람에게 간청했다. 언제나 한 번쯤 말해보고 싶은 구절이었다. 그러나 이번에는 진지했다. 그저 오래된 도시의 요새나 본성(本城)을 의미하는 카스바를 찾을 수 있다면, 관광버스를 대 놓은 항구를 찾을 수 있었을 것이다. 카스바를 빨리 찾지 못한다면 마음이 내키지 않더라도 수스에 눌러 앉아야만 했다.

운이 좋았는지 카스바가 바로 코 앞에 있었고, 덕분에 버스가 이슬람교의 성스러운 도시인 '카이루안Kairouan'과 '엘 젬El Jem'의 로마 대경기장을 거쳐 튀니스로 돌아가기 전에 놀랄 정도로 맛있는 베녜(바삭바삭하도록 튀겨서 설탕 시럽에 담갔다)로 아침 겸 점심을 먹을 수 있었다.

2주짜리 튀니지 여행의 4일째였다. 언제나 나는 남자들 대부분이 콧수염을 기르는 나라(혹은 문화권)에 대해 편견을 가지고 있었지만, 튀니지는 즐거운 곳이었다. 북아프리카에서 튀니지는 가장 관용적이고 진보적이면서 또한 가장 작은 나라이다.

중요한 통계 자료는 다음과 같다.

나라의 음식: 쿠스쿠스

인구: 8,531,000명, 대부분이 이슬람교도(그러나 여성도 직업을 가지도록 장려하며 이슬람교도의 종교적인 의상은 입지 않는다).

면적: 164,128㎢ - 잉글랜드와 웨일즈를 한데 붙여서 서쪽으로는 거대한 알제리를, 남동쪽으로는 널찍한 리비아를 두고 그 사이에 불편하게 끼워 넣은 격이다.

수도: 튀니스

기후: 북쪽과 해안선 1,288km를 따라서 동쪽으로는 지중해성, 내륙은 반건조성, 사하라남쪽으로는 순수한 사막성이다.

경제성장률: 8.1%

평균 연간 개인소득: 1,750달러로 북아프리카 지역에서는 가장 높지만 서양의 표준으로 비춰 볼 때는 낮다.

음식: 과일, 생선, 올리브기름은 자급자족한다(생선으로는 노랑촉수, 정어리, 게르치, 바다숭어, 새우가 있고, 과일은 감귤류, 대추, 멜론, 살구, 무화과, 아몬드, 선인장 열매가 있다). 세계에서 네 번째로 올리브기름을 많이 생산하는 나라로 5,500만 그루의 올리브나무가 있다.

좋아하는 양념: 매운 고추, 고수, 케러웨이를 거의 모든 음식에 넣고 큐민과 아니스, 계피를 많이 쓴다.

좋아하는 야채: 가지, 양파, 마늘, 토마토, 고추.

좋아하는 색깔: 파란색.

튀니지 음식 문화 기행

여행의 첫 주는 영국, 오스트리아, 일본에서 온 영양학자, 환경학자, 역사학자, 인류학자, 요리사, 음식 관련 저술가를 데려와 대부분의 산업화된 나라에서 먹는 것보다 훨씬 더 건강한 듯 보이는 전통적인 식생활을 즐기고, 또 그에 대한 토론을 위한 환경을 가끔 낭만적인 외국에서 조성하는 데 훌륭한 역할을 하는 재단인 '올드웨이스 보존 및 교환재단 Oldways Presercation & Exchange Foundation'에 의해 기획되었다. 1주일 뒤 모인 사람들의 대부분이 요리 저술가 폴라 울퍼트와 함께 머무르기로 계획했다. 아내는 곧 합류할 것이고 우리는 튀니스와 튀니지의 시골을 돌며 최고의 전통 가정 요리를 찾아 돌아다니기로 했다.

이런 종류의 작업은 폴라 울퍼트의 기획으로 잘 알려졌는데, 1983년 그녀의 세 번째 요리책이자 내가 아직도 가장 좋아하는 『남서부 프랑스 요리』를 읽은 뒤로는 그녀가 작업하는 것을 보고 싶었었다(그녀는 전부 여섯 권의 책을 썼다). 폴라는 페리고르와 게르를 지나 랑데와 베른 지방을 거쳐, 음식점 주방에서 요리사와 함께 일하고, 여태껏 모습을 드러낸 적이 없는 캐술레를 찾아 지치지도 않는지 가정집의 문을 두들기며, 활자화되지 않은 음식을 찾아 다녔다. 폴라는 인류학자이며, 아마추어 언어학자(그녀는 다른 나라 말의 기초를 배우고 그 나라사람이 쓴 요리책을 일, 이십 권 정도 모으고 익힐 때까지는 주제에 손을 대지 않는다), 요리 해석가이자, 때로는 먹었던 것을 바탕으로 보다 나은 음식을 만들지만 언제나 어떻게 발전시켰는지 정확하게 말해주었다. 또한 그녀는 아주 훌륭한 요리사이다. 그녀가 만드는 음식이 맛이 없었더라면 그 나머지에 대해 그다지 흥미를 가지지 않았을 것이다.

폴라의 음식 탐구에 있어서 놀라운 점이라면, 그녀가 운전을 할 수 없다는 것이다. 미국에서 두 번, 파리에서 네 번 면허 시험에서 떨어졌으며, 오로지 모로코에서만 면허를 받았으므로 나는 북아프리카에서의 그녀의 운전이 몹시 염려스러웠다.

튀니지가 미국에서 세계를 반 바퀴 돌아 갈 정도로 멀리 떨어져 있었으므로, 가능한 자세하게 여행 계획을 세웠다. 폴라는 유프라테스 강과 시리아 국경에서 가까운, 외따로 떨어진 지방 도시인 가지안텝과 그 언저리에서 2주를 보내는 터키 여행에서 막 돌아왔던 참이었다. 폴라는 손잡이 없는 큰 웍처럼 생긴 '사즈(saç Sač 또는 peka라고도 부른다―옮긴이)'를 가져다 주었다. 가스불 위에 뒤집어서 엎어 두었다가 뜨거워지면 그 볼록 솟아오른 표면에 터키 납작빵을 구울 수 있다. 코네티컷 주에 있는 집으로 계획을 짜기 위해 전화를 걸 때마다(그곳에서 그녀는 유명한 범죄소설 작가인 윌리엄 베이어와 함께 산다), 그녀는 '니지프'와 같은 이름의 작은 터키 마을에서 찾아 낸 요리를 연습하고 있었다. 폴라처럼 니지프와 같은 이름의 마을에서 대부분의 시간을 보내는 음식 관련 저술가를 본 적이 없다.

아프리카에 가본 적이 없었으므로 뉴욕을 떠나기 전에 전염병 전문가와 약속을 잡았다. 전화통화를 하고는 내가 '탄자니아'에 간다고 생각했던 간호사 덕에, 의사는 뇌막염과 황열병 예방 주사를 놓고 말라리아 예방약을 한 병이나 삼키도록 할 참이었다. 그저 튀니지아로 간다고 말하자 안심하는 눈치였다. 상한 음식을 먹거나 물을 마시지 않는 한 걱정할 건 없다고 그는 말했다.

우리의 여정은 호머의 오디세이에 나오는 연꽃 먹는 사람들의 섬이자, BC 586년 바빌론의 왕 느부갓네살이 솔로몬의 신전을 무너뜨린 이래로 지금까지 남아있는, 세상에서 가장 오래된 유태인 공동체가 있는 튀니지 남동부 해안의 섬 제르바에서 시작되었다. 올드웨이스 재단은 우리의 도착에 맞춰 후한 연회를 준비했는데, 가장 훌륭한 튀니지 음식은 가정집에서 찾아볼 수 있다는 폴라의 기본적인 믿음에도 불구하고 이 연회의 음식은 2주 동안의 여정에서 가장 뛰어난 것 가운데 하나였다.

우리 앞에 펼쳐진 것들은 지중해부터 사하라 사막 언저리까지의 남부 지역 토속음식이었다. 여러 종류의 샐러드와 튀니지의 빵, 속을 채운 한치, 병아리콩, 양파와 함께 푹 끓인 빨간 호박, 카프사 마을에서 온 찐 네모꼴 파스타, 가베 시에서 온 젤리 같은 고기 스튜와 말린 아욱 이파리, 토체우르의 오아시스에서 온 납작하고 속을 채운 세몰리나 파이, 고대 타타우이네 지역의 야채수프, 토마토, 계란, 다른 어딘가에서 온 소시지로 만든 요리, 어디에서나 찾아볼 수 있는 해산물 '브리크(brik, 속을 채운 빵—옮긴이)', 익힌 참치와 계란 사이 둘레에 삼각형으로 접어 완벽하도록 바삭바삭해질 때까지 튀긴, 신기하도록 얇은 말수카 패스트리가 있었으며 후식으로는 여전히 가지에 달려있던 싱싱한 대추, 석류, 여러 가지 감귤류, 잣을 동동 띄운 향이 강하고 달콤한 박하차를 먹고 또 마셨다. 튀니지는 여지껏 맛 본 가운데 가장 뛰어난 귤, 베르가못이라고 부르는 달콤한 레몬을 포함한 계절을 이어가면서 먹을 수 있는 열 두 종

마지막 미지의 음식

Q. 내년에 유행하는 음식은 무엇이 될까?

A. 가능성이 그렇게 많지 않다는 것은 인정하지만, 서 고트족 요리를 후보로 꼽고 싶다. 서 고트족은 로마제국이 몰락하고 나서 지브롤터에서 론에 이르는 유럽 지역을, 아랍인들이 711년에 스페인으로부터 쫓아내기 전까지 250년 동안 다스렸다. 역사는 서 고트족을 유럽 문명의 파괴와 연결 지을 수 있을까 말까 한 무례한 야만인으로 그리는 등 불공평하게 다뤄왔다. 그들이 그랬던 것은 확실하지만, 업적도 생각해볼 수 있다. 라틴어로 쓴 그들의 법은 남미의 법학 이론에 많은 영향을 미쳤다. 가장 빠르게는 6세기에 그들은 기독교도가 되었는데, 600년에 스페인에서 벌어진 이단 심문에서 유대인들로 하여금 세례식을 받아들이도록 강요하는 선례를 남겼다. 그리고 무엇보다 중요하게도, 그들의 달고 신 음식은 그 흔적을 프랑스 남서부와 이베리아 반도, 특히 카탈로니아(스페인 북동부 지방—옮긴이)에 남겼다. 그러나 서 고트족의 요리책, 음식점, 아니면 식료품점을 찾는 시도는 이제 헛수고가 될지도 모른다. 서고트족의 요리는 마지막으로 남은 미지의 유럽 요리인데, 이제 세상 빛을 보게 될 때가 왔는지도 모르겠다.

류의 오렌지 등의 감귤류를 가꾼다.

그리고는 관광과 맛있는 저녁, 토론회(아랍어, 영어, 프랑스어, 일본어로 동시통역된다)가 이어졌다. 제르바에서 폴라와 나는 흔하지 않은 삼층짜리 쿠스쿠스 찜기를 찾아 수크를 돌아다녔는데, 이는 제르바에서 가장 잘 알려진 생선 쿠스쿠스를 위해 특별히 만들어진 찜기로 바닥에는 향료를 넣은 생선 국물을 넣고, 가운데에는 생선을, 맨 위에는 쿠스쿠스 알갱이를 얻는 것이다. 폴라는 시장의 풍부함에 보람을 느꼈으나 너무 늦은 아침 시간에 도착했을까봐 걱정했다. 지중해 지역에서는 가장 먼저 온 손님이 가장 많은 이익을 보는데, 가게 주인은 첫 손님을 잃으면 하루 종일 재수가 없다고 믿기 때문이다. 함께 여행한 사하라 사막 남쪽 아프리카의 전문가인 제시카 해리스는 세네갈 사람들도 같은 생각을 한다고 말했다.

폴라는 내가 공기로 숨 쉬듯 조리법으로 숨 쉬는 것 같았다. 제르바를 떠나 튀니지 본토로 갈 때가 되자, 그녀의 공책은 넘쳐났다. 그 전의 튀니지 여행에서 스팍스 시에 들렀을 때, 폴라는 회향잎, 양파, 향료로 맛을 낸 고기 없는 쿠스쿠스에 대해 들었다. 그때는 회향이 제철이 아니었지만 이제 제철을 맞았으므로 그녀는 튀니지에 이르자마자 사람들에게 물어보고 다니기 시작했다.

재충전을 위해 낮잠을 청하고 있었는데, 그런 내 등 뒤에서 폴라는 제르바의 시비 지투니 박물관의 전시 책임자인 아지자 벤 탄푸스와 인터뷰를 하는 수완을 발휘해서, 고기 없는 쿠스쿠스를 위한 최고의 조리법을 손에 넣었다. 탄푸스는 베르베르의 음식과 농업에 대한 강의를 해주었다. 페니키아인(유태인도 이들을 따라왔다), 로마인과 반달족, 아랍인, 투르크인, 프랑스인이 쳐들어오고 또 계속해서 이주해오기 오래 전, 베르베르 지방에는 토착민이 살고 있었다. 베르베르 사람들이 쿠스쿠스를 발명했다고 전해 내려오는데, 쿠스쿠스는 아비시나와 에리트레아에서 몇 세기 뒤 단단한 밀이 발견되기 전에는 원래 보리로 만들었다고 한다. 탄푸스의 할머니가 회향잎을 곁들인 쿠스쿠스를 완벽하게 만든다는 것을 어떻게 알아냈는지, 나는 절대 이해할 수 없었다. 그러나 확실히 탄푸스에게는 할머니가 있었다.

조금 더 자세히 묘사하자면, 쿠스쿠스는 작은 알갱이의 파스타이다. 손으로 쿠스쿠스를 빚으려면 장인은 거친 세몰리나 가루를 넓고 둥근 쟁반에 담고, 물 조금과 고운 세몰리나 가루를 거기에 더하고 계속해서 동그라미를 그리는 동작을 하며 손바닥으로 문지르면서 섞는다. 곧 고운 세몰리나 가루와 물이 거친 세몰리나 알갱이에 붙으면서 작은 쿠스쿠스 공을 빚게 된다. 20분이 지나 빚는 과정을 마치고 알갱이 거의 모두가 쿠스쿠스가 되었을 때, 쿠스쿠스 공들이 같은 크기가 되도록 체로 거른다. 그리고는 쪄서 햇빛에 말린 다음 나중에 쓰기 위해 담아둔다.

쿠스쿠스를 먹으려면, 손으로 만들었든 기계로 만들었든 찜기의 바닥에 물이나 양념한 국물을 끓이고는 쿠스쿠스 알갱이를 물에 담궈 찜기의 맨 위에 넣는다(체처럼 구멍이 뚫려 있는데 모로코 사람들은 언제나 뚜껑을 덮지만, 튀니지에서는 열어둔 채로 부엌에 놓아둔다). 김과 쿠스쿠스의 물기 때문에 쿠스쿠스는 찜기의 구멍을 통해 떨어지지 않고, 곧 알갱이들은 부풀어 올라 가벼워지고 소화할 수 있는 상태가 된다. 처음부터 찌지 않고 다른 전통적인 방법을 명시하는 귀한 조리법을 따르지 않는 한 쿠스쿠스를 끓는 물에 익히면 절대 안 된다(대개 이런 조리법은 미국에서 구할 수 없는 아주 고운 쿠스쿠스를 위해 쓴다).

폴라는 가장 맛있고 가벼운 쿠스쿠스를 준비하려면 꼭 두 번에 걸쳐 쪄야 된다고 주장한다(칠 년 동안 모로코에서 시간을 보낸 뒤 쓴 첫 번째 책인 『쿠스쿠스와 모로코의 맛있는 음식』은 1973년에 출간되어 그 분야에서 표준 요리책들 가운데 한 권으로 자리 잡았다). 처음 찐 다음 알갱이를 꺼내 접시나 너른 사발에 담아서 뭉친 것들을 잘게 부수고, 알갱이를 손을 그러모아 하나하나 떼어내고 부풀리는 동안 찬 소금물, 때로 버터 또는 기름으로 문지른다. 그리고는 잠깐 동안 두 번째로 찐다.

그러나 회향잎을 곁들인 쿠스쿠스는 이 규칙 몇 가지에서 어긋난다. 알갱이는 한 번만 찌고, '쿠스쿠스찜기coucoussier' 또는 찜기의 뚜껑은 줄곧 덮어놓는다. 그렇게 조리법을 따르면 맛있고 보기 좋으며, 폴라가 튀니지의 여정에서 찾아낸 것 가운데 가장 뛰어난 음식 가운데 하나가 된다.

튀니스의 중앙 시장에서 배운 대로 다듬지 않은 회향은 커다란 이파리 뭉치에 작은 알뿌리가 달린 것이다. 미국에서 회향이파리를 구할 수 없는 상황이라면 딜을 손쉬운 대체재료로 쓸 수 있다. 그리고 하나 덧붙이자면 튀니지 사람들은 토마토 으깬 것paste을 만드는 음식의 반 정도 넣는데, 기름에 잠깐 볶아서 그 쇠붙이와 같은, 저장음식의 맛을 빼낸다. 이것은 폴라가 가장 좋아하는 튀지니 요리의 요령 가운데 하나이다.

튀니스는 도시 곳곳으로 퍼져나간 수크, 오토만 시대의 카스바, 공중 목욕탕, 현대적인 호텔, 그리고 디도여왕이 기원전 814년에 세운 고대 도시 카르타고, 로마 양식의 모자이크를 가장 많이 보유하고 있고 또 훌륭한 골동품이 돋보이는 바르도 국립 박물관과 더불어 시시각각으로 사람을 놀라게 하는 도시였다. (로마인이 이르기 몇 세기 전에 모자이크 미술은 카르타고에서 발명된 것인지도 모른다.) 튀니지는 아프리카 대륙 가장 북쪽에 자리잡은 나라로, 튀니스는 시실리에서 좁게 펼쳐진 지중해를 건너

회향잎을 곁들인 쿠스쿠스

아지자 벤 탄푸스와 폴라 울퍼트(여섯 사람 몫)

회향잎과 딜 226g **파슬리** 226g **당근 이파리** 한 줌 **쪽파와 파** 226g **올리브기름** 1/2컵 **다진 양파** 1컵 **토마토 으깬 것** 3큰술 **다진 마늘** 2큰술 **단 파프리카 가루** 2작은술 **소금** 2작은술, 또는 간이 맞을 만큼 **고수씨 가루** 2작은술 **캐러웨이씨 가루** 1작은술, 향료 맷돌, 또는 손절구로 곱게 갈아 준비한다 **빨간 고추 말려 부순 것** 2작은술 **물** 2컵 **쿠스쿠스** 2, 1/2컵 **매운 파란 칠리고추** 1개, 날것의 꼭지를 떼어내고 씨를 발라 잘게 썰어 준비한다 **빨간 피망** 1개, 꼭지를 떼어내고 씨를 발라 여섯 등분한다 **마늘** 여섯 쪽, 까서 준비한다

회향잎과 딜, 파슬리, 당근 이파리, 쪽파, 파를 흐르는 물에 씻어 대강 썬다. 쿠스쿠스 찜기의 바닥을 물로 채우고 끓인 뒤, 구멍이 뚫인 윗부분을 얹고 썰어 둔 이파리와 야채를 넣고 뚜껑을 덮어 30분 동안 찐다. 불에서 내려 뚜껑을 열고 식힌다. 이파리와 야채에서 물기를 짜내고 둔다.

중간 세기의 불에 25~30cm짜리 스킬렛을 올려 올리브기름을 달군다. 양파를 기름에 부드러워질 때까지, 2~3분간 볶다가 토마토 으깬 것을 넣고 익히는데, 윤기가 돌 때까지 휘저어 섞어준다. 으깬 마늘, 파프리카, 소금, 고수씨 가루, 캐러웨이씨 가루, 빨간 고추 부순 것을 더한다. 물 한 컵을 넣고 뚜껑을 덮어 15분 동안 익힌다.

스킬렛을 불에서 내리고 쿠스쿠스를 넣는다. 찐 이파리와 야채를 더한 뒤 잘 섞어준다. 파란 칠리고추, 빨간 피망, 껍질을 벗긴 마늘을

통으로 넣고 섞는다. 쿠스쿠스 찜기에 물을 넣어 끓여, 구멍이 뚫린 윗부분을 얹고 스킬렛의 내용물을 넣어 뚜껑을 덮고 30분간 찐다.

쿠스쿠스를 미리 데워 둔 큰 접시에 담는다. 통마늘과 피망조각을 건져내서 따로 둔다. 긴 포크로 덩어리진 쿠스쿠스를 부스러뜨린다. 남은 찬물 한 컵을 넣고 맛이 느껴질 정도로 소금과 후추를 넣은 다음, 호일로 덮어 먹기 전 십 분 동안 따뜻한 곳에 둔다.

빨간 피망과 마늘을 엇갈려서 별 모양을 만들어 쿠스쿠스 위에 얹어 장식한다. 이 음식을 버터밀크와 함께 먹는 튀니지 사람들도 있다.

고작 136킬로미터 밖에 떨어져 있지 않고, 알제, 트리폴리, 또는 카이로보다 유럽에 더 가깝다. 페니키아 사람들은 향료와 올리브 나무를 아시아에서 가져왔고, 로마인들은 포도덩굴과 과일나무를, 터키인들은 견과류가 들어간 단 후식과 맛있는 브리크를 가져왔다. 몇 세기 동안 튀니지는 로마의 빵바구니로써, 로마인 20만 명을 위한 밀을 공급했다. 벌써 삼 천 년 전에 튀니지 사람들은 세계인이었다.

하루는 한 지인이 튀니스에서 중산층 정도 수준의 개인 주택에 사는 여성 한 무리와 폴라 사이의 약속을 주선했다. 폴라는 물음을 던지며 모임을 시작했다. 여러분 가운데 누가 가장 맛있는 쿠스쿠스를 만들죠? 모두가 건포도를 넣은 쿠스쿠스를 잘 만드는 여자에게 눈을 돌렸다. 그녀가 어떻게 음식을 만드는지 설명하는 동안, 다른 여자들은 고개를 끄덕이거나 동의하지 않는다는 의미로 머리를 흔들었다. 종종, 폴라는 그들이 만드는 것은 어떻게 다른지 물어보았다. 우호적인 논쟁이 뒤따랐고, 맨 처음의 여자가 다시 말을 이었다. 폴라는 세 가지의 새 음식에 대한 대강의 얼개와 그 음식들을 조리하는 데 따르는 많은 다른 방법을 배웠다. 모임은 그 집의 남편이 집에 돌아왔을 때에 막을 내렸다. 그는 가지고 있는 것들 가운데 가장 좋은, 전통적인 금요일 안식일의 예복인 낮은 페즈 모자, 끝이 말린 구두를 신고 있었다.

올드웨이스 재단에 모인 사람들이 우리를 남겨두고 튀니스를 떠나고, 우리는 몇 년 전 폴라가 처음 튀니지에 왔을 때 알게 된, 너그러운 사람들인 린과 살라 하나치의 보살핌을 받게 되었다. 린은 캔자스 주의 작은 마을 출신이고, 살라는 튀니지 북서쪽의 젠두바에서 자랐다. 두 사람은 미국 대학원에서 박사 과정을 밟을 때 만났다. 린은 미국학을 가르치고, 살라는 정부 관리인데 그의 명함에 "외무부와 외교 통상부 서기관"이라고 쓰여 있는 것으로 보아 상급 공무원일 것이라고 생각했다.

린과 살라는 우리가 깨어 있는 시간 거의 전부를 위해 상세한 계획을 세웠는데, 그 계획은 차를 한참 동안 몰아 튀니지 북부를 가로질러 굽이치는 농장, 포도밭, 올리브 숲을 거쳐 휴양지인 파바르카와 살라의 어머니인 자밀라 하나치와 형제 몇 명이 아직도 살고 있는 하나치가(家) 집성촌인 젠두바로 출발하는 것으로 시작되었다. 살라의 형제 라시드의 집에서 우리가 잘 차려진 한낮의 저녁을 먹으려 둘러앉기 전, 살라의 어머니는 파, 푸른 고추, 마늘, 소시지, 향료, 양의 꼬리 지방(많은 아랍 나라의 진미이다)를 넣은, 맛있는 납작빵을 만들어 질그릇 판에 구웠다. 조리법을 공개하고 싶지만, 나는 아직도 반죽을 똑같이 만들어내지 못했다. 만약 성공한다면, 음식의 이름을 다시 지을 것이다. '크홉스 비샴'은 아랍어로 "기름빵"을 의미한다.

하나치 부족은 며칠 동안 우리가 불청객 노릇을 하도록 내버려 두었다. 사촌 파이살은 근처 불라 레지아의 폐허에 있는 아름다운 로마양식의 집을 보여주었으며, 그의 아내 모나와 그녀의 어머니는 견과류와 대추가 많이 들어가고 아주 단 베자 족의 양고기 쿠스쿠스를 조리하느라 하루를 보냈다. 베자 족의 음식은 베르베르와 모로코의 영향을 받은 것으로 잘 알려져 있다.

살라의 어머니는 스스로 대표 요리라고 생각하는 것의 조리법을 주었는데, 그녀가 세상을 떠나면 잊혀질까 봐 걱정하고 있었다. 요리의 이름은 '차크추카'로 손으로 만든 얇은 납작빵을 세 네 겹씩 질그릇 판에 얹어 구운 뒤, 한 입 크기로 찢어 닭고기와 토마토를 넣어 만든 소스를 곁들여 파스타처럼 먹는 것이다. 음식을 만드는 데에는 세 명의 여자가 적어도 세 시간을 준비해야 한다.

하루는 린이 우리를 목가적인 사유지 '레 물랭 마주브Les Moulins Mahjoub'에 데려갔다. 레 물랭 마주브는 튀니스에서 한 시간 정도 떨어진 시골로 토스카나나 프랑스 남부에서 보았던 전통적인 방법으로 올리브를 가꾸고 거둬 기름을 짜는 곳이었다. 그때가 12월이었고 올리브 수확이 이틀 전에 시작되었는데, 처음 거둔 올리브는 압착기를 거쳐 하얀 수성 석회도료를 바른 곳간에서 실외보관 되었다. 몇 분 내로 그 해 처음의 기름짜기가 시작되었다.

우리는 압착기가 있는 건물 밖에 서서 1899년부터 올리브기름을 생산하는 가족의 삼형제 가운데 한 사람인 살라 마주브와 이야기를 나누었다. 우리는 농부가 압착기 너머 앞마당으로 양 한 마리를 이끄는 것을 지켜보았고, 커피를 홀짝이며 둥글게 골진 무늬를 남기는 번철에 구운 대추 패스티를 간식 삼아 먹었다. 회색의 정장 차림인 마주브는 몇 분 뒤에 자리를 비웠고, 그가 돌아왔을 때 압착기가 있는 건물로 들어가 파란 군데군데 검정색이 섞인 첫 올리브가 커다란 맷돌 속으로 밀려들어가는 것을 보았다. 작은 여자아이가 흥분해서 달려와서는 까만 액체가 들어 있는 작고 하얗고 불투명한 풍선처럼 보이는 것을 흔들었다.

수확과 기름짜기의 성공을 지키기 위해 방금 양을 마당에서 희생재물로 잡았다고, 마주브는 설명했다. 희생은 신에게로 가지만 고기는 모두에게 간다고 그는 설명했다. 여자아이의 손에 있던 것은 양의 담낭이거나 담관인데 담즙이 많을수록, 미래에 돈을 더 많이 번다고 했다. 마당으로 달려 나갔으나 남은 것은 콘크리트 바닥에 놓인, 피에 물든 세링 외투처럼 보이는 가죽뿐이었다.

모두가 내장이 보여주는 메시지에 기쁜 듯 보였다. 오래된 엔진이 맷돌에 달린 도르래 돌리는 것을 보면서, 만약을 대비해서 행운의 말발굽을 엔진에 걸어놓을 수도 있었겠다고 생각했다. 새로운 엑스트라 버진 올리브기름은 날 것인데다가 썼는데, 짜내고 며칠이 지나도 계속 그러했다. 그러나 작년에 짠 기름도 맛있었다.

몇 년 전, 폴라는 스위스 샤드를 기름에 거의 아무 것도 남지 않을 때까지 조리해서 놀라울 정도로 맛이 농축된다는 튀니지의 토속 음식인 브카일라에 대해 읽은 적이 있다고 했다. 그래서 어느 날 아침 일찍 린의 운전기사는 폴라와 나를 카르타고로 데려가, 로마 목욕탕 잔해 건너편 하얀 귀퉁이 집에 사는 은퇴한 교사 롤라와 조지 코헨 부부를 만나게 해주었다. 조지의 선조는 유태인과 아랍인이 스페인에서 쫓겨났던 15세기 말 튀니지에 이르렀는데, 롤라는 그녀의 집안이 몇 세기 더 일찍—아마도 7세기 말 아랍인들이 북아프리카를 정복하기 이전—부터 살아왔다고 믿고 있었다. 코헨 부부는 세 자식들이 튀니지를 떠나 프랑스로 가서 실망했다. 1956년 튀니지가 독립했을 때, 유태인 공동체에는 6만 명이 속했으나, 이제는 채 2만 명도 안 된다고 말했다.

브카일라는 만드는 데 거의 하루 종일이 걸리는데, 그래서 유태인의 큰 명절이나 결혼식에만 먹도록 아껴둔다고 롤라는 말했다. 우리는 그녀가 '오스반osban'이라는 이름의, 간 쇠고기, 소간, 소 천엽, 파슬리, 고수, 박하, 딜, 마늘, 빨간 양파, 하리사, 쌀로 속을 채우는 두 가지의 소시지를 만드는 것을 지켜보았다. 그렇게 만든 소시지는 살짝 삶아서 졸아든 스위스 샤드, 하얀 콩, 쇠고기, 두껍고 젤라틴질의 소 껍질과 함께 물을 붓고 약한 불에 전부 부드러워지고 야채에 검정색에 가까운 푸른 빛이 돌 때까지 끓인다.

하누카(Hanukkah, 11월이나 12월에 8일간 진행되는 유대교의 축제—옮긴이)의 마지막 날인 그날 저녁, 우리는 린과 살라와 함께 카르타고에서 돌아와 코헨 부부의 친구 다섯 사람과 함께 브카일라를 비롯해서 다른 여러 음식을 나눠먹었다. 우리는 졸아든 스위스 샤드가 옷에 묻으면 지워지

메쉬어, 또는 구운 튀니지 샐러드

큰 플럼 토마토 4개(약 227g) **파란 피망** 2개(약 170g) **포블라노 칠리고추** 1~2개(약 113g) **노랑거나 빨간 양파** 1개, 지름 약 6.35cm(113g), 껍질을 벗겨 준비한다 **마늘** 큰 것으로 1쪽, 껍질을 벗기지 않는다 **캐러웨이씨 가루** 1/4작은술, 손절구나 양념 갈이로 곱게 간다 **고수씨 가루** 1/4작은술 **굵은 소금** 1작은술 **레몬즙** 반 개 분량 **엑스트라 버진 올리브기름** 3큰술 **케이퍼** 1/2큰술

토마토, 피망과 포블라노 고추, 양파, 마늘을 숯불에 올려 굽는데(브로일러나 가스불에 구워도 된다), 야채를 불에 가까이 대고 잘 그을릴 때까지 자주 뒤집어 준다. 다 구워지면 불에서 내린다. 고추를 종이 봉지에 넣고 밀봉해서 10분 동안 증기를 쐰다(종이 봉지에 넣으면 껍질을 벗길 수 있다. 보통 사람들이 쓰는 방법을 따라 물 속에서 껍질을 벗기면 고추의 맛을 옅게 만든다).

고추를 봉지에 넣어두고 구운 토마토의 껍질을 벗겨 1.25cm 길이로 다져 2리터들이 사발에 넣는다. 그은 양파의 맨 바깥 켜를 벗겨내고, 나머지를 0.6cm 길이로 다져 사발에 더한다. 그리고 고추의 껍질을 벗기고 꼭지를 따내고 씨를 들어낸다. 피망을 1.2, 포블라노 고추를 0.6cm 길이로 썰어 토마토에 더한다.

마늘 껍질을 벗기고 간 캐러워이씨, 고수씨, 소금과 함께 숟가락의 등으로 뭉갠다. 야채와 잘 섞는다. 레몬즙과 올리브기름을 휘저어 섞어준다.

얕은 사발에 담아낸다. 올리브와 케이퍼로 장식한다. 곁들이로는 네 명이 적당하게 먹을 수 있는 분량인데 양은 쉽게 두 배로 늘릴 수 있다.

지 않기 때문에 종이 내프킨을 썼고, 무화과로 만든 하얀색 '생명수(eau-de-vie, 투명한 과일 브랜디를 일컫는 말─옮긴이)'인 부카를 마셨다.

매주 브카일라를 만들지는 않겠지만, 분명히 가장 만들기 쉬우면서도 또 가장 맛있는 튀지니음식인 '메쉬어mechouia'는 아마도 언제라도 만들 수 있을 것이다. 메쉬어는 토마토, 맵고 단 고추, 양파, 마늘을 구워 깍둑 썰어 만든 샐러드로, 때로 참치와 계란으로 장식하기도 하고, 으깨어 곤죽으로 만들어 빵에 찍어 먹는데, 폴라는 이 조리법을 좋아한다. 튀니지의 인구(8백 5십만 명)만큼이나 많은 메쉬어 조리법이 있다.

구운 야채와 매운 고추가 미국에서 유행한다는 것을 생각해 볼 때, 메쉬어가 우리 동네에 거의 알려지지 않은 것은 놀랍다. 그러나 이 조리법의 활자화와 동시에, 메쉬어는 미국의 어느 동네에서도 찾아볼 수 있게 될 것이다. 이 조리법은 모하메드 쿠키의 잘 알려진 요리책 『튀니지 요리La cuisine tunisienne』의 프랑스판을 따른 것이다. 누군가는 쿠키가 튀니지의 제임스 비어드(James Beard, 미국의 조리사이자 음식 저술가─옮긴이)라고 말할지도 모른다.

방금 현상소에서 사진을 가져왔다. 가리개로 눈을 가린 낙타가 베르베르족의 마을 체니니 높이 자리 잡고 있는 동굴에서 맷돌을 돌리는 사진이 있다. 그리고 내가 가장 좋아하는, 튀니지 신부들을 위한 양식의 헤나로 손을 칠한 아내의 사진이 있다. 폴라는 아직도 여행에서 가져온 4~50가지의 음식 조리법을 체계적으로 다듬고 있다. 어제 그녀는 보존 처리된 양의 허벅지인 카디드를 만들고 후식으로는 달콤한 세몰리나 빵을 공 모양으로 만들어 견과류와 대추를 채운 것을 만들었다. 오늘 저녁 그녀의 가족은 양의 머리와 보리 그릿(grit, 빻은 곡물로 만든 일종의 죽, 미국 남부에서 많이 먹는데, 이 경우 옥수수를 밀가루보다는 조금 거칠게 빻은 것으로 죽을 끓인다─옮긴이)으로 잔치를 벌인다고 들었는데, 나는 메쉬어를 만들 것 같다.

테마
레스토랑의
열풍

불어 닥치는 테마 레스토랑의 열풍

트레이더 빅스Trader Vic's는 30년 전, 내가 처음 가본 테마 레스토랑theme restaurant으로, 요즘 이런 테마 레스토랑의 파도가 내가 살고 있는 맨해튼을 집어 삼킬 경지에 이르러 그 의미를 해독하느라 다른 곳에도 가보지 않았더라면, 아마 처음이자 마지막으로 가본 테마 레스토랑이 되었을 것이다. 왜 관광객들은 뉴욕까지 여행을 와서 시골의 상가에서도 먹을 수 있는 음식을 먹을까? 아니면 왜 다른 사람의 이름이 박힌 티셔츠, 야구모자, 데님 윗도리, 사각 팬티를 살까? 또 애틀랜타, 아스펜, 피닉스, 타호 등의 지역에도 있는 '플래닛 할리우드'나 '하드록 카페'

를 뉴욕에 와서까지 들르는 이유는 무엇일까? 뉴욕은 여름이면 아스펜보다 더 덥고 습기가 많으며, 겨울이면 애틀랜타보다 더 춥다. 그리고 뉴욕은 두 도시보다 더럽다. 지하철은 혼란스럽고, 택시를 타려면 우르두어(힌두어의 한 종류로, 주로 인도 이슬람교도들 사이에서 쓰이며 파키스탄의 공용어—옮긴이)를 전문가 수준으로 알아야 하고, 여름이면 운전기사를 승객으로부터 보호하거나 또는 그 반대의 경우를 위해 막아놓은 두꺼운 방탄 투명유리에 뚫린 작은 구멍 세 개를 통해 나오는 에어컨 바람을 쐬려면 스노클이 필요하다. 상식적인 도로체계, 깨끗한 거리, 싹싹한 사람들, 깨끗한 공기라면 아스펜을 따라갈 곳이 없다. 미치지 않고서야 하드록 카페를 가려고 뉴욕까지 올 이유가 없다.

사업적인 측면에서 테마 레스토랑의 매력을 이해하기는 쉽다. 햄버거로 돈을 조금, 티셔츠와 다른 기념품으로 왕창 버는 것이다. 버팔로 닭날개나 쇠고기 파히타의 이익률은 10%지만, 로고가 찍힌 야구모자의 경우에는 50%쯤 될 것이다. 주요 도시의 심장부에 자리 잡고 있는 성공적인 테마 레스토랑은 일반적으로 공간을 위해 건물을 짓고 문을 여는데 5백만 달러(어떤 경우에는 천만 달러 가까이로 뛰고 있기는 하지만)이다. 전체 수입액은 연간 천만 달러인데, 25%가 순이익이고 그 가운데, 175만 달러가 상품에서, 65만 달러가 음식에서 비롯된다. 처음에 투자한 자본은 2~3년 내에 거둬들일 수 있다. 이런데 왜 다른 것에 투자하나? 남아있는 부동산 한 뼘까지도 테마 레스토랑을 짓는 데 써야 하지 않을까? 동네 전체, 도시 전체를 테마 레스토랑으로 바꿔야 하지 않을까? 플로리다 주 올랜도에서는 실제로 그런 일이 벌어졌다(올랜도에는 월트 디즈니

월드가 있어 도시 전체의 분위기가 하나의 놀이동산과 같다. 올랜도라는 도시 자체의 중심가인 '다운타운 올랜도'가 있기는 하지만, 그보다는 디즈니의 분위기가 물씬 나는 '다운타운 디즈니'가 더 번화하다——옮긴이).

자질구레한 테마 관련 상품만으로 손님을 끌 수 있다면 아마 음식을 팔지 않아도 될 것이다. 실수 연발로 잘 알려진 로스앤젤레스 카운티 검시관 사무소조차도 유명인사에 관련된 자질구레한 장신구를 팔아 돈을 벌려고 선물가게를 열었다. 다른 곳에서도 파는 티셔츠나 사각 팬티와 함께, 검시관 사무소에서는 이름을 새길 수 있는, 진짜 시체의 발가락에 끼우는 식별표와 경찰이 길에 널려 있는 시체 언저리에 그리는 분필선을 흉내 내서 그려놓은 해변용 큰 수건을 판다. 안내책자에는 "해변가에 자리를 맡아두세요"라고 써 있다. 보도진과의 만남에서 로스앤젤레스 검시관은 뉴욕으로 사업을 확장할 계획이 없다고 밝혔다.

그러나 워너브라더스는 음식과 기념품을 갈라놓을 필요가 없다고 분명히 결정했다. 보도에 따르면 워너브라더스의 매장은 57번가와 5번 대로의 3층짜리 매장에서 대피 덕, 트위티, 벅스 버니가 그려진 옷과 선물용품을 팔아 연간 총 수입 10억 불을 벌어들이는 세계에서 가장 성공적인 사업체가 되었다. 소문에 의하면 3,700제곱미터의 확장계획에는 세 곳의 음식점이 포함될 것이라고 한다.

57번가는 뉴욕 테마 사업 세계의 새 중심점이다. 몇 세대 동안 57번가는 카네기 홀에 이르는 지름길이었으며, 버크도프스, 벤델스, 본위츠, 리졸리와 스타인웨이, 오스본 아파트먼트, 하마셔-슐레머, 그리고 풀러빌딩의 전초기지였다. 그러다가 1984년 하드록 카페가 들어섰고, 1995

년까지 '플래닛 할리우드', '르 바 배트', '브루클린 다이너 U.S.A', 그리고 전설적으로 성공한 워너브라더스 매장을 거리 위에 들어 '테마 거리'라는 별명을 얻었다. '지킬 앤 하이드 클럽'과 '할리데이비드슨 카페'는 한 가구 떨어져 있으며, '패션 카페'도 가까이에 있다.

그리고 더 많은 테마 레스토랑들이 들어설 것이다. '모타운 카페(훌륭한 아르데코 양식의 건물이었던 '혼 앤 하다트 오토마트'를 대신한 뉴욕 델리의 부지를 차지하려고 스티븐 스필버그의 '다이브!'와 경합을 벌여 부지를 차지했다)'가 곧 문을 열고, '다이브!'(실내 장식은 바티스카프[bathescaphe, 심해용 잠수정의 일종—옮긴이를 본 땄으며, 잠수함 샌드위치[submarine sandwich, 납작한 타원형 빵에 여러 종류의 햄이나 야채를 끼워 만든 샌드위치—옮긴이를 "재발명한" 요리를 선보인다)', 나이키(5번가 근처 에베츠 필드[현재는 로스앤젤레스로 연고지를 옮긴 옛 브루클린 다저스의 홈 구장—옮긴이])의 전면부를 본따고, 그 뒤로는 4층짜리 운동화 테마파크가 들어선다. 돌리 파튼이 그녀의 컨트리 웨스턴(country-and-western, 미국 남부에 뿌리를 내린 대중음악 양식, 줄여서 컨트리—옮긴이) 체인 음식점을 들이려 57번가를 샅샅이 뒤졌다는 이야기가 돌아다닌다. 독수리처럼 땅을 찾는 사람들은 6번 대로 모퉁이의 '올프스 델리카트슨'이 망하기만을 기다리고 있다. 도쿄에 절충적인 모습을 불어넣었던 별 것 아닌 문화의 조각들이 갑자기 의미 있는 것들처럼 느껴진다. 곧 맨해튼의 길거리에 서 있으면서도 어느 나라의 어느 도시에 있는지조차 알아차리지 못하게 될 것이다.

57번가 주변으로는 '텔레비전 시티'가 테마 레스토랑과 기념품 매장을 록펠러 센터에 열 것이고, '(에드) 설리번스 레스토랑 앤 브로드캐스트 라운지'도 브로드웨이의 부지에 그와 비슷한 계획안을 세웠다. 남쪽으로 지하철 한 정거장인 타임 스퀘어에는 큰 디즈니 단지가 들어설 전망이며(워너브라더스 매장에서 5번 대로 쪽, 코카콜라 선물 가게 바로 옆의 스튜디오 매장을 보완하기 위한 계획이다), MTV와 HBO, 로버트 얼(테마 사업계에서 우뚝 솟은 천재로 80년대에 하드록 카페의 고위간부였으며, 90년대에는 플래닛 할리우드의 창업자였다), '마벨 매니아'와 샤킬 오닐, 안드레 아가시, 그리고 웨인 그레츠키 등의 세계적으로 잘 알려진 운동선수들의 지원을 받을 '오피셜 올스타 카페' 등의 사업 참여가 예정되어 있다. 그리고 브롱크스의 시티 아일랜드에 자리 잡을 티토 푸엔테의 275석 규모 푸에르토리코 테마 레스토랑도 기다려지는데, 이 음식점은 라틴 재즈와 가족을 위한 음식점을 한데 합친 분위기라고 한다. 살사의 거장 푸엔테는 주방을 이끌 사람으로 존경 받을만한 이본느 오티즈(『푸에르토리코의 맛』의 저자)를 골랐다. 그들은 음식점에서 내놓을 '프로즌 망고 탱고'가 피냐 콜라다(코코넛 크림, 파인애플 주스, 럼을 섞은 칵테일―옮긴이)의 뒤를 이을 것으로 기대한다. 라스베이거스에 기반을 둔 자본이 '새터데이 나이트 라이브'의 테마 체인 음식점을 세울 부지를 사들이고 있다는 소문도 있다. 그리고 요즘 소식에 의하면, 마돈나도 그녀의 부지를 찾고 있다고 한다.

　그러나 왜 관광객이 만 오천 군데의 음식점이 있는 도시인 뉴욕까지 와서 상가에서나 파는 음식을 먹으려 들까? 맨해튼에는 딱 하나의 상가, 이스트리버의 사우스 스트리트 시포트가 있는데 보다 더 깊은 이해를 위해 처음으로 이곳의 식당가에 들러보았다. 햇살이 눈부신 날, 17번 부두 끝의 3층에서 본 강의 경관은 숨조차 멎게 할 정도로 아름다웠다.

그렇게 강을 바라보면 남쪽으로는 자유의 여신상이, 북쪽으로는 브루클린 다리가 있는데, 그 둘 모두 굉장한 공학의 승리로 대변되는 시대에 세워진 것으로 그때 뉴욕 시는 셀 수 없을만큼 돈이 많았고 세계 모든 곳에서 이민 노동자를 받아들이고 있었다.

내 뒤로는 식당가가 있었다. 열심히 모든 가게에서 파는 음식 맛을 보았다. 아시아 밖의 중국 인구로는 최대인 뉴욕 차이나타운이 바로 몇 발짝 떨어져 있는데도 지역 체인이 내놓은 중국 음식은 맛이 없고 끈적거렸다. 샌프란시스코의 동쪽에서는 가장 맛있는 빵을 만드는 이 도시에서 퍼석퍼석하고 스펀지 같은 빵은 치욕스러웠다. 처음으로 미국에서 나폴리 이민자를 받아들인 엘리스 섬이 1.6킬로미터, 90년 전에 스프링 거리에 문을 연 미국의 첫 번째 피자집으로부터 3.2킬로미터 떨어진 곳에서 파는 피자에서 특별한 구석이라고는 찾아볼 수가 없었다. 가장 고통스러웠던 경험은 미네소타 주 세인트폴이나 애리조나 주 투산 같은 곳에서라면 번창할 것도 같은 델리—450개의 체인 매장 가운데 하나—로, 한때 진짜 델리의 거대도시였고 아직도 진짜 파스트라미의 횃불이 우뚝 솟아 있는 이 도시에서 물에 불려 원래의 상태로 만들어낸 축축한 칠면조 고기와 허옇게 삶은 뼈 없는 햄을 내왔다.

뉴욕 토박이가 사우스 스트리트 시포트에 들어설 때는 그가 사랑하는 도시를 떠나기 위해서이다. 대부분의 손님은 관광객이었고 그들은 어디를 가서도 '바디숍'이나 '브룩스톤즈', 아니면 수십 개의 패스트푸드 체인에서 쓰고 먹을 수 있다. 한때 나는 이런 종류의 시설이 변화무쌍하고 독특한 도시에 스며들지 않았다는 데에 자랑스러워 했다. 17번

부두의 끝에 서서 명상에 잠기듯 두껍고 늘어진 피자를 씹으며, 거대도시의 시체를 갉아먹는 듯한 기분을 느꼈다.

계단을 달음질쳐 내려가 택시에 올라타서는, 테마 거리에서 파는 음식이 이것보다 낫기를 바랐다. 패션 카페, 플래닛 할리우드, 하드록 카페, 지킬 앤 하이드 클럽, 할리데이비드슨 카페에서는 메뉴와 음식에 있어 차이점을 전혀 구별할 수 없었다. 플래닛 할리우드가 자기들의 테마에 대해 진지하게 생각한다면, '톰 존스'에서의 풍족한 식사 장면이나, 알 파치노와 스털링 헤이든이 연기한 부패한 아이리시 경관을 암살할 때의 저녁식사, 그외 수천 가지가 넘는 유명한 장면의 음식을 내놓을 것이다. 엘비스가 좋아했던 음식은 잘 재현이 되었지만, 하드록 카페는 무엇인가 분명하지 않은듯 보였다. 그리고 할리데이비드슨 카페는 테마 음료를 축소판 휠캡이나 오토바이 기름 탱크에 담아 내놓을 수 있었을 것이다.

그러나 흥미진진한 음식이 목적은 아니다. 무엇보다 메뉴판은 친숙하고 거슬리지 않으며, 저렴해야 한다. 다양한 취향을 가진 가족이나 친구들 무리가 편하게 식사를 같이 하고 술을 많이 시키며, 상품에 집중할 수 있어야 한다. 5~6달러를 더 쓰면 로고가 찍힌 650밀리리터짜리 컵을 집에 가져갈 수 있는데 그게 패스트푸드나 테마 드링크보다 더 좋은 선택이 아닐까?

몇몇 음식은 꼭 짚고 넘어가야만 하겠다. 하드록 카페의 갈비는 눈에 띄게 훌륭했으며(대부분의 패스트푸드 주방에서는 갈비를 굽기 전에 삶아 고기와 뼈에 회색이 돌고 돼지고기의 단맛을 옅게 만든다), 할리데이비드슨 카페의 음식은 먹을 수 없었다. 르 바 배트의 음식은 진짜였고, 가격도 다른 곳보다 조금 더 비쌌다(부드러운 양상추, 괜찮은 빵과 피칸 파이, 맛있게 그은 양, 그러나 아이스크림 샌드위치는 이로 꿰뚫을 수 없었다). 생각해보면, 내 눈물샘을 자극한 60년대의 문구를 벽에 걸어놓은 하드록 카페가 가장 재미있었다. '모두가 하나. 다 같이 사랑해요. 다 같이 먹어요.' 대부분의 테마 레스토랑은 그럴 필요가 없을 때조차도 예약을 받지 않고 손님을 기다리게 한다. 어느 곳에서도 에스프레소의 '크레마'를 찾을 수 없었다. 크레마가 없는 에스프레소는 에스프레소가 아니지 않은가?

왜 이런 음식점들이 성공을 거둘까? 그런 사업에 종사하는 사람들은 대부분의 관광객들이 안전하고 편한 기분을 느끼고 싶어한다고 말한다. 이런 상표들이 그 역할을 하는 반면, 맨해튼의 거리는 기본적으로 불친절하다. 밤의 유흥이 너무나 많은 복잡하고 화려하며 알 수 없는 포함과 불포함의 규칙에 의해 계층화되는 도시에서, 테마 레스토랑은 궁극적으로 민주적인 장소이다. 들어가기 위해서 줄을 서야 하고 안에 들어가면 컴퓨터가 안내하는 자리에 앉는다. 하루가 다르게 지적 능력이 떨어지는 할리우드와 디즈니가 우세한 문화인 나라에서, 영화와 조금이라도 연관된 것—사실, 조금이라도 잘 알려진, 심지어는 카토 칼린(Brian Gerard "Kato" Kaelin, 한때 O.J. 심슨의 식객으로 그의 살인 재판에 간접적으로 연루되었다고 믿어지는 남자. 재판이 벌어질, 그리고 이 글이 쓰인 때 배우 지망생이었다)조차도—이 많은 사람들을 그러모은다. 그래서 관광객들은 이 도시에서 저 도시로, 이 나라에서 저 나라로 옮겨 다니며 모든 것이 똑같으나 로고 밑에 찍힌 도시의 이름만 다른 플래닛 할리우드의 티셔츠를 사 모으는 것이다. 그래서 플래닛

뉴욕에서 외식을 하면 1인당 적어도 75달러씩 드는 이유

인기 있는 조리사 한 명이 이렇게 설명을 해 주었다. '홍어와 갈색이 돌도록 녹인 버터' 요리를 예로 들면, 홍어 4kg 도매가 - 1.31달러, 홍어를 삶는 '나쥬nage'의 재료 - 1.92달러, 소스의 재료인 버터 112g - 44센트, 케이퍼 28g - 26센트, 생선 국물 56g - 22센트, 소금과 후추 - 4센트, 식초 15밀리리터 - 1센트이고, 이를 모두 더하면 4.20달러에, 쓸 수 없는 부분과 음식을 망쳐서 내는 손실의 보충분 5%를 계산하면 4.41 달러가 된다

음식점은 임대료, 인건비, 은행 이자, 이익을 내기 위해 재료비의 원가에 다섯 배를 곱한다. 이것이 음식 값을 정하는 열쇠이고, 중서부 시골에서는 8달러에 먹을 수 있는 음식을 뉴욕의 음식점에서 25달러에 파는 이유이다. 그리고 손님은 화려하게 꾸며진 1.85제곱미터의 맨해튼을 두세 시간 빌리게 된다.

그래서 홍어와 갈색이 돌도록 녹인 버터요리에는 22달러의 가격이 매겨지게 되는 것이다. 전채와 후식, 커피의 비용은 주 요리와 거의 같으므로, 22달러를 더한다고 치자. 거기에 적당히 30달러짜리 포도주 반 병이면 15달러, 탄산수 반 병이면 2.5달러이다.

그래서 합계는 61. 5달러가 되고, 세금 5.07 달러, 팁 15%에 9.99 달러, 총합은 75.56 달러가 된다.

그리고 이 모든 것은 1.31달러어치의 홍어로부터 비롯되었다.

할리우드나 하드록 카페는 우편 판매를 하지 않는다.

　맨해튼에 있는 테마 레스토랑이 이렇게 싸구려이면서 가격이 비싸게 매겨진 기념품을 파는 전국 체인점의 처음이거나 유일한 것도 아니다. 길거리를 돌아다니다 보면, 돌아보는 곳마다 새로운 무엇인가가 생기는 데에는 놀라울 지경이다. 12번가의 내 집 근처에도 웨이터들이 오페라를 부르는, 71년의 가장 오래 된 역사를 자랑하는 테마 레스토랑인 '아스티'가 있다. 그리고 도시 전역에 걸쳐 미키 맨틀이나 러스트 스타웁, 또는 그보다 덜 알려진 사람의 이름을 딴 스포츠 펍pub이 있다.

　57번가나 타임스퀘어 모두, 떠오르는 테마 카페나 음식점의 단편을 보여주는 곳이 아니다. 로어이스트 사이드의 세인트 마크스 플레이스 주변은 사이버카페가 늘어나는 경향의 진원지가 되었는데, 3번가의 인터넷 카페나 완전한 T1선, 여덟 대의 멀티미디어 컴퓨터, 빈약한 머핀과 탄산음료 종류를 제공하는 라파예트 가 273번지 A의 사이버 카페, 4번가의 '히로익 샌드위치', 그 가운데 가장 공을 들인, 내가 가기 9주 전에 문을 연 세인트 마크스 플레이스 12번지의 '@카페'가 있다.

　@카페는 9주 일찍 열었다는 것만 빼놓고는 훌륭한 곳이다. 완전한 T1선과 파워 맥 열 대, 윈도우 세 대, 유닉스 두 대, 큰 투영막 두 개, 일본 만화, 사랑스러운 금발의 기술지원 사이버 요정 제시카, 아시아 전채 요리와 캘리포니아-이탈리아 주요리로 이루어진 야심찬 메뉴판까지. 그러나 그 어떤 것도 내가 갔을 때 제대로 돌아가지 않았다. 적어도 시금치를 곁들인 파르팔레와 구운 닭고기 샌드위치는 맛은 괜찮았으나, 빵 맛은 '원더(wonder, 미국의 식빵 상표명—옮긴이)' 식빵과 묘하게 닮아

있었다. 그렇지만 나는 아직 @카페에 높은 기대를 품고 있으며, 모든 것이 잘 돌아가게 되면 다시 가 볼 생각이다.

그러나 '미디어벌 타임즈Medieval Times'에는 아마도 다시는 가지 않을 것이다. 우리는 뉴저지 주 린드허스트로 가는 7달러짜리 버스에 올라 20분간을 달려 성에 도착한 후 승합차에서 막 내리던, 즐기기를 좋아하는 교외 사람—보이 스카우트 곰 부대 266도 포함한—들과 합류했다. 성은 돌의 질감을 흉내 낸 낙타색 판자벽을 둘렀다. 들어가자마자 나워주는 종이 왕관(거의 모든 사람들이 몇 시간 동안이나 쓰고 있었다)을 받고, 저녁과 마상 창시합이 시작되기 전까지 우리의 지갑을 가볍게 만들려는 끊임없는 시도에 시달렸다. 세 군데의 넓은 선물 판매대가 있었으며, 현금만 받는 긴 바 두 곳, 어디에선가 읽어본 적도 없는 무시무시한 중세 고문도구 열 몇 가지를 전시해놓고 추가요금을 받는 동굴(1.5달러), 조사를 거쳐 개인 고유의 의전 도구를 뽑아주는 컴퓨터(19.99달러부터), 백작 또는 백작 부인(그녀는 린드허스트 토박이고 백작 부인이 된 지 6개월째였다)과 사진을 찍을 기회(7달러), 서투르게 쓴 두루마리와 함께 기자 작위를 한 번(10달러), 또는 두 번(20달러) 받을 수 있는 흔치 않은 기회가 마련되어 있었다.

미국 재향군인회관이 떠오르는 널찍하고 음침한 방에서 한 시간 반 동안 이런 분위기가 이어지고 나서, 우리는 마침내 저녁식사와 마상 창시합을 위한 대연회장으로 몰려갔다. 가운데에는 가로 15미터, 세로 30미터에 모래가 깔린 타원형 경기장이 있었고 수백 명의 관중이 밥을 먹으면서 행사를 지켜보는 다섯 층의 식탁이 경기장을 에워싸고 있었다. 천장에는 냉방 배기구, 확성기, 전기 배관 가운데에 중세 분위기를 자아

내려는 밝은 빨간색과 노란색의 천이 드리워져 있었다. 딱 한 가지 중세스러운 분위기라면, 야채수프와 베이글 피자, 통닭구이, 갈비, 체리 패스트리를 손으로 먹어야만 한다는 점이었다. 승마술(주로 이베리아 반도에서 비롯된), 아주 폭력적인 마장 승마술과 전투(창, 검, 채찍, 철퇴를 썼다)가 두 시간 동안 고통스럽고 재미없이 이어졌는데, 그래도 모든 움직임은 '아이반호' 의상을 입고 프로 레슬링을 하는 것처럼 구성되었다. 말은 놀랍도록 빨랐고, 내 주변의 사람들은 나보다 훨씬 더 긍정적인 태도를 보여줬는데, 어떤 여자는 귀가 먹을 정도로 기뻐하고 발을 굴러서 나는 운영진을 불러 그녀를 진정시켜 줄 것을 부탁하려다 다시 보니 그녀가 내 아내라는 것을 알게 되었다. 축복받은 결말 가까이 가서는 우리를 시중들어주던 하녀가 미리 낸 입장료 및 식사 대금(39.95달러)에는 팁이 포함되지 않았다는 것을 알려준 뒤 한 사람 한 사람에게 가서 악수를 청했다. 축제 분위기 가득한 얼린 테마 음료를 큰 선물용 유리잔에 담아 몇 잔 들이키면 고통이 좀 줄었을지도 모르겠으나, 마실 것이라고는 조그만 잔에 담긴 김빠진 샹그리아밖에 없었다.

이 경험으로 인해 나는 57번가와 온 나라에 걸쳐 자리 잡고 있는 테마 레스토랑이 번창하는 이유에 대해 나름의 이론을 세우게 되었다. 백만 년 전, 내가 열 두 살이었을 때 야자수가 늘어진 비벌리 힐튼 호텔의 트레이더 빅스에서 처음 경험했던 테마 레스토랑을 기억한다. 옥색과 흰색이 섞인 올즈모빌 98을 타고 뉴욕에서 캘리포니아까지 갔다가 돌아오는 자동차 여행에서, 적어도 나와 내 여동생의 궁극적인 목표는 트레이더 빅스였다. 그리고 그곳의 테마는 정말 이국적이었다. 폴리네시아라니! 토착민을 제외하고 얼마나 많은 사람들이 진짜 사모아 섬이나 타히티에 가보았을까? 그래서 트레이더 빅스는 풀과 대나무 오두막, 냄새 나는 자주색 스터노(Sterno, 고체 연료의 상품명—옮긴이)로 데우는 튀긴 음식으로 가득한 푸푸 접시, 주둥이 넓은 컵에 담은 차가운 음료수와 함께 융통성을 발휘할 수 있었던 것이다. 박하와 라임, 오렌지색 종이우산으로 장식된 마이타이는 당연하게도 가장 인기 많은 칵테일로 트레이더 그 자신이 1944년에 만들어낸 것이다.

산타 모니카 대로가 윌셔 대로와 만나는 곳의 어렴풋한 기억 속에서, 나는 왜 사람들이 온 나라에 퍼진 테마 레스토랑에 이끌리는지에 대한 기본적인 이유를 찾아냈다. 그 비밀은 다양한 종류의 특제 테마 음료수이다. 그 차가운 음료수를 조금씩 음미하며 마시는 순간이 57번가를 따라 인내심의 한계를 시험하면서 먹었던 저녁 자리에서 가장 기억에 남는 것이었다. 신선한 과일과 럼, 선물용 유리잔, 30cm짜리 빨대까지, 어디에서 그런 즐거움을 또 찾을 수 있을까? 오래된 피자집이나 손으로 파스트라미를 저미는 집, 고급 프랑스 요리의 궁전과 같은 뉴욕의 진짜 음식점들이 원래의 메뉴에 차가운 테마 음료만 더한다면 57번가는 다시 그 역사적이고 품위있는 옛날로 돌아갈 것이라고 굳게 믿는다. 그 시작을 위해, 진짜 트레이더 빅의 마이 타이, 티토 푸엔테의 프로즌 망고 맘보, 지킬 앤 하이드의 드라큐리타 조제법을 시도해보고 싶을지도 모르겠다.

트레이더 빅의 마이타이

〈솔직히 털어 놓은 트레이더 빅 자신의 이야기〉에서 적용함

17년산 레이 앤 네퓨 자메이카 럼 60밀리리터(쓸 만한 대체품으로는 애플톤 이스테이트 다크 럼이 있다) **큐라소**(오렌지 향료가 든 리큐르─옮긴이) 15밀리리터 **오르제 orgeat** 또는 그밖의 **아몬드 시럽** 15밀리리터 **바위설탕 시럽**(같은 부피의 물에 바위설탕을 녹여서 만든다) **간 얼음** 480밀리리터 **라임 껍질과 즙** 1개 분 **박하** 한 줄기

480밀리리터짜리 더블 올드 패션드 잔(또는 보다 더 분위기를 돋우는 잔)을 준비해서, 간 얼음(간 얼음이 없다면, 480밀리리터의 물을 얼린 얼음과 나머지 재료를 믹서에 넣고 골고루 잘 섞일 때까지 돌려준다)을 넣고 그 위에 술과 시럽을 붓는다. 라임즙 반과 껍질을 더하고, 박하로 장식한다. "과일 막대"는 철저하게 선택사항으로, 짧은 나무 꼬치에 마라스치노 체리와 깍둑썰기한 파인애플을 꽂아 만들면 된다.

티토 푸엔테의 프로즌 망고 맘보

얼린 망고 간 것('퍼펙트 퓨레'와 '고야'의 두 상표가 좋다) 90밀리미터 **바카디 블랙 럼** 45밀리리터 **갓 짠 레몬즙** 1/2 작은술 **갓 짠 라임즙** 1/2 작은술 **설탕 시럽** 45밀리리터(뜨거운 물 2, 1/2 큰술과 설탕 1, 1/2 작은술을 섞어 만든다) **간 얼음** 또는 **각얼음** 300밀리리터 **장식으로 쓸 망고** 한 조각

모든 재료를 믹서에 넣고 잘 섞일 때까지 돌린다. 660밀리리터들이 잔을 채울만한 분량이다.

지킬 앤 하이드 클럽의 드라큐리타

흰 데킬라 30밀리리터　**샹보르**(Chambord, 프랑스 루아르 골짜기에 나오는 산딸기 술 ─옮긴이) 15밀리리터　**트리플 섹**(Triple Sec, 말린 오렌지 껍질로 만든 카리브 해의 술, 이름은 세 번 증류했음을 의미한다─옮긴이) 15밀리리터　**갓 짠 라임즙** 한 방울　**사워 믹스**(sour mix, 레몬이나 라임즙과 설탕과 물을 섞어 만든 기본 시럽을 같은 비율로 섞어 만든다. 칵테일의 기본재료로 쓴다─옮긴이) 한 방울　**간 얼음** 또는 **각얼음** 480밀리리터

모든 재료를 믹서에 넣고 잘 섞일 때까지 갈아준다. 480밀리리터짜리 허리케인 잔에 담아 낸다.

참고: 액체 30밀리리터는 2큰술과 같고, 240밀리리터는 1컵이다. 믹서를 쓸 때에는 큰 얼음보다 작은 얼음을 쓰는 것이 훨씬 낫다.

먹 어 야
제 　 맛

포장 뒷면의
조리법

지난 주 내내, 포장 상자 뒷면의 조리법만을 참고해서 음식을 만들었다. 그 발단은 아내가 일을 마치고 돌아와, 녹고 있는 넙적한 날 베이컨을 양 손에 든 채 두 눈에서 패배의 쓰디쓴 눈물을 흘리는 나를 보았던 어느 비극적인 저녁이었다. 부엌은 물론 옷과 새로 산 요리책의 펼쳐진 면까지, 모두가 지방이 녹아 스며 나오는 온갖 크기의 베이컨 조각으로 덮여 있었다.

그 요리책은 맛있고 환상적인 프랑스 음식으로 가득한 신간이었다. 나는 책을 보고 조리할 수 있는 저녁 시간이 빌 때까지, 며칠을 기다려 왔다. 전채로는 얼핏 보면 간단하지만 꿈 속의 음식으로 보이는 감자,

치즈, 베이컨 케이크를 골랐는데, 얇게 저민 감자와 솔솔 뿌린 치즈를 베이컨으로 감싸 감자가 부드러워지고, 치즈가 그 사이사이에 녹아 들어가며, 베이컨이 바삭바삭 부서질 때까지 굽는 요리였다.

먼저 170g의 넙적한 베이컨을 아주 얇게 저민다. 그리고 22.5cm짜리 케이크 팬의 벽에 베이컨을 나선형으로 감아 끝자락이 팬의 가장자리에 자연스럽게 드리워지도록 하고, 거기에 치즈와 감자를 켜켜이 더한 뒤 베이컨 끝으로 감자를 싸는 조리법이었다.

나는 베이컨을 상온에서 자르지 않는 게 더 낫다는 것쯤은 알고 있었다. 그럴 경우 베이컨을 고정하기 힘들어 얇거나 고르게 저밀 수 없어진다. 나는 적어도 다른 사람의 조리법을 참고해 처음 음식을 만들 때에는 노예처럼 따라야 한다는 방침을 가지고 있고, 순서나 규칙을 따라가는 것을 좋아한다. 97쪽짜리 비디오 테이프 레코더의 사용 설명서를 붙잡고 있거나, 며칠 혹은 몇 주 동안 심혈을 기울이는 노력을 요구하는 자세한 조리법을 만드는 것보다 즐거운 일은 없다.

베이컨 한 덩어리를 다 산 건 잘 한 일이었는데, 왜냐하면 정확하게 170g을 그럭저럭 얇게 저며 내기도 전에 거의 1kg의 베이컨을 낭비했기 때문이다. 팔이 아팠고 무질서와 기름이 부엌 전체로 퍼졌으며, 저녁 완성 예상 시간이 아홉 시로 미뤄졌다. 나는 방향을 틀어 조리법에서 말하고 있는 "나선형 배치"를 어떻게 해석할지 고민했다.

사전을 펼쳐보니 나선형은 원 중심에서 시작해서 원주로 곡선을 그리며 향한다고 한다. 그래서 170g의 베이컨을 가지고 처음에는 눕힌 채로, 그 다음은 세워서, 때로는 가운데서부터, 또 바깥부터 나선형으로 늘어놓아보려 애썼다. 어떤 방법도 먹히지 않았다. 그렇게 또 한 시간이 흘러갔다.

나는 "나선형" 배치가 "바퀴살spoke" 배치를 의미하는 것이라고 재해석했다. 계산기를 기름으로부터 보호하기 위해 '배기(Baggie, 미국에서 쓰는 비닐봉지의 상표 이름—옮긴이)'에 집어넣고, 22.5cm짜리 감자 케이크를 싸려면 0.119㎡의 베이컨이 필요하다고 계산했는데, 이는 베이컨끼리 1mm 이상이 겹치도록 했을 때, 적어도 스물 두 장이 필요하다는 의미였다. 나는 계속해서 베이컨을 저몄다. 배고픈 아내가 한 시간 뒤 나를 찾았을 때, 부엌에 있는 모든 것은 반들반들 윤이 나고 있었고 나는 실어증에라도 걸린 것처럼 말을 할 수 없었다. 아내는 조리법을 읽더니 어깨를 으쓱, 치켜 올렸다. "절대 안 될 것 같은데요?" 15년 만에 처음으로 따라서 음식을 만들 수 없는 조리법이었고 그때는 이미 밤 열 시였다.

부엌을 치우자 목소리가 돌아왔고 아내와 나는 제품 상자 뒷면의 조리법을 떠올렸다. 맛있고, 실속 있으며, 실패하지 않는 미국의 음식을 위한 단순하고 푸근한 방법으로, 딥(Dip, 음식을 찍어먹는 소스의 한 종류. 주로 칩 등을 함께 내서 찍어먹는다—옮긴이), 미트로프, 빨리 구울 수 있는 케이크부터, 어린 시절 먹었던 불에 조리할 필요 없는 퍼지까지. 아내가 가장 좋아하는 것은 캠벨(Campbell, 깡통수프 및 인스턴트 음식 제조회사—옮긴이)의 참치 국수 캐서롤이고, 내가 좋아하는 것은 나비스코의 '페이머스 초콜릿 웨이퍼 냉장고 롤'이었다. 특별한 경우에 어머니는 휘저어 올린 크림을 넓고 얇은 과자에 발라 켜켜이 겹쳐 긴 통나무형태를 만들어, 과자가 다크초콜릿 케이크처럼 부드럽고 촉촉해질 때까지 냉장고에 넣어두셨다. 긴 과자를 대각선으로 자르면, 하얗고 갈색의 줄무늬가 축제 분위기의 우아한 무늬를 만들었다. 휘저어 올린 크림과 초콜릿 웨이퍼만으로 식도락의 지극한 즐거움을 만들어낼 수 있는 그 정직한 나날들이 너무나 그리웠다.

아내와 나는 게걸스레 선반의 포장, 병, 깡통을 뒤져 저녁으로 만들어 먹을 수 있는 것이 없을까 찾아보았다. 아르고 사의 '옥수수녹말 고전 레몬 머랭파이(미국의 표준 조리법이 됨)'나 퀘이커 사의 맛있는 귀리 과자, 카로 시럽(Karo Syrup, 옥수수로 만드는 물엿의 상표 이름—옮긴이)으로 만드는 쉬운 캐러멜 팝콘, 아니면 서로 다른 포장에 쓰여 있는 다섯 가지의 피칸파이를 해 먹고 싶지는 않았다. 사실 우리 부엌에는 포장음식, 깡통 야채, 냉동 닭고기, 미리 빚어놓은 햄버거 패티가 거의 없었다. 오랫동안 나는 거의 매일 장을 보았고 모든 음식을 처음부터 만들었다. 그 과정에서 아마 현대 미국 식탁과는 멀어진 모양이다.

그때 시계는 열 한 시를 가리키고 있었고, 우리는 가까이에 있는 중국 집에서 음식을 잔뜩 시키고 나서 일주일 동안의 조리 계획을 세웠다. 고전에 대한 기억을 새롭게 하기 위해, 세실 다이어의 『최고의 조리법』(갈라하드 북스 출판사)과 마이클 맥클래프린의 『상자 뒤 조리법 요리』(사이먼 앤 슈스터 출판사)를 참고하기로 했다. 다이어의 책에는 셀 수 없이 많은 조리법이 있는 반면 두 번째 책은 보다 선별적이었으며, 조리법을 사진과 딸린 이야기로 극대화하고 있었다.

다음 날, 우리는 동네 슈퍼마켓을 돌아 택시에 가득 찰 만큼의 짐을 들고 돌아왔다. 외투를 채 벗기도 전에 '립튼'의 '양파 레시피 수프 믹스'와 사워크림 470밀리리터를 꺼내 함께 저었고, '리지스Ridgies' 감자칩 봉지를 뜯어 립톤 수프 상자에 써 있는 양만큼 넣었다. 유어-딥ur-dip, 그러니까 캘리포니아의 가정주부가 립톤을 위해 개발해서 1963년에 알려주었다는 캘리포니아 딥을 조리법에 따라 만드는 데 고작 15초가 걸렸다. 어지럽힐 일도, 귀찮을 것도, 닦을 그릇(모든 재료를 사워크림의 플라스틱 용기에 한데 섞었다)도 없었으며, 입맛에도 딱 맞았다.

그리고 몇 시간 동안 우리는 10인 가족이 먹을 수 있는 만찬을 준비하면서, 리지스(리지스의 이름은 'Ridge[이랑]'에서 온 것으로 표면에 골이 져있는 감자칩을 의미한다—옮긴이)와 표면이 매끄러운 감자칩 가운데 어떤 것이 캘리포니아 딥을 떠서 입에 넣는 데 더 나은가 살펴보았다. 주요리는 '퀘이커'의 '1등 미트로프'로, '더키'의 프렌치프라이 양파를 위에 얹은 캠벨의 깍지콩 구이를 곁들였다. 후식은 가지가지였고 양도 많았는데, '리츠' 크래커로 만든 '가짜 사과파이'와 켈로그의 절대 실패하지 않는 '마쉬멜로우 스퀘어'로 시작했다. 이 조리법들을 따라 음식을 만들며 생긴 얼마 안 되는 설거지거리들을 즐겁게 행궈내는 동안, 아내는 그녀 나름의 훌륭한 네슬레의 오리지널 톨하우스 쿠키 반죽을 만들었다.

많은 식도락가들은 명랑한 노란색 봉지에 담긴 네슬레의 세미 스위스 초콜릿 조각(네슬레가 매사추세츠 주 휘트만에 있는 '톨 하우스 여관'의 루스 휘트먼으로부터 사들인 '오리지날 톨 하우스 쿠키'나 거기에서 약간 변형된 1970년대 이후의 조리법 모두를 네슬레는 오리지널이라고 부른다)이 모든 다른 초콜릿 칩 과자의 조리법을 쓸데없는 것으로 만들어버린다는 데 동의할 것이다. 모두들 '오리지널'을 쓸데없이 바꾸려 들지만, 솔직히 내 아내가 만든 얇고 바삭바삭하면서 쫄깃쫄깃한 과자가 최고다. 얼마 전 그녀의 조리법을 글에 담아도 된다는 허락을 받았다. 여기에서는 그 재료의 양만 바꾸었다.

아주 큰 계란 1개　**바닐라 추출액** 1작은술　**다목적 밀가루** 1, 2/3컵(계량컵에 수북이 떠, 칼로 컵 테두리 위에 올라온 부분을 쓸어내는 방법으로 담아 계량한다)　**베이킹 소다** 1작은술(너무 꽉 채워 담지 않는다)　**소금** 1작은술　**부드럽게 만든 버터** 1, 1/2컵　**흰 설탕** 2/3컵　**옅은 갈색 설탕** 2/3컵(꽉 눌러 담지 않는다)　**짙은 갈색 설탕** 3/4컵(역시 꽉 눌러 담지 않는다)　**초콜릿 칩** 2컵(340g들이 한 봉지)　**굵게 다진 호두** 1컵

조리법은 네슬레의 세미스위트 톨하우스 초콜릿 조각 봉지 뒷면을 참조한다.

이렇게 만든 음식의 천국 속에도 뱀은 존재한다. 누구나 예측할 수 있는 것처럼 빵이나 크래커가루를 퀘이커 귀리로 대체한 퀘이커의 1등

미트로프는 귀리 조리경연대회에서 1등을 했을지는 몰라도 아내와 나의 어머니가 만들어주시던 미트로프나 폴 프루돔의 책 『루이지애나 부엌』(모로우 출판사)에 담긴 케이준 조리법과 같이 초현대적인 변형판과는 비교할 수 없는 수준이었다. 그리고 퀘이커의 조리법을 따르자면 양파 1/4컵을 다져야 하는데, 내 기준에서 볼 때 간편요리의 정신에 어긋나는 것이었다. 나는 아직도 복잡한 칼질을 두려워하고 있었다.

캠벨의 깍지콩 구이는 아마 네슬레의 톨하우스 쿠키를 제외하고 가장 많은 인기를 누리는 상자 뒷면 조리법일 것이다. 냉동 깍지콩을 전자레인지에 돌리고 캐서롤 접시에 캠벨의 농축 버섯크림수프 한 캔과 우유, 간장, 후추가루, 100g들이 프렌치프라이 양파링 한 깡통의 절반을 섞어 25분을 구운 뒤, 남은 양파링으로 위를 덮어 금색이 돌고 바삭바삭해질 때까지 5분 정도 더 굽는다.

아내는 깡통 수프의 유효기간 없는 맛을 견디지 못했지만, 나에게는 양파링만으로도 캠벨의 깍지콩 구이가 가치 있었다. 더키는 프렌치프라이 양파링을 만드는 회사 가운데 유일하게 전국을 무대로 삼고 있는데, 캠벨이 조리법을 고안하고 얼마 지나지 않아서 깡통의 양을 80g들이로, 20% 줄였다. 캠벨이 더키의 회사 방침에 손댈 수 없다고는 생각하지만, 두 깡통을 사서 두 번째 깡통의 거의 절반을 버리는 것은 싫다. 내 입맛에는 80g 가지고 성이 차지 않는다. 100g이 완벽하다.

캠벨 본사에 전화를 걸어 불평을 늘어놓았다. 모범적인 대변인인 케빈 로워리는 재빨리 캠벨의 캔 옆면 조리법과 그에 얽힌 모험에 대한 세부사항을 이야기해줘 나를 매혹시켰다. 매일 저녁 미국에서는 캠벨 수프 백만 깡통이 저녁 재료로 쓰이는데, 이는 전체 판매량의 1/3이다. 그리고 사람들은 목요일 저녁에 캠벨의 깡통 수프를 가장 많이 먹는다고 한다. 1934년에 처음 세상의 빛을 보았던 버섯 크림수프는, 여전히 가장 많이 팔리는 수프이다. 매년 3억 2천 5백만 깡통이 팔리는데, 그 가운데 80%가 빨리 만드는 주요리나 곁들이 요리의 소스나 맛내기에 쓰인다. 슈퍼마켓에서 가장 많이 팔리는 음식 다섯 가지 가운데 세 가지가 캠벨의 수프라고 한다. 그렇다면 나머지 둘은 무엇일까?

(답: 코카콜라, 사이 튀긴 감자칩, 트로프, 사이 머리카락 지방)

6년 전, 캠벨 사는 '캠벨 수프와 함께하는 창의적인 요리'라는 책을 펴냈는데 200만 부를 팔았으며(사상 가장 인기 있는 요리책 가운데 하나가 되었다), 각각 세 번씩 시험해보고 실었다는 1만 9천 가지의 조리법을 담고 있었다. 언젠가 마르셀라 하잔은 이탈리아 음식은 6만 가지의 조리법을 아우른다고 말한 적이 있는데, 농축 수프만으로도 1만 9천 가지 음식을 만들 수 있다면, 미국 요리가 얼마나 풍부한 가능성을 가지고 있는 것일까! 매일매일 다른 음식을 만들어 먹는다고 해도 52년이 걸리는데, 이는 평균적인 결혼기간보다도 훨씬 더 긴 기간이다. 그리고 거기에 『캠벨의 75주년 기념 요리책』을 더하면 가능성은 무궁무진해진다. 이 책은 1991년 초에 나와서 첫 달에만 75만 부가 팔렸다. 캠벨의 연구부서는 그들이 사상 두 번째로 가장 인기 많은 고전 참치 국수 캐서롤의 조리법을 처음 발명했다는 것을 이해할 수 있도록 증명해주었다.

로워리 씨는 방대한 시장조사를 통해 이상적인 조리법의 속성을 찾아낸다고 말했다. 30분 안쪽으로 만들 수 있어야 하고(조리된 재료까지 포함해서), 반드시 주요리여야 하는데 주부들은 곁들이 요리나 후식 조리법은 잘 시도해보려 하지 않기 때문이다. 그리고 언제나 구할 수 있는 재료만으로 만들 수 있어야 되는데 그건 슈퍼마켓에서 살 수 있을 뿐만 아니라 많은 사람들의 집에 쟁여둔 재료여야 한다는 의미이다. 캠벨에서 개발한 조리법의 이런 이상적인 조건은 내가 만드는 조리법과 대조를 이룬다. 내 조리법의 경우에는 준비하는 데 네 시간에서 나흘이 걸리고 언제나 곁들이 음식이거나 후식이었으며, 알바나 쿄토 같은 곳에서 가져오거나 구하러 어딘가를 일부러 가야 하는 재료를 포함하기 때문이다.

캠벨의 가장 인기 있는 새 조리법은 '닭고기 브로콜리 디반'으로, 싱싱하거나 얼린 브로콜리와 조리한 닭고기 또는 칠면조와 캠벨의 농축 브로콜리 크림수프, 빵가루와 치즈를 얹은 캐서롤이다. "디반Divan"은 제품 상자 뒷면의 조리법이나 『모르몬교 조리법 100년사』 또는 『요리의 즐거움』과 같이 전통적인 미국 요리책에서만 접할 수 있는 용어로, 캠벨도 그 근원에 대해서는 모른다고 한다. "디반"은 프랑스어 같은 느낌이 약간 나는데, 오래된 『라루세 요리사전』은 5,012가지의 조리법을 소개하면서 "이뇨의diuretic"부터 "잠수dive" 사이를 멈춤 없이 넘어간다. 에스코피에(Georges Auguste Escoffier, 프랑스의 요리 명인으로 프랑스 요리의 조리법을 집대성했다. 1846~1935—옮긴이)의 책에서도 실마리를 찾을 수 없었다. 웹스터 영어사전 2판에 따르면, "디반"은 페르시아와 터키어로 쪽수가 많은 책, 주 의회, 또는 그 의회의 회의실로 그 의회의 일원이 앉거나 기댈 수 있는 푹신푹신한 단, 특히 오늘날은 등받이나 팔걸이가 없는 큰

소파를 의미한다. 이론상으로 "디반"의 의미는 그 의회의 일원들이 레반트(Levant, 지중해를 끼고 있는 서아시아 지역으로 레바논, 이스라엘, 팔레스타인, 시리아, 요르단, 이라크 등을 포함한다―옮긴이) 식으로 디반에 기대 앉아 먹는 음식으로까지 확장된 것이다. 가지고 있는 고전 터키 또는 페르시아 요리책을 훑어보았으나, "디반"이라는 이름을 지닌 음식은 없었다.

온갖 자료를 들춰본 끝에 디반이 미국에서 비롯된 음식이라는 것을 알아냈다. 크레이그 클레이본에 의하면, 지난 날의 뉴욕 음식점인 "디반 파리지앙"에서 브로콜리 위에 삶은 닭고기를 올리고 홀랜데이즈 소스(Hollandaise sauce, 버터와 레몬즙, 또는 계란 노른자와 식초 등을 유화작용을 써서 섞어 만든 소스. 프랑스에서 비롯되었다. 수란과 잉글리시 머핀으로 이루어진 '에그 베네딕트'에서 빼놓을 수 없는 소스이다―옮긴이)를 덮은 음식을 내놓았다고 한다. 그러므로 캠벨이 붙인 이름에서의 "브로콜리"는 음식의 이름이 당연히 브로콜리를 포함하고 있으니만큼 중복된 것이다. 어떻게 닭고기 디반이 산불처럼 퍼져 요리책이며 미국 한가운데의 제품 포장 뒷면까지 들어갔는지는 헤아릴 길이 없다. 닭고기 브로콜리 디반의 어원을 찾으려는 캠벨의 연구 탓에 나는 너무 지쳐버렸다.

처음으로 상자 뒷면의 조리법만을 참고해 만든 끼니에서 가장 돋보이는 요리는 리츠 크래커의 '가짜 사과파이'로, 역사가 처음 기록되던 시절부터 제품 상자 뒷면에 모습을 드러내 아마 앞으로 영원히 그러할 조리법으로 만든 것이다. 사실 나는 이 조리법을 언제나 농담처럼 생각했고 그래서 한 번도 시도해보지 않았다. 파이 접시에 패스트리 반죽을 깔고 사과 대신 리츠 크래커 서른여섯 쪽을 부수어 올린다. 그리고 물과 설탕 각 두 컵을 타르타르 크림 약간과 함께 끓이고, 레몬 껍질과 즙을 더한 뒤, 식혀 크래커 위에 붓는다. 버터를 군데군데 얹고 계피가루를 솔솔 뿌려준 다음, 그 위를 패스트리 반죽으로 덮고 35분 동안 구운 다음, 완전히 식힌다.

그렇게 했더니 진짜 사과파이와 구별하기 어려운, 맛있는 디저트가 만들어졌다! 이 가짜 사과파이를 놓고 비약이 심한 ─거의 이교도적이기까지 한─ 가설을 세울 수 있었는데, 익힌 사과에는 그 고유의 맛이 거의 없다는 것이다. 사람들은 사과를 언제나 미국의 요리법에서 함께 써서 맛을 내는 계피가루, 설탕, 레몬즙과 그 두드러지는 질척질척함 때문에 인식한다. 이 파이를 스스로 사과 애호가라고 일컫는 사람에게 먹였는데, 그녀는 단 한 개의 사과 분자도 들어있지 않다는 사실을 믿지 못했다.

그 기적과 같은 결과를 얻기 위한 경우를 빼놓고는, 한 번 이상 리츠 크래커의 가짜 사과파이를 만들 것인가는 완전히 다른 문제이다. 이 파이를 만드는 노력의 대부분은 패스트리 반죽에 들어간다. 사과는 리츠 크래커보다 더 비싸지 않고 지방도 함유하고 있지 않으며, 위생국장은 사과를 먹으면 죽는다고 아직 말하지 않았다. 마리온 커닝햄은 그녀의 『패니 파머 빵, 과자 요리책』(노프출판사)에서 그 기원이 남북전쟁까지 올라가는 소다 크래커의 조리법을 실었는데, 미 대륙을 개척한 사람들은 설탕과 크래커를 사과보다 더 손쉽게 나르고 저장할 수 있었다고 한다.

상자 뒷면의 조리법만으로 음식을 만들어 먹는 주간을 즐기면서, '밀키웨이 바 스월 케이크'가 새로운 인기 후식으로 떠올랐다. 밀키웨이 바는 내가 알기로 얼렸을 때, 상온에서, 그리고 이제 막 알게 된 것처럼 180도에서도 똑같은 맛을 내는 하나뿐인 음식이다. 밀키웨이는 1923년에 세상 빛을 처음 본 뒤 세계에서 가장 많이 팔린 초콜릿 바인데, 미국 밖에서는 "마스 바Mars Bar"라는 이름으로 팔린다. 그러나 맥아 분유로 만든 누가 위에 캐러멜을 한 켜 올린 뒤 밀크초콜릿에 담가 만들었다는 것은 똑같다. '마스' 사는 그들의 또 다른 초콜릿 M&M을 쓰는 조리법으로 가장 잘 알려져 있다. 처음 '파티 쿠키(사실 톨 하우스 쿠키의 약간 단맛 초콜릿 칩을 M&M으로 대체한 것뿐이다)'의 조리법을 340g들이 슈퍼마켓 판매용 초콜릿 포장지 뒷면에 찍었을 때, M&M의 판매는 두 배로 늘었다. 마스 사가 1986년에 밀키웨이 여섯 개들이에 넣은 여덟 쪽짜리, 4도 인쇄의 조리법 소책자는 그보다 덜 알려져 있는데 나는 그것 역시 손에 넣었다.

그 소책자에 소개된 조리법들 가운데 가장 두드러지는 것은 밀키웨이 바 스월 케이크로, 슈퍼마켓에서 살 수 있는 믹스로 만든 노란색의 맛있는 번트 케이크(Bundt Cake, 독일의 구겔호프 케이크에서 비롯된 고리 형태의 케이크—옮긴이)에 두 개의 밀키웨이가 안쪽으로 소용돌이쳐 들어가고, 또 다른 두 개가 녹아 흘러 케이크 위를 덮은 뒤, 마법처럼 반짝거리는 글레이즈가 되어 굳는 것이다. 스월 케이크를 만드는 데 단 한 가지의 문제점이 있다면 속임수와 같이 극악하게 크기를 줄여버린 밀키웨이 바이다. 조리법을 따르자면 네 개의 63g짜리 밀키웨이가 필요한데, 요즘 살 수 있는 것들은 3.6%가 줄어든 61g짜리이다. 조리법을 따르는 데 지나치게 집착하는 나 같은 사람은 하나를 더 사서, 1/7을 잘라내서 쓰고 나머지는 그대로 또는 얼려서 먹는다.

밀키웨이 바 스월 케이크(보정판)

밀키웨이 바 4개(63g짜리), 썰어서 준비한다 **물** 1컵+1/2 큰술과 추가로 1/2 작은
술 **푸딩가루가 함께 섞인 케이크 믹스** 1상자 **녹인 버터** 1/3컵(5큰술), 식혀서
준비한다 **계란** 세 개, 상온에 미리 꺼내 놓는다 **다목적 밀가루** 2큰술 **고운
설탕 버터** 2큰술, 글레이즈용

밀키웨이 썬 것 두 개 분량과 물 2큰술을 중간 크기 소스팬에 담아
중간 불에서 부드럽게 녹인 다음 내린다. 그러는 동안 버터와 밀가
루를 12컵들이 번트 팬에 바른다. 전기 믹서로 케이크 믹스와 버터
1/3컵(조리법에서 기름을 쓰라고 해도 대신 버터를 쓴다), 계란 세 개, 물 1컵
을 섞는다. 반죽 2/3컵을 퍼서 밀가루와 함께 녹인 밀키웨이에 섞는
다. 나머지 반죽을 번트 팬에 붓고, 밀키웨이와 반죽 섞은 것을 반죽
가운데의 고리 부분에 넣는데 팬 언저리는 피한다. 칼로 소용돌이무
늬를 넣는다. 180도로 미리 데운 오븐에서 40분 동안 구웠다가, 식
힘망에서 팬째 25분 동안 식힌다. 틀을 뒤집어서 케이크를 들어내고
고운 소금을 솔솔 뿌려준다.

케이크가 식는 동안 소스팬을 닦아 내고, 남은 밀키웨이 두 개 분
량과 버터 2큰술, 물 2작은술을 함께 중불에서 녹을 때까지 저어준
다. 글레이즈처럼 걸쭉해질 때까지 식혔다가 케이크 위에 뿌려준다.

'버터스카치 너트 아이스크림Butterscotch Nut Ice cream'의 간단하고 맛있는 조리법을 찾기 위해 슈퍼마켓에서 얼마나 많은 '도미노' 사의 옅은 색 흑설탕 상자를 뒤집어 확인해보았는지 모른다. 상자 뒷면 조리법 선집조차에서도 찾을 수 없었다. 도미노에 전화를 걸어 물어보니, 내 기억은 부분적으로만 맞았다. 조리법은 아주 잠깐 동안 상자에 찍혀 나왔었는데 원래의 조리법은 내가 썼던 방법과는 달리 아이스크림 제조기 대신 냉장고의 얼음틀을 썼고, 귀찮게 물중탕을 해야 하는 방법이었다. 통화하던 여직원에게 내가 썼던 조리법을 묘사해주자 그녀는 그걸 다시 다듬어서 주부 시험 요원에게 시험해보도록 하겠다고 제안했다. 내 조리법이 실험대상이 된다면 재미있겠다는 생각이 들었는데, 사실 그렇게 말했을 때에는 도미노 사의 조리법을 따라 시험을 하면서 부족한 피칸의 양을 조절하고 있었다. 독자들이 조리법에 만족을 못하게 되면 나를 비난할 수 있도록 내가 도미노사의 조리법을 다듬었다는 얘기를 미리 덧붙이는데, 기우와는 달리 독자들도 이 조리법에 만족할 수 있을 것이라고 생각한다.

오늘날의 제품 포장은 영양정보, 재료목록, 건강을 위한 주의사항, 환경에 대한 잔소리로 난장판이라 조리법이 들어갈 자리가 없다. 그리고 끝도 없이 긴 화학첨가제의 목록은 나로 하여금 다시 상온에서 베이컨을 저미도록 만들기에 충분하다. 그러나 음식에 딱지를 붙이는 사람들은 바뀌어가는 미국의 입맛과 궤를 같이하는 듯 보인다. 야채가게의 모든 노란 겨울 호박에는 영어와 프랑스어로 쓴 조리법이 옆구리에 붙어 있다. 대중은 여전히 상자 뒷면의 조리법에 멈추지 않고 성원을 보내며,

버터스카치 너트 아이스크림

아이스크림 1.5리터 분량 　 **계란** 2개 　 **눌러담은 도미노의 옅은 흑설탕** 1, 1/4컵 **우유** 2컵 　 **진한 크림** 2컵 　 **바닐라 추출액** 2작은술 　 **껍질을 벗긴 피칸** 1컵, 굵게 다진다 　 **버터** 2큰술 　 **소금** 1/2작은술

2리터들이 소스팬에 계란을 가볍게 저어, 흑설탕과 우유를 섞는다. 중불에서 걸쭉해지고, 국자의 등에 달라 붙을 때까지 계속 저어준다 (온도계로 잰다면 80도까지). 체에 내려 사발에 담고, 상온까지 식힌 다음 크림과 바닐라 추출액을 섞어 냉장고에서 밤새 식힌다.

　다음 날 피칸을 큰 스킬렛에 담아 버터와 함께 5~10분 동안 굽는다. 소금을 뿌려 종이 수건에 물기를 빼고 펼쳐 담아 식힌다. 아이스크림 제조기에 얼리기 바로 전에 피칸을 섞는다.

"다목적 수프"는 캠벨에서 가장 빨리 성장하는 산업부문이다. 도미노가 고운 설탕의 상자에서 버터크림 프로스팅의 조리법을 없앴던 것처럼 제조업체가 인기 있는 조리법을 없앨 경우, 소비자들의 전화가 빗발치게 된다. 밀키웨이가 뚜렷한 이유도 없이 작은 크기의 "펀 사이즈fun size" 초콜릿 바의 이름을 "스낵 사이즈snack size"로 바꾸고, 집에서 밀키웨이로 음식을 만들던 사람들이 더 이상 옛날 조리법을 따를 때 써야 하는 무게의 제품을 찾을 수 없게 되었을 때, 그 원성이 천둥처럼 몰아쳤던 나머지 마스 사는 제품의 이름을 펀 사이즈로 되돌려야만 했다.

얼마간의 상자 뒷면의 조리법 따르기의 열정이 식기 전에, 미국의 제품 상자에 맨 처음으로 찍혀 나왔던 조리법을 따라 음식을 만들어 보기로 했다. 조리법을 발굴하는 일은 생각만큼 단순하지 않았다. 식료품 가게는 남북전쟁 전까지 수북이 쌓은 버터와 치즈, 큰 통에 담은 설탕과 밀가루, 크래커까지(1928년까지만 해도, 설탕의 단지 10%만이 포장되어 팔렸다), 음식의 진열 및 전시를 오로지 꾸러미로만 했었다. 웨이버리 루트에 의하면 기계에 의해 가장 처음으로 만들어진 찌그러트려 접을 수 있는 판지 상자는 종이 봉지를 만들던 뉴욕의 제조업자 로버트 게어가 만들 때인 1879년까지 세상의 빛을 보지 못했다고 하는데, 나는 그보다 오래된 조리법을 찾고 있었다.

우여곡절 끝에 마침내 원하던 것을 찾을 수 있었다. 찾아낸 조리법은 1802년까지 거슬러 올라가는데 누구나 기대할 수 있는 것처럼 마카로니와 치즈 캐서롤 조리법이었다.

18세기 말, 프랑스와 미국의 상류층 사이에서 이탈리아의 파스타가 대 유행이었다. 대부분의 파스타는 프랑스 혁명 때 이민 온 루이 프레스네이가 이탈리아 파스타 장인을 고용해 필라델피아에 가게를 차릴 때까지, 시칠리아에서 런던을 거쳐 수입되었다. 그러나 요리책은 흔하지 않았다. 처음 미국인에 의해 쓰인 요리책인 『아멜리아 시몬스』의 미국 요리는 1796년에나 출판되었는데, 이때 책의 평균 가격은 90달러에 가까웠다. 그래서 프레스네이는 말린 베르미첼리와 마카로니 꾸러미를 요리법이 쓰인 넓은 종이로 싸서 팔았다.

몇 년 전 마리 앤 하인즈가 자신이 일하고 있는 필리델피아 도서관의 요리 자료 가운데에서 프레스네이의 포장지를 발견했고, 음식 역사학자인 윌리엄 오이스 위버가 그걸 알아보고 그 기념비적인 중요성에 대해 조사를 했다. 이 조리법은 '크라프트' 사의 마카로니 상자 뒤에 나온 조리법만큼이나 손쉽게 따라 할 수 있다.

루이 프레스네이의 1802년 마카로니와 치즈

물 6리터에 충분한 양의 소금을 넣고 끓여, 파스테(파스타) 454g을 넣고 [8분 동안] 끓인 뒤 물을 따라내고, 파스테를 넓은 접시에 담아 170g의 간 파르메잔 또는 다른 질 좋은 치즈와 섞는다. 그리고 113g의 좋은 버터를 소스팬이나 작은 냄비에 녹여 따뜻할 때 파스테 위에 붓는다. 버터와 치즈가 녹아 파스테에 스며들 때까지 접시를 뜨거운 오븐에 넣어 몇 분 동안 두면 맛이 훨씬 더 좋아진다. 파스테를 물 대신 우유에 넣어 삶고 고기 그레이비나 다른 고기 소스를 넣으면 맛이 한층 더 섬세해질 수 있다.

야자케이크와 예기치 않은 재난

야자케이크를 어떻게 잊을 수 있을까? 전부 여섯 켜로 이루어져, 각 켜에 야자 과즙시럽을 바르고 말리지 않은 야자와 버터, 크림으로 만든 맛있는 속을 발랐다. 각 켜가 쌓여, 케이크는 높고 겉은 비단처럼 부드러운 바닐라 프로스팅을 발라 바삭바삭한 야자를 붙였다. 한때 폴 프루돔이 뉴욕 북부에서 운영했던 '케이-폴스K-Paul's'에서 한 조각 넉넉하게 잘라 먹어본 적이 있는데, 그 동안 먹어본 것들 가운데 가장 맛있는 남부식 케이크였다. 뉴올리언스의 케이-폴스 본사직원들은 조리법이 『프루돔 가족 요리책』(모로우 출판사)에 실렸다고 맹세했는데, 책을 찾아보니 여섯 시간짜리 작업처럼 보였다.

모든 사람들이 가진 요리의 꿈이 현실화되는 추수감사절이 다가왔다. 프루돔 가족의 야자케이크를 재창조해서 친구의 집에 의기양양하게 들고 가 감사하는 마음으로 잔치를 벌이기에 완벽한 순간인 듯 싶었다. 저녁까지는 여섯 시간이 남아 있었다.

기억을 더듬어 보니, 특별한 아이스크림 프로젝트를 위해 준비했던 고집불통 야자가 그 과육을 내놓을 때까지 이틀 동안 고생해서 방대한 부엌 도서관과, 특히 60cm 높이로 쌓아 올린 부엌 편람에 자문을 구한 적이 있었다. 표지끼리 묶어 둔, 대략 2만 가지로 추정되는 그 부엌 편람을 뒤져 야자의 물을 빼고 껍데기를 벗겨서 과육을 긁어 모아 채 썰거나 다지는 가장 좋은 방법을 찾을 수 있었다. 그 방법은 너무 길고 번거로워서, 야자가 소금이나 후추처럼 흔해 빠진 남부 인도에서 사온 10달러짜리 손으로 돌리는 야자 갈이는 일단 기본으로 갖춰야 한다. 그리고 야자가 저절로 갈라질 때까지 200도 오븐에 15분간 구운 다음 질긴 갈색 껍데기를 야채 껍질 벗기개로 벗겨 내는 것으로도 모자라 셰프 초이스 110(칼갈이)으로 날을 세운 작은 과도의 도움까지 받아야만 할 정도였다. 몇몇 지침에서 오븐의 열이 과육을 망칠 것이라는 경고도 무시했으나 야자 네 개에 거의 두 시간을 들였다.

케이크 반죽까지는 모든 것이 순조로웠다. 설탕과 계란을 전기 믹서에 담고, 부드러워진 버터를 섞은 뒤 우유를 넣었다. 그리고는 갑자기 숨쉬기가 힘들어졌다. 반죽이 분리된 것이다. 작은 콩 크기의 단단한 노란색 알갱이들이 걸쭉하고 투명한 기름 수프 위에 떠 다녔다. 믹서의 속도를 올렸더니 사태는 더 나빠져 수프가 조리대로 튀겼다. 저녁까지는 세 시간 남았을 뿐이니 여섯 켜의 케이크는 구워서 식힐 시간도 없었고 계란도 다 떨어졌으며 가게는 문을 닫았다.

다시 부엌 도서 모음으로 눈을 돌렸다. 열 개의 필사적인 손가락이 지침서, 요리책, 잡지 기사를 넘겨가며 "케이크 반죽, 분리된", "분리된 케이크 반죽", "반죽, 케이크, 분리된"의 항목을 찾았다. 현존하는 가장 오래된 요리책인 『조리백과*De re coquinaria*』('아피시우스Apicius'라는 이름의 고대 로마 조리사, 혹은 조리사의 무리에 의해 쓰였다)는 그 첫 번째 장을 조리과정에서의 잘못 바로 잡는 법과 비법을 위해 할애하고 있다. 지나치게 탁한 백포도주를 콩이나 계란 세 개분의 흰자를 섞어서 맑게 만들 수 있다는 것을 아는가? 평범한 스페인 올리브기름에 키프로스 골풀, 목향, 파란 월계수잎을 더해서 비싼 리버니아산 기름처럼 만들 수 있다는 것은? 그러나 아피시우스는 분리된 야자케이크에 대해서는 아무 얘기도 하지 않았다.

17세기 영국 요리책은 "시금치 삶는 비법"을 담고 있었으나 역시 분리된 버터에 대해서는 말이 없었다.

부엌에서의 재난 예방비결

저녁시간이 슬금슬금 다가오고 있었다. 시무룩한 기분으로 창문에 서서, 위대한 바텔Vatel의 예를 따를까 고민했다. 1671년 4월 바텔은 콩데 왕자의 요리사였고, 루이 14세의 방문과 그에 따른 손님 3천 명을 위한 대연회를 준비하게 되었다. 세비녜 부인이 4월 26일 그리냥 부인에게 보낸 편지에 따르면, 바텔은 12일 동안 잠을 자지 않았다고 한다. 왕은 목요일에 도착했고, "사냥과 등불, 달빛, 고상한 걸음걸이, 수선화가 깔린 자리에서의 저녁이 이어졌지요. 그러나 한두 탁자에 구운 고기가 나오지 않았는데 몇몇 기대하지 않았던 손님이 찾아왔기 때문입니다." 바텔은 모욕을 당했다. 1만 6천 프랑을 쓴 불꽃놀이가 뒤따랐으나 안개 때문에 실패했다.

다음날 아침 네 시, 바텔은 미친 듯이 서둘러 그 날 저녁에 낼 생선을 준비하려 했다. 그때 재료공급책이 실수로 오직 작은 꾸러미 두 개 분의 생선만을 찾았다고 하자, 위대한 바텔은 "그의 방으로 들어가 문에 칼을 달아놓고 심장에 찔렀지요." 바로 그 때, 엄청난 양의 생선이 배달되기 시작했다.

내가 만일 3층에 살았다면 바텔과 자리를 함께 하고 있을지도 모르겠다. 그러나 나는 아슬아슬하게 정신을 차렸고 창가에서 몸을 움직여 부엌 지침서로 눈을 돌렸다.

지침서 가운데 몇몇은 조리보다 설거지에 초점을 맞추고 있었다. 구리 냄비는 밀가루, 식초, 소금을 버무려 문질러 반짝반짝 빛을 낼 수 있다(구리 광택제에 비하면 1/3의 효과밖에 없다). 아니면 자유의 여신상 속껍데기를 닦는 데 썼던 베이킹소다를 써도 된다. 필리핀의 주부지침서를 보면, 반을 자른 '칼라만시calamansi'를 도마에 문질러 색이 변하는 것을 막을 수 있다고 귀띔한다. 그러나 어떤 사전에서도 칼라만시가 무엇인지 찾을 수 없었다. 그 밖에 콜게이트 치약이 은그릇을 빛내는 데 이상적인 세정제이며, 흰 빵조각으로 깨진 유리를 치우고, 작은 블라인드를 차 닦는 데 가져가라고 충고한다(그 다음에는 어쩌라는 건가?) 1995년의 '위스크

데이지 스트리퍼 The Dazey Stripper

1972년, 유카탄 반도의 치첸이사 폐허에 자리 잡고 있는 '세노테 드 로스 새크리피오스(마야의 신에게 처녀를 제물로 바치던 우물 또는 저수지)에서 과일과 야채 껍질을 자동으로 벗겨주는 기계와의 조우가 이루어졌다. 자비 없는 태양 아래에서 단 한 명의 처녀도 찾아볼 수 없는, 바닥도 안 보이는 세노테를 흘끗흘끗 쳐다보며 터벅터벅 걷다가 늙은 여인네 하나가 높은 나무 단 위에 달려있는, 빛나는 철로 만들어져 손으로 돌려 껍질을 벗길 수 있는 기계 앞 접이의자에 앉아있는 것을 보았다. 그녀는 25센트만 내면 오렌지와 사과 껍질을 벗겨 목마른 관광객들에게 건네주었다. 그리고 25센트를 더 내면 그 기계를 써 볼 수 있게 해 주었다.

몇 년 뒤 어느 저녁 파티에서, 안주인이 음료수를 응접실에 내느라 바쁜 사이 그녀의 부엌에서 '데이지 스트리퍼'를 발견하게 되었다. 나는 가까이에 있던 사과를 넣고 뒤로 물러서서 데이지 스프리퍼가 빠르게, 그리고 자동으로 사과 껍질을 하나의 긴 띠로 벗겨내는 것을 보았다. 안주인이 부엌으로 막 돌아올 무렵, 나는 데이지 스트리퍼가 익은 배를 자동으로 사방에 흩뿌릴 수 있다는 것도 알았다.

그렇게 배를 흩뿌려 버린 이유는, 데이지 스트리퍼가 단단한 과일이나 야채의 껍질만을 벗기도록 고안되었기 때문이다. 데이지

스트리퍼는 아담한 크기의 타원형 단에 수직으로 축이 솟아 있는 하얀색 전자제품이다. 과일이나 야채를 침이 달린 플라스틱 받침 사이에 놓고, 날을 축 맨 위로 올린 다음 기계를 돌리면 된다. 모터가 돌아가면서 자동적으로 과일이 돌아가고 날이 과일을 눌러, 아래로 내려가면서 껍질을 고른 나선형으로 벗겨낸다. 날이 바닥까지 내려가면 회전은 자동으로 멈춘다. 거의 모든 야채나 과일, 특히 배처럼 고르지 않게 생긴 것에도 쓸 수 있다. 데이지 스트리퍼가 레몬이나 오렌지 겉껍질을 벗겨내고, 감자를 깎거나, 파이를 위한 사과를 손질하는 것을 지켜보는 것이 우리 집의 끝없는 즐거움과 놀라움의 원천이 되었다.

데이지 레몬 아이스

뉴욕에서 괜찮은 음식점을 운영하고 있는 친구 하나는 레몬 소르베 때문에 골치를 썩고 있었다. 내가 아이스크림 제조기에 정통하다고 생각해서였는지, 아니면 그저 필사적이어서 그랬는지 그는 나에게 도움을 청했고, 나는 다섯 가지의 레몬 아이스를 만들어 고르도록 하겠다고 제안했다. 내가 가장 좋아하는 레몬 아이스는 '제스트(zest, 굉장히 쓴 하얀 껍질 위의 노란 껍질층)'로 맛을 낸 것이다. 전통적인 도구(야채 껍질 벗기개, 제스터, 아니면 그냥 평범한 강판)로 열 다섯 개의 레몬 제스트를 내는 것을 생각하니 기진맥진해지고 또 내 관절의 껍질도 같이 벗겨 버릴까봐 두려웠지만, 데이지 스트리퍼는 신이 내린 선물이었다. 선택 받은 조리법은 다음과 같다.

물 1, 1/4컵 **설탕** 1, 1/4컵 **레몬** 6~7개 **오렌지 즙** 1개 분량

물과 설탕을 2리터들이 소스팬에 넣고 센 불에서 나무젓가락으로 팔팔 끓을 때까지 저어준다. 대접에 담고 식힌다. 데이지 스트리퍼로 레몬 세 개분의 제스트를 내고 굵게 다져, 식은 설탕 시럽에 두 시간 동안 넣어 맛이 어우러지도록 한다. 레몬즙 1, 3/4컵(6~7개 분량)을 짜서 설탕 시럽에 오렌지 1개분의 즙과 함께 섞는다. 체에 내려 아이스크림 제조기에 얼린다.

청소 편람'에 의하면, 적어도 한 달에 한 번 빨래를 하는 사람들 가운데 38%가 가정용 오락기기가 그들의 재산에 피해를 입힐까봐 아주, 혹은 다소 걱정한다고 한다. (800) ASK-WISK로 전화를 걸어 청소에 대한 조언을 구하라. 그러나 소름 끼칠 정도로 분리되어버린 야자케이크 반죽에 대해서는 물어보지 마라. 시도는 해봤다.

수십 권의 책들이 부엌에서 쓸 수 있는 편법, 비법, 프랑스식 요령에

초점을 맞추고 있다. 싱싱한 계란은 소금을 탄 물에 가라앉지만, 그렇지 않은 계란은 뜰 것이다(사실인 것 같다). 물안경을 쓰거나, 양파를 차게 해서(부분적으로 성공적이었다), 아니면 도마에 촛불을 켜서 유황기체를 태워버림으로써(거의 도움이 안 됐다) 눈물을 흘리지 않고 양파를 썰 수 있다. 즉석 커피가루를 더해서 그레이비에 따뜻하고 깊은 색을 불어넣을 수 있다(그렇게 해서 맛을 지킬 수 있나?). 식기 세척기에서 빵을 부풀릴 수도 있다(세척 단계에서 나온 물을 2.5cm 정도 바닥에 남겨둔 채 건조 단계로 돌려 1~2분 정도 놓아둔다). 즉석에서 거품을 낼 수 있는 크림으로 디저트를 장식하려면, 설탕을 더한 크림을 과자구이 판에 한 수저(아니면 짤 주머니에 넣어 장미 모양을 만든다)씩 올려 얼린 다음 밀폐용기로 옮겨 냉동 보관하며, 먹기 15분 전에 꺼낸다(여러 곳에서 찾을 수 있는 아주 쓸모 있는 프랑스식 요령이다). 개암을 삶아 껍질을 벗길 때 베이킹소다를 1작은술 넣는다(말도 안 된다. 시도도 안 해봤다). 향신료를 찻잎 우려내는 데 쓰는 그물 공에 먼저 넣으면 갈지 않고 통째로 수프, 스튜나 소스에 넣은 뒤 쉽게 건져 낼 수 있다. 양상추 밑둥을 조리대 바닥에 톡톡 두들겨 속을 헐겁게 만들고, 뒤집어서 물로 채워 먼지를 털어낸 다음 이파리를 분리하는 식으로 양상추의 속을 쉽게 빼내고 또 씻을 수 있다(아이스버그 양상추에 쓸모가 있다).

물로 계란 노른자를 덮어서 냉장고에 사흘 동안 둘 수 있다(쓸만하다). 레몬즙을 아주 조금만 써야 할 때, 반으로 자르지 말고 이쑤시개로 구멍을 낸 뒤 즙을 짜내고 다시 냉장고에 넣어둔다(레몬을 아끼기에 아주 훌륭한 방법이다. 그러나 한 번은 너무 세게 레몬을 눌렀더니 뾰족한 이쑤시개 끝이 내 눈으로 날아들었던 적이 있다). 심한 구토를 낮게 하려면 위스키 2작은술, 물 1작은술, 계피가루 1작은술을 먹어보라(출처는 1909년, 미시간 주 샬롯이다. 그러나 심하지 않은 구토는 어떻게 다뤄야 할까?) 고기국물에서 기름기를 걷어 내려면, 얼음 덩어리를 넣어 기름기가 달라붙도록 한다(얼음을 아주 많이 넣어야 하고, 녹기 전에 건져내야 한다). 매달린 화분에서 키우는 식물에 물을 줄 때에는 바닥을 샤워 모자로 싼다. 빵을 부풀릴 때에도 샤워 모자로 싼다(물론 화분 바닥에 씌웠던 모자를 재활용하라는 이야기는 아니다).

월계수잎을 밀가루에 넣으면 벌레가 꼬이는 것을 막을 수 있다. 포장지를 벗긴 박하껌으로도 같은 효과를 얻을 수 있다(큰 껌 한 통과 월계수잎 한 병을 사서 결과를 기다리고 있다) 올리브기름에 각설탕을 넣으면 시큼하게 맛이 변하는 걸 막을 수 있다(약간 바보 같다고 생각했지만 시도해보고 있다). 견과류를 얼리면 깨거나 과육을 통째로 꺼내기 쉬워진다(아주 약간 쉬워질 뿐이거나 거의 도움이 되지 않는다). 과일을 양념에 재도 부드러워지지 않는데, 양념이 아주 깊이 스며들지 않기 때문이다. 콜리플라워나 양배추를 삶을 때 빵을 넣으면 냄새를 없앨 수 있고, 브로콜리에는 호밀빵

시계가 없던 시절의 조리법

Q: 시계가 없던 시절, 조리법에 어떻게 시간을 명시했을까?

A: 테런스 스컬리의 논문 「중세 프랑스의 특별한 냄비들」에 의하면, 1200년대의 앵글로-노르만족 조리법에서는 닭고기의 조리시간은 5~7 '리그(km)' 걷는 만큼이었다고 한다. 휴식과 점심, 짧은 낮잠 없이는 5~7리그를 걸을 수 없는 스스로를 생각해보면, 시계가 있는 시대에 태어난 것이 기쁘다.

을 넣는다(효과는 그렇게 크지 않은 것 같다). 버터와 기름을 섞으면 버터만 썼을 때보다 덜 탄다(다른 출처에서는 버터는 기름에 섞더라도 언제나 똑같이 낮은 온도에서 탄다고 하고 있다). 굴을 전용 칼 대신 드라이버로 깐다. 또한 딱 15분만 얼려서 까고, 망치를 쓰지 않는다. 프로스팅을 바른 케이크에 모발건조기를 써서 관능적으로 녹은 듯한, 비단처럼 부드러운 모습을 갖추도록 한다.

반죽과 또 다른 문제의 해결책

아아, 어쨌거나 내 야자케이크는 아직도 처음의 분리된 반죽상태 그대로이다. 처음부터 다시 시작할 수 없는 단 한 가지의 이유는, 계란이 다 떨어졌기 때문이다. 대체재료를 주로 다루는 책과 도표를 뒤져보았다. 크루통의 경우 팝콘으로 대체할 수 있고 냉동딸기가 떨어졌다면 신선한 과일로 대체할 수 있다. 거품을 내서 쓰는 크림의 경우, 과학적으로 흥미로운 제안이 있는데, 사워크림의 산이 중화되어 원하는 정도의 단맛을 지닐 때까지 베이킹소다를 천천히 더한다는 것이다. (위기를 모면한 다음 시도해보았다. 사워크림과 베이킹소다의 조합은 입 안에서 불쾌한 거품을 냈으며, 목구멍에 닿자 구역질이 나고 목이 막혔다.) 그보다는 으깬 바나나를 뻣뻣할 정도로 거품 낸 흰자와 섞은 뒤 입맛에 맞게 설탕을 넣는 것이 훨씬 낫다. 이렇게 해도 거품을 낸 크림과 같거나 그 복제품 같은 것이 나오는 건 아니지만, 잘 부푼 하얀 토핑은 살모넬라균을 신경 쓰지 않는다면 먹을 만하다.

수천 가지의 대체재에 대한 문건을 뒤져보았는데, 오직 네 가지만이 계란에 대해 언급하고 있었다. 쿠키를 만드는 데 계란(또는 베이킹파우더나 우유)이 부족할 경우, 어느 작가가 제안한 계란 없이 굽는 포테이토칩 쿠키를 시도해 볼 수 있다. 노른자만 있을 경우에는 노른자 두 개와 물 1 큰술로 대체할 수 있다(정말 도움이 되는 요령이다). 삶아 만드는 푸딩에는 간 당근이 계란의 좋은 대체제이다(무엇을 의미하는지 상상할 수도 없다). 그 네 가지 가운데 최고는 마지막 것으로, "눈은 훌륭한 계란의 대체재이다. 계란 하나를 눈 두 숟가락으로 대체할 수 있다"라는 것이었다. 깨끗한 장소에서 눈을 가져와야만 할 것이다. 순간 그런 생각이 떠올랐다. 재앙에 가까운 케이크를 혁신적인 요리로 바꿀 수는 없을까?

1837년 8월 26일, 프랑스의 루이 필립 왕과 아멜리에 여왕은 파리에서 생제르맹으로 가는 첫 번째 기차에 오른다. 목적지에서 연회가 계획되었는데 차림에는 튀긴 감자가 포함되어 있었다. 기차는 늦게 도착했고 요리사 콜리레는 썬 감자를 뜨거운 기름에서 건져냈다. 감자는 쪼그라들고 주름져버려서, 콜리네는 바텔과 합류할 생각을 하게 되었다. 그러나 나중에 감자를 다시 끓은 기름에 넣었을 때, 마법이라도 부린 것처럼 바삭바삭하고 황금색을 띠며 부풀어 올랐다. 이 '감자 수플레'는 콜리네의 가장 큰 성공이었다. 로베르 쿠르티네는 이를 "감자의 시"라고 부른다. 퍼지fudge는 1886년 볼티모어에서 누군가가 캐러멜 한 냄비를 지나치게 섞고 또 덜 익혔을 때 생겨난 것이라고 읽은 적도 있다.

그리고 타르트 타탱tarte tatin은 결혼하지 않은 타탱 집안의 두 딸들이 프랑스의 오를레앙 지방 남부의 라모테-뵈브론 마을에서 파이를 떨어뜨렸을 때 발견했다(이 이야기는 말도 안 된다. 그리고 그때 오를레앙 사람들 사이에서는 비슷한 타르트가 벌써 인기를 끌고 있었다). 루스 웨이크필드는 초콜릿 쿠키 굽는 시간을 절약하려고 콩알 크기의 약간 단 맛 초콜릿 조각들을 녹여 반죽에 넣는 대신 그대로 직접 넣어서 톨 하우스 쿠키를 발명했다. 그리고 뵈르 블랑 소스는 1900년경 조리사 마르퀴 드 굴레인의 조수 한 명이 베르네이즈 소스를 만드는 데 계란 노른자를 남겨두어서 발명되었다.

나는 서서 망친 반죽이 담긴 사발을 들여다보았다. 숟가락으로 찔러보고 거품기로 저어보았지만, 성공의 조짐은 보이지 않았다. 추수감사절 저녁까지는 쏜살같이 지나갈 두 시간만이 남았다.

대부분의 부엌지침서는 재난이나 실패를 막기 위해 먼저 해야만 할 일들(치즈케이크를 다 굽자마자 언저리를 칼로 훑어주지 않으면 식으면서 쪼그라들고 갈라진다)을 알려주는 데 집중하느라 그런 일들이 벌어졌을 때 해결하는 방법(사워크림이나 썬 과일로 갈라진 틈을 숨긴다)에는 상대적으로 소홀하다. 어쨌든 몇몇 전략들은 놀랍게도 잘 먹힌다. 시든 샐러드용 야채는 찬물에 담근 채로 냉장고에 넣어 한 시간에서 밤새 놓아두면 싱싱하게 되살아난다. 깍지에 든 카르다몸 씨앗 두세 개를 커피 내리는 데 넣으면 쓴 맛을 덜어낼 수 있다. 탄 수프를 깨끗한 냄비로 옮겨 한두 시간 더 약한 불에서 보글보글 끓이면 종종 탄 맛이 사라지고 한층 더 깊은 맛이 우러난 듯한 느낌이 더해질 때도 있다.

부엌에서 가장 많이 일어나는 비극은 소금을 너무 많이 친 수프, 야채, 소스인 것 같다. 두 종류의 해결책이 있다. 녹말을 많이 함유하고 있는 음식(날감자, 콩, 아니면 빵 조각)을 넣어서 소금을 빨아들이게 한 다음 꺼내 버릴 수도 있고, 아니면 흑설탕, 파슬리, 식초를 넣어 혀를 속일 수도 있다. 모두를 시험해보았는데, 소금기를 빨아들일 수 있는 녹말을 쓰는 방법이 훌륭해 보이지만 결론적으로는 무엇을 넣어보아도 실패했다. 이상하게도, 파슬리와 흑설탕이 가장 잘 먹혔다.

두 번째로 많이 일어나는 비극은 멍울이 지거나, 분리된 소스(홀랜데이즈, 마요네즈, 베르네이즈 같이 버터와 계란으로 만드는 종류)이다. 제안된 대부분의 해결책이 진짜로 먹힌다. 처음 조짐이 좋지 않아 보이면, 팬을 불에서 내려 얼음물 몇 큰술을 저어 넣는다. 아니면 믹서나 푸드프로세서에 넣는다. 그 모든 방법이 먹히지 않으면 겨자가루와 계란 노른자 하나를 섞어 아주 천천히 멍울진 소스에 저어 넣는다. 아니면 레몬즙 약간과 멍울진 홀랜데이즈 소스 1큰술을 세차게 저어 섞은 뒤, 나머지의 소스에 섞는다. 그러나 어디에도 분리된 케이크 반죽을 위한 해결책은 없었다. 나는 잠시 10만 년의 조리 역사에서 내가 이런 종류의 재난을 처음 경험한 사람일지도 모른다는 자부심에 젖어 있었다.

구원된 반죽과 야자케이크

그러다가 번쩍, 생각이 떠올랐다. 왜 케이크 반죽을 멍울진 소스처럼 생각하고 바로잡을 생각을 못했을까! 저녁까지 1시간 15분이 남아있던 그 때, 나는 기름기 많고 덩어리진 반죽을 두 번에 나눠 믹서에 돌렸다. 결과는 훌륭했다. 매끄럽게 황금색으로 빛나는 크림이 밀가루와 베이킹파우더를 더할 준비를 갖추게 된 것이다. 한 시간 뒤 여섯 켜의 케이크를 식힘망에 얹어놓고, 글레이즈를 바르고 크림을 채운 뒤 쌓아 겉을 다시 크림으로 바를 준비를 할 수 있었다.

명절의 교통체증을 핑계 삼아 한 시간 늦게 저녁에 도착했고, 내 야자 케이크는 탄식과 놀라움을 불러 일으켰다. 그러나 저녁을 다 먹고 나서 나는 케이크 때문에 우울해졌다. 내가 구운 케이크는 맛과 식감에서 뉴욕의 케이-폴의 그것보다 뒤졌다. 물론 아무도 물어보지는 않았다.

성탄절 바로 전, 케이크 반죽이 또 한 번 재난에 가깝도록 분리되었다. (900) 933-CHEF의 '전화 조리사 도우미'로 전화를 걸어 1분에 2.95 달러를 내면 조리에 관련된 도움을 얻을 수 있다는 것을 알았다. 돈을 아끼려고, 나는 전화 조리사 도우미로 전화를 걸어 케이크 반죽을 위한 도움을 청했고 겨우 5분 뒤 그 쪽에서 답을 찾아 전화를 걸어주었다. 걱정하지 말고, 밀가루와 베이킹소다를 넣고 조리법대로 진행을 하면 모든 재료가 한데 어우러질 것이라는 대답을 들었다. 정말 그랬다.

추수감사절 저녁의 추억

두 번째로 좋아하는 추수감사절 저녁은 18년 전, 뉴욕 북부로 가기 위해 빌렸던 적갈색 차 안에서 먹었던 것이다. 일행 두 명과 맨해튼을 떠나 친구의 농장으로 가던 목요일 아침, 태양은 어느 때보다 더 밝게 빛났다. 그러나 두 시간 뒤, 접시만큼이나 큰 송이의 눈보라 때문에 한 치 앞도 볼 수 없게 되었고, 우리가 탄 차는 아무도 알아채지 못하는 사이에 고속도로에서 벗어나 작은 시골집 한 채는 삼켜버릴 만큼 큰 눈더미에 머리를 처박아버렸다. 우리는 삽을 찾으려 차를 샅샅이 뒤졌지만 자두파이, 호박파이, 빵 두 덩이, 추수감사절 저녁 만찬에 보태려고 했던 아주 오래된 스카치위스키 한 병밖에는 찾을 수 없었다.

차의 난방을 2주일 동안 틀어놓을 수 있을 만큼 충분히 휘발유가 있다는 것을 재빨리 계산하고 우리는 윗동네까지 올라갈 생각을 버렸다. 그리고 그 당시 언제나 지니고 다녔던 스위스 육군 칼과 '시에라' 컵으로 파이, 빵, 스카치로 저녁상을 차려 감사하는 마음으로 먹어 치우고는 잠깐 낮잠을 잤다. 잠에서 깨니 견인차가 와 있었고, 주유소에 들렀다가 안전한 맨해튼의 품으로 돌아오는 길에는 차분하고 구름 없는 하늘이 함께했다. 맨해튼에 돌아와 가장 훌륭한 음식점 가운데 한 군데에서 늦은 저녁을 먹었다.

이렇게 두 번째로 좋아하는 추수감사절 저녁에는 특이하게도 칠면조를 먹지 않았다. 옥스퍼드 영어사전은 칠면조를 "잘 알려진 가금류의 새로 … 이제 모든 문명화된 곳에서 식탁에 올려놓을 수 있는 종류로 그 가치를 인정받고 있다"라고 정의하는데, 나는 전혀 동의할 수 없다. 사람들은 추수감사절에 칠면조를 먹는데 그건 칠면조가 식탁에 올라올 만한 가치를 가진 재료이기 때문이 아니라, 그저 먹을 수 있는 하나의 상징이기 때문이다. 칠면조는 신세계의 식료품 발견과, 그들을 곧 쫓아낼 사람들에 대해 미 대륙의 원주민들이 보여주었던 형제애의 상징이다. 상징적인 식재료가 식도락적으로도 만족스러운 경우는 드문데, 다크 초콜릿 에펠탑과 질 좋은 다진 간을 틀에 넣어 만든 백조는 예외다. 만약 칠면조가 상징적인 식재료 아니었다면 사람들은 지금처럼 많이 먹지 않았을 것이다. 칠면조 고기의 맛은 밋밋한데다가 결대로 쭉쭉 찢어지며 질기고, 그 모양새는 있던 식욕도 떨어뜨린다.

사실 구운 칠면조에서 가장 맛있는 부위는 껍질이다. 현대의 칠면조

사육업자들은 짙은 색의 고기보다 옅은 색의 고기를 더 선호하는 소비자들의 뚜렷한 수요에 맞춰 커다란, 거의 공에 가까운 가슴과 짧고 마른 다리며 허벅지로 이루어진 종자를 개발했다. 그러나 칠면조의 가슴살은 가장 감칠맛이 떨어지는 부위이고, 공처럼 둥글게 만든 것은 실수다. 고등학교에서 공에 대해 배운 것을 사람들이 기억하는지 모르겠는데, 모든 기하학적 형태에서 공은 표면과 부피의 비율이 가장 낮으므로, 공 모양의 칠면조 역시 껍질과 고기의 비율이 가장 낮게 된다. 칠면조 사육업자들이 60cm짜리 피자 모양에 작은 날개와 다리가 그 주변에 붙어 있고, 바삭거리며 감칠맛이 넘치는 금갈색의 껍질과 아주 적은 양의 고기를 지니도록 칠면조를 개량했다면 그 얼마나 식도락적으로 이상적이었을까!

칠면조와 추수감사절에 대한 진실

칠면조는 상징적으로도 최소한 네 가지 측면에서 자격미달이다.

1. 처음 미 대륙에 발을 디딘 영국 청교도(이하 '청교도')들은 아마 1621년의 첫 추수감사절 저녁에 칠면조를 먹지 않았을 것이다. '필모스 농원Pilmouth Plantation'의 「추수감사절 지침Thanksgiving Primer」에 재수록된 만찬의 직접 체험담에서는 칠면조가 언급되지 않았다. 에반 존스의 『미국 음식』(오버룩 출판사)에 의하면 청교도들은 사슴고기, 구운 오리, 구운 거위, 조개, 뱀장어, 옥수수, 콩, 밀, 옥수수빵, 파, 물냉이, 야생 자두와 집에서 담근 포도주를 먹었다고 한다. 연회에 참석한 사람들이 추수에 대해 감사하는 마음이 있었는지조차도 의심스럽다.

2. 인디언들은 청교도들을 상륙 첫 해의 절망적인 상황에서 구하고자 먹여 살리거나 훌륭한 신세계의 식료품에 대해 일부러 알려준 것이 아니었다. 웨이버리 루트와 리차드 드 로체몬트에 의하면, 미 대륙의 원주민들은 버지니아 주의 식민지 개척자들을 살려주려고 음식을 주지 않았고, 사실 매사추세츠 주의 개척자들에게는 의심스런 구석마저 있다. "인디언들에게는 오래가는 음식을 위한 저장고가 있었고 청교도들이 운 좋게도 그 저장고 가운데 하나를 우연히 발견해서 추운 첫 번째 겨울을 날 수 있도록 해주었던 것이다"라고 『미 대륙에서의 식생활』에서 쓰고 있기 때문이다.

3. 청교도들이 1621년의 첫 "추수감사 저녁"자리에서 정말 칠면조를 먹었다고 하더라도, 그 전에 영국에서 보다 나은 칠면조를 맛본 적이 있었을 것이다. 칠면조turkey는 물론 터키가 아닌 신대륙에서 비롯되었는데, 스페인 정복자들이 멕시코를 발견했던 1518년에 아즈텍족은 칠면조를 길들여 기른 지 오래였다. 정복자들은 멕시코의 칠면조를 유럽으로 가져왔고, 곧 상업적으로 길렀다. 1615년의 요리책인 『영국 주부』에서 칠면조는 닭만큼 자주 쓰는 재료이다. 길들여진 멕시코 칠면조보다는 못하지만 결국 다 똑같은 칠면조에 불과한 이스턴 야생 칠면조를 미국 대륙에서 발견했을 때 영국에서 건너온 청교도들은 벌써 칠면조에 대해 잘 알고 있었을 것이다.

1620년 12월의 상륙과 거의 1년 뒤의 만찬 사이에, 청교도들이 잘 알려진 첫 번째 추수감사절 연회에서는 먹지 않았다고 해도 야생 칠면조를 먹었다는 사실에는 의심의 여지가 없다. 야생 동물이 북미 대륙에 위낙 넘쳐나서, 어떤 저술가들은 식민지화의 성공을 야생동물의 덕으로 돌리기도 한다. 다른 사람들은 칠면조를 포함한 넘쳐나는 야생동물 덕에 미국인들이 고기에 집착하게 되었다고 믿는다. 웨이버리 루트에 의하면, 고기에 대한 미국인들의 집착은 지난 2세기 동안 유럽 사람들을 놀라게 했다고 한다.

그래서 칠면조는 사실 굴복시킬 수 없는 육식동물적인 행동과 그 행동이 불러오는 심장 질환 모두를 상징한다. 추수감사절 차림의 진짜 의미는 주요리가 아닌, 독특하도록 신대륙적인 크랜베리, 호박, 고구마, 옥수수, 콩을 비롯해 유럽 사람들이 미 대륙에서만 자란다는 것을 발견한 다른 모든 귀중한 것들을 포함한 곁들이garnish에 있다. 그래서 나는 이 추수감사절 휴일에 넉넉한 종류와 양의 초콜릿을 먹어야 된다는 거의 종교적인 의무에 대해 생각하고 있는 것이다. 초콜릿 없이는 감사의 마음을 표현할 수 없으니까.

칠면조는 두세 가지 실수를 거쳐 그 멍청한 이름을 얻었다. 사람들은 콜럼버스가 아시아에 발을 디뎠다는 오해에서 그 이름이 나온 것이라고 추측할지도 모른다. 그것은 정확한 답이 아니다. 스페인 정복자들이 콜럼버스의 첫 항해가 있고 나서 고작 26년 뒤에 칠면조를 가지고 돌아왔을 때, 유럽 사람들은 칠면조와 —아리스토텔레스와 플리니가 아프리카에서 기원되었다고 알고 있던— 기니 닭을 혼동해서, 기니 닭에 벌써 쓰고 있는 이름을 붙여주었다. 영어에서, 이 이름은 "터키turkey"였는데 아프리카에서 비롯된 새가 투르크Turk족이 다스리는 땅을 거쳐 유럽에 왔다고 믿었기 때문이었다. 그래서 이제 아즈텍족이 기르던 새 역시 "터키"가 되었다. 독일인들은 옛날 아프리카와 새 멕시코의 가금류 모두를 'kalekuttisch hun' 또는 '칼루타 암탉Callutta Hen'이라고 불렀으며, 프랑스인들은 'coq d'inde' 또는 줄여 'd'inde'라고 불렀고 이 이름은 곧 현대에서의 'dinde'가 되었다. 그리고 이 모든 이름은 "인도의 새"라는 의미인데 유럽인들에게, 터키와 인도는 어느 정도 옆 동네처럼 생각되었기 때문이다.

물론 이 모든 것은 조류학적으로는 무의미한 시도이다. 칠면조가 맛과 식감에서는 불완전하고, 나라의 상징으로는 너절하며, 이름의 유래마저 이상하기 짝이 없어도 추수감사절에 칠면조를 먹는 일은 피할 수 없다. 교육적인 의미를 지닌 감칠맛나는 곁들이 음식은 황금색으로 구워진 밋밋한 맛의 새에 아주 잘 어울린다. 사람들은 어마어마하게 큰 하나의 물체를 8~15여 명의 사람들과 함께 가르고 모든 나라 사람들이 같은 음식을 먹는다는, 그 두 가치 측면에서 함께하는 즐거움을 맛본다. 그리고 잘 구웠을 때 바삭바삭하고, 지방이 녹아 나와 진한 맛이 배인 칠면조 껍질은 구운 아기 돼지의 껍질에만 뒤쳐진다.

그래서 내가 가장 좋아하는 추수감사절 저녁이 톰슨의 칠면조인 것이다. 문제라면 몇 번에 걸쳐 노예처럼 강박적으로 주의를 기울여 조리법을 따랐음에도 제대로 조리할 수 없었다는 것이다.

모튼 톰슨과 칠면조, 메리 란돌프

모튼 톰슨Morton Thompson은 1930년대에는 신문기자였고, 40년대에는 〈뉴욕 저널〉과 〈할리우드 시티즌-뉴스〉에 칼럼을 썼다(그러나 그는 1954

년에 출판되어 영화로도 만들어진, 잘 팔린 소설 『낯선 사람이 아닌*Not as a Stranger*』으로 더 잘 알려져 있다). 톰슨은 때로 그의 칼럼을 음식에 할애했고, 1930년대 중반 어느 해의 11월에는 공들인 칠면조 조리법을 올렸는데, 이는 계속해서 재출판이 되었으며, 그가 죽은 뒤에도 매 10~15년마다 소책자나 인기 있는 출판매체에 모습을 드러냈다. 사람들은 톰슨의 조리법이 비범하고 독특하게 감칠맛나는 칠면조를 준비하기 위해 8~10시간의 등골이 휘는 노동도 마다하지 않아 대부분의 사람들과 다른 길을 걷는 숭배집단—비록 소수에 다른 사람들에게 해를 주지는 않지만—을 일궈냈다고 말할지도 모르겠다.

톰슨의 칠면조는 아내의 친척 어느 집안에서 전통이 되어 12년 전, '내슈빌 배너'는 그녀의 사촌 보니 로이드(전 미스 유타), 남편 빌과 여섯 아이들 이비, 티파니, 셰피, 마티, 웨스티, 메릴리에 대한 기사를 싣기도 했다. 1957년 〈구르메〉지의 찢기고 너덜너덜해진 기사를 12년 전 얼핏 보여준 사람은 빌이었는데 로버트 벤틀리의 기사를 인용하자면 다음과 같다.

몇 년 전, 나는 모튼 톰슨이 구운 칠면조를 먹었다. 초대 받지 않은 사람들이 같이 있었기 때문에 한 마리를 혼자 다 먹지는 못했다. … 그때 나는 모튼 톰슨이 브리야-사바랭(Jean Anthelme Brillat-Savarin, 1755-1826, 프랑스의 변호사이자 정치인. 식도락가, 또는 음식 평론가로서의 명성을 얻었다—옮긴이)만큼이나 위대한 사람이라고 생각했다고 말하겠다. 그리고 내가 아는 한, 사바랭은 모튼 톰슨만큼 훌륭하지는 않았다.

톰슨의 조리법을 따라 칠면조를 구우려면 먼저 공이 많이 들어가는 속재료부터 준비해서 아주 큰 칠면조에 넣어 단단히 꿰매야 하고, 겉을 아주 높은 온도에서 갈색이 돌도록 잠깐 동안 지져야 한다. 그리고 밀가루, 계란, 양파즙을 풀처럼 걸쭉하게 만들어 바르고 오븐에 넣어 건조시킨 다음, 또 다시 발라 칠면조가 뻣뻣한 껍질 안에 은둔자처럼 봉해지도록 그 과정을 되풀이해야 한다. 그리고 천천히 다섯 시간 동안 칠면조를 구우면서 매 15분마다 양파즙의 풀을 발라준다. 그 결과 칠면조는 온통 새까맣게 된다. 왜 이 모든 과정을 거쳐야 할까? 그 문제에 관해서는 모튼 톰슨의 설명을 빌려 대답하겠다.

무해하고 타버려 이제는 쓸모없어진 껍데기 밑에서 칠면조는 황금색 또는 짙은 갈색을 띠고, 육즙이 넘쳐흐르며 머리를 핑 돌게 하는 야생의 향이 가득하고, 껍질은 바삭바삭하고 아삭아삭하며 조각조각 갈라질 것이다. 사람을 미치게 만드는 껍질 아래의 촉촉한 고기의 육즙은 고기를 찌르는 포크의 손잡이까지 용솟음칠 것이다. 고기는 하얀색에 조롱하는 듯한 맛으로 넘쳐, 입천장으로 들어가는 다른 음식과 함께 미쳐 날뛰며 삼키는 순간 사라져버릴 것이다. 숟가락으로 한 점 잘라 빵에 얹으면 부드러운 부어스트(wurst, 독일 소시지 이름—옮긴이)처럼 펴 바를 수 있을 것이다.

칠면조를 썰 때에는 도구조차 필요 없는 것이, 칠면조를 야단치면 고기가 저절로 조각조각 흩어질 것이기 때문이다. 이것이 궁극의 칠면조로, 드레싱을 빼놓고는 모든 것을 갖추었다. 톰슨의 그레이비로 채운 것이 아니라면, 어떤 펜으로도 톰슨의 드레싱을 묘사할 수 없다. 또한 그 그레이비를 만들어낸 생각과 형용사를 담아낼 만한 종이나, 그 기념비적인 그레이비를 세울 만큼 견고한 대리석받침도 이 세상에 존재하지 않는다.

　이 글을 읽는 사람들이 나보다 더 유혹을 느끼지는 않을 것이라는 가정하에, 내 경험을 먼저 공개하고 그 다음에 톰슨의 상세한 조리법을 공개하겠다. 나의 경우, 1945년의 조리법을 골라 적어도 처음 시도에서는 노예처럼 따라서 해 보았다.

　속을 채우는 재료가 스물한 가지이기 때문에 칠면조를 오븐에 넣기까지 세 시간이나 걸렸는데, 그건 향신료를 담은 통들이 알파벳순으로 하나씩 바닥에 떨어져서 뿐만이 아니라, 거의 모든 향신료가 톰슨의 칠면조 속을 만드는 데 들어가기 때문이었다. 완전히 섞어 놓고 나면 어느 나라의 요리도 연상되지 않는데, 재료를 들여다보면 으깬 파인애플과 깡통에 든 물밤을 포함해서 50년 전의 가정주부가 쓰는 거의 모든 재료를 넣어야 한다. 그리고 조리법을 따르자면 마늘을 넣어야 하는데, 50년 전의 가정주부들은 영국-독일 풍미 공포증의 노예였다는 것을 감안한다면 참으로 대담한 시도가 아닐 수 없다. 톰슨의 조리법에서 요구하는 말린 향신채를 싱싱한 것으로 대체하고 재료 목록에서 애매한 재료 몇 가지들이 무엇인지 밝혀내고 난 다음 그대로 조리했더니 여태껏 먹어보았던 것 가운데 가장 맛있는, 빵으로 만든 칠면조 속을 만들 수 있었다.

　칠면조는 대부분의 사람들이 조리하게 될 가장 큰 생명체로, 9kg의 근육과 뼈에 속을 또 1kg 정도 채우게 된다. 톰슨의 조리법은 칠면조를 너무 많이 뒤집으라고 하는데, 이를 따르다 보면 칠면조는 뜨겁고 미끄러운 10kg짜리 폭탄으로 재빨리 변한다. 처음 톰슨의 칠면조를 구울 때가 8월이었는데, 청교도들이 첫 번째 추수감사절을 기리던 그때의 기후를 재현하려고 냉방을 가장 세게 틀어 놓았지만 나는 부엌에서 반바지를 입은 채로 톰슨의 칠면조를 앞뒤로 움직이는 일로 애를 먹고 있었다. 칠면조는 내 손에서 미끄러져 열려있던 식기 세척기 쪽으로 굴러갔고 나는 잡으려고 경중경중 따라갔다. 양쪽 정강이를 뜨거운 오븐 칸막이에 대어 누르고 나서야 칠면조를 잡을 수 있었다. 몇 달이 지났지만 아직도 그 상처가 남아있다. 모든 요리책들은 오븐 구이를 할 경우 긴바지를 입으라고 경고해야 한다.

톰슨의 조리법을 따라 구운 터키는 그가 말했던 것처럼, 온통 재처럼 새카맸다. 잘랐을 때 육즙이 용솟음치지도 않았고 까만 겉껍데기가 궁극적으로 맛있는 껍질을 드러내며 쉽게 벗겨지지도 않았다. 그러나 톰슨과 벤즐리가 톰슨의 칠면조에 대해 말했던 모든 것은 사실이었다. 이렇게 구운 칠면조의 고기는 그 어떤 조리법을 따라 구운 것보다 더 촉촉하고 맛있으며 속에 넣은 셀 수 없이 많은 가짓수의 재료가 한데 섞이고 합쳐져서 그 어떤 하나가 두드러지지 않는 향이 깊이 배어 있다. 톰슨의 칠면조를 맛본 적이 있는 사람이면 누구라도 그의 칠면조가 상징적인 이유뿐 아니라, 식도락적인 이유에서도 먹을만한 가치가 있는 유일한 칠면조라는 사실에 완전히 동의한다.

그리고 칠면조가 이렇게 맛있으니 바삭바삭한 껍데기를 겨우 몇 ㎠

밖에 건질 수 없었다는 사실에도 보상 받는 느낌이었다. 그러나 아주 완전한 보상은 아니었다. 만약 톰슨이 오늘날 살아있다면, 자신의 조리법을 보충해서 모든 것을 바로잡으리라 믿는다. 톰슨의 칠면조를 10~15번 시도해본 사촌 보니와 빌은 껍질 익히기를 포기한 듯 보였다. 그러나 나는 타협하고 싶지 않다. 누군가 톰슨의 칠면조를 완벽한 껍질과 함께 굽는 방법을 알려줄 때까지, 나는 보다 전통적인 조리법에 의존할 것이다.

메리 란돌프는 미국에서 출간된 요리책들 가운데 다섯 손가락 안에 꼽을 수 있는 『버지니아 가정주부』(1824)에서 "꼬치에 꿰어 거치대에 꽂아 꾸준히 타오르는 불 앞에 놓는 것보다 고기를 더 잘 구울 수 있는 방법은 없다. 다른 방법은 오븐에 넣어 굽는 것보다 나을 게 없다"라고 썼다. (이 책을 산다면, 콜롬비아의 사우스캐롤라이나 주립대학 출판부에서 나온 판본을 추천한다. 168년이나 된 책인데도 펼쳐 바로 음식을 만들 수 있을 만큼 조리법이 훌륭하다.) 이탈리아 북부와 프랑스 몇몇 지방에서 꼬치에 꿰어 장작불에 올려 굽는 새나 포유동물을 즐겨보니 란돌프 부인이 맞다는 것을 알게 되었다. 벽난로가 있는 집을 사게 된다면, 그만 쓰라고 할 때까지 매달 장작불 구이에 대해 칼럼을 쓸 것이다.

겨우 1년 전 나는 '파버웨어'의 연기 나지 않는 표준 실내 전기 그릴과 회전장치를 샀다(전기 회전 구이기로 유선형에 크롬도금 칸막이가 달린, 내가 어렸을 때에 모든 시골의 가정집에서 찾아볼 수 있었던 '로토-브로일러Roto-Broiler'를 찾아 벼룩시장을 돌아다녔으나 헛수고였다). 그것을 이용해서 1.8kg짜리 닭과 오리를 구워보았는데 특히 실로 단단하고 깔끔하게 묶어 전기 코일에 최대한 가까이 닿게 넣었을 때에 아주 좋은 결과를 얻었다(오리의 경우, 껍질을 구석구석 포크로 찔러 지방이 흘러나오도록 한다). 육즙이 많고 바삭바삭한 껍질을 먹을 수 있는 닭과 오리를 언제라도 저녁으로 먹을 수 있다는 잠시 동안의 즐거움을 얻기도 하지만, 사실 진짜 벽난로를 가지게 될 그 날을 위해 훈련을 쌓고 있는 셈이다.

그릴에 딸린 파버웨어의 소책자는 내가 시도해본 것과 같은 8kg짜리 칠면조에 속을 채우지 않고 단단히 묶었을 경우 다섯 시간 동안 구워야 한다고 예상하고 있다. 그 다섯 시간 가운데 채 한 시간이 지나지 않아 묶어 놓은 날개가 빠져 나와 전기 코일에 걸려, 칠면조가 더 돌아가지 않았다. 이 문제를 해결하자 껍질에 갈색이 너무 빨리 돌았고, 곧 목에서 꽁지까지 검은 줄이 생겼다. 다리를 묶었던 실은 완전히 타 버려서, 두 다리가 시뻘겋게 타는 코일로 떨어졌다. 살이 타는 고약한 냄새와 소용돌이치는 연기에 정신을 차리고 부엌으로 돌아가 한 시간 동안이나 8kg의 뜨겁고 기름으로 미끄덩거리는 살덩어리와 튀어나온 뼈를 다시 묶고 균형을 잡아 그릴을 전원에 다시 꽂았다. 30분 뒤에 돌아와보니 거의 변화가 없었는데 전깃줄이 거의 비슷하게 생긴 믹서를 그릴 대신 꽂았기 때문이었다. 나는 아내가 변덕스러운 달처럼 아주 주기적인 사람으로 기분이 오락가락 하는 사람이라고 생각하는데, 가장 기분이 나쁠 때는 자정이 가까울 때까지 저녁거리가 눈에 보이지 않을 때이다. 그러나 나는 빨리 저녁을 준비하라는 그녀의 압력을 칠면조를 묶은 실이 다시 풀어져 다리가 떨어져 난장판이 될 때까지 무시하고 있다가, 그 일이 벌어지자 칠면조를 아주 뜨거운 오븐으로 옮겼다. 그 결과는 보기 좋지도 맛있지도 않았지만, 진짜 벽난로 조리를 위해 한 걸음 더 나아간 기분은 들었다.

메리 란돌프라면 파버웨어의 끝도 없는 느낌을 주는 다섯 시간짜리 조리나 톰슨의 칠면조를 승인하지 않았을 것이다. 그녀는 『버지니아 가정주부』에서 중간 크기(5.5kg 정도)의 칠면조를 위해 1시간 15분의 조리시간을 추천한다. 그러므로 그녀가 피운 불은, 피가 여전히 흐를 정도로 익힌 칠면조를 좋아하는 것이 아니라면 엄청나게 뜨거워야 했을 것이다. 그녀가 낮은 온도에서 굽는 것을 '그저 빵 굽는 것과 마찬가지'라고 언급한 이유는, 그럴 경우 칠면조가 스스로의 육즙에 의해 쪄지기 때문이다.

누군가가 톰슨의 조리법으로 구운 칠면조의 껍질을 건질 수 있는 방법을 알려줄 때까지는, 란돌프 부인의 높은 온도에서 굽는 조리법이 추수감사절의 상징을 위한 최선의 방법이다. 가장 쉽고 또 실용적인 방법을 원한다면, 내 생각에 〈구르메〉지(와 그녀의 새 책 『파티 음식』[모로우 출판새)에 실린 바버라 카프카의 놀라울 정도로 간단한 조리법이 제격이다. 커다란 칠면조를 260도 오븐에 넣어 종종 뒤적거려 달라붙는 것을 막아주고 두 시간 조금 못 되어 꺼낸다. 부엌이 연기로 가득 차고 육즙이 구이 팬에 눌어붙을 테지만, 고기에는 육즙이 넘치고(밋밋할 수도 있다), 껍질은 갈라지고 바삭바삭하며 꿈에서 그리던 것과 같이 진한 맛이 밴다. 자세한 조리법을 톰슨의 칠면조 조리법 뒤에 더한다.

톰슨의 칠면조

(괄호 안에 든 문장을 빼놓고는 모든 톰슨의 글이다. 그의 조리법은 여러 번 매체에 실렸는데, 이번에 소개하는 것은 그의 칼럼을 모은 책인 『부상당한 테니스 선수 조.*Joe, the Wounded Tennis Player*』[더블데이, 도란 앤 컴퍼니 출판사, 1945년]에 실린 것이다. 가치를 따질 수 없는 내 비법과 변경된 사항에 대해서는 괄호 안에 써 놓았다.)

칠면조는 무게가 7kg을 밑돌거나, 10kg을 웃돌지 말아야 한다. 만약 8kg을 웃도는 암탉을 찾을 수 있다면 그 편이 가슴살을 더 많이 얻을 수 있다…. (오늘날의 사육 경향을 생각해볼 때 설사 푸주한이 암탉이 어떻게 생겼는지 안다고 해도 굳이 암탉을 고집할 필요는 없다.)

(칠면조의 뱃속에 든 기름기를 다 들어내서 곱게 다진 다음 소스팬에 물 반 컵과 함께 담아, 끓으면 온도를 낮춰 물이 다 날아가고 투명한 지방과 건더기가 남을 때까지 보글보글 끓인다. 지방은 속을 채우는 데 넣고 갈색의 건더기는 먹는다.)

칠면조의 안팎에 소금과 후추를 문질러 바른다. 스튜팬에 다진 모래주머니와 목, 심장을 넣고 말린 월계수잎 한 장, 파프리카 가루 1작은술, 고수 1/2작은술, 마늘 1쪽, 물 4컵, 간을 느낄 수 있을 정도의 소금을 넣는다. 드레싱을 만드는 동안 계속해서 약한 불에 보글보글 끓인다. (소금과 후추를 문질러 바르기 전에 칠면조 껍질에 기름을 바르면, 나중에 까맣게 되는 껍데기를 톰슨이 주장하는 것처럼 손쉽게 들어낼 수 있다!)

(껍질을 벗기고 씨를 뺀) 사과를 깍둑썰기하고, (껍질을 벗긴) 오렌지를 사발에(넣고), 여기에 큰 깡통에 담긴 으깬 파인애플을 더한 뒤, 레몬 1/2개의 껍질을 갈아 넣고, 물밤 한 깡통에서 물을 빼서 넣고, 보존된 생강 다진 것을 3큰술 넣는다(물을 빼서 굵게 다진 물밤 280g과 으깬 파인애플 560g을 넣는다).

다른 사발에 콜맨 겨자 2작은술, 캐러웨이 씨 2작은술, 샐러리 씨 3작은술, 양귀비 씨 2작은술, 오레가노 2, 1/2작은술, 곱게 다진 월계수잎 1장, 까만 후추 1작은술, 말린 육두구 껍질 1/2작은술, 곱게 다진 파슬리 4큰술, 뿌리 쪽을 빼고 곱게 다진 마늘 네다섯 쪽, 강황 1/2큰술, 곱게 다진 양파 큰 것으로 네 개, 잘 다진 샐러리 줄기 네 개, 마저럼marjoram 1/2작은술, 층층이꽃savory 말린 것 1/2작은술(구할 수 있다면 여름 층층이꽃이 좋다), 그리고 가금류 양념 1큰술을 섞는다("잘 다진다"는 "중간에서 고운 정도로 다진다"를 의미한다). 어떤 사람들은 세이지나 타임도 좋아하는데, 공교롭게도 그 두 가지가 모두 들어간 가금류 양념poultry seasoning을 넣는 것은 아무도 반대하지 않는 것 같다. 맛을 느낄 수 있을 만큼 소금을 넣는다. (나는 가금류 양념 넣는 것을 반대한다. 그리고 여기에서 제시된 말린 허브 가루의 양은 너무 많다. 가금류 양념 같은 경우, 나는 말리지 않은 타임과 세이지 1큰술씩으로 대체한다. 그리고 제시된 양보다 세 배나 많은 말리지 않은 오레가노, 마저람, 여름 층층이 꽃을 곱게 다져 넣는다. 소금은 1작은술이면 충분하다.)

다른 사발에 빵가게에서 산 빵가루 세 봉지를 쏟아 붓는다(집에서 직접 갈아 만든 빵가루 680g이면 딱 맞을 것 같다). 이 빵가루를 간 송아지 고기 113g, 간 돼지고기 450g, 버터 113g, 칠면조로부터 떼어 녹여낸 지방과 섞는다(이것에 대해서는 앞에서 설명했다). 각 그릇의 내용물을 섞는다. 손으로 팔꿈치와 손목이 아플 때까지 잘 섞고 또 섞는다. 덩어리처럼 느껴지지 않을 때까지 잘 치댄다.

칠면조 속을 채우는데 너무 꽉 채우지 않도록 주의한다. 그러나 웬만큼 꽉 채운다. 목까지 채우고 끝을 묶는다. 칠면조에 꼬치를 꿰고 실로 묶는다. (속을 채운 자리를 꿰매고 날개를 몸에 꿰매는 것이 꼬치로 꿰는 것보다 낫다.) 오븐을 가장 높은 온도까지 올리고 아주 뜨겁게 달군다. (한 시간 전에 오븐을 달궈야 한다. 오븐이 달궈지는 동안 속이 칠면조를 채운 채로 상온에 있으면 안 된다.) 칠면조를 구이팬에 올려놓는다. 가장 좋은 방법은 가슴살을 밑으로 해서 망에 얹어놓는 것이다. 컵에 계란 노른자 두 개, 콜맨의 겨자 1작은술, 다진 마늘 한 쪽 분량, 양파즙 1큰술(큰 식칼 날 위에 마늘을 대고 긁어 즙을 받는다), 소금 1/2작은술, 카이엔 고춧가루 엄지와 검지로 두 번 집은 만큼, 레몬즙 1작은술, 빽빽한 풀을 만들기에 충분한 만큼의 체에 내린 밀가루를 섞는다. 패스트리용 솔이나 페인트 붓 큰 것을 준비해서 기다린다(조리법의 세 배의 양을 준비하지 않으면 금방 떨어질 것이다. 칠면조를 올려놓는 망을 두텁게 기름 바른 알루미늄 포일로 감싸면 칠면조 껍질이 찢어지는 것을 막을 수 있다).

칠면조를 아주 뜨겁게 달군 오븐에 넣는다. 겉면을 갈색이 돌도록 지진다. 칠면조를 꺼내고 오븐을 다시 160도로 낮춘다. 칠면조가 지글지글 소리를 낼 만큼 뜨거워지면 아까 만들어둔 풀을 꼼꼼히 골고루 바른다. 칠면조를 오븐에 다시 넣는다. 풀은 몇 분 안에 굳을 것이다. 칠면조를 다시 꺼내서 풀을 골고루 한 번 더 발라준다. 칠면조를 오븐에 다시 넣는다. 풀이 남지 않을 때까지 이 과정을 계속한다.

근위, 목, 간, 심장으로 만들어 보글보글 끓고 있는 그레이비에 사이다 한 컵을 넣는다(사이다 세 컵과 물 한 컵을 넣는 것이 낫다). 끓이는 걸 멈추고 잘 저어준다. 오븐 위에 올려놓아 따뜻하게 둔다. 이 그레이비를 칠면조에 발라줄 것이다. 매 15분마다 발라주니 결국 열두 번에서 열다섯 번 발라주게 된다. 칠면조를 한 시간 반 정도 굽고 난 다음 뒤집어 배 부분이 공기에 드러나도록 해서 그대로 마지막 15분 전까지 굽는데 그때가 되면 다시 뒤집는다. 구이망을 가지고 있지 않다면 이 방법을 따르고, 망을 가지고 있다면 마지막 30분 전까지 칠면조를 뒤집지 않는다.

(톰슨이 조리법에서 제안하고 있는 여러 번 뒤집기는 쓸데없이 힘들고 칠면조에 상처를 입힌다. 나라면 앞의 세 문장을 '거의 완전히 열어 놓은 구이틀에, 먼저 가슴살이 밑으로 가도록 해서 15분 동안 칠면조를 갈색이 돌도록 지지고 등도 같은 시간만큼 지진다. 그리고 뒤집지 않은 채로 풀을 발라 등이 위로 보이도록 둔 채로 끝까지 굽는다' 라고 고치겠다.)

칠면조를 최소한 네 시간 반에서 다섯 시간 반까지 구워야 한다(8kg짜리는 짧게, 10kg짜리는 더 오래 굽는다. 오븐을 160도로 내리고 나서 시간을 재기 시작한다. 온도계를 꽂았을 때 몸통과 다리 사이의 허벅지는 82~85도, 가슴살은 77도, 그리고 속은 70도가 될 것이다).

오븐에서 꺼내면 칠면조는 새까맣게 탄 것처럼 보일 것이다. "맙소사, 망쳤군!"이라는 생각이 들겠지만, 진정하라. 족집게를 가지고 발라놓은 풀을 골라낸다. 쉽게 떼어낼 수 있을 것이다. 타버린 것처럼 보이는 껍데기 밑에 황금색, 또는 짙은 갈색의 육즙이 흘러넘치며 야생의 향으로 머리를 핑 돌게 만드는, 껍질이 바삭바삭하고 식감이 넘치는 칠면조가 있을 것이다.

높은 온도에서 굽는 칠면조

(이 칠면조 굽는 법은 〈구르메〉지 1991년 11월호 바버라 카프카의 칼럼 "완고한 입맛"에서 나온 것이다. 그녀의 방법을 따르면 큰 터키를 기적에 가깝게 두 시간 안에 구울 수 있다. 7kg짜리 칠면조에 속을 채우지 않고, 또 한 날개와 다리를 묶지 않고서 언저리가 얕은 구이팬에 담아 260도 오븐에 서 구웠을 때 가장 좋은 결과를 얻었다. 그러나 〈구르메〉지에서 일하는 친 구는 여러 크기와 종류의 칠면조에 이 조리법을 실험해보았는데 모두에서 좋은 결과를 얻었다고 말해주었다. 앞의 조리법과 같이, 내 주석은 괄호 안 에 따로 써 놓았다.)

가장 중요한 것은 얼리거나 소금물에 절이지 않은 칠면조를 주문하는 것이다. 먼저 칠면조 뱃속의 내장을 들어낸다(그리고 목 뼈와 모래주머니에 양파와 마늘을 더해 국물을 만든다). 오븐 선반을 가 장 낮은 칸에 맞추고, '굽기bake'에서 가장 높은 온도에 맞춘다. 연기가 날 수도 있지만 여태껏 구웠던 것들 중 가장 육즙이 많고, 빨리 구워지며, 바삭바삭한 껍질을 가진 칠면조를 만나게 될 것 이다.

나는 구이팬에 달린 틀을 쓰지 않는데, 등 쪽의 껍데기는 그렇 게 신경 쓸 만한 가치가 없다. 또한 날개와 다리를 묶지도 않는 다. 그렇게 묶지 않았을 경우 가슴과 같은 하얀 살과 허벅지와 다리와 같은 짙은 색의 살이 함께 잘 익는다.

칠면조를 상온에 두고, 붙어 있는 기름기를 떼어낸다. 뱃속을 소금과 후추로 문지르거나, 아니면 양파 몇 개를 넣는다. 6.8kg 짜리 칠면조가 이상적인 크기이다. 많은 사람들이 함께 먹을 경우에는 킹콩처럼 큰 칠면조 한 마리보다 작은 칠면조 두 마리를 사라고 권하고 싶다.

칠면조를 다리부터 오븐에 밀어 넣는다. 15분이 지나면 팬에 달라붙지 않도록 나무 주걱으로 칠면조를 뒤적거린다. 20분마다 되풀이한다. 칠면조가 다 익기도 전에 너무 짙은 색을 띠는 것 같으면 알루미늄 포일로 덮어준다. 허벅지 관절이 등뼈 쪽에서 쉽게 움직일 때까지 굽는다. 칠면조가 완전히 익기 10분쯤 전에 오븐에서 꺼낸다(온도계가 있으면 얼마나 칠면조가 얼마나 익었는지 알기 훨씬 쉬운데, 허벅지 관절이 움직일 정도까지 구우면 칠면조가 너무 익는 경우도 있기 때문이다. 허벅지살의 경우 80~82도 사이인데, 다리와 몸통 사이의 가장 깊은 곳에 온도계를 찔러 넣어 잰다. 가슴살의 경우는 75도에서 77도 사이이다. 이 온도는 보통의 조리법들에서 요구하는 것보다 약 15도 낮은 것이다).

속을 채우지 않은 4~4.5kg의 칠면조는 1시간 15분이 걸리고 5.4kg짜리일 경우 5분 더 구우면 되며, 6.8kg짜리의 경우는 거의 두 시간, 9kg짜리는 세 시간이 걸린다. 속을 채울 경우 이 조리시간에 30분을 더하면 된다.

　(속을 채우지 않은 칠면조가 더 고르게 익는데 속을 채운 6.8kg짜리 칠면조의 경우, 짙은 색 살은 시간 내에 익지 않았고 가슴살은 말라가고 있었다. 그리고 톰슨의 조리법으로 구운 칠면조의 살과는 달리, 이 조리법으로 빠르게 구운 칠면조는 복합적인 향이 배어있지 않았다. 톰슨의 조리법을 따라 드레싱을 만들어서, 국물 약간과 사이다로 물기를 더해준 다음 칠면조 옆에 두고 포일로 단단히 덮은 뒤 160도에서 두세 시간 정도 굽는 편이 더 낫다.)

천국의
사과파이

파이껍데기의 비밀

지금으로부터 백 개의 파이를 거슬러 올라가 보자. 어느 날 저녁, 나는 부엌 식탁에 앉아 전날 만든 사과파이의 속을 먹으면서 텔레비전의 미스 십대 미국Miss Teen USA 중계방송을 보며 그날의 첫 번째 파이가 다 구워지기만을 기다리고 있었다.

그 파이는 어떤 것과도 비교할 수 없는 사과파이로, 달콤한 과일이 지금 세대나 아니면 모든 세대까지를 아울러 가장 대담하고 혁신적인 껍데기 속에 들어앉아 있는 천국의 파이가 될 것이었다. "태어날 때부터 위대한 것도 있지!" 나는 행복에 넘쳐 중얼거리면서, 〈스무 번째 밤 *Twelfth Night*〉의 말볼리오(Malvolio 셰익스피어의 희극인 스무 번째 밤에 등장하는 올리비아 집안의 집사—옮긴이)의 대사를 따라 했다. "누군가는 위대함을 이뤄내고, 또 누군가는 위대함을 강요받기도 하고…."

지난 몇 주 동안 1921년 이후 출판된, 파이껍질에 관한 —전부 다 해서 200편에 가까운— 모든 과학적인 문헌과 조리법을 찾아 읽었다. 나의 목표는 그 어떤 조리법이나 기술(포크를 써서 반죽을 섞는 기술, 늙은 가정주부의 이야기, 아니면 의도적으로 과학에만 바탕을 둔 조리방법까지)도 있는 그대로 받아들이지 않은 미국의 파이껍데기를 재발명하는 것이었다. 한참 동안이나 실패를 거듭한 끝에(그래서 파이 속만 먹었던 것이다) 오늘 저녁, 마침내 완전하고 또 실패하지 않는 미국 파이껍데기를 만드는 새롭고 현대적인 방법을 찾아냈다. 그 껍데기로 만든 파이를 지금 오븐에서 행복하게 굽고 있는 것이다.

사실 나는 그 동안 어마어마한 압박에 시달리고 있었다. 누구도 견줄 수 없는 파이 전문가이자 오랜 친구인 마리온 커닝햄이 뉴욕으로 오고 있기 때문이었다. 금회색 꼬랑지 머리와 하늘색 눈동자까지, 일흔세 살에도 여전히 고운 그녀는 캘리포니아 주 북부의 월넛 크리크에 산다. 그녀는 『패니 파머 요리책』(13판), 절대 빼놓을 수 없는 『패니 파머 제빵책』, 아주 성공이었던 『아침 요리 책』(모두 노프 출판사)은 물론, 셀 수 없이 많은 잡지와 신문의 칼럼 저자로서 미국에 있는 거의 절반에 가까운 수의 제과제빵사들의 지도자 노릇을 했다. 마리온은 내가 처음으로 전화를 걸어 미국의 제과제빵의 현주소에 대해 물어보았던 사람이다. 그녀의 끈기 있는 설명은 대개 다른 곳에서 걸려온 도움 요청 전화 서너 통에 의해 끊기곤 했다.

마리온은 차분하지만 단순함을 열광적으로 믿는 사람이라서, 나는 복잡한 파이껍데기 실험에 대한 이야기를 그녀에게 하지 않았다. 그녀가 뉴욕에 오면 그녀의 방법과 어깨를 나란히 할 수 있는 내 방법을 깜짝 공개해서 그녀를 놀라게 하고, 월넛 크리크의 시골생활에 한계가 있다는 것을 보여주고 싶었다.

나의 목표는 완벽한 미국의 파이껍데기가 지녀야 할 일곱 가지 성질을 모두 지닌 반죽을 만드는 것이었다. 조각조각 떨어지며 공기처럼 폭신하고, 가벼우며 부드럽고, 바삭바삭하며 노릇노릇하게 잘 구워지고 거기에다가 맛까지 좋은 파이껍데기라니, 사실 이런 서로 모순되는 특징이 한데 어우러지는 파이껍데기를 만드는 것은 거의 불가능하다. 그러나 1900년대 초에는 남녀 할 것 없이 수백만 명이 잠을 자면서도 그런 파이껍데기를 만들 수 있었고, 오늘날에는 그 수가 많이 줄기는 했어도 아마 수만 명 정도는 여전히 그럴 수 있을 것이다. 그리고 마리온은 그들 가운데 한 사람이다.

프랑스의 타르트 패스트리는 부드럽고 진한 버터맛에, 살짝 바삭바삭하지만 조각조각 부스러지기보다는 뻑뻑하고 모래와 같은 식감을 지니고 있다. 그래서 프랑스의 파이를 위해서라면 상관없지만, 미국 파이껍데기로는 맞지 않는다. 그러한 측면에서 미국은 다른 나라들과는 좀 다른 구석이 있다고 생각한다. 제인 오스틴이 "맛있는 사과파이는 우리나라에서만 얻을 수 있는 즐거움 가운데 큰 비중을 차지한다"고 썼을 때, "조각조각 부스러지며 부드럽고 바삭바삭한 사과파이"라는 표현을 쓰지는 않았다. 그녀는 영국에서 비롯된 조각조각 부스러지고 부드러우며, 또한 바삭바삭한, 아마도 프랑스식 퍼프 패스트리에 바탕을 둔 파이 껍데기를 의미했을 것이다.

짠맛 나는 속이 들어간 파이는 고대 그리스 사람들이 발명했고, 로마 사람들은 그걸 따라 만들어 골(Gaul, 고대 켈트 지방의 사람들, 지금의 북이탈리아, 프랑스, 벨기에 등을 포함한다—옮긴이) 사람들에게 가져갔다. 그리고 세월이 흘렀다. 중세 프랑스 사람들은 파이를 엄청나게 사랑했는데 그건 고기파이였지, 싱싱한 과일을 채운 것은 절대 아니었다. 그리고는 노르만 사람들이 영국을 정복했던 1066년, 파이를 함께 가져갔다. 스물네 마리의 검은 새를 채운 듯 커다란 파이는 단단하고 두꺼워 조리와 보관을 위한 용기로 쓰인 껍데기—부드럽거나 바삭거리지도 않고, 조각조각 부스러지지도 않는—를 지니고 있었다. 영국과 프랑스 사람들이 16세기 초에 시도하기 전까지 파이에 싱싱한 과일을 넣는 일은 불가능해 보였다. 과일파이는 1590년의 〈아르카디아〉(로버트 그린 지음)의 매력적인 대사, "그대의 숨결에서 사과파이 냄새가 나는구려"로 영국 문학에서 첫 선을 보였다.

미국에 상륙한 영국 청교도들은 '메이플라워'호에 파이 조리법과 밀대, 사과나무 가지를 함께 실어가지고 왔다. 미대륙 정착 초기에, 사과나 다른 과일 나무들은 미대륙이 원산지가 아니었으니 사람들은 야생 딸기류(인디언들이 먹을 수 있는 품종을 가려냈다) 파이를 가장 많이 먹었다. 어쨌거나 사과와 파이 모두, 세계 어느 곳보다 미국에서 널리 퍼졌다. 뉴잉글랜드 지방에서 아침에 파이를 먹는 습관에 대해 묻자, 랄프 왈도 에머슨은 "아니면 파이가 왜 필요합니까?"라고 답했다. 1900년까지 중서부의 농장지역에서 파이는 적어도 하루에 두 번 의무적으로 먹어야 하는 음식이었다. 그리고 고작 30년 전, 파이는 음식점에서 사람들이 가장 많이 먹었던 후식으로, 매 끼니마다 60%의 손님이 시켜 먹었다.

1700년대 말과 1800년대 초에 처음 나온 미국 요리책의 파이껍데기 조리법 대부분은 부푼 패스트리를 만드는 영국 방법에서 비롯된 것으로 대부분 계란을 쓰거나 물을 계란 흰자로 대체한 것이었으며, 반죽은 계속해서 접고 미는데 그때마다 버터를 더했다. 그러나 1800년대 중반이 되자 우리가 오늘날 쓰는 것과 같은 파이껍데기 조리법이 나타났다. 어떻게 된 영문인지 1800년대 전반부에 고전적인 미국 파이껍데기가 세상에 나와 빠르게 퍼졌다. 누구에 의해, 어디에서 어떻게 이런 일이 벌어졌는지 설명해 줄 자료는 찾지 못했다. 그렇다고 해서 인류보다 앞선 문명의 외계인이 파이껍데기 조리법을 선물로 주었다는 가설에는 동의할 수 없다.

부엌에 둔 시간 측정기가 삑삑거리는 소리를 냈다. 파이를 확인하고, 몇 분 더 두어 색을 내기로 했다. 다시 텔레비전에 주의를 기울였다. 구경거리 가득한 수영복 경쟁부분은 슬프게도 끝나가고 있었다. 나는 이 대회가 '체리파이(Cherry Pie, 처녀의 생식기를 일컫는 속어―옮긴이)'를 뽑는 수준이라고 기대하고 있었기 때문에 이렇게 시대에 뒤떨어지고 성 차별적인 의식을 계속해서 보고 있었지만, 사실 시간 낭비였다. 미스 십대 미국 선발대회가 열리고 있는 캔자스 주의 위치타는 한때 집에서 만든 파이의 세계 수도였다. 그렇다면 십대 역할 모델들은 호색적인 분위기를 풍기는 것만큼이나 파이 만들기에도 숙달되어야 하지 않을까? 그러나 이제 위치타는 미스 미국 십대의 수도 그 이상은 아닌 것 같다. 불러만 준다면 내년의 경연대회 참가자들을 위해 내가 기꺼이 파이 선생님이 되어줄 수 있다.

파이껍데기에 숨어 있는 과학

이론만 놓고 본다면 미국의 파이껍데기는 아주 간단하다. 거의 대부분이 무게로 밀가루 3, 쇼트닝 2, 물 1, 의 비율에 약간의 소금과 설탕을 더하는 3:2:1 공식을 따른다.

파이에 관한 글을 쓰는 거의 모든 제과제빵사나 과학자들이 '조각조각 부스러지며 부드럽고 바삭바삭한 미국 파이껍데기의 짜증나는 글루텐 이론'에 동의하는 것 같다. 밀가루는 대부분이 녹말이고, 거기에 7~15퍼센트의 단백질과 10퍼센트의 수분으로 이루어져 있으며 그 단백질의 대부분은 글루테닌과 글리아딘이다. 밀가루에 물을 저어 넣으면 그 두 단백질들이 활성화되어 물과 엮여 질기고 잘 늘어가는 물질이 된다. 이를 반죽하거나 휘젓거나 늘리면 빵의 경우에는 발효를 견디는 조직을, 그러나 패스트리나 케이크는 질기고 푸석푸석하게 만드는 탄성 있는 연결고리를 형성하는 글루텐을 만든다.

파이껍데기 조리법은 글루텐 발달을 피하기 위한 방법을 길게 설명한다. 물을 가능한 적게 쓰고(물 없이는 글루텐이 생기지 않는다), 반죽을 아주 조심스레 다루며(손을 적게 타면 글루텐은 단백질 연결 고리 안에 들어가지 못한다), 단백질이 적은 패스트리 밀가루나 다목적 밀가루를 쓰며(글루텐과 글리아딘이 적다), 반죽을 밀대로 밀기 전에 쉬게 한다(잘 늘어나는 글루텐을 진정시키기는 하지만 물 입자를 마른 채로 남아 글루텐을 발달시키지 못한 밀가루 입자 구석구석까지 이르도록 한다).

글루텐과 싸우는 파이껍데기의 재료는 쇼트닝, 즉 지방이다. 밀가루의 작은 입자에 지방을 입혀 물이 글루테닌과 글리아딘을 만나지 못해 함께 글루텐도 만들지 못하도록 한다. 그리고 만약 서로 만난다고 해도, 쇼트닝은 가는 글루텐 가닥이 조각조각 떨어져 연결고리를 반죽 전체에 걸쳐 만들지 못하고 서로 떨어져 있도록 해서 파이 반죽을 부드럽게 만들어준다. 그래서 이 지방을 '쇼트닝(shortening, 짧게 해주는 것—옮긴이)'이라고 부르는 것이다. 적어도 나는 그렇게 알고 있다.

라드나 크리스코와 같이 순수한 지방은 글루텐을 짧거나 부드럽게 만들어주는 힘을 버터나 마가린보다 더 많이 가졌다. 사실 버터나 마가린의 경우에는 수분 함유량이 15퍼센트이기 때문에 글루텐을 살아나게 할 수도 있다. 야채기름과 같이 부드러운 지방을 써서 밀가루 입자를 감싸 밀가루를 물로부터 보호할 수도 있지만 그럴 경우 또 다른 문제가 일어난다. 상온에서 고체 상태를 유지하는 지방은 아주 작은 조각으로 자르지 않는 한 보호하는 효과가 떨어진다. 그리고 산은 탄성이 있는 글루텐을 공격해서 약하게 만드는데, 때문에 사람들은 파이를 만들 때 껍데기 반죽에 식초를 더한다.

이 모든 준비 과정이 부드러운 파이껍데기를 만들기 위한 것인데, 그 껍데기를 조각조각 부스러지게 만들려면 어떻게 해야 할까? 파이 반죽을 밀 때, 납작해진 쇼트닝 입자는 반죽을 여러 켜로 갈라놓는다. 지방이 사이를 띄워놓는 역할을 하는 것이다. 지방 입자가 클수록 만드는 켜

재료의 측정 방법

Q. 미국인을 다른 나라 사람들과 어떻게 구분할 수 있나?

A. 계량컵으로 구분할 수 있다. 〈월 스트리트〉 저널의 "여가와 예술"면 편집자이자 〈자연사*Natural History*〉 지에 음식에 관해 놓칠 수 없는 칼럼을 쓰는 레이몬드 소콜로프는 "오직 미국에서만 습관적으로 그리고 거의 한정적으로 마른 재료를 계량컵으로 달아 쓴다"고 말한 적이 있었다. 캐나다, 아마 오스트리아, 그리고 어쩌면 이라크와 같이 영국의 통치하에 수십 년을 지내고, '플레이어스' 담배 깡통이 모두가 쓰는 계량도구라 하인들이 훔치거나 찌그러트릴 수 없었던 나라들은 예외이다.

세계의 나머지 부분에서는 마른 재료를 다는 데 저울을 쓴다. 밀가루, 옥수수녹말, 코코아가루 같은 재료들을 달 때 훨씬 더 정확하기 때문이다. 얼마만큼 빡빡하게 담느냐에 따라 밀가루 1파운드(454g)는 적게는 세 컵에서 많게는 네 컵 반이 되는데, 이는 미국 사람들이 똑같은 케이크를 두 번 구운 적이 거의 없다는 것을 의미한다.

어쩌다가 미국인들은 이런 난처한 상황을 자아냈을까? 소콜로프는 "개척자와 선조들이 서부로 갈 때 무거운 금속 저울과 딸린 추는 가지고 가고 싶어 하지 않았다"는 계량컵의 "코네스토가 이론(Conestoga Theory, 코네스토가는 1700년대 말~1800년대에 미국에서 쓰였던 큰 화물마차로, 여기에서 말하는 코네스토가 이론이란 서부로 옮겨갈 때 마차에 실을 짐을 줄이기 위해 무거운 저울은 놓아두고 계량도구로써 컵을 가지고 갔다는 주장을 의미한다 - 옮긴이)"을 주장한다. 그러나 밀가루의 양을 무게로 표시해놓은 옛날 요리책들도 몇 권은 남아있고, 사실 계량컵으로 재료를 다는 방법은 대부분의 코네스토가 마차가 시골의 차고에서 녹슬어 가던 1896년에 나온 『패니 파머의 보스턴 요리학교 요리책』에서부터 널리 쓰였다. 여기에는 계량컵이 보다 더 과학적이라는 주장이 뒷받침해주고 있었다. 마리온 커닝햄의 『패니 파머 요리책』(12판, 1979년)의 경우에는 조리법에 계량컵과 그램 (g) 단위 모두를 담고 있다.

는 넓고 길어진다. 지방을 밀가루 속으로 어떻게 잘라 넣는가에 따라 입자의 크기는 거친 곡식의 알갱이부터 콩이나 작은 올리브만해질 수 있다.

파이껍데기를 굽게 되면, 고체 지방이 녹아 반죽의 켜 사이에 틈새를 남긴다. 반죽의 물기는 증기가 되고 반죽의 켜를 부풀려 갈라놓는다. 그리고 반죽이 70도에 이르면 파이껍데기는 굳기 시작한다. 굽는 열에 의해 충분한 양의 물이 반죽에서 빠져 나왔을 때 파이껍데기는 바삭바삭해진다.

돼지기름을 녹여내 만든 라드는 녹는점이 높고, 낮은 온도에서 식을 경우 서로 붙어 큰 결정을 만든다. 그래서 라드가 반죽의 켜 사이에서 틈새를 만들어내는 데 뛰어난 역할을 하는 것이다. 한때 사람들은 조각조각 부스러지는 파이 반죽을 만드는 데 라드가 가장 좋은 재료라고 여겼다. 크리스코는 1911년 라드보다 더 긴 유효기간을 가진 대체재로 소개되었다. 오늘날 라드는 —사과, 배, 체리, 복숭아와 정말 잘 어울리는— 돼지고기의 풍미와 널리 퍼진 영양학적 미신(라드가 43퍼센트의 포화지방을 지니고 있다고 해도 버터(50퍼센트)에 비교하면 훨씬 적은 양이며, 이는 크리스코와 같은 야채 쇼트닝보다 조금 더 걱정할 만한 정도에 지나지 않는다. 크리스코의 경우 기본적으로 21퍼센트의 포화지방을 지니고 있으며, 고체로 만들기 위해 수소경화 과정을 거치면 14퍼센트의 트랜스지방산을 지니게 된다)때문에 그 인기를 조금 잃었다.

다시 부엌으로 주의를 돌려보자. 나의 목표는 글루텐과 지방에 대한 모든 고뇌를 떨쳐버리고, 손맛의 필요성을 완전히 없애는 것이다. 이제 막 오븐에서 꺼낼 파이껍데기는 이제부터 설명할 방법을 따라 만들었다. 고전적인 3:2:1의 공식을 따라, 단백질 함유량이 중간 정도인 다목적 밀가루에 크리스코를 더해 반죽을 만들었다. 여기까지는 그저 평범하다. 그러나 거기에 제과제빵의 세계와 마리온 커닝햄을 놀라게 만들 나의 비법을 더한다. 푸드프로세서를 써서 쇼트닝의 반을 밀가루 전부에 섞어 5분 동안 미친 듯이, 지방이 완전히 사라져서 작은 밀가루 입자 모두를 싸고 물과 글루텐의 위협으로부터 안전하게 만들 때까지 갈아준다. 이렇게 하면 일단 아주 부드러운 파이껍데기를 만들 수 있다. 그리고는 물을 더해 반죽이 덩어리질 때까지 짧은 시간 동안 돌려준다. 마지막으로 나머지 쇼트닝을 넣고 M&M 초콜릿 조각만해질 때까지 드문드문 돌려준다. 이 나머지의 쇼트닝이 반죽을 밀 때 켜를 만들어줄 것이다. 그 결과로 부드럽고 바삭바삭하면서도 조각조각 부스러지는 패스트리를 기대할 수 있는 것이다.

미스 십대 미국 선발대회는 나이트 가운 경쟁이라는 시궁창으로 접어들 무렵 나는 텔레비전을 꺼버렸다. 나이트 가운 경쟁은 내가 가장 싫어하는 부문이기도 하고, 파이가 구워지기도 했다. 일단 10분 동안 식혔다. 대부분의 파이, 그러니까 껍데기와 속 모두는 살짝 따뜻한 정도가 될 때까지(두 시간 정도) 식히면 맛이 훨씬 좋아진다. 그러나 그 결과를 바로 알고 싶었다. 껍데기를 한 조각 갈라 먹어보았다.

결과는 아주 실망스러웠다. 단단하고 뻑뻑하며, 자르면 부서지고, 까만 점이 군데군데 박힌데다가 기름기도 너무 많았다. 게다가 조각조각 부서지지도 않았다. 이렇게 완벽과 거리가 먼 파이껍데기는 처음이었다.

실망과 공포에서 벗어났을 때(마리온은 이틀 안으로 올 것이다), 나는 무엇이 잘못되었는지 알아차렸다. 지방의 절반을 완전히 갈아서 모든 밀가루 입자에 지방을 입혀 방수처리를 했기 때문에 글루텐이 발달되지 않은 것이었다. 그 결과, 덩어리진 지방이 쪼개지면서 생기는 조각조각 부스러지는 켜가 없는 것이었다. 그 뒤 48시간 동안 열심히 실험을 한 결과, 나는 짜증나는 글루텐 이론을 내세우는 파이 전문가들이 모두 틀렸다는 것을 깨달았다. 조각조각 부스러지는 파이껍데기는 글루텐 없이 만들 수 없다! 진짜 목표는 글루텐을 완전히 없애는 것이 아니라, 딱 맞는 양을 딱 맞는 방법으로 반죽에 골고루 퍼뜨리는 것이다.

조각조각 부스러지고 부드러우며, 바삭바삭한 파이껍데기를 굽는 것을 제외하고는 거의 모든 것을 해결했다. 사실 완벽한 파이껍데기를 만드는 것이 이론적으로 불가능하다는 것도 증명했다.

미국의 큰 식품회사들이 벌써 이 문제를 해결하지 않았을까 궁금해져서 얼린 파이껍데기, 냉장시켜 밀어서 나오는 두 겹짜리 껍데기, 거기에다가 몇몇 얼린 파이까지 가게에 있는 모든 종류의 포장된 파이껍데기를 사가지고 왔다. 그나마 베티 크로커Betty Crocker의 가루제품으로 간신히 먹을만한 파이껍데기를 만들 수 있었었는데, 밀기 쉽고 가벼우나 퍼석퍼석했고 군데군데 부스러질 뿐이었다. 이 가루를 쓰면, 재료를 달아 섞는 과정에서 고작 3분을 아낄 수 있었다. 가루를 섞어 반죽을 만들고 또 그 반죽을 밀어야 하기 때문이다. 필스베리의 냉장 파이껍데기는 어느 정도 부드럽고 조각조각 부스러졌으나, 바삭바삭하고 노릇노릇한 대신 부드럽고 하얀색이었으며 싸구려 치즈에서나 풍기는, 구역질나는 발효식품의 맛이 났다. 슈퍼마켓에서 대충대충 저장한 탓이거나 아니면 필스베리 자체의 잘못이라고 생각했다.

파이껍데기의 비법 전수

그때 마리온 커닝햄이 도착했다. 토요일 아침 아홉 시, 커피 마실 시간에 맞춰 온 것이다. 품위 있는 그녀는 스트레스를 받았는지 글루텐에 대해 내가 발견한 모든 것에 대해 감탄하며, 완벽한 파이껍데기 만드는 것이 이론적으로 불가능하다는 내 의견에 관심을 기울이는 것처럼 보이려 애썼다.

내 얘기를 다 듣고 나서야 그녀는 미소를 지르며 "파이를 구워볼까요?"라고 말했다. 우리는 몇 가구 떨어진 유니온 스퀘어 그린마켓까지 걸어가, 밝은 빨간색에 신맛이 두드러지는 파이용 체리를 3리터 사가지고 집으로 돌아와 꼭지를 떼고 씨를 발라 맛있는 속을 준비했다. 이제 껍데기를 만들 차례다.

마리온은 2, 1/4컵의 표백된 다목적 밀가루(골드메달이나 필스베리)를 달아 큰 사발에 담았다. 금속 계량컵으로 밀가루를 봉지에서 바로 담아 다른 손으로 가볍게 눌러 담고, 남은 것을 털어냈다. (왜 이 상황을 언급하느냐면, 밀가루 한 컵은 어떻게 담는가에 따라 110g~140g의 무게가 나간다. 마리온의 컵으로 달았을 때 밀가루는 정확하게 140g이었는데, 이는 마리온이 그녀의 책 『패니 파머 제과제빵책』의 끝부분 도움말에서 언급한 양과 같았다(굳이 정확하게

140g은 아니더라도 한 컵을 정확하게 담으면 별 문제는 없다). 그녀의 책이 아닌 다른 파이 요리책에 재료의 정확한 계량에 대한 언급이 거의 없다는 사실에는 그저 놀라울 뿐이다. 그들은 물 1작은술을 더하고 빼는 데에 따라서 파이껍데기를 망칠 수가 있다고는 말하면서 밀가루를 컵에 담는 방법이나 그렇게 담은 밀가루의 무게에 대한 정보는 주지 않는다. 집에서 빵이나 과자를 구울 때 밀가루의 무게를 달지 않는 미국인들과는 달리, 유럽인들은 달아서 쓴다. 집에서의 조리를 과학적인 바탕 위에 올려놓으려고 했던 진짜 패니 파머가 그녀의 요리책 초판을 통해 주부들에게 밀가루를 컵에 평평하게 골라서 담고, 보정된 계량 숟가락을 쓰라고 촉구했고, 그로 인해 이름을 알렸다는 사실을 생각해 본다면 요즘의 이런 상황은 엄청난 모순이다).

마리온은 손가락으로 소금 1/2작은술을 달아 섞고 상온에 두었던 크리스코를 3/4컵 달아 밀가루 위에 떨어뜨렸다. 그리고 쇼트닝을 밀가루에 섞어 호두 크기의 덩어리로 쪼갰다. 그러면서도 그녀는 즐겁게 수다를 떨었다. 내 파이껍데기 실험 내내 함께했던 암울한 침묵은 찾아볼 수 없었다.

그리고 그녀는 내 파이 만들기의 기본이 된 손동작을 시작했다. 마리온은 두 손을 사발 바닥까지 넣어서, 밀가루와 그릇 테두리의 지방을 퍼올려 그 위로 엄지손가락을 나머지 손가락 끝에 대고 새끼손가락부터 둘째손가락까지 움직였다. 밀가루와 지방의 작은 조각이 손가락 사이로 떨어져 그릇에 다시 담기고, 큰 조각은 둘째 손가락 위로 굴러 떨어졌다. 그녀는 이 동작을 지방과 밀가루 조각이 아주 거친 곡식 알갱이에서 쌀알, 완두콩과 작은 올리브만해질 때까지 스물다섯 번 정도 되풀이했다. 알갱이들의 크기를 고르지 않게 만들어야 하므로 굳이 큰 알갱이들을 작게 만들 필요는 없었다.

마리온은 냉장고에 넣어둔 물 1/2컵을 한꺼번에 넣고 저녁 먹을 때 쓰는 포크로 소용돌이무늬를 그리며, 작은 덩어리들이 생길 때까지 저었다. (그녀는 확신이 없을 경우 물을 조금 더 섞으라고 추천했다.) 그녀는 반죽이 서로 잘 달라붙나 보려고 한줌씩 함께 움켜쥐었으며, 달라붙을 경우 반죽 전체를 그릇의 한쪽 바닥에 대고 꽉 누른 뒤, 그 반을 손으로 갈라 바로 밀었다. 그녀는 내가 쓰는 아주 무겁고 커다란 공 베어링 손잡이가 달린 나무 밀대를 썼는데 손길은 가볍고 재빨랐다.

마리온은 파이껍데기 만들기의 모든 규칙을 깨트렸다. 먼저 쇼트닝이 밀가루에 녹아들지 않도록 냉장고에서 식혀야만 했다. 같은 이유로 따뜻한 손으로 쇼트닝을 만져서도 안 되는 것이었다. 파이껍데기를 더 부드럽게 만들기 위해서 식초를 더해야만 했고, 물도 한 번에 다 쏟아붓는 게 아니라, 한 큰술씩 넣다가 나중에 한 작은술씩 넣어야만 했다. 결과적으로 그녀는 절대적으로 필요한 만큼보다 물을 더 많이 넣었고, 그 물을 반죽에 고르게 퍼트리지도 않았다. 그리고 그렇게 만든 반죽을 냉장고에 넣어 식히지도, 밀기 전에 잠시 두지도 않았다. 그녀는 그 모든 보호수단이며 주의사항을 수십 년 동안 시도해보았으나 그 어떤 것도 그렇게 많은 영향을 미치지 않는다는 것을 깨닫고 그 과정을 이렇게 단순화한 것이다.

그리고 그랬음에도 오븐에서 나온 것은 완벽한 체리파이였다. 내가 속을 잘못 만들었는지 온통 흘러 넘쳐버렸지만 적어도 그녀가 만든 껍데기만은 조각조각 부스러지고 부드러우며, 바삭바삭해서 완벽했다. 이

것이야말로 마리온이 뉴욕에 머무르는 동안 내가 완벽한 이해를 바탕으로 만들 수 있게 되기를 원하는 파이껍데기였다.

그러나 다음날, 영원히 이해할 수 없는 이유로 그녀는 뉴욕을 떠나 캘리포니아 북부로 돌아갔다. 완벽한 파이껍데기에 가까이 가기도 채 전이었다. 그 뒤로 2주 동안 나는 계속해서 전화를 걸고 팩스를 주고받았다. 그녀가 손을 탁자에 정확하게 나란히 놓았던가? 손가락은 굽혔나, 아니면 쭉 폈나? 아니면 서로 떨어져 있었나, 꼭 붙어 있었나? 무엇보다, 매번 쇼트닝과 밀가루를 퍼 올렸을 때 엄지손가락을 다른 손가락 끝에 대고 앞뒤로 여러 번 움직였던가, 아니면 한 번만 그랬던가? 마지막 질문 때문에 전화를 세 번이나 걸었다.

완벽한 파이껍데기를 만드는 것은 그녀의 손가락이지 머리가 아니었다. 그래서 내가 무엇인가 물어보기 위해 전화를 걸 때마다, 그녀는 전화를 우선 끊고 파이 전체나 껍데기만을 만들면서 조심스럽게 그녀의 손가락 움직임을 관찰하고 때로는 적어두었다가 다시 전화를 걸어 알려주었다. 그래서 전부 열두 개의 파이를 구웠다. 북캘리포니아에서는 여름 과일이 한창 제철이었고, 그렇게 만든 파이는 그녀의 친구들이 들러 가져가기도 했고, 여름 무더위에 열심히 일한 보답으로 정원사에게 두 번이나 선물로 주기도 했다. 옛말에 훌륭한 파이껍데기는 차가운 손가락과 따뜻한 마음을 지닌 사람이 만든다고 했다.

마침내 내 뜨거운 손가락도 깨우치고야 말았다. 나도 능숙해져서 부드럽고 조각조각 부서지며, 바삭바삭한 파이껍데기를 만들게 되었다. 얼마 지나고 나자, 시간을 재어보니 반죽을 만들어 미는 데 고작 12분이 걸리게 되었다. 그 모든 과정이 슈퍼마켓에 냉동 껍데기를 사러 가는 것보다 훨씬 더 짧았다.

나는 마리온의 방법을 믿고 따랐다. 그러나 그녀가 물의 양에 아주 관대하다는 것과, 반죽에 넣기 전에 그 많은 양의 물을 한 번에 넣는 이유에 대해 궁금해졌다. 그녀는 반죽이 말랐을 경우 밀면 가장자리가 갈라진다고 느꼈다. 갈라진 끝은 바로잡을 수 있지만, 그렇게 민 반죽은 절대 잘 구워지지 않는다는 것을 알게 되었다.

나는 누구에게도, 마리온의 간단한 파이 반죽이 지니고 있는 완벽함에 감명받았다고 인정하지 않을 것이다. 그러나 왜 그녀의 방법이 먹히는지는 이해하고 싶었다. 과학 문헌들 가운데에 두 편이 답을 찾는데 도움을 주었다. 그건 겨우 답 정도가 아니라, 신의 계시와도 같은 깨우침이었다.

〈베이커스 다이제스트〉(1967)에 실렸던 문헌은 조각조각 부스러지는 파이껍데기는 사이띄우개 역할을 하는 납작하진 지방 덩어리의 켜, 물과 섞여 글루텐을 만들어내는 보호받지 않은 밀가루의 켜, 부드러움을 위해 밀가루 속으로 문질러 넣은 지방의 켜, 이 셋이 겹쳐진 샌드위치에 의해 만들어진다는 것을 보여주었다. 잘 늘어나는 쇼트닝(상온에 둔 크리스코나 살짝 차게 한 라드)은 고체와 액체 지방의 혼합물이다. 액체 부분은 밀가루를 싸고, 고체 부분은 켜 사이를 갈라놓는 것이다.

1943년에 출간된 〈시리얼 화학〉에 실린 두 번째 문헌은 첫 번째 문헌의 추론이었다. 이 문헌에서는 차게 한 쇼트닝을 쓸 경우 더하는 물의 양과 섞는 방법이 결정적이지만, 마리온이 쓴 것과 같이 상온에 둔 쇼트닝이라면 별 영향이 없다는 것을 보여주었다. 그래서 사람들이 반죽을 차게 하는데 그렇게 집착한 모양이다.

이렇게 이해한 내용을 바탕으로 마리온의 재료를 네 가지 방법으로 적당히 다듬어 나만의 조리법을 만들어냈다. 첫 번째로, 쇼트닝의 비율을 늘려 나 같은 비전문가들이 모든 것을 정확하게 맞추지 않아도 되도록 했다. 쇼트닝을 더 많이 넣으면 가장 중요한, 크고 고르지 않은 덩어리가 남으면서도 충분한 양의 지방이 (부드러운 파이껍데기를 위해서) 밀가루 속으로 문질러 들어갈 수 있다. 그리고 밀가루에 방수처리가 잘 되면 반죽에 넣은 물의 양에 덜 민감해질 수 있다. 1970년도의 베이커스 다이제스트 기술 문헌에서는 쇼트닝의 비율을 올려서(밀가루 무게의 80퍼센트까지) 더 부드러우면서도 여전히 바삭바삭하게 잘 부스러지는 파이껍데기를 만들 수 있다고 한다.

이렇게 쇼트닝을 더 넣는 것은 부드러운 파이껍데기를 만들고 싶지만 손재주가 딸리는 가정주부를 위한 것으로, 1952년의 미국 제과제빵 기술자 협회의 강연을 통해 발표되어 남성 파이 전문가들의 비웃음을 샀다. 서툰 주부 흉내를 내어 욕먹는 것에는 신경을 쓰지 않는다. 얼마 전에는 두 아주 훌륭한 파이 전문가의 조리법을 찾았는데 쇼트닝을 아주 많이 쓰는 것이었다. 그러나 파이를 좀 더 잘 만들게 되면 지방을 두 큰술 정도로 줄여도 될 것 같다.

두 번째로, 나는 마리온의 조리법에서 모든 재료를 1/3 늘렸다. 대부분의 조리법, 특히 재빠른 손을 가진 여성이 쓴 것들은 반죽을 아주 얇고 완벽한 동그라미로 밀 수 있을 때에만 파이를 만들기에 딱 맞는 양의 반죽을 만들 수 있다. 나는 이것이 다른 음식을 만드는 데는 천재적인, 그러나 파이에는 조금 더 서툰 남자들에게는 엄청나게 성차별적임을 알게 되었다. 재료의 부피를 늘리면 너절하고 고르지 않게 반죽을 밀었을 때 대응할 수 있고, 구멍 뚫리거나 갈라진 부분을 메울 필요 없이 가장자리에 많은 양의 반죽을 남길 수 있다.

세 번째로, 다른 많은 조리법들에서 그렇게 하듯 설탕을 조금 더했다. 실험을 해 보니 설탕을 반죽에 약간 넣으면 껍데기가 노릇노릇해지고, 아무 맛도 없거나 아니면 살짝 쓰기까지 한 크리스코의 맛과 균형을 이룬다는 것을 알게 되었다. 그러나 설탕을 너무 많이 넣으면 껍데기가 버석버석해지고(프랑스의 사브레 패스트리나 쿠키 반죽처럼), 조각조각 부서지는 성질을 줄이며, 질리도록 달아진다.

네 번째로, 단백질이 더 많으면 더 단단한 껍데기를 만들 수 있을 거라고 생각해서 표백하지 않은 다목적 밀가루로 바꿨다. 표백하지 않은 밀가루는 색이 더 좋고 맛도 더 고소한데 내가 넣는 만큼 쇼트닝을 넣으면 단단함은 절대 문제가 되지 않는다.

파이 연구라는 모험은 지난 73년 동안의 파이 전문가들이 하나 둘씩 추천한 거의 모든 보조기술을 시험해 보는 동안 계속되었다. 얼마 지나지 않아 오븐에서 9미터 안쪽에 있는 모든 가구가 파이 진열대로 탈바꿈했다. 그 결과는 다음과 같다.

– 바닥 껍데기를 계란, 아니면 노른자나 흰자만으로 문질러 파이 속에서 나오는 물을 막는 것은 아무런 효과가 없는 것 같다.

- 오븐에 넣기 바로 전에 윗 껍데기에 우유를 바르면 파이가 노릇노릇해
  지는 데 아주 좋다.
- 우유를 바르고 그 위에 설탕을 뿌리면 파이껍데기가 달콤하고 바삭바
  삭해진다.
- 파이접시에 기름을 칠하면 바닥껍데기가 노릇노릇해지는 데 좋고, 파
  이를 잘라 들어내기 쉬워진다.
- 크리스코만을 써서 만든 반죽을 냉장고에 넣어 식히면 껍데기가 뻑뻑
  해지고, 상온의 크리스코로 만든 것보다 못한 껍데기가 나온다. 그러나
  차게 두지 않은 라드나 버터(쇼트닝보다 낮은 온도에서 녹는다)로는 반죽
  을 만드는 것이 거의 불가능하다.
- 산성의 증기가 과일 속으로부터 올라오면 반죽 역시 산성이 된다. pH
  값이 떨어지는 것이다. 산성 반죽은 잘 노릇노릇해지지 않는다. 베이킹
  소다를 반죽에 넣는 것이 한때는 반죽의 pH값을 올리고 반죽이 노릇
  노릇해지는 것을 돕는 방법이라고 널리 추천되었다. 그렇게 베이킹소
  다를 넣을 경우 반죽이 거의 빨간색에 가깝게 노릇노릇해지며, 버석버
  석한 식감에 쉽게 알아챌 수 있는 베이킹소다의 뒷맛을 남긴다.

조리법이 마침내 완성되었다. 물론 이 조리법은 거의 마리온의 것이
지만, 또한 내 것이기도 하다. 이 방법을 따르면 세계 어디에서나 손가
락만 가지고도 훌륭한 파이껍데기를 만들 수 있다. 그리고 후식의 섬에
밀대 없이 표류하게 된 경우라면 파도가 해변가로 몰고 온 오래된 포도
주병을 대신 쓸 수 있다고 마리온은 말했다.

조각조각 부스러지며 부드럽고도 바삭바삭한
미국 파이

파이속을 위한 재료(이 조리법의 1단계와 뒤따를 속 조리법을 참고한다)

표백하지 않은 다목적 밀가루 3컵(여러 밀가루 상표들을 좋아하는 순서대로 늘어놓자면, 킹 아서, 헤커스, 골드 메달, 필스베리이다. 마리온이 한 것처럼 밀가루를 1컵들이 계량컵에 아주 가볍게 담아 누르고, 손날로 솟아 오른 부분을 쓸어 평평하게 만든다. 그렇게 담은 밀가루 한 컵은 140g 안팎일 것이다) **설탕** 2작은술 **소금** 1작은술 **쇼트닝** 1, 1/2컵 (크리스코, 버터, 라드, 아니면 그 모두를 조합해서 쓸 수 있다. 크리스코만 써도 괜찮은데 부엌이 더울 경우에는 냉장고에 15~30분 정도 넣어 식힌다. 맛을 더 좋게 하려면, 10큰술[막대기 한 개 분량+2큰술]의 차가운 무염버터로 크리스코 1/2컵을 대체한다. 차가운 버터를 반죽밀대로 말랑말랑해질 때까지 두들긴다. 집에서 녹여 낸 라드의 경우 사흘[그 기간 동안 큰 결정을 만들어낸다]동안 식혔다가 거의 상온에 가깝게 둬서 쓰면 가장 많이 조각조각 갈라지며 색도 짙은 껍데기를 만들 수 있다. 라드와 버터를 함께 쓰면 감칠맛을 더할 수 있다) **아주 찬 물** 3/4컵(쇼트닝 대신 버터를 쓸 경우 약간 적게 쓴다. 버터가 수분을 함유하고 있기 때문이다) **쇼트닝** 1큰술(파이 접시에 바르기 위한 것) **찬 무염 버터** 3큰술(과일 속을 위한 재료) **찬 우유** 1큰술(저지방이나 보통 우유 모두 쓸 수 있다. 파이에 바르기 위한 것) **설탕** 1큰술(껍데기에 솔솔 뿌리기 위한 것)

    1. 파이 속을 준비한다. 이 다음에 나오는 조리법을 따라 만들 수도 있고, 아니면 알고 있는 다른 조리법으로 만들어도 상관없다. 과일 껍데기를 벗겨 씨를 빼고, 물에 담그고 익히는 과정은 껍데기를 만들기 전에 마쳐야 한다. 그러나 마지막 단계—예를 들자면 썬 사과나 딸기를 설탕과 섞기—는 마지막 순간에 하지 않으면 윗껍데기를 붙이기도 전에 파이 바닥껍데기가 과일즙으로 넘치게 될 것이다. 그러

면 파이를 망칠 수 있다. 만약 내 조리법을 따라 속을 만들려면, 조리 시간을 맞추기 위해 지금 읽어볼 것을 권한다.

2. 오븐을 230도로 예열한다.

3. 커다란 사발(예를 들자면 5~6리터들이)에 밀가루, 설탕 2작은술, 소금을 손가락으로 섞는다.

4. 쇼트닝을 사발에 넣는다. 손으로 매만져 밀가루를 입힌 뒤, 재빨리 작은 호두 크기의 열두 조각으로 나눈다. 다시 매만져 밀가루를 입히고 그릇 옆면으로부터 2.5센티미터쯤 떨어뜨려 밀가루 위에 대강 원을 그려 담아 놓는다.

5. 손가락으로 지방을 밀가루에 "문지른다rub." 두 단계를 거친다. 먼저 양손가락으로 밀가루 한 무더기와 4에서 나눈 지방 한 덩어리를 사발의 옆과 밑면을 따라, 그릇 테두리에서 10센티미터 정도 위로 들어 올린다. 손가락을 살짝 벌려 엄지손가락을 약 세 번 다른 손가락 끝으로 문지르는데, 이렇게 해서 큰 지방 덩어리를 밀가루를 입히면서 작은 올리브 크기의 조각으로 나눈다. 지방에 밀가루가 스며들거나, 밀가루를 지방과 섞이지 않도록 한다. 또한 엄지손가락으로 세게 눌러 지방을 납작하게 만들지 않는다. 손가락 끝 사이에서 굴린 뒤 밀가루와 지방을 다시 사발에 떨어트린다.

이 과정을 다섯 번 되풀이하는데, 그때마다 큰 지방 덩어리를 두 개씩 작은 덩어리로 나눠 모두를 작은 덩어리로 나눌 때까지 되풀이

한다.

다음 단계에서는 밀가루와 지방을 계속해서 퍼 올리는데, 그때마다 엄지손가락을 다른 손끝에 딱 한 번만 닿도록 한다. 이때 새끼에서 검지손가락의 순서를 지키고, 꼭 사발의 바닥을 쓸려 올렸다가 손을 사발 위로 높이 든다. 엄지손가락이 다른 손가락 끝을 가로질러 움직일 때마다, 가장 작은 쇼트닝 조각은 손가락 끝 사이로, 가장 큰 조각은 검지손가락 위로 떨어질 것이다. 손에 남은 밀가루와 지방을 사발로 다시 떨어트린다. 밀가루와 지방이 마치 반죽 입자를 식히고 공기를 불어넣는 것처럼 공기를 헤치고 가볍게 떨어질 것인데, 이 과정이 사실 그런 역할을 한다. 이 동작을 20~25번 반복한다.

밀가루를 입힌 지방 입자의 크기가 굵은 가루에서 쌀알 정도, 또는 콩에서 작은 올리브 정도의 크기가 되면 이 과정을 마쳐도 된다. 밀가루 조금은 그대로 남을 수 있다.

6. 찬물 1/2컵을 밀가루를 입힌 지방의 위에 골고루 뿌려준다. 포크를 써서 바로 사발 벽면부터 밀가루와 물을 섞는데, 그릇의 가운데로 갈수록 점점 작게 원을 그린다. 이때 꼭 포크의 뾰족한 끝이 사발 바닥을 쓸어야 한다. 동작은 가벼워야 한다. 몇 번 저어주고 나면 밀가루는 촉촉해지고, 반죽은 작은 덩어리로 모여야 한다. 뭉치지 않고 마른 부스러기가 너무 많다면, 찬물 한두 큰술을 더해 다시 저어준다. 그러나 너무 많이 섞지는 않는다. 쇼트닝을 밀가루에 보다

철저히 문지르고 더 많은 쇼트닝을 쓰면 그만큼 물을 적게 쓰게 되고, 따라서 물 3/4컵을 다 쓰게 되지는 않을 것이다.

7. 반죽을 다 한데 모아, 사발의 한쪽 면에 대고 꾹 누른다. 반 정도를 떼어내어 차가운 손가락 끝으로 굴려 공 모양을 만들고 조리대 위에 엎어놓고 눌러 2.5센티미터 높이의 원판을 만든다. 반죽의 나머지 절반에도 되풀이한다.

8. 22.5센티미터짜리 유리(아니면 짙은 색의 금속)파이 접시에 쇼트닝 1큰술을 바른다.

9. 반죽을 당장 밀어 껍데기를 만들어도 되고, 아니면 각각을 플라스틱 랩으로 싸서 냉장고에 15~30분 정도 넣어둔다. 사실 냉장고에 넣어두는 것이 더 편하거나, 부엌이 덥거나, 아니면 쇼트닝 대신 라드나 버터를 썼을 때에만 냉장고에 넣어두는 게 좋다. 그럴 경우 냉장고에서 다시 꺼내서 반죽이 다시 말랑말랑해질 때까지 5~10분 정도가 걸린다. 밀었을 때 가장자리가 갈라지지 않아야 한다.

반죽을 밀려면 밀가루를 잘 뿌린 표면에 역시 밀가루를 잘 뿌린 무거운 밀대로, 둘 가운데 더 큰 원판을 대강 33센티미터에 0.3센티미터나 그보다 조금 더 두꺼운 동그라미로 민다. 가볍게 밀대를 미는데, 반죽의 가운데와 몸 쪽 가장자리 사이에 올려놓고 몸에서 먼쪽 가장자리로 민다. 먼 쪽 가장자리를 평평하게 만들기 전에 밀대를 들어올리도록 주의한다. 같은 방법으로 몸쪽으로도 민다. 반죽을

1/8이나 1/4만큼 돌려 다시 민다. 반죽을 아래로 누르지 말고, 바깥쪽으로 늘린다. 반죽이 작업대에 달라붙으면(반죽을 밀면서 몸 바깥쪽으로 반죽이 잘 안 늘어났거나, 반죽을 돌렸을 때 잘 떨어지지 않았다는 첫 번째 신호), 얇은 금속 주걱을 반죽 밑에 넣고 들어 올려 표면에 다시 밀가루를 뿌린다. 처음 몇 십 번 미는 동안, 반죽 동그라미가 아메바와 같은 모양을 띨지도 모르는데, 그저 반죽의 지름이 가장 작은 경우 33센티미터가 되도록 밀어 기우지 않고도 파이 접시에 맞는 데에만 신경 쓴다.

10. 동그랗게 민 반죽에서 남아도는 밀가루를 털어낸다(밀가루는 껍데기의 표면을 단단하게 만들 수 있다), 동그라미를 부드럽게 반으로 두 번 접고 기름을 미리 발라둔 파이 접시 위로 들어올려, 뾰족한 끝이 접시의 가운데를 가리키도록 내려놓는다. 반죽을 접시 위에서 다시 펼친다. 반죽의 가장자리를 부드럽게 들여 올려 파이 접시에 맞추고, 가볍게 흔들어(늘리지 않고) 접시의 바닥과 옆면에 두른다. 큰 가위로 반죽의 가장자리를 파이접시를 죽 둘러가며 잘라내서 반죽이 접시 테두리의 가장자리 바로 너머까지만 오게 만든다. 반죽이 모자란 부분은 다른 부분에서 잘라 메우는데, 메우기 전에 물을 축여준다. 이 조리법을 따르면 많은 양의 반죽을 만들 수 있으므로, 반죽 조각이 많이 남을 것이다. 만약 바닥이나 옆면을 따라 구멍이 났다면 큰 반죽 조각에 물을 축여 구멍 위에 올려 단단하지만 깔끔하게

누른다. 만약 바닥껍데기로 파이 속이 샌다면 파이가 접시에 붙은 다음 유리 위에서 탈 것이다. 최악의 경우 파이 속이 바닥껍데기 밑에서 끓어오르고, 파이 일부분을 잡아먹을 것이다. 한 번 그런 적이 있었다. 다른 파이 조리법은 반죽을 메울 때 두려움 때문에 가늘 수 없을 정도로 손을 떨까봐 그런 것들에 대해 말해주지 않는다.

바닥껍데기를 플라스틱 랩으로 덮는다.

나머지 원판의 반죽을 같은 방법으로 33센티미터 동그라미로 밀어 플라스틱 랩 위에 부드럽게 올려놓는다. 부엌이 서늘하고 반죽이 단단하지 않다면, 플라스틱 랩으로 몇 번 더 싸서 냉장고에 10~15분 정도 더 넣어둔다.

11. 그러는 동안 과일 속을 마저 만든다. 접시와 반죽을 냉장고에서 꺼내 상온에서 5분 동안 둔다. 랩을 천천히 벗겨서 윗껍데기를 반씩 두 번 접어 치워둔다.

반죽을 두른 파이 접시에 숟가락으로 속을 떠, 가장자리를 피해서 채운다. 차가운 버터를 얇게 저며 과일 속 위에 흩뿌려 올린다.

12. 접은 윗껍데기의 뾰족한 끝을 파이 속의 가운데에 맞추고, 천천히 펼친다. 큰 가위나 칼로 반죽의 가장자리를 고르게 다듬어 바닥껍데기의 가장자리에서 넉넉하게 1.25센티미터 뻗도록 하는데, 메워야 될 부분이 있다면 메운다.

손을 빨리 놀려서, 윗껍데기의 1.25센티미터 길이의 가장자리가 바닥껍데기를 두르고 그 밑으로 덮도록 접어서 파이접시 테두리에 놓이도록 한다. 한 손으로 가볍게 눌러 봉하고, 다른 손으로 반죽이 접시 가장자리에 가지런히 놓이도록 한다.

13. 반죽의 가장자리에 장식 무늬를 만들어준다. 다른 것이 생각나지 않을 때 쓸 수 있는 두 가지 쉬운 방법이 있다.

a. 저녁 먹을 때 쓰는 포크의 뾰족한 끝을 파이접시 테두리와 같은 높이에 오도록 한 다음, 눌러 패스트리를 고르게 만드는데 파이 나란하고 깊은 홈을 가운데방향으로 남긴다. 포크를 들어 올릴 때마다 부드러운 반죽을 찌르지 않도록, 포크의 손잡이를 위로 먼저 기울인 다음 뾰족한 끝을 뺀다.

b. 가장자리를 올려서 주름을 잡는데, 이는 과일즙이 끓어 넘칠 때 성벽역할을 해준다. 파이접시 테두리의 반죽을 눌러서 높이 1.25센티미터, 두께 약 0.6센티미터의 골을 빙 둘러 낸다. 손가락을 파이 접시 벽에 대고 누르지 않도록 조심해야 한다. 그렇지 않으면 껍데기가 얇아져서 파이 속이 오븐에서 헤프도록 넘칠지도 모른다.

그 다음 왼손 엄지손가락과 둘째손가락 끝을 골 안쪽에다 대는데, 그 둘 사이를 2.5센티미터 정도 떨어트려 골을 부채꼴모양의 가장자리로 만든다. 왼손 둘째손가락 끝을 골 바깥, 가장자리 반죽 안쪽의 두 손가락 사이에 댄다. 손가락 끝을 반죽에 대고 누르면, 'V'자 모양을 만들 수 있다. 파이에 빙 둘러가며, 반죽의 골 모양이 모두 바뀔 때까지 같은 동작을 되풀이한다. 한 번 더 되풀이해서 무늬의 모양과 사이가 고르도록 만든다.

14. 이제 파이를 바로 구워야 한다. 바로 굽지 않으면 과일즙이 바닥껍데기를 눅눅하게 만들기 때문이다. 우유를 윗껍데기에 가볍게 솔로 발라준다. 아마 1큰술을 다 쓰지 않게 될 것이다. 우유가 바닥의 골짜기에 고이지 않도록 한다. 그럴 경우, 종이 수건을 접어 그 귀퉁이로 훔쳐낸다.

15. 설탕을 그 위에 솔솔 뿌려준다.

16. 작고 날카로운 칼로, 윗껍데기에 장식 숨구멍을 내준다(예를 들어, 크기가 다른 동그라미를 서너 개 그리면서 그 위에 세 개의 V자 무늬가 파이의 가운데를 보도록 한다). 칼로 자른 부분을 살짝 열어줘 오븐에 넣고 구웠을 때 다시 닫히지 않도록 한다. 0.6 또는 1.25센티미터의 동그라미, 네모, 아니면 세모를 파이의 가운데에 넣을 수 있다. 이렇게 내준 숨구멍은 김이 빠져나가 껍데기가 눅눅해지지 않도록 하고, 과일즙이 넘치기 시작할 때 압력을 덜어준다. 그러나 마리온 커닝햄은 숨구멍의 역할을 믿지 않는다.

17. 파이를 가장자리가 올라온 빵구이판에 얹고 미리 데워둔 230도 오븐에 바로 넣어 파이껍데기의 가장 짙은 부분이 아주 짙은 갈색을 띨 때까지, 약 25~40분 정도 굽는다. 온도를 190도로 낮춰 통틀

어 한 시간이 지났거나, 파이껍데기가 짙고 바삭바삭해 보이는 금갈색을 띨 때까지 굽는다. 파이가 고르게 노릇노릇해지도록 한두 번 정도 돌려준다. 과일(특히 사과나 복숭아)를 작은 칼로 찔러봐 잘 익었지만, 사과소스나 복숭아 잼처럼 무르지 않은지 확인한다. 유리로 된 파이 접시의 옆면을 잘 살펴 바닥껍데기도 노릇노릇해졌는지 확인한다(껍데기 전체나 주름잡은 가장자리가 속이 익기 전에 너무 노릇노릇해지면 알루미늄 포일로 덮는다).

과일파이가 다 익었다는 신호로 넘칠 때까지 기다릴 필요는 없다. 옥수수녹말과 밀가루 모두 물의 끓는점보다 훨씬 낮은 88도에서 익는다. 그보다 높은 온도에서, 예를 들어 20분 정도를 두면 과일 속을 걸쭉하게 만드는 힘이 없어질 수 있다. 파이를 너무 낮은 온도에서 구우면 껍데기가 익기 전에 속이 넘쳐버린다. 그러나 약간 넘친 흔적은 파이를 집에서 잘 구운 것과 같이 보이도록 한다.

18. 파이를 접시에 담긴 채로 식힘망에 올려 적어도 두 시간 동안 식힌다. 파이를 상온까지 식도록 두었다면, 160도 오븐에서 15~20분 정도 살짝 데운다. 냉장고에 넣거나 꽁꽁 싸두지 않는다. 남은 파이는 그 다음날에도 160도에서 20~25분 동안 잘 데워 5분 동안 식히면 된다. 그러나 두 번을 데우면 껍데기에 기름이 배어나올 수 있다.

19. 바닐라 아이스크림과 함께 낸다.

20. 파이를 거의 다 먹을 때가 되면, 1단계로 돌아가 다시 만든다.

네 가지 과일파이

사과파이는 가을에 사과를 수확해 그 맛이 절정일 때가 가장 만들기 좋은 시기이다. 그 이후에는 파이에 넣기 전에 사과가 아직 아삭아삭하고 맛이 가득 차 있는지 확인한다. 여름이 한창일 때에는 맛이 가장 잘 들었을 때의 야생 블루베리, 복숭아, 아니면 성성한 신 체리로 아주 맛있는 파이를 구울 수 있다.

사과파이 속

나는 평범한 사과파이의 계피를 좋아하지 않기 때문에 조리법에서는 계피를 넣지 않는다. 맛을 내기 위해서 더하는 재료는 그저 바닐라와 레몬즙이다. 사과파이에서는 순수한 사과맛이 나야만 한다. 또한 잘 눌러 담은 흑설탕을 하얀 설탕으로 대체해서 구운 사과의 살짝 캐러멜화 된 맛을 두드러지게 할 수도 있다. 바닐라도 구운 사과의 맛을 두드러지도록 한다.

영미의 오래된 조리법을 찾아보면 정향, 말린 육두구 껍질가루, 육두구, 오렌지와 꽃향의 물, 장미꽃잎 물, 레몬 제스트나 흑설탕을 쓰지만, 계피는 아주 가끔만 찾아볼 수 있다. 프랑스인들은 사과와 계피를 짝짓는 경우가 거의 없다. 비교적 최근의 미국 조리법은 사과의 맛이 거칠고 압도하는 풍미의 계피와 엉겨 붙어버린다는 데에도 아랑곳하지 않고 언제나 계피와 짝을 짓는다. 19세기 초에 비롯된, 괴기스러운 가짜 사과파이를 한 번쯤 만들어보는 것도 괜찮다. 조리법은 리츠 크래커 상자의 뒷면에 있는데, 나도 한 번 시도해보았다(275쪽 참고). 이 파이에는 사과 대신 리츠 크래커를 부숴서 설탕 시럽, 레몬즙, 엄청난 양의 계피가루에 적셔두었다가 넣는다. 아내와 친구 세 명에게 시식시켜 보았는데, 아무도 파이에 사과가 들어있지 않은지 알아차리지 못했다. 계피를 헤프게 써서 진짜 사과의 맛을 느끼지 못하게 하기 때문이다. 계피를 넣지 않고 속을 넣은 파이로, 이제 사과 맛이 어떤지 기억할 수 있을 것이다.

제과용 사과 1.6kg(7~8개, 단맛이 적은, 철 이른 그레이브스타인Gravestein이나 피핀 Pippin, 또는 그래니 스미스Granny Smith가 좋다)　**레몬** 1개, 반으로 가른다　**흰 설탕** 1 1/4컵(사과의 당도에 따라 조절한다)　**다목적 밀가루** 3큰술　**천연 바닐라 추출액** 1작은술(모자란 듯 담는다)　**소금** 1/4작은술(특히 남부지방의 파이 전문가들은 소금을 약간 넣으면 과일의 진짜 맛이 두드러진다고 주장하는데, 나도 동의한다)

1. 파이껍데기를 만들기 전에 사과의 껍질을 벗기고 씨를 발라내 찬물이 담긴 큰 대접에 담고 레몬 반쪽의 즙을 짜서 물에 탄다.

2. 337쪽의 조리법 10단계까지를 따라서 파이껍데기를 만든다. 반죽을 냉장고에 넣어둔다.

3. 사과를 레몬즙 탄 물에서 바로 건져내 물기를 뺀다. 사과 하나

를 4등분하고, 각 조각을 다시 4등분 한다(8~9컵이 나온다), 아니면 사과를 16등분한다.

4. 큰 대접에 사과 썬 것을 나머지 속 재료와 함께 넣고 10~15분 정도 둔다. 사과에서 즙이 나오면서 부피가 줄고 조금 부드러워질 것이다. 사과를 그보다 오래 두면 즙이 너무 많이 빠져 쭈글쭈글하고 질겨진다.

5. 파이 조리법의 11단계로 돌아가 파이를 마저 만든다.

신 체리파이 속

이 속으로 노래나 이야기에 등장하는 예스러운 미국 파이를 만들 수 있다. 신 체리sour cherry는 파이 체리라고도 사람들이 알고 있으며, 6월 1일부터 8월 중순까지 서부를 뺀 전국 대부분의 지역에서 제철을 맞는다. 단단하고 아주 시큼하며 밝은 빨간색을 띠는데 제철이 막 시작되었을 때가 가장 맛있다. 살 때에는 줄기가 붙어 있는 것만을 산다. 신 체리는 줄기를 떼자마자 바로 발효가 되는데, 세균과 산소를 위한 틈이 생기기 때문이다. 한 알씩 따로따로 얼린 신 체리로 한 해 내내 맛있는 파이를 만들 수 있는데, 대부분의 얼린 체리는 체리파이가 파이의 왕 대접을 받는 중서부의 주로만 팔린다.

싱싱한 신 체리 줄기와 씨가 붙은 채로 9컵   **즉석 타피오카** 4, 1/2 큰술, 가루가 될 때까지 믹서로 간다   **설탕** 2, 1/4컵(제철 끝물에 신 체리치고는 달 때, 설탕을 1/4컵 ~1/2컵 줄인다)   **레몬즙** 1큰술, 체리가 달다면 조금 더   **소금** 1/2 작은술   **"순수한" 또는 "자연산" 아몬드 추출액** 1/4 작은술(모자라듯 담아서)

  1. 파이를 굽기 최소한 2시간 30분 전에 체리 속을 만든다. 체리를 물에 씻어 가지를 떼고 씨를 발라서(손질을 마치면 여섯 컵이 되어야 한다), 산에 반응하지 않는 재질로 만든 4리터 소스팬에 담는다(윌리암스-소노마와 '백 투 베이식스' 목록에서 싸고 작은 플라스틱 씨 바르개를 사면 수고를 반으로 덜 수 있다. 이것으로 체리파이를 만들려는 의욕을 돋울 수도 있다).

  2. 모든 재료를 체리와 함께 섞어 30분 정도 둔다.

  3. 2의 체리를 중불에 5분 정도 보글보글, 걸쭉해질 때까지 끓인다.

  4. 속을 한 시간 반보다 조금 더 식히는데, 마지막 30분 동안은 냉장고에 넣는다. 따뜻한 속은 파이껍데기를 녹인다.

  5. 체리 속이 식기 20분쯤 전에 337쪽의 조리법을 10단계까지 따라 파이껍데기를 만든다. 크리스코를 쓰고 날씨가 차다면 둥글게 빚은 반죽을 냉장고에 넣을 필요가 없다. 11단계를 따라 체리와 그 즙을 바닥 반죽에 붓는다.

복숭아파이 속

복숭아 1.8kg(큰 것으로 9개, 중간 것으로 16개)　**레몬** 1개, 반으로 자른다　**옅은 색 흑설탕** 잘 눌러 담아 1/2컵　**설탕** 1/2컵　**소금** 1/2작은술　**육두구** 약간　**육두구씨 껍데기 가루** 약간　**"순수한"** 또는 **"자연산"** **아몬드 추출액** 1/4 작은술(모자라듯 담아서)　**옥수수녹말** 3큰술　**화살뿌리**arrowroot **가루** 1큰술

1. 파이껍데기를 만들기 전에 복숭아껍질을 벗긴다. 하나씩 끓는 물에 15초를 담갔다 꺼내면, 과일칼을 대는 것만으로 껍질을 쉽게 벗길 수 있다. 복숭아를 큰 사발에 담는다. 레몬 반 개분의 즙을 뿌려 복숭아가 갈색으로 변하는 것을 막는다. 복숭아를 반으로 갈라 씨를 발라내고 각각을 가장 두껍게는 2.5센티미터짜리 조각으로 썰어, 다시 사발에 담아 남은 반 개 분의 레몬즙을 뿌려 섞어준다. 전부 8컵이 필요하다.

2. 파이 조리법의 10단계까지 따라서 껍데기를 만든다.

3. 파이껍데기를 냉장고에서 꺼내 상온으로 만드는 동안 나머지 속 재료를 작은 그릇에 넣고 잘 섞는다. 복숭아를 바닥 껍데기에 붓기 바로 전에 모든 재료를 한데 섞어준다. 복숭아가 특히 달거나 시큼하다면 두 종류의 설탕 모두를 2~3큰술 조정한다.

야생 블루베리파이 속

야생 블루베리는 농장에서 기른 블루베리보다 더 작고 무르며, 보다 섬세한 맛과 재미있는 식감을 지니고 있다. 야생 블루베리는 8월 1일~28일 사이에 제철이다. 싱싱한 야생 블루베리를 구하지 못한다면 그냥 농장에서 기른 블루베리나 얼린 블루베리로도 가능하다. 조리법은 산딸기, 블랙베리, 다른 딸기류의 파이를 만드는 데에도 좋지만 딸기만은 특별하게 다뤄야 한다. 화살뿌리가루는 옥수수녹말에 더해 과일즙을 빛나고 투명하게 만든다.

야생 블루베리 6컵　**설탕** 2컵　**옥수수녹말** 5큰술　**소금** 1/2 작은술　**싱싱한 레몬즙** 2큰술

1. 파이 조리법을 10단계까지 따라 껍데기를 만든다.
2. 파이껍데기를 냉장고에 넣어두는 동안 블루베리를 손질해서 줄기를 모두 떼어낸다. 조심스레 씻어 물을 뺀다. 레몬즙만 빼고 다른 속재료를 작은 사발에 섞어놓는다. 블루베리 껍데기는 옥살산을 함유하고 있는데, 파이 속을 걸쭉하게 만들어주는 모든 녹말을 공격한다. 블루베리 껍데기를 벗긴다는 것은 거의 불가능하고, 맛과 모양을 망칠 수도 있다. 그러므로 파이 속을 걸쭉하게 만드는 과정에서 고르지 못한 성공을 거둘 수 있다.

3. 파이 조리법의 11단계를 따른다. 파이껍데기에 과일 속을 부을 준비가 되었을 때 블루베리에 레몬즙을 뿌려 다른 속 재료와 섞는다. 준비된 파이껍데기에 붓는다.

모든 것을 먹어본 남자

*단위 환산과 계량에 대한 안내

이 책의 단위환산에 대해서는 별도의 언급이 필요하다. 알려진 것처럼 미국은 전 세계에서 유일하게 화씨를 사용하고 있으며, 무게와 부피, 높이, 길이는 온스나 파운드, 쿼트, 파인트, 인치, 피트 등의 영국 도량형Imperial에서 비롯한 단위 체계를 기본으로 쓴다. 일반적인 외서라면 단위를 최대한 바꾸지 않고 살리는 것이 원작의 분위기를 해치지 않는 길이겠지만(예를 들자면, 1파운드를 454그램이라고 환산한다면 지은이가 의도했던 1파운드의 느낌은 사라질 것이다), 어느 정도는 요리책의 속성을 가지고 있는 이 책의 그 많은 단위를 바꾸지 않고 그대로 둔다면, 독자가 글만 읽고서는 감을 잡기 어려울 것이라는 생각이 들었다. 특히나 생각보다 조리법을 많이 담고 있고, 실제로 조리법을 —기꺼이— 따라 만들어보고 싶어할 독자들을 위해서라도 우리에게 익숙한 단위로 바꿔야겠다는 판단을 내리게 되었다.

사실은 그렇게 단위만 전부 바꾼다고 해서 끝이 아니었다. 2권에 담길 글에서 간략하게 소개될 예정이기는 하지만 미국에서는 기본적으로 무게가 아닌 부피 위주인, "컵"을 쓰는 계량법을 쓰고 있다. 예를 들면 빵을 만들기 위해 밀가루를 쓴다면, 무게를 재는 것이 아니라 계량컵에 수북이 담아 윗면을 칼 등으로 평평하게 쓸어내어(이를 '퍼 담아 쓸어내기 법Scoop and Sweep Method' 이라고 일컫는다) 하나의 계량 단위로 삼는 것이다. 사실 이러한 계량법은 각 재료의 입자 크기가 다르기 때문에 정확함이 생명인 조리법에서는 무게를 재는 계량법과 비교도 되지 않지만, 신

기하게도 미국에서는 오랜 시간에 걸쳐 통용되고 있는 것이 현실이다
(단적인 예를 들자면, 같은 한 컵 들이 계량컵에 담은 밀가루와 설탕은 그 무게가 다
를 수밖에 없다). 저자의 식도락 세계를 직접 경험해보고 싶은 독자들에게
작게나마 도움을 주고자, 미국에서 조리법 시험 및 개발에서 가장 공신
력 있는 정보를 제공하는 '아메리카스 테스트 키친 America's Test Kitchen'
의 정보를 참고로 한 기본적인 단위 환산 정보를 싣는다. 이 자료와 본
문에서 이미 환산된 정보(온도/무게/부피 등)을 참조한다면 조리법을 따라
하기가 조금은 수월할 것이다.

부피 환산의 경우

1작은술=5ml

1큰술=15ml

1컵(액체)=237ml

제과제빵에 자주 쓰이는 재료의 무게 환산(모두 1컵 기준, 버터 예외)

밀가루: 142g(가장 많이 쓰이는 수입밀가루를 기준으로 한 것이다)

통밀가루: 156g(우리나라에서도 어렵지 않게 구할 수 있는 미국산 통밀
가루를 기준으로 한 것인데, 우리통밀을 쓸 경우 1컵에 135g이다)

백설탕: 198g

흑설탕: 198g

가루설탕: 113g

코코아가루: 85g

버터 4큰술: 57g(미국에서 버터의 소매 포장단위는 1파운드, 즉 454g인데 같은 무게의 네 개로 나뉘어 막대 포장되어 있고, 이 막대 하나가 각각 8큰술 양이다. 따라서 여기에서의 4큰술은 미국의 포장을 기준으로 했을 때 막대 하나 반 분량이고, 1컵은 16큰술, 즉 막대 두 개 분량이다)

모든 것을 먹어본 남자 2

1쇄 인쇄 2010년 3월 9일
1쇄 발행 2010년 3월 18일

지은이 제프리 스타인가튼 · **옮긴이** 이용재
펴낸곳 도서출판 북캐슬 · **인쇄** 삼화인쇄(주)
펴낸이 박승규 · **마케팅** 최윤석 · **디자인** 진미나
주소 서울시 마포구 서교동 463-3 성화빌딩 5층
전화 325-5051 · **팩스** 325-5771 · **홈페이지** www.wordsbook.co.kr
등록 2004년 3월 12일 제313-2004-000062호
ISBN 978-89-964036-3-0 04840
ISBN 978-89-964036-2-3 04840 (전 2권)
가격 13,000원